绿绦青紫

宋海霞　著

敦煌文艺出版社

图书在版编目（ＣＩＰ）数据

绿绦青紫 / 宋海霞著 . -- 兰州 : 敦煌文艺出版社，
2023.9
　ISBN 978-7-5468-2425-3

　Ⅰ . ①绿… Ⅱ . ①宋… Ⅲ . ①散文集—中国—当代
Ⅳ . ① I267

　中国版本图书馆 CIP 数据核字（2023）第 161153 号

绿绦青紫

宋海霞　著

责任编辑：侯君莉
装帧设计：李关栋　郝　旭

　　敦煌文艺出版社出版、发行
地址：（730030）兰州市城关区曹家巷 1 号新闻出版大厦 23 楼
邮箱：dunhuangwenyi1958@126.com
0931-2131552（编辑部）　　　0931-2131387（发行部）

武汉市首壹印务有限公司印刷
开本 710 毫米 ×1020 毫米　1/16　印张 23.75　插页 2　字数 310 千
2024 年 1 月第 1 版　　2024 年 1 月第 1 次印刷
印数：1~3500 册

ISBN 978-7-5468-2425-3
定价：56.00 元

目 录
contents

雾里的阳光

花开的痕迹

雾里的阳光

阳光下，树生绿，绿生烟，烟生雾，雾生紫。

暗香浮动

　　周末，好久没聚的闺蜜打来电话，说是周天约几个姐妹坐一坐，我略作迟疑答应了。周天是儿子每周唯一能和我们相处的一个下午。自从上高中以来，周一到周六，儿子都是早出晚归，每天晚自习后回到家都是12点左右了，唯有周天，下午睡足了觉，我们能带他吃个晚餐，一家人在一起欢欢喜喜聚一聚，说说学习，聊聊近况。因此，周天我是极不情愿错过这个美好的下午。但是，闺蜜是自上班以来，神交很久，后来又成了同事，相互陪伴，相濡以沫了很多年。再后来，因为各自有了新的工作，也因为她学了跳舞，我却爱好读书，终因各自不同的爱好，也因了家庭、孩子，大家都步入中年，渐渐到了生命最繁盛的时期，聚会就不是一件可以被提上议事日程必需的事情了。姐妹们也约了很多次，但都因为和她跳舞的时间冲突而没能与她谋面，偶尔因为会议或办事遇上了，也是匆匆打个招呼，各自忙碌。所以，对她的邀请，我是断然说不出不去的理由，说到底，是一辈子的姐妹，见与不见，聚或不聚，都在内心深处。想必，闺蜜也是这样吧，每周二、四、六跳舞，周天也是难得与家人在一起的时间，能抽出半天来约大家聚会，实属难得。聚会的地点是一个叫 e 连集结号的地方，集老兵聚会、房车露营、问题儿童军旅训练于一体，非常有特色。闺蜜准备了丰盛的火锅材料，我们自己动手切菜装盘，很快一桌烛光晚餐就上桌了，配上明亮的灯光，蜡烛似乎只是用来暖心的。聚会很快就开始了，又很快在大家话题不断、笑声连连中进入了尾声。欢乐的时光啊，总是快得像老鹰捉小鸡中那跑得太快总也捉不住的孩子。每一个人都发自肺腑地重温了友情，表明了心声，介绍了近况，该诉说的都诉说了，该表达的也都表达了。最后，轮到闺蜜总结了，大家以为她会用诗一样的语言说些祝福和暖心的话，配合这明亮的灯光里烛光的氤氲圆满结束这欢乐的聚会。谁知，她站起来，小手一挥，扭着她快瘦成闪电的腰身站到了地中央，说："两年里对姐妹们有太多的辜负，都是因为，我在这里。"接着，她脱去大衬衫，露出纤细而苗条的身姿，配上松松的丸子头，活脱脱一个舞蹈家的气质和形象。我们赶紧张罗着店家音响侍候，当蓝牙连上舞曲的时候，我们都被她用身姿诠释出的无法用语言表述的柔美和激情震撼了，原来，不仅仅是语言可以朗诵出绝美的诗篇，一个人的身姿也可以通过舞蹈演绎成如诗如画的美文。一曲曲民族乐曲播放着，一个个或自编或演绎的舞蹈流淌着，在她的舞姿里，我们既看到了民族风女子似水的柔情，也看到了中国魂战士如钢的坚毅，更看到了一个绝美的女孩练就的纤纤素影，在一个个汗流如水的夜晚沉醉在舞蹈中的魅力。

暗香浮动，在这个夏风习习的夜晚，我听到一首温婉的歌，一曲古典的音乐，一个缠绵的故事。

每个人的人生都是唯一的，上天赐予的特长则是千人千种，潜心挖掘、专心练习，假以时日，必会开出繁盛的花朵，散发怡人的芬芳。就像这夜晚，原本普通而绵长，因了一个精灵样的女子，却散发出异样的清韵和醉人的暗香。

窗 外

世界总是静的。

一切的嘈杂、喧闹、繁华、忙碌似乎都是眼前的景象，而心，出奇地安静。

最静的时候，是凝视窗外的时刻。

窗外，是四季变化的蓝天。晴天、雨季、雪景……变幻不同背景的祁连雪山；枯黄、嫩绿、生机盎然、逐渐凋零的花草树木。而心，始终是平和与宁静。

直到有一天，窗外的景色一派灰色系，而心亦始终如一。

凝视着由近及远的几幢灰色建筑：两座灰色信号接收塔、一线灰色铁道线、隐约零星散落的几幢灰白楼房，窗外的景致尽收眼底，唯一变幻的是天空，时而蔚蓝、时而蓝灰，像一幅变幻背景的风景画。

阳面的屋子换了男主人，而我变成了阴面屋子的女主人。

调整的原因是职级变化，他是正处，而我，是副处。

阳面的屋子24平方米，阴面的屋子18平方米。

以前，我和他是一个办公室，是所谓的"同屋"，都是副处，都在阳面的屋子里办公。前年，据说是小办公室不超标，于是调整办公室。他高风亮节调到阴面办公室办公，我继续留在阳面。去年，他调整为正处，而我，仍然是副处。今年按照级别待遇规定，他调到阳面

24平方米办公，我调到阴面18平方米办公。

窗外的风景于是就这样进行了变化和定格。

心，依旧平静。

大家却是极大的不适应，时常有走错了屋子伸舌头尴尬的、连连道对不起的、一脸蒙圈样折身退出的、走错了屋、打错了电话搭讪的，还有为了多出来的柜子、椅子争来抢去的。外面，一直都很闹，但心，一直都很静。

四十而不惑。过了40岁，心似乎一下子就更静了，人似乎一下子就坦然了。不再争名逐利，不爱抛头露面，只想安静地做事，安静地做人。

窗外，是生活，窗内，是心境。

这些年，似乎时时都在搬办公室。因职务升迁搬办公室；因办公楼从喧闹的市中心搬到远离市区的南市区搬办公室；因"八项规定"限制办公平米数搬办公室。从60平方米自动锁带空调的阳面办公室搬到40平方米自动锁带空调的阴面办公室；从40平方米自动锁带空调的阴面办公室搬到阳面24平方米手动锁不带空调的办公室两人合署办公；因合署办公的人员不同而调整办公室；分开办公而调整办公室；职级变化而再次互换办公室。

7年了，职务没变化，办公室变了7回。

办公室越来越小，东西越来越少，心境越来越简单。

马上又要机构改革了，中央6月底改革完成，省级11月底改革完成，市级明年3月底改革完成。明年，又要搬办公室了吧，窗外的风景，又会变成什么样呢？

很喜欢坐火车旅游，从坐上火车的那一刻开始，窗外，就在不停地变化着风景。现在，突然喜欢上了搬办公室，搬了办公室，窗外，风景亦会不同。人生就是不停变化的过程，变化意味着生存与适应。回想自己走过的路程，完全都是默默忙碌的身影，抑或是安静学习的样子。越来越相信，生活会给你制造难题，但决不会无视你的努力。既然不能成为一支辉煌的火炬，那就做一支可以燃烧的蜡烛吧。它的价值不是点缀已然灯火辉煌的殿堂，而是融化寒冷、驱散黑暗。或许个人的善念未必足以支撑起生存与救赎的重量，但我们一点一滴的信念和努力，对自己、对他人，都将是寒夜里的灯火、荒漠中的甘泉。做一支默默燃烧的蜡烛，到哪里都发光发亮，到哪里都温暖祥和。经历了多少窗外不同的风景，变换了多少人生努力的过程，方向一直是向上与向前，像默默耕耘的孺牛，也像面向阳光的花朵。吸足了光芒，也汲取了养料，正是奉献的时候，做自己认为对的事情，坚持自己认为重要的事情，动静自然，已然不在意窗外的风景。《寒窑赋》中说道："听由天地循环，周而复始焉。"做好当下该做的事情，做最好的自己，听由天地循环，周而复始焉。是时候坐车出去旅行了，去趟拉萨吧！窗外，是心门之外，又何必在乎是否变化呢？

雾里的阳光

大峡谷探险之随想

　　小时候，我们家住在祁连山脚下的一个小村庄里。村里，是两排高挺的大白杨，视线只及村子东西两头和头顶的一线天空。村外，是农田、果园、涝坝和树林，视线远及南边皑皑的雪山和头顶无垠的天空。晴天时，雪线低至天边，雪山呈银白色；阴天时，雪线高及天空，雪山呈灰白色。

　　妈妈、哥哥、妹妹和我在村里，爸爸在村外。从小我就多愁善感。每到夏天，我每天下午都会穿着爸爸从城里带回来的米白色蝙蝠短裙、白色的小凉鞋倚着家门口粗壮的白杨树等着爸爸从城里回来。每当爸爸在村西头现出骑士般的身影的时候，我便会跑出村外，在雪山的注视下，在天空的俯瞰下，跳上爸爸的自行车后座回到家中。

　　爸爸带给我城里的一切幻想，白杨树顶上的天空带给我少女的一切梦想，祁连雪山带给我对远方的一切遐想。

　　终于爸爸同意带我去城里了，他把我驮在自行车后座上往城里走去。那时，城里似乎只有百货大楼和圈楼，城里除了这些，留给我印象的只有爸爸上班的工厂和姨姨家在汽车站的一排小平房，但是，讨赖河大峡谷连接城市和农村的奇异和壮美让我犹如经过惊涛骇浪的雅鲁藏布江一样惊恐。空阔的河面上那时只有一线铁路桥。经过那座铁路桥时候的印象令我终生难忘。看着枕木缝中奔腾呼啸的北大河，我吓得尖叫。于是，爸爸将我抱到自行车横梁上，让我闭上眼，环抱着我推车经过。讨赖河水在桥底下奔流，我在爸爸怀里兴奋地尖叫。

讨赖河水让我觉得生命何其渺小和脆弱。

后来，哥哥上了高中，我小升初也考到了城里。再后来，我顺利地升入高中。高中班主任兼语文老师是寇永升，一个留平头、着西装、穿运动鞋的虎牙男老师。他像个孩子王一样，教我们文学鉴赏课——《红楼梦》赏析、《梁祝》欣赏，也带我们四处游玩。当有一次走到一条大峡谷边，沿着戈壁滩上柔软的细沙往西走时，往南我眺望了一眼30公里外的村庄，在不远处看到了那座铁路桥，它竟然那么窄小，彼时，已修了北大桥，它几乎被废弃了。

沿着沙滩往西走，就是顺着讨赖河大峡谷往西探寻。我们一路上在已干涸的河道凿壁上的洞里发现了干尸，经过了峡谷边护河老人的小屋和门前的狗，看到了牧羊人的羊圈和细沙纹如波光粼粼的海一样铺到天边长河落日圆的辉煌壮丽的夕阳，在细沙里，我还捡到一片像树叶一样绿色的手掌心大小的石头。

美丽的印象和捡到的宝物都留存在我的记忆里时至后来很长很长的岁月。

我带着承载着我文学梦想和所有小时候的宝物和思绪的小木箱，到了省城兰州求学。再后来，我回到已然发生了变化，有了很多楼房的我的城——一座祁连雪山脚下讨赖河大峡谷所在的城市嘉峪关工作、生活。

在快速发展的嘉峪关，我看到了崛起的一幢幢楼房、深挖戈壁的一个又一个的湖：迎宾湖、东湖、南湖，城市已经日新月异，已然美成了西北名城、戈壁明珠。

但是，讨赖河大峡谷，依然像一条处子之河一样，静静地躺在南边城市与农村分割的地方，像一条永恒的分界线，无声无息。寇永升，我的老师我的文学导师，已经举家搬迁至无锡，那些我旅游所经

雾里的阳光

过的城市之一的地方生活，成了名师。

　　每每想起在苏州游弋西塘老街的时候，我却想象着如果给嘉峪关的长城第一墩也一样在暮色中挂满红灯笼，给古兵营遗址装点上古代的装扮与市场，给峻峭的讨赖河也设计得霓虹闪烁，鬼魅无比，那将是怎样的壮丽与震撼。在杭州游玩时，在暮色中的宋城，感受着仿古的人造古城——古代的城市、高老庄猪八戒娶媳妇、鬼屋和魔术城。我却想起讨赖河大峡谷边那片广阔的沙滩，如果也打造出一个长城文化与丝路文化交会出的古城，那是何等的辉煌与壮观。难道我们就不能将杭州宋城与西塘古街成功地结合和体现到我们讨赖河大峡谷的深邃中，融进第一墩那沙漠的壮观与秀丽中吗？那将是怎样的震撼与经典。

　　时至今日，又是多少年过去了，我们有了古街古镇，有了龙王滩公园，有了方特一期、二期，有了花博园，我也更多了对世界的探索和对远方的希冀。而我梦想中的讨赖河大峡谷，它依然如此，默默无语。

　　我已然成熟和稳重了，步伐缓慢至中年的跑道，每日里平衡着工作、生活、家庭与事业的关系，三点一线着自己的日子，但思绪却总是跑得很远很远。我时常奇思妙想着我的城——嘉峪关的前景，幻想着她有一天成为川流不息的人群所经过的地方，像古代的驼队经过沙漠时留下悠扬的驼铃声一样发出优美的声音，奏响时代的强音穿透古老的历史，跳出新兴城市的印记，厚重出古代城市的气息，就着关城的雄伟绘就戈壁古城繁华的样子。

　　随想并不是幻想，它是由着思绪流淌出的音符。一座城市有它的特色才会突出，嘉峪关已然不仅仅是钢城，它更是关城，古城是它的特色，沙漠是它的溯源，雪山是它的护卫，商贾繁荣是它的前景。

　　大峡谷探险之随想，古城古镇流香四溢之愿景，皑皑雪山延展出白色奇迹之奇景，在我的脑海里，嘉峪关是从远古走出的蒙面女郎，

揭开面纱后步入新疆，踏进西藏。

来到嘉峪关后，即刻进入西北的梦幻奇异世界，沿着驼队出没的方向，如果我们骑上骆驼去敦煌，就着音乐去新疆，闻着美食去四川，枕着梦想去西藏，沙的方向就是路的方向，水的源头就是祁连雪山的情怀和雪莲的芬芳。

西安古城至西域的幻景——嘉峪关是跳动的音符，是微缩的景观。

蝶恋螳螂

螳螂是鲜绿色的，在嫩绿的草叶间吮吸着清晨的露珠，清新而又明媚。蝶王习惯于早上6点稳稳地翩跹于草叶间进行晨练，久而久之，他看着娇嫩鲜绿的螳螂便心生渴慕，于一次共同的飞行与跳跃中，蝶王向螳螂表示了倾慕之情并深情地拥吻和缠绵，但蝶王毕竟是蝶王，他的世界是五彩缤纷的，他适合翩跹于阳光和花中，而螳螂却倾心于晨间的露珠和潮湿的草丛，于是，虽然心中渴慕，但他们毕竟是两个世界的生物，说到底，螳螂只是他心中一个绿色的梦想。蝶王尝试过露珠的清新，但他很清楚，不能贪恋螳螂的鲜绿，否则，总有一天，他会被浓重的朝露打湿翅膀，失去飞翔的力量，而成为花下泥、草下土。

于是，蝶王尝试着离开，但习惯了的绿色让他想起便心中隐隐作痛。螳螂也在饮食朝露的间隙时不时凝视一下蝶王飞来的方向，眼前是蝶王的深沉与俊朗，心中只留下对蝶王的怅惘与仰望。

任何事物都有它内在的规律，不是蝶王不爱螳螂了，也不是螳螂厌弃了蝶王，什么也没有发生，但一切都悄悄地改变了。他们无法倾诉彼此的渴望，也无法沟通各自的不同，相形渐远的同时，也在努力地迎合。螳螂在阳光下也会蹦跳着往花草丛生的地方奔波，但在朝露来临的时候，她不得不赶回来，因为，她知道，在蝶王的世界里，他

无暇顾及她，而她始终离不开的，其实是朝露。蝶王也盛情地邀请螳螂参与他们盛大的聚会，在聚会上，螳螂意外地发现，她其实是可以啜食蝶类的幼虫为生的，一想到这些，巨大的痛楚就让她痛不欲生。同时，她还发现，蝴蝶多的地方蜜蜂就多，而她只要吮吸到蜂蜜，就可以将其涂抹到草叶上，等她午睡起来的时候，就会有许多小昆虫粘在草叶间，这样，她的生活就安逸了许多。但是只吃昆虫的生活，让她的身体肥胖而暗黑，全然没有了鲜绿的活力。最后，她还是不得不黯然神伤地离开了蝶王花草丛生的世界。

任何事物都有它内在的原则，简单地遵循是最平凡、最普通、最有力量的生存法则，清新明媚、自带阳光地活着又是最好的生活方式。螳螂于是又回到了自己的领地，那里绿草如茵，透过草叶的间隙，可以看到小河粼粼的波光，听着河水潺潺的流淌，凝视河底圆圆的卵石，最重要的是，甘甜的朝露，让她清新、透明、丰盈而美丽。

她的世界是她的颜色，她是一个绿色的隐居者，而草丛是她的王国，在她的王国里，她就是王，饮食朝露、捕食昆虫、蚕食草叶、吞食空气，一切都是欢畅而自在的。回想起在蝶王的世界里，花草丛生的缤纷令她眩晕，在花叶间，她像一个流浪的乞儿，仰望着王者的风范，没有了满目的绿色，她仿若沦落底层，而她的王，那个蝴蝶的王，群蝶拥舞，飞出她的视线就杳无音讯。她，只是他一个绿色的梦想，而他是所有蝴蝶的王，她和他只有一份情，而他和他的蝴蝶们，或许每天都上演着这样那样缤纷复杂的故事。

她也是他的故事，她曾在他的梦里沉醉过，醒来时，她学会了利用蜂蜜捕食昆虫，也学会了安分守己，欢愉一生！

凤英妈妈

　　为丰富老年人的精神文化生活，给老年朋友搭建一个秀才艺、展风采的舞台，《雄关周末》"老爸老妈"周刊征稿，诚挚向老年人约稿。我才40来岁，还未行至老年人的行列，原是不该凑热闹的，但《雄关周末》"老爸老妈"周刊的办报宗旨是"给爹妈的生活参考"。所以，我还是想写写我的母亲，让所有经历过人生苦难的老年朋友共勉；让正在经历痛苦磨难的大爷大妈们坚强；让正在安享晚年的爷爷奶奶们欢心。

　　"凤英"是母亲的名字，所以《凤英妈妈》是此文最好的题目。

　　原想以"妈妈的小宇宙"为题来写的，但这个题目仅能概括母亲目前的生活状况，远不能写出她的坚强和伟大。又想以"月亮婆婆"这个题目来写，但月宫太冷清，母亲虽像居住在月球上一样淡定、从容，但因了我们，她子孙满堂，到了周末实在是颇显热闹。就连平时，她窗户下的阳光里，总有四五个老年人长年在那里打牌，像一个小型的文化阵地。而她的兄长、嫂嫂和妹妹，也和她如影随行，像极了繁花似锦的春天里，一池春水当中的鸟类，觅食、喞啾、扼颈交谈。月球，太过疏离了。

　　但是，母亲却像是嫦娥下凡，在凄清的月宫里住久了，带着玉兔奔赴人间，化名为凤英。玉兔幻化为黑黑的小土狗，陪伴着母亲。

绿绦青紫

现在的母亲是幸福的，她那朝阳的楼房，虽在一楼，却因为朝阳开了一个门而变得阳光明媚。门前开了两片菜地，围了栅栏，地当中各种了一棵桃树，每到春天，桃花开得明晃晃的，像一个与世无争的小宇宙。门前一个斜坡，坡的右边是母亲用木板搭建的小土狗黑熊的房子，每当我们回去，黑熊便各种撒娇——作揖、用头蹭地，为的就是讨一个痒痒挠。而到了夏天，母亲门前的桃树便结满了青绿的桃子，日渐泛红，逐渐长大。到了秋天，桃树便硕果累累，半红半绿的桃子挂满了枝头。自从桃树挂果，小土狗便使命光荣地守候在桃树下寸步不离，每有陌生人经过，便汪汪直叫，似乎守候母亲、看守桃树是它的天职。一屋、两树、一狗、四季、一生，是母亲的晚年。在城市里，有一隅这样的天地，母亲的家，着实是人间仙境，岂是月宫所能相比。而她的兄长、嫂嫂和妹妹，则时不时地你来我往，谁家煮了一锅土豆，下个面条，便是几个老年人的一餐；谁家又炖了一锅羊肉，碎末儿一捞，又一顿泡馍。日子，过得像三五个小朋友过家家，惬意而盎然，亲情，是最好的陪伴。到了晚上，小女儿给她买的暖脚的热宝、暖腰的电毯、暖手的窝窝，应有尽有，所以，母亲的春夏秋冬都是安然、淡定而幸福的。

但母亲是下过苦的人。年轻时，在农村拉扯一家老小。父亲去当兵了，母亲既是五爷的儿媳，又是年幼小叔子的"母亲"，后来我们出生了，父亲已是工厂的工人。她自始至终全力拉扯着全家的生活。农村的苦力，三个孩子的成长，都让她羸弱的身体不堪重负，一度病倒，像土坑上喘息的被褥。我和妹妹才刚刚会说话和走路，印象当中，我们像两个精光的土猴，在她身体的两侧翻爬。也许，正是我们在她身体上寻找活着的力量，母亲撑过来了，活了下来。在母亲熬过农村最艰难的日子时，父亲虽然每天骑行30多公里奔波在城市和农村两个阵地，奋力打拼着生活，但父亲恼怒的拳头也让母亲吃尽了苦头。这当中，母亲哭过、闹过、喝过药，死过，被洗了胃，活了下来。后来的日子里，母亲因贫血清晨在院中的雪地里昏死，被我们用热炕暖过来，活了下来。

母亲是年轻时死过三次的人。活下来的母亲终于在儿女们都长大进城上学后，也搬到城里，在小姨的帮助下开了一家轮胎修理铺。母亲是一个务农的人，从来都是拿铁锹、锄头，做针线、补衣裳的人，却硬生生地扒起了轮胎、焊起了电焊。谁说女子不如男，母亲愣是把男人的活干成了女人的品牌。后来，父亲停薪留职了，也同母亲一起打理铺子，原本可以稍事轻松的母亲，却遭雷劈一样跌入了更深的磨难。一个夏天的傍晚，一个算不上熟人的相识借电焊机焊车底，大卡车支了个千斤顶用一根钢丝绳吊着，焊了一半人家回家吃饭去了。父亲看赶天黑车是焊不完了，于是便拿起焊帽钻进车下焊了起来，半根焊条还没焊完，钢丝绳不堪重负嘎嘣断了，轰然倒下的车辆将父亲压在了车下，母亲听到响声奔出的时候，父亲在车底根本看不到身影，母亲嘶喊着左邻右舍抬车救人。父亲被送到医院时尚存一丝气息，经过抢救，父亲活了过来。命是保住了，但从此行动不便，挪着轮椅走了几年后，便渐渐地不愿动。瘫在床上的父亲十几分钟就需要翻个身，白天晚上如此，母亲一照顾就是13年。13年当中，她衣不解带，夜不成寐，但她却从无怨言。每天中午天最热的时候，母亲还要推着父亲外出晒太阳、遛弯。就是在那样的岁月里，我们也时常感到岁月静好，似乎日子就会一直那样过下去，直到父亲突然离世。其间，虽然时不时会去住院，但在医院里，儿女绕膝，却也其乐融融。父亲从病倒到离世，不曾让任何外人近身，除了允许儿女翻身和按摩，接屎换衣服之类的事情只让母亲进行，因此，我们想雇人减轻母亲负担的想法根本就没法实施。但庆幸的是，母亲老了、父亲病了，父母倒是相濡以沫，宁静祥和，这一切，都只因母亲一个人负重前行，默默承受。我曾经在周末替换过母亲，整夜不能睡囫囵觉的感觉几乎让我疯掉。我的感觉是，刚刚进入梦乡，父亲便喊："翻一下。"我迷糊着

起来给他翻完身，刚倒下睡着，喊声就又起。早起，母亲来时，我感觉快要崩溃了。母亲，几千个日日夜夜，不知她是怎样感受，问她，她说我在边上睡着给他翻身方便，却不再多说。

见识过母亲生活的人都无不佩服，纵使再苦再累，母亲都将家里收拾得干净利落。我的朋友们都在感叹，一个有瘫痪病人的屋子，居然从来没有异味。这也许就是父亲虽然病了十几年，但我们依然感觉到岁月静好，从无嘈杂和难堪的原因，母亲，像神一样地支撑着这个家。

后来，父亲去了，母亲十分不习惯，依然保持着忙碌的样子，但总觉得屋子空，她把屋里的家具倒腾来倒腾去，总折腾不出丰盈的感觉。母亲常暗自垂泪，说："你爸在，虽苦，但踏实。你爸不在了，人是轻松了，日子却不像个日子了。"好在她的哥嫂搬来，住得离她不远，起先是每天路过买菜，到母亲屋里歇脚。每次来，母亲都像是接待远路来的客人一样，尽数将好吃的搬出。以后来的时间有了规律，母亲便煮好土豆、红薯招待。这样，加上常来的她的妹妹，他们每天热热闹闹地过起了晚年生活。现在，他们每天早起去公园锻炼，下午你家一顿粗茶淡饭，他家一次小型聚餐，日子过得行云流水一般。

我们则固定会在周末叨扰一下母亲，吃一顿可口的饭菜，唠一唠她一周的生活，看着她轻快、平静的样子，听着她会心、舒心的诉说，谁能不说这是她晚年最好的生活呢。

今年十一，我们专门抽出时间带母亲出去旅游了一趟，原本以为十几天快乐的旅途生活会让她爱上旅游，殊不知，回来后，母亲便嚷嚷再也不出去了，一头扎进她的小屋里忙活起来。晚上，又按部就班地进行起了她养生理疗的一系列动作，她习惯了按照自己的套路生活。谁让母亲是嫦娥下凡呢，月宫冷清惯了，下凡来就格外贪恋人世的夫妻陪伴和亲情往来吧，要不，怎么能够神一样的存在，佛一样的生活呢。

新的一年来临了，渐渐年龄大了的我们，慢慢过起了"春有百花秋有月，夏有凉风冬有雪。若无闲事挂心头，便是人间好时节。饥来食，困则眠，热取凉，寒向火。平常心即是自自然然，一无造作，了无是非取舍，只管行住坐卧，应机接物"的日子，而母亲，我的凤英妈妈，唯愿她安康长寿！也愿天下的老人祥和安宁，长命百岁。

戈壁清辉

文学还是要散发出光芒的。有一种文学太热闹不行，清冷一些却无妨，就像雪域高原的布达拉宫，也像夜幕下的群星璀璨，更像遍布世界各地无穷无尽的灯光。而浩瀚戈壁上，我们的城市，就是一颗明珠，文学就是她应有的光芒。

作为丝绸之路上重要关口的嘉峪关，它的风雨春秋，是丝路史上的组成部分，也是这种"清冷"文学的重要承载。

1958年，因企设市，大批支援大西北的人们抛家舍业来到这片戈壁，散发的是离别的清辉。酒钢集团公司建成，钢花四溅，散发的是钢铁的清辉。1972年因关得名，燕子在关城盘旋，散发的是人文的清辉。城市发展，像一轴徐徐拉开的画卷，散发的是情怀的清辉。四目远眺，祁连雪山像圣洁的哈达，托举着南方的视野，散发的是雪域的清辉；北方则是厚重的黑山，漫延出戈壁的底色，散发的是雄关的清辉。东西两方，日升日落，瑰丽无比，辉煌无限，散发的是阳关的清辉。

这是一个奇妙的城。叮当的驼铃悠远着沙漠的清辉，而蜿蜒的驼队辉映着商贾之城的繁荣；坚忍的绿色浩瀚着戈壁的清辉，而湛蓝的湖水诉说着绿色之城的盎然；啾啾的燕鸣呼唤着将士的清辉，而雄壮的关城绵延着现代之城的繁华；讨赖河大峡谷的天堑飞越着草原的清辉，而祁连山脉的雪松俯瞰着戈壁之城的生机；揽天的悬壁凝视着抱月的清辉，而漫天的星星挥洒着思乡之城的情怀；魏晋的古墓沉默着历史的清辉，而农耕文化的壁画迸发着远古之城的神秘；紫轩庄园的气势酝酿着葡萄的清辉，而夜光杯的润泽散发着美酒之城的热烈。

这种清辉，是瀚海戈壁上烈风吹皱的沙漠，是沙漠波纹里蕴藏的贝壳样的化石，是化石指引出的讨赖河岩壁上牧羊人的石屋和石屋门前黑色而寂寞的牧羊犬。

这种清辉，是讨赖河大峡谷冷峻而奇绝的戈壁天堑，是讨赖河水浇灌数10万亩农田的富足，是古时候有个名叫巴扎尔的青年人在河边放羊，助白龙一臂之力战败黑龙，并用诚信和真诚从龙宫里得来水仙花变为媳妇，由此而来"讨赖河"的神话故事。

这种清辉，是天下第一墩（明长城最西端的关口）原始而质朴的墩台，是墩台背后古兵营遗址，是天梯一样连接讨赖河南北的铁索桥。

这种清辉，是悬壁长城那凌空倒挂之美，是石雕骆驼群的商贾之美，是登上山顶放眼望去时，关外大漠的荒凉之美，是晚上星河灿烂、手可摘星辰的梵净之美。

这种清辉，是魏晋墓群1400多座魏晋时期的地下壁画砖墓在大漠鼓起的波涛点点，是墓室里古墓壁画的民族色彩辉映出的世家豪族的辉煌与没落，是后汉时农耕经济的繁盛与魏晋时期民不聊生的对比之静默。

戈壁清辉，是历史的厚重与承载，是文学的发源与沃土，是雄关的色调和渊源，是明珠的灯光和神韵。

给儿子的一封信

虎虎吾儿：

　　不知不觉间，你已经18岁过了。18年来，妈妈第一次给你写信。提起笔来，千言万语，百感交集。但是，语言是那么苍白，眼前浮现出你的各种样子却是那样清晰。刚生下来时，你黑黑的头发已经过耳，小脸是心形的，五官却像极了爸爸，活脱脱是缩小版的样子。但每当抱起你时，你的小脖子软得支撑不住小脑袋，于是整个脸皱巴起来，变成了四方，而且恨不得缩回胸腔里去，于是，我们便看着你的样子大笑不止，再次放到床上，你又变成了精致的小婴儿。不过，你可不是一个贪睡的孩子哦，一岁以内，常常是折腾到我一夜起七八次，白天也是睡觉不离妈妈、姥姥的怀抱，只要轻轻往床上一放，便号啕大哭起来。那时候，到哪儿都是全家人围着你，睡觉着实是让人头疼的一件事，只要看你快要睡着了，家里人连大气儿都不敢出。慢慢地，你长大了些，能出门时，已是第二年夏天了，第一次抱你去看喷泉，你小脖子扭得像拨浪鼓似的，害怕极了的样子，但又想看，于是你以极高的频率扭动着脖子，一直到离开广场喷泉很远，我和你爸爸被你的样子逗得哈哈大笑。再大些，我带你去看你爸爸踢足球，你成了球场上叔叔们的小虎头，至今，都有许多人问起你来。长大了的你，爱上了踢足球，后来，又喜欢上了打篮球，直到现在，你长成了高大帅气刚毅、阳光活泼坚强的大小伙子，一米八六的个头，总是让妈妈不得不仰视。而且，你省心到总是让妈妈又放心、又骄傲。最重要的是你还很孝顺，每当你和妈妈一起外出，你总是抢先拿上所有的重东西，去超市购物，更是一个塑料袋也不让妈妈拎，这些，都让妈妈无比欣慰。

18岁，你的人生刚刚开始，首先，要祝贺你已经成年。其次，要感谢学校隆重地给你们举办成人礼，并允许妈妈给你写这样一封信。以后，或许我们通信的机会会很多，在远离家乡的大学里希望你能经常写信给妈妈，给我们彼此交流的机会。这算是妈妈对你的第一个期许吧。

第二个期许，是妈妈希望你无论考上什么样的大学，都要把它当作人生的新起点，比现在多出一倍去努力。如果你一直按照自己的意愿走过来的话，只要加倍地去努力，路就在你的脚下。记得刚上高一时，你们校长邀国外足球队来嘉联谊，赛后，因为妈妈跟校长熟识，希望你能跟校长和国外的足球队友们一起合个影，你坚决不同意，嫌妈妈给你搞特殊。从那时起，妈妈就知道你是一个有主见、会自己去赢得辉煌人生的男子汉。从那以后，妈妈尊重你，从未勉强过你。前不久，你面临了人生的第一次选择，因为你有国家一级、二级足球运动员证，初审已经通过，专业测试也已通过，你有可能就是四川大学的一名学生了。但是，你选择了放弃，我们同样尊重你的选择，因为，你已经投入到学习当中，无论考什么样的学校都有更广阔的天地，足球，可以是你终身的爱好。

你能拼搏与努力，这个无须妈妈担心，最让妈妈担心的是，因为文化课的学习，近几年来，你放弃了阅读。记得小时候，你是一个特别爱阅读的孩子。三年级以前，每天晚上都缠着妈妈给你念书，再长大些，你开始每天晚上念书给妈妈听，才四年级，你已经读完了所有的哈利·波特，但正是因为太小就让你看那些鬼怪精灵、阴森恐怖的

绿绦青紫

书籍，你谨小慎微，而且特别爱看鬼电影，又特别胆小，常常是要看吓人的电影，还要拉上妈妈陪着你。多么可爱的你呀，我的儿子，妈妈想起你来，心里都是漾满了爱。

所以，妈妈希望你考取大学后，做好四件事：

第一，是阅读，除了学习和锻炼，尽可能泡进图书馆里，努力读天下能读之书。像苏轼一样，博览群书，儒家给了他家国天下的使命；道家给了他潇洒豁达的心态；佛家给了他看淡一切的心胸。正是这些书给了他生命的养料，智慧的灵魂，成就了他的格局和胸怀。心有境界行则正，腹有诗书气自华。

第二，就是行路，去很多的地方，无论远近。每一个地方，都会给你不一样的感觉。读万卷书行万里路。只行路，不读书，走万里也只是个邮差；只读书，不行路，只能是个书呆子。苏轼少年出川，之后伴随着升迁、调任、贬谪，走遍了祖国的大江南北，这也丰富了他的人生阅历，这才有后来腹有诗书气自华的苏轼。走过长江边的赤壁，有了"大江东去，浪淘尽，千古风流人物"；走过杭州的西湖，有了"欲把西湖比西子，淡妆浓抹总相宜"；在黄州吃过猪肉，有了"黄州好猪肉，价贱如泥土"；在岭南吃过荔枝，有了"日啖荔枝三百颗，不辞长作岭南人"。正因为阅尽了山川河湖，阅尽了人情风貌，阅尽了一草一木，才能拥有这样的人生格局，写出不朽的诗篇。读书，读的是有字之书，行路，读的是无字之书。见识得越多，就愈发现我们所在的天地狭小，曾经我们那些看起来了不得的事情，也就没那么重要。心态和格局才能愈发宽广。经历繁华，人生就会变得厚重；走过世界，格局才能变得开阔。

第三，就是感恩。感恩生命中遇见的每一个人，无论朋友还是敌人。以欢喜心看事，事事皆为我而生；以感恩心看事，人人皆为我而来。朋友带来温暖，敌人带来痛苦，他们让我们懂得了人世间的真善美，也让我们看清了假恶丑。是他们，让我们成熟、成长，是他们成就了我们的格局。

读过的书，改变气质，沉淀智慧。走过的路，开阔眼界，放大心胸。感恩的心，厚重灵魂，珍惜生命。妈妈希望你今后的人生中，每一天都能提升自己的眼界和格局，让自己拥有更多可能性。不为一时的失意而斤斤计较，不为眼前的利益纠结难平。

第四，就是快乐。妈妈希望你健康快乐地成长，拥有一个良好的作息，拥有一个拥抱美好的习惯。无论什么，也不能以损害健康为代价去争取；无论什么，也不能以失去自由为代价去换得。人生路上，有很多的磨难和坎坷，要负重前行，把它们当作成长的阶梯，任何打不倒你的，都会使你更强大。现在的你，已经拥有超越我们的智慧和情商，未来的路，学会读书，你会拥有强大的人生导师，将成为强者和勇士，成就自己独一无二的人生。

最后，妈妈希望你能是一个对社会有所贡献的人。每一个人，生而为人来到这个世上，都是承载了一定的使命和嘱托，否则，就只是无足轻重的一个躯壳。在这个浮华的世间吃喝玩乐，纵然过得快活，但是，灵魂轻飘到大地吸附不住任何引力的时候，上帝就会收回这个无用的皮囊，那将是无比后悔的人生。说了这么多，再说下去，还会列上十条八条，但路还是要你自己去走，所以，请带上妈妈的嘱托——珍重、珍惜生命；珍重、珍惜时间；珍重、珍惜未来，走好人生路，过好每一天。

高考已经结束了，妈妈祝你顺利考取自己心仪的大学，坦然地走向自己未来的人生。

爱你的妈妈

2020年7月11日

谎 言

　　五一小长假，听到最暖心的三句谎言，充满狡黠，却也无可辩驳。

　　谎言一："我只是给你演示一下，超车很危险，你尽量不要这样做。"

　　这是老公送我去单位值班时，像鱼雷一样滑行、超车，在我惊诧的目光中，淡然而眼含笑意、语速低沉地告诉我的一句话。我瞬间无语，最后，只憋出一句："那你怎么经常这样做？"但心底里，有一丝不服，也有一丝无奈，更有一丝感动。

　　不服是因为我才开车一个月，而将近10年里我无车可开是事实，将就之计是坐公车、搭私车，最近，到了实在无法凑合的地步，靠山山倒，靠人人跑，公车坐了几年，公务用车改革无车可坐了；私车搭了几年，公益性岗位的小姐妹合同到期了；老公每天安排人接送我上下班，但行无定车，实在不便。不得已打算再买一辆车，但老公迟迟不吐口，恰逢他去省城挂职，我便勇敢地开车上路了。他的担心溢于言表，总是试图继续让朋友接送我，我强力拒绝，于是每天如履薄冰中开始了我的行车生涯。每天将近一个半小时在车流里稳驾慢行，我谨慎无比，也颇为辛苦，但总算在出行上实现了自立，我甚是欣慰。无奈是因为我实在不喜欢开车，多年坐车的轻松，让我觉得在都市

开车实在不是件好玩的事情。于是，只要老公在，出行上他俨然是我的专车司机。令我感动的是他的牵挂与担心，自从我开车以来，他都会随时传授我一些开车小技巧，还告诉我车上仪表盘、温控开关等等的使用方法，包括他下意识超车了，怕我模仿与操作，竟不惜撒谎，告诉我他在演示危险性。对于这样的谎言，我只有在心里会意地一笑。

谎言二："今天是清明，奶奶心里难受，我去陪陪她。"

这是儿子为了晚上可以在奶奶家随心所欲地用手机，在电话里向我请假时话音里都带着笑意说的一句话。我瞬间无语，最后，只憋出一句："回到家，就把手机交奶奶。"儿子心善、心细，而且情商高，在他爷爷去世的近三年里，他经常回去陪奶奶。在日记里，儿子写到过失去爷爷的难过，也写到过奶奶过于感伤的落寞，嘴上不说，但他心里都有数。他能在清明节时，体悟到奶奶的孤独与伤感，对于一个玩性正浓的孩子，实属不易。虽然，这十足的关心里，也有他十足的自我意愿——放假了，不回家，就意味着放松。我无法不同意。所以，第二天他回到家时，我表扬了他，为他的善心，也为他的细

绿绦青紫

心，更为他的孝心。于是，顺理成章地就有了第三个谎言，只是他心里默默酝酿的时候，我丝毫不曾觉察，他的小聪明，衬托了我的迟钝。

谎言三："今天得去陪一晚姥姥，要不姥姥该有想法了。"

这是儿子在清明小长假第二天晚上打电话向我请假不回家的理由。我同样瞬间无语。父亲去世得早，才63岁就不在了，母亲虽不像婆婆一样久久沉浸在悲痛中不能自拔，但孤身一人的清冷与超凡的自律，也让人心疼。父亲不在后，母亲早晚锻炼、按摩、理疗，做着一切有益于身心的事情，只因我们说父亲的早逝，是为了给她添寿，她活得越长，父亲也越得慰藉。但是，儿子每每造访并留宿，她舍不得管教他不玩手机、舍不得管理他早早睡觉，都证明了她多么需要人陪伴。不说，儿子就会为了自由而常常留宿姥姥家，这是她老人家的育儿哲学，也是她笼络儿子的简单方法，我们都心知肚明，也毫无办法。

谎言是我们生活中常常会碰到的，但彼此都心知肚明，却无可辩驳、无可厚非的谎言，暖心也铭心。

雾里的阳光

静静地做自己

  林清玄的散文《心田上的百合花》大家一定都读到过——做一株安静绽放的百合，忍受世人的讥笑和嘲讽，最终开放成百合山谷，接受世人的赞叹与景仰。得出一个结论：静静地做自己，让世界发现你。参加2018年3月18日的"春风十里，不如在读书会遇见你"吴晓波读书会，感受有三点：

  一是人生是需要不断超越的。

  你以为自己已经阅历万千，波澜不惊，但是到了任何一个新的领域，仰视和谦虚是必须的。因为读书是自己的事，读书会是大家的事。就像从幕后走到台前，从观众变成演员，所有的聚光灯打开时，耀眼和刺目是你要去适应的，呈现和展示是你要去完成的。这时，你会发现那些在台上侃侃而谈的人，那些在台上落落大方的人，昂扬成了傲人的稻谷。而你，从台下走到台上是需要时间的，在这里，你就是新来的，任何一个新的领域，我们都是前辈面前的小学生。

  二是青春可以辜负你，但学识不会。

  人是最怕比较的。一直以来，都以为自己还很年轻，但是越来越多的是韵味，越来越少的是靓丽，越来越多的是皱纹，越来越少的是稚嫩。当端庄和大气碰上青春和靓丽时，岁月的沧桑和青春的逝去便立刻显露无遗。不过，你会惊讶地发现，学识可以给你应有的光彩。

并不美丽的容颜，因为温文尔雅的举止、轻言细语的解说而绽放出的光彩，神韵，是另一种美。有学识的人、有思想的人，正是构成我们这个城市精致的元素。吴晓波读书会集合了一波又一波热爱读书、热爱生活的人，而这些人，会带动更多的人。生活需要美的东西，而读书和学习是所有美的核心要素。

三是抽出时间来好好生活。生活给我们的，永远要比我们想象得丰富和美好，抽出时间来生活，说起来是一句比较搞笑的话题，因为我们每个人只要活着就都在生活，但抽出时间来生活，是更高的一种生活境界——你有多久没有踏进自然去寻找美的足迹，你有多久没有在健身归来后美美地泡上一壶茶，听一段评书或者是昆曲了。生活不仅仅是柴米油盐酱醋茶这样一些生活的日常和琐碎，还有音乐、美食、诗和远方。所以，抽出时间来好好生活和学习一样重要。我喜欢读书、写作，读到让自己有所感触的诗和散文乃至古文，我都会不遗余力地把它们背下来。背的时候很费劲，往往是边走路边背，像一个走火入魔抑或是神经有点问题的人一样，全然不管路人的疑惑和注视。背下来了过段时间也会忘得一干二净，记住的总不过是新近背下来的几篇而已，但每每看到或者听到时，便像遇到了一位忘年的至交或者是多年的老友一样，甚是亲切。但常常觉得这样做劳心费力不讨巧的事情，实在是可笑得超乎常人。这些，给自己带来的，不过是在热闹的场合需要大家都表演节目时，人家唱歌，你可以朗诵，也算是一项才艺罢了。但是，在读书会上，却真真正正地体会到了厚重。当听到大家朗诵《再别康桥》《雨巷》《相信未来》《致橡树》时，也觉得一种超然物外的自豪和感叹，自己竟然背了那么多东西，大家朗诵的，我竟然百分之七八十都会背啊！隐隐地感觉到，安静地做自己，究竟有多好。突然间才明白，安静地去努力，究竟有多重要。

生活不是一味地安静就好，也不是一味地奔波才对，在安静中绽放，在奔波中徜徉，人生，就是最好的状态，你，就是最好的样子。

两个傍晚

    1993年夏天的一个夜晚，我随度蜜月的哥哥和嫂子行走在敦煌，一路欢歌去往月牙泉。我们是步行去的，一路行走，一路打闹，路边有村庄，也有茫茫戈壁。红彤彤的夕阳像从天边铺展开来的红色泼墨水彩画，映衬得我们喜气洋洋的。身穿红色真丝运动服的哥哥高大、英俊、帅气。嫂子一身红裙，显得格外美丽。他们时而追逐、时而围着我打闹，但总会用亲切的声音喊我："梅梅快来、梅梅慢点。"我穿着嫂子给我买的红色真丝裙裤，上身是白衬衫和牛仔马甲，头发绾成髻，稚嫩而青春。他们是从长春赶回来举办婚礼后去敦煌度蜜月。我在兰州上学，接到家里电报后赶回来参加他们的婚礼，并受邀陪同前往。当受到嫂子的邀请时，我竟毫无知觉地大方同意了，压根儿不知道自己充当了一个多大的电灯泡。也是后来许多年后，我才意识到自己当时多么青涩，竟然可笑到参加哥哥嫂子的蜜月行。但是，那却是无比开心而又无比难忘的一次旅行。我们坐大巴车到敦煌住鸣沙山附近时，已是下午。我们在附近的村庄吃了农家饭后，步行前往月牙泉。一时间，他们是笑开了花的路人，而我是他们的小尾巴。一路的欢歌笑语，一路的笑闹追逐，一路的开心快乐，于是那个红彤彤的傍晚就深刻地留在了我的记忆里。他们相爱着，而我是他们幸福的见证者。赶到月牙泉的时候，天已经黑了，我们被勉强放行，但只给了半个小时时间，我们笑疯了一样地冲向月牙泉，夜晚的月牙泉鬼魅阴森，泉边的塔楼上似有人影绰绰，风声在沙山上像夜晚的妖魔在呼啸，我们在夜晚的沙山上追逐，互相吓唬打闹，绕月牙泉一圈后又往回跑。开心过后，幸福的夜晚就这样降临了，我们打车回到宾馆，我住外间，他们住里间。

2018年夏天的一个傍晚，我随两个朋友行走在村路。一路闲聊着向田野走去，路边有甜叶菊、玉米地、果树园、打麦场。我们说着童年的趣事，绕过草垛，踏过沟渠，捡一块石头，拾一把镰刀，好生快活。走到一片树林时，树梢上挂着的云朵吸引了我们的视线，灰色的云朵像一艘巨大的轮船，而轮船上跳跃出的白色云朵则像一只只动物，这分明是《少年派的奇幻漂流》啊！我们惊叹着继续沿林间小路前行，走进树林深处，一片紫色的菱形花朵又一次吸引了我们，像是一个热闹而繁盛的世界。我提议我们采上些吧，家里卧室衣架上有一个草编的花盆正好缺一蓬野味的花朵。于是我们兴致勃发地采了起来，紫色的花、白色的花、绿色的草，在女友的手上逐渐地有了插花的韵味，终于有了一大捧，我们用马莲草编了绳索紧紧地扎成花束，预备拿回家后剪出美丽的花形投放入草编花盆内，必是一盆干花艺术、室内一景，并约好干花定形了去我家吃火锅。继续行走，我们便沐浴在夕阳的光辉里。她的男友，一个质朴、俊朗、爱笑的男生，穿着黑色衣衫的他像是我们的护花使者。我们互相搀扶着在田埂上行走，走过细长的石板桥时，他俩异口同声："梅梅小心。"一切眼中的美景皆因爱情，朦胧的红色，美好的心情，让友情也美得像神话，而我们，沉浸在神话中流连忘返。夕阳终于大片地铺展在天边了，隐约的灰色云朵碎在夕阳中，照耀着大地上远处的荒草、近处的绿色和遍野的黑色地膜碎片，像极了《哈利·波特》中原野的场景，更像《摆渡人》中的荒原，我向他们讲述了自己的感觉，并说，书中荒原其实为人心所想，每个人都是自己灵魂的摆渡人，而我们，是真实存在的，在美的近乎荒诞的原野上，因爱而美好，而爱，就在于坚持，摆渡他人的同时，也摆渡了自己。我们就西北作家雪漠的《大漠祭》、余华的《活着》及名著《简·爱》《飘》《红与黑》交流了自己的理解与感悟，女友流利的表述让我折服。夜色降临了，我们返回车中，继续着探讨与交流，说累了，在音乐声中沉醉。我在心中默想："傍晚偷得浮生，与友近看闲云。欣喜采摘紫菱，野花幸归家中。途中文艺拍照，心中唯美是从。夕阳貌似心海，友情徜徉纯真。归途畅聊心书，相约下个黄昏。"念给他俩听后，大家又是一阵嬉笑打闹，互相吹捧，也欣欣然，为有这样志同道合的挚友而欣慰。

两个傍晚，极近相似，又大有不同。不同的是场景，相同的是心情，不同的是亲情与友情，但爱是永恒！一个已经过去若干年了，一个才刚刚发生，但都印刻在我的记忆里，时光的碎片里，这样的两个傍晚，美如神话，爱亦如神话。

亮色

　　工作是忙碌而充实的，尽显了自身的价值，也让我始终拥有属于自己的位置。人的一生都是在寻找位置的过程中度过的，我们不追求高官厚禄，不奢求前程似锦，但我们希望生活充实、内心富足。顶好，还能通过自己的努力，让自身价值体现出社会价值，为人民造福，为社会增色。这些，都还不够，我心中始终还有诗和远方。

　　在上班的途中，最让我心潮澎湃、激动不已的，就是那轮巨大而鲜红的朝阳，没有刺眼的光，只是一轮红色，在渐白的天际，静静地悬浮着，远远地辉煌着，越来越亮、越来越高。像极了自己的人生，从懂事起，就在不停地储备着能量，只为出现的时候，都是明亮而饱满的样子，安静而祥和，只为发光和发亮。其次，是路边那连片的红柳和大片的草地，似乎有无数的微生命在阳光升起来的浮生里跳跃。冬天是晶亮的白霜、春天是无尽的苍茫、夏天是柳绿的热闹、秋天是丰盛的萧瑟。我时常想涉足走一走，但总有一种不敢侵犯不属于自己领地不能轻易踩踏的敬畏。再次，是我办公室里的花，一株长成了树的米兰，自由生长而骨叶遒劲，树干是深褐色的，树枝却均为白色，细碎而繁密的叶子，营造出一种光影谐和、婆娑恣意的美感。最为奇妙的，是半月一开的白色米粒样的小花，让办公室常常香气充盈，总有人惊呼："你用了什么样的香水呀，真好闻。"我是很少用香水的，真水无香，似乎是朴素和安静惯了，总觉得简单而朴实、纯净而美好才是自己最好的状态。恰如"苔花如米小，也学牡丹开"。另外，是甘当配角的一盆绿萝、一盆吊兰，呈三足鼎立之势，让不大而干净整洁的办公室现出美好而温馨的样子。这样的感觉让我喜欢在办公室里，尤其是读书报的时候，充实、洁净而美好，总让我在忙碌过后内心安静，大有"心有静气身自安"之感，是工作之余最好的小憩。但这些花也每每让我牵挂不已，三天顾不上去办公室，最想念的就是那里的花，似乎能够听到她们渴极而泣的声音，眼前也有了她们泪眼婆娑的枯容。抽空赶去办公室浇花，看到她们有些暗淡却仍然鲜活的样子，便心生感激，感激她们如自己一样坚强而富足，才会不畏干渴，然而，这也是因为有着牵挂她们的我。就像岁月静好，是有人替你负重前行。我生活的美好，不仅仅是自身的努力，还是因为有一个宠爱我的丈夫，有一个长年为我们做饭的婆婆，有一个懂事的儿子，我想，我们都是内心富足而勇于拼搏的人，都是上进而努力的人。

而我内心的美好，却要归功于《甘肃日报》。自上班起，我最先从事的是办公室工作，打字、打杂、写材料是工作常态。但忙碌之余，我总是将主任办公室看过的废报纸清理到自己办公室细细品读，那时所看的重点是通讯报道，不仅是为了了解大事小情，更重要的是研习写作技巧。而每每看到《甘肃日报》副刊文摘的时候，我便会沉醉其中，内心有着极大的富足，许多名家散文，我恨不能背下来，实在背不下来，便抄写在笔记本上。而一些让我心有感触的散文，我总是再三品读之后将其剪下，然后时不时拿出来翻读一下。像莫言的《生命中总有一片祥云为你缭绕》、罗兰的《责任感》、刘希的《母亲的地图》等文章，我至今还保存着。

人生总有一些导师，而我的导师，就是高中时的语文老师和工作中的《甘肃日报》，以及大量书籍。高中时，我的班主任老师是语文老师，他夸我字写得好，还经常叫我到讲台去看他给我批改作文，我因此而喜欢上了写作文。理科班的语文老师没给我带过课，却将我的作文评为全校一等奖，我感谢他，因此也成就了我高中生活的亮色。后来，我的作文获全国比赛三等奖，上班后新闻通讯获全省新闻二等奖。这些，是我生活的亮色。

给我最大收获的，便是《甘肃日报》。她不仅是我工作时间的亮色，更是我生命鲜活的底色。非常感谢《甘肃日报》副刊文摘的编辑，他们摘刊出让人读来受益终身的文章，引领我们热爱生活。

给我最大念想的，也是《甘肃日报》。她不仅让我足不出户，看遍好文，更让我安静祥和地游历人生。每当报纸来，我最想看到的就是《甘肃日报》，而品读《甘肃日报》副刊文摘，是我工作之余最大的享受。《甘肃日报》并不是每期都有副刊文摘，但只要有的那一期总会让我心头一亮，爱不释手。多希望《甘肃日报》每期都有我所喜欢的副刊文摘呀！那样，生活该是多么的美好，工作之余，每天都有好文相伴，就像每天上班途中的朝阳、红柳，办公室里的米兰、绿萝，是我生活里的亮色，是我生命的底色，也是我心中的诗和远方。

随着工作的不断调整，我已经在几个工作岗位上奋斗、成长过，但无论是在什么岗位，第一时间订阅的总是《甘肃日报》，而读《甘肃日报》副刊文摘在我是一种享受，那是心灵的富足。

雾里的阳光

母如泥土

在越来越明白了生命的本质、生活的真谛后，眼前总是浮现出两位母亲的面孔。

她们是我最敬重的人。

一位是我的母亲，她已67岁了。母亲一生劳累，作为长女，打小就是家中的主劳力，起早贪黑地挣工分，又红又专地参加"九姐妹劳动社"。嫁给同样是贫农的父亲后，又一门心思地推送父亲出去当兵。自己拉扯着年幼的儿子，照顾着年老的五叔。后来，也许是母亲的身体实在撑不下去了，父亲才转业回家了。父亲回来参加工作后，母亲已经病得起不了床。彼时，我和妹妹两个轮流在母亲身上爬过来爬过去，全然不知母亲即将不省人事。父亲的厂里派来一辆大卡车，将我们母女三个拉到了城里，印象中只有白大褂的身影，母亲是怎么好起来的，我们也一样是全然不知。母亲好起来后，父亲在城里上班，家里的农活重担就落到了母亲身上。父亲每天早上骑行30公里路上班，晚上再骑行30公里路回来，他也帮妈妈干农活，但我们的印象中，似乎永远都是母亲自己拉着架子车运送玉米秆的场景。一次大清早，我被妹妹的哭声吵醒后，看她爬下炕朝屋门口跑去，我便也爬下炕追她，追到大门口，母亲刚好拉着玉米秆从家门前经过，看到我俩浑身精光地哭号，不由分说地放下架子车进门来抱上妹妹就抡起手打我屁股。除了疼痛和委屈的记忆，还有便是母亲弓着身子拉玉米秆的身形。母亲其实是非常美丽的，她是九姐妹中最好看的，秀美极了。但在农村，美丽是不起任何作用的，除了干活的样子之外，似乎总在抡起手或笤帚打我。也许是因为这个缘由吧，我从小就极为抵触母亲。尽管后来去省城上学后，母亲常常把省吃俭用背着父亲省下来的钱偷偷给我，也没能让我和母亲有过些许的亲昵。但心底里，我是疼惜母亲的，上中专回家的第一个假期，我给母亲买了一件一眼就相中的蓝色长羽绒服，寒风中打车回到家中，送给母亲一个惊喜。我和哥哥相继都到城里上学后，父母为了全家考虑，经姨母帮衬，在城里开了一家轮胎修理铺，就是这家轮胎修理铺，让我和哥哥很富足地上完了中专并相继上班。眼看着生活一天天好起来了，父亲想帮衬我的叔叔，打算把修理铺无偿转让给叔叔婶婶经营，善良的母亲二话没说就同意了，哪怕是叔叔为了娶媳妇因为分房子的事，几次抡着大铁锹拍过母亲，母亲也没有阻止父亲。但是，后来，叔叔婶婶不仅将城里的修理铺过到自己名下，还将农村我们家的房子也在我们所有人浑然不知的情况下过到了自己名下。妹妹还在上大专，不得已，父母亲又另开了一家轮胎修理铺，就是这家修理铺将父亲的后半生都送在了病床上。一次帮熟人干活的时候，人家怕吊链被偷，走时取下，只用千斤顶撑着车就回家吃饭了，父亲看天快黑了怕活干不完，便一头扎到车下帮忙焊车，殊不知千斤顶撑不住卡车的重量轰然倒下，父亲被折腰压在车下，母亲哭喊着找人救下父亲，虽然不致死亡，但壮汉一样的父亲从此在轮椅上度过了13年。母亲照顾父亲13年，后来的几年里，父亲是在床上度过的，母亲半小时就要给父亲翻一次身，最后的几个月，10分钟就要翻一次身，倔强的父亲除了母亲谁都不让近身，作为儿女我们也只能替换一下，超过一小时，父亲就不停地唤母亲。那时候，睡觉在母亲的生活中是没有概念的。劳累了一生的母亲在父亲过世后，每天除了调养身体就是照顾我和妹妹。

另一位母亲是我的婆婆。婆婆年轻时好强，挣工分、出劳力在女社员当中无人能比。人又热心，所以村里的婚丧嫁娶的事情，都是婆婆在主事。公公是个文人，年轻时当文书、壮年时任经贸主任，是婆婆口中的"公家人"，所以，侍奉公婆、操持家务、下地劳作全部是婆婆在操劳。在农村带大了三个孩子，孩子们相继考上学后，婆婆随公公搬到了城里。再后来，三个孩子相继成亲，我嫁到婆婆家时，姑姐家女儿已经在上初中，大伯哥的儿子也快出生了。之前的操劳都是听婆婆闲聊时说起的。自从我嫁到婆婆家后，婆婆待我如自家女儿。带大了大孙子，又带小孙子，现在，公公去世已经快两年了，她每天按时操持着我们一个大家庭六七口人吃饭。每天中午婆婆家的餐桌上都会是四个主菜、两个辅菜，如果有哪个外出上学的孙子辈回家的话，那必定是两个硬菜、四个主菜、两个辅菜，一天是米饭、一天是拉条子，偶尔是饺子或臊子面。相当于四个家庭的六七口人在婆婆的照顾下生活得其乐融融，每天按时开饭，饭后闲聊一会儿，各自去午休，下午我们按点上班时，婆婆也按时起来洗锅、刷碗、收拾家务。婆婆除了偶尔参与我们的闲聊，几乎没有什么闲话。早起坚持锻炼、中午准备午餐、下午姐妹们打牌，晚上出去散步。她像一块坚忍的磐石，除了公公去世前后的几个月里黯然神伤、常常落泪外，她一言不发，给我们的只是忙碌的身影、坚忍的表情，以及参与聊天时呵呵的笑声。

　　两位母亲，为我们营造了两种安详宁静的生活，像是孕育了生命的泥土，厚重而默默无闻，从不叫苦，从不说累。虽然没有人刻意地感谢母恩，最多就是生日宴或偶尔带母亲外出吃饭时举杯敬母说声辛苦、感谢之类的话语。母爱是亘古不变，始终如一的。每天回到家中，看到婆婆的身影，周末回到母亲家，看到母亲的身影，都有一种由衷的感动。岁月之悠远，纵使有再多的不如意，母爱都让我们扎根在坚实的大地，尽情地生活、尽心地奋斗。来自母爱如泥土一样的坚忍，让我们每一个儿女都坚挺如树，在风雨中成长，在奋斗中生活。

在两位母亲日复一日的劳作当中，注视着她们的身影，默默体味着她们给予我的力量。

母如泥土，今生，只想做像两位母亲一样的人，默默无言、无私奉献。质朴中凝聚着真诚，平凡里孕育着伟大，以默默无闻、不卑不亢的姿态寻找生存的方式。

你的生日

　　你的生日过后，新疆下起了大雪，我们这儿刮起了沙尘。端望着朋友发来雪压松枝的图片，转眼凝视窗外的黄沙，不仅想起我们的青春年少，而今却已是霜染头、面浮沙。

　　5月24，你生在一个阳光明媚的日子里吧？至少昨天是晴空万里。而今天，像我们的岁月吗？走过了风雨、历经了尘霜，依然在接受着上天的洗礼。

　　你还是当年那个艳压群芳的俏百灵吗？面容依稀可辨，但发福的身形和幸福的双下巴再也难现当年的俏丽。我们当中，有多少人爱慕过你年轻时的容颜，而今却已是浮生如梦。回望过去俨然犹如是镜中花、水中月。无奈的我们唱着岁月的浮华。

　　我啊，还是当年那个驰骋赛场、长发飘飘的少年吗？不过是声情激昂的中年人，虽然眼神依然犀利，却也难掩黯然与神伤。

　　我眼中的那个她啊，虽然可爱，却已天各一方。看到你，想到她，我已是心内成殇。你们是校园的姐妹花，我们是同乡的少年郎。如今，她的那个他，与我一起坐看你笑靥如花，而她，又在谁的眼中面如秋花？如今，我像尘一样地生活在这如沙的城市，岁月如梭，纵使此生有情，我们在梦中却也难续前缘。我已有了我的妻。她纯真的笑脸如午后的秋阳，她明净的慈心如佛前的一朵莲花。

昨夜，时光如水，友情如茶，我们相聚在龙湖山庄为你庆生。你早已没有了娇艳的笑容，像个了然尘世的女子，一身黑衣背心体现着极简生活，就像你的人生，来不得些微虚假。你与我们五个汉子环成半圆举杯豪饮，而我们的妻是另外的半圆，她们品茶浅笑，尽享美食。你们是两个世界的人吗？已然不是，然而，生活早已不同

毕业25年了，同学如故，秋霜满目。生日宴，终于又在我们的争辩声中落下帷幕。你在回望为儿子操劳的半生，辉煌而落寞，成功的号角依然响亮，但求人的路途难免苍凉。而我们呢，笑称"俗人一枚"，儿孙自有儿孙福，自然坦荡，乐得余生笑。

鸟儿飞过的春天

我看见了春的气息。

日光暖暖的。

一群鸟儿从我的车前滑翔而过，像翻飞的灰色纸飞机一样闪着银光。一些飞过去了，一些画着弧线折转进了旁边的松树枝里。

松树是黄山顶上的那种，倔强而坚忍，松针茂密而刚劲，鸟儿飞进去，像被吸纳进了溜溜球一样，瞬间就不见了。它们何时会再次呼朋引伴呢，我想应该是跳转几下，发现周围安全了，马上就会雀跃着飞出松枝在空中喳喳着会合，然后向远方欢欣地飞去了吧。沉思中，眼前浮现出去年春天和几个朋友去看薰衣草时的情景，在绿色的胡杨林里，有沙海、芦苇荡、花海，我们在木栈道上错次行走，青春的骄傲和美丽的气息，被风衣的洒脱和长发的妩媚飞扬在风里。我们感受着人们艳羡的眼光和男士过分的殷勤却并不说破，只是徜徉在风的气息和花的妩媚里，像飞过天空的鸟儿，沉浸在最美的情思里。已然不是轻浮的年龄了，但还是经不住美丽心情的诱惑，会被花儿的气息感动，也会被微风的情话击中。心还没沉淀到圆融无碍，那次，我们还是挑剔了这一系列春天气息的铺排，可惜了北方沙漠胡杨的沧桑生生地被揉进了南国的气息，但现在想起来，竟是那样的生动与和谐，像风衣里搭配着繁花锦簇的衣裙，也像一个热情的朋友恨不能倾尽所有来招呼伙伴。金塔胡杨林也一样用所有的热情迎接我们，似乎提前预知了我们可能会错过来年的繁华与美丽，一次捧出自己最美的风景，让我们流连忘返到足以忘记所有的不快，记住永远的春天。那次胡杨林赏春之后，我们还相约今年春天要去甘南，在大草原上驰骋和酣睡。然而，疫情来临了，我们年前至今居然连面也没有见过，只在自己的世界里忙碌，在疫情防控中互致平安。我又想起了陇原大地上春的气息，还是疫情前的几个星期，匆忙去了一趟陇西，汽车在平坦的山道上蜿蜒，满目都是空茫与绿意，远处的梯田和近处的冬小麦，在冬日里竟不沾染一丝寒冷的气息，轮廓像极了江南的茶山与绿海，只是需要从梯田和麦地里生发出绿色的想象，感受春的抚慰。同行的伙伴啊，还记得我们相约春日里再相聚吗？朋友的酒已备好，而我们何时才能启程。

不知不觉中，车行到了拐弯，我减慢了速度，思绪也从春天回到了现实，放眼望望窗外，虽阳光明媚却还没有生发出小草。然而，松树已然泛绿了，一改往日的灰土气息，像焕发了青春一样一溜烟地伸展开去，和蓝天白云呼应着延伸进了遥远的天际线里，与祁连雪山融为一体。

祁连山和雪山泾渭分明地以黛青色和银白色两种山体互相衬托，像环抱了大半个世界一样环绕在这个叫作嘉峪关的城市的南边，山际上边黛青色祁连山空茫地融入银色雪山的白雾里，银白色雪山若隐若现地与天空融为一体。车顺着山势走着，我似乎像一个滑雪的孩子，在雪的余韵里飞翔。

车行到被建筑挡住山的尽头的时候，我便拐到了单位的院里，树木都还是咖啡色的，一点绿意也没有。但是不远处，三三两两的姑娘们，身着轻薄的风衣，已然行走在春风里。

雾里的阳光

亲情酵素

　　网上流传做酵素有一段时间了，差点心动买了一个酵素桶来尝试，蓦然间又忍住了，心想还是吃新鲜水果吧。没想到，还是做起了酵素，原因是哥哥要传播健康，要我们健康。他热切地寄来酵素桶，10个酵素瓶，酵素配方，以及酵素视频等等，一天催三遍，恨不能从长春飞回嘉峪关来替我们把酵素做好，每天监督喝下去。我算是服了，也为他对亲情的执拗感动，于是，有模有样地做起了酵素，并坚持至现在。截至目前，我已经做了四桶酵素了，两桶火龙果酵素、一桶橙子酵素、一桶香蕉酵素。做好的酵素除了拿给妈妈和婆婆分享外，每天给上高中的儿子带一瓶，我自己喝一瓶。

　　做酵素是一件美好的事情。放一段禅音，焚一炷倒流香，人在厨房中忙碌，心在音乐中流淌。一星期前的周末，我去超市精心挑选了火龙果、苹果和柠檬，又从门口小商店买了6升纯净水，白糖是家里就有的。在大风天气里，我跑了两趟才买够了食材。万事开头难，对于不常做饭的我，削皮、去籽、切片，颇有些麻烦。当时，我是听着有声书进行的，书里讲述的生活哲理，像极了日子里的琐碎。大风天气，像极了生活的粗粝和磨难，但是，如果坚定了要做什么事情，大致都是要经历一些什么的。我要做酵素，是为了哥哥的一份心意。

　　妈妈做的酵素我已经品尝过了，真的是好喝极了，清凉、纯甜。

我还带回了一瓶，很快就喝完了。我要自己做，感念哥哥的一份真挚的亲情，也想带回给妈妈一瓶，让她尝尝女儿的手艺。

当我将切好的水果食材像莲花一样摆在桶底的时候，真是美丽极了！像家里开出的睡莲。我放糖，加入纯净水后，居然不愿搅动，生怕打搅了莲花刚刚缔结的清梦。做好了酵素，我轻轻地搅拌着，顺时针尽量不碰触桶壁和桶底。每天早晚各一次轻轻地搅拌。酵素在我的悉心呵护下，像我亲爱的孩子一样安静地睡去，轻轻地醒来。

前天，我的酵素要出桶了。我净衣、放上禅音，焚上倒流香后洗手打开了酵素桶。昔日的莲花还留在记忆里，此时的莲花已化为一桶浓浓的果水，像极了人的一生，从最初的美好到老去的混沌。但当我清掉果渣，将粉色的果汁装进酵素瓶摆上餐桌的时候，她们又像精灵一样恢复了美丽，安静而内敛。或许，每个人都会重生吧，像莲花一样化为水的精灵，重复着一世又一世的轮回。

化为水之精灵的莲花酵素正好派上了大用场。我一些相濡以沫的文艺界朋友要来家里吃火锅，而她们素来是不大喝酒的。于是我准备了一瓶鲜竹酒，每人敬献一杯后，用高脚杯倒上了粉酵素，美丽的颜色、飒爽的口感，让她们称赞不已。每个人做酵素的心情是不一样的，手法也不尽相同，所以酵素出桶后口感也是不一样的。我的酵素较之妈妈的，似乎多了一些直爽，少了一些甜美。火锅宴接近尾声时，拿出的酵素已经喝完了，朋友们个个喝得杯干底净还意犹未尽。我在遗憾酵素做少了的同时，麻利地又给她们各泡了一杯黑枸杞水，才算圆满完成了家宴。朋友走后，我才想起应该给妈妈留一瓶的，周末了，我们又该去看她老人家了。但粗心的我啊，酵素竟喝完了呢，未免有些遗憾地收拾着残局。等收拾完将剩余的菜往冰箱里安置时，奇迹出现了，在下一层的隔挡里，竟然还安静而调皮地躺着一瓶酵素，一定是当时上一个隔挡放不下被我给放进了下一个隔挡的，居然就忘了。但是，正好可以带给妈妈了！一切竟是最好的安排，有如上帝在精心策划了这一切。我是过了一个繁忙而美好的周五的，今天是周六，是安静而美好的一天。打理好家务，我慵懒地躺在沙发上，想给哥哥说说酵素开启了我另一种方式的美好，是操作带来的快乐，也是朋友欣喜带来的开心，更是亲情相依带来的幸福。起初，我刚躺下的时候，阳光像一朵盛开的向日葵一样照拂在我的额头上，现在，已经像流水一样浸漫了我的双腿。音乐也不知什么时候停了，停在了我的记忆里，也停在了我的记述中。下午，我该做一桶新的酵素了，昨天朋友来时带来了很多白鸭梨和橙子，做一桶像阳光一样的酵素吧，我在心里面打算着。

上访老人

　　推门进来时，老人的态度是强硬的，像是被人拒绝怕了，强入一样，这让我觉得莽撞和威胁。他大步走到离我很近的地方，只隔着一张桌子，用浓重的陇东话说："你是领导。"我说："我不是领导。"他带着豪爽的笑意说："你不是领导也是个小领导。"我被他的话逗笑了，请他坐，问他有什么事。他并不坐，而是边说边让我看他的材料，并努力地要找出其中的一份，我跟他说不用找了，有什么事说就行了。他直截了当地告诉我说："我是来上访的。"并对我评价道："你是个好人，也是个有修养的人，并不像其他人，门都不让我进，就问我是干啥的，还让我赶紧走。"我不好说什么，强忍着不满和不耐烦听他说，毕竟，谁都不想被人不礼貌地贸然打扰。他的陇东腔太浓了，我十句有九句听不懂，但我还是耐着性子听明白了——他已经上访很久了，为的是他的房子办不了产权，而同样遭遇的住户有3栋楼90户涉及近300人。我跟他说："产权的事应该属于房管局或国土资源局，就算是要上访也要去信访局。"他不耐烦地说："我上访这么久了，还连这都不知道吗？"我被呛得哭笑不得地说："知道那你还跑民政局？"他说："我上访时间太长了得了病了，申请救助。"我说："申请救助也有程序啊，你得先去社区申请。"他说："我不管这些，我来三趟了，我就是要让他们都不得好过。"我被他浓重的陇东腔逗笑了，我说："您这么大岁数了，要保重身体呀！"他开始给我出口成章地说古文，还特别对仗，我听出来了，他意思是道理他都明白，但如果是我自己的房子办不了产权我就不会这么说了。我想想也是，辛辛苦苦一辈子，老了奔儿子来买套房帮着带孙子，谁承想就买了个过不了户、办不了产权的黑户房，不郁闷也是不可能的。我很是同情他，但又不知该拿他怎么办好，只好请他坐，给他倒些水喝。他不坐，也不喝水，竟然用古语评价起我桌上的一块石头来。那是我用一块花纹极绚丽的红石头做成的一个鼠标。他把它看成是一个乌龟了，说它有尾无头，是个藏头龟，不适宜放在办公室，应该把它拿家里去。我说："好，好，好。"他于是满意而又豪迈地说，"走了，不打搅你了，看你办公室还有人在，就进来了，其他办公室都没人"，就走了出去。我如释重负，看到已经到了下班点，居然就被他耗了将近一小时。他虽不像个老学究，也莫测高深的样子。于是，我真的将那块石头连同另外的几块石头一并都拿回了家。很快，我就忘了这件事，其间虽然也听到过其他同事谈起他，毫不例外地，他都是被大家轰出去的。

绿绦青紫

　　阴冷的天很快就过去了，二月二过了，又紧接着迎来了春分，春回大地，阳光似乎一下子明媚起来了。又是一个早晨，我正在看书，门又被推开了，又是那个老人，还是以那样的方式直接走了进来，但这回态度缓和了很多，依然是走到我的桌前说："你面善，打搅你一分钟，给你看个批复。"从深蓝色的塑料文件袋里，他又拿出了一摞材料并很快找出一份红头文件给我看，我细看了一下是一份国土资源局给他的上访回复信，文件解释了他们的房子办不了过户的原因，并诚恳地说明连同当时法院停办过户手续的函也因为工作人员失误丢失了，似乎也承诺会尽力解决。我看到他满意地说："不容易哩，国家机关给我个人一个回复。"我鼻子一酸，眼泪就差点下来，他要的不过是一个答复。看着他蜡黄着的脸和脸上的老人斑，我黯然无语。正说着话时他突然剧烈地咳嗽起来，咳得惊天动地，久久地不能平复。我赶紧给他拿了瓶矿泉水，他竟然不喝，好容易平复一些了，他说："我不喝这个。"我又说：那我给你倒杯热水，纸杯已经取出倒上了，他递给我一个捏扁了的用过的纸杯说："用这个我用过的。"很显然，他是不想多浪费一个杯子。他又是一系列地咳，并且涕泪横流地咳到了屋外，在屋外楼梯口，他使劲擦着鼻涕。我拿了餐巾纸追出去给他，他不要，说自己随身带着，并已经在用原色黄纸擦着鼻涕和眼泪。手足无措之间，我脑海中闪现的竟然是我的父亲，他在外奔波的时候，有没有人像他们那样无礼地对待过他，假如现在的这个老人是我的父亲，我又会如何对待。但是，毕竟他是素不相识的一个老人。而我绝不可能以一副蛮横面孔对待别人。他慢慢地回来了，回到我的办公室戴上他那双蓝色胶皮面的线手套，收拾东西准备走了。突然，他看到了我水瓶里泡根的一束绿萝，说泡根要把叶子剪掉的，并着手准备帮我收拾。我赶紧递给他一把剪刀，他便利落地替我打理起来，我拿了垃圾筒装着剪下来的枝叶。末了，他又说我的花，不是缺水，要我从家里找一个软饮料瓶扎了眼喷花。他说："你写作写累了，没思路的时候，起来喷喷花，找找灵感再接着写，这是一个诀窍。"他怎么知道我有时会写点东西？我思忖着。这时，他又对着我的一盆叶尖有些黄的滴水观音说，缺水了，一边说一边将手探进盆里摸了摸，说还不是缺水，是根出了问题，并不容分说地要替我治理，还说他自带着工具。果然，他从蓝色文件袋里拿了一把像切刀一样的铲子，又试图去把花连同底座抱起来，但隔着茶几有些使不上力，抱了几次都抱不起来，我连连阻拦着说不用了，他还是使劲把花抱在怀里，泥水便顺着他的蓝色羽绒服流淌了下来，洒了办公室一地，走廊里也滴洒着，问我卫生间在哪里，他抱到卫生间去处理。我给他指了方向，他便抱着花去了男厕所。我收拾了桌上的花叶子、地上的泥水，把走廊又整个拖了一遍。收拾泥泞地面的时候，我有些后怕地

雾里的阳光

想："他随身拿着铲刀干什么？如果把他逼急眼了，他会不会拿铲刀行凶？"生活是多么无奈啊！很久以后，他抱着花回来了，重新栽过的花看着很服帖的样子。一共4枝，他只栽了3枝，另外一枝单另拿着，搁在一张报纸上。末了，他将那枝花装进了他的文件袋，并问我要了一张白纸，唰唰唰地写了起来，龙飞凤舞地写完了递给了我："善是青松恶是花，青松冷淡不如花。有朝一日浓霜降，只见青松不见花。供参考。"落款是电话号码和微信名。他又打开手机让我看他写的东西，都是很豪迈的国家经济发展之类的感叹。原来，是他自己时不时地会发些感慨写些东西，所以建议我浇花可以找点思路。我并不完全懂他那首即兴诗的意味，他手机里的东西也是我看不懂的，我也没打算加他的微信。但他蹒跚下楼离去时的背影和想象中他一路上访的故事却清晰地留在了我的脑海里。他说他拿了这封回复信，过几天就要回陇东了。他还说："50多岁的人了，你说得对，身体健康最重要。"他不像50多岁，满脸的老人斑和花白头发，让他看上去足足有70岁。

生活在右灵魂在左

　　生活与灵魂，就像一个人的右手与左手，在繁俗奔忙与安静祥和中互为补充、互动平衡。右手忙碌的同时，离不开左手的配合与支持，左手安静的同时，离不开右手的引领与牵动。生活得久了，就需要灵魂的安宁与清静，归隐得深了，就需要生活的带动与唤醒。

　　生活，就是到人群中去，往自然处走。

　　灵魂，就是在独处中升华，在安宁中沉静。工作以外的社会活动已经很久没有参加了，像一个独行者，在工作中忙碌，在凡俗中自在，在沉静中安宁。生活需要删繁就简。无法删除工作，因为要生存；无法删除家人，因为有责任和付出；无法删除朋友，因为有友爱与和谐。唯一能保全的，便是难得的清静与尽可能自在的周末。

　　很多时日了，我尽可能地拒绝应酬，尽可能地推掉活动，每天安静地回家，将家收拾得清明简净、安静祥和，然后在读书与音乐中沉静，在健身与散步间徘徊，安宁沉静、简单自在。

　　在这样的日子里，灵魂得到了舒展，生活平静得像一汪清泉，然而，也秩序得波澜不惊。

　　又是一个周末，也许是清静得久了，想在人群中碰撞；也许是安稳得太深，想在自然中徜徉；抑或是在家的清凉中惬意得太久，向往有所感悟的生活，我与一支作家队伍，开启一段自然之旅。

"八棵树"小广场

　　队伍由8辆车组成，奇妙的与"八棵树"的数字重合，似乎是天作之合，又像是巧为天成。很多的事情是不需要解释的，生活的背后，总是有一双神灵的眼睛在关注，也总有一双神灵的巧手在安排，自在天成。

　　车队从文联出发20分钟后到达了"八棵树"小广场。盛夏的早晨，8棵粗壮的杨树在红色基地的衬托下庄严而神圣，听着讲解，眼前似乎幻化出了郑占乾老人和工友们昔日在戈壁上为公路事业挥汗、护绿的场景。修建公路，是主责，是工作，亦是生活；植绿护绿，是灵魂，是憩息，是安宁。嘉峪关地处戈壁荒漠，风沙、盐碱、干旱严重，在这样的环境中修路已然十分艰苦。而要在降水量为88.4毫米，年蒸发量达2000毫米的情况下种活一棵树，真比养活一个孩子还难。但是，在这样的情况下，第一代养路工人顶着漫天黄沙利用修路的间隙，在简陋的道班房前种下了一排杨树，一代接着一代人在公路两边种下了一棵棵杨树、红柳。筑就了公路，也筑起了公路人绿色的情怀，公路延伸到哪里，绿色也铺陈到哪里。

养路中心

随着绿色，我们来到了公路局高养中心，听着当代筑路工人领袖自豪的讲述，看着一代又一代筑路人筑起的绿色梦想：绿色的树林、绿色的山丘、绿色的基地、绿色的生态、绿色的农作物，俨然是筑路人绿色的梦想和绿色的家园。而党建室、文化长廊，则让我们学习和感知到几代公路人扎根戈壁、艰苦奋斗，无私奉献、甘当路石，作出的不凡业绩和取得的辉煌成就。满眼都是绿色铺就的美好生活，满心都是8棵历经磨难的参天大树。我们的生活是一代人接着一代人，我们的事业也要一代人接着一代人传承下去，不忘初心，牢记使命，砥砺前行，甘于奉献。

天生桥腹地

天生桥是第二次去了。从公路局高养中心出发，路边是连绵不绝的绿色的小红柳，在蔚蓝天空的俯瞰与深情注视下，绿得弱不禁风却又柔软无比，最柔软的东西往往是最有生命力的，这也许就是在荒漠的公路边能够成活并且恣意生长的最适合的树种，不知不觉间，车辆已从成片的小红柳驶过了光伏发电基地，驶向沙漠的腹地。渐渐地，沙漠特有的草原出现了，远看似乎是草原，近看，其实是一丛一丛坚硬的草在戈壁上倔强生长出的荒漠绿野。其间，也有像荒漠中特有的沙葱一样生长出红色花朵的花，其实也不是花，是花的形状，但摘下来却是一个个红色的小果果。我们都被这样的花惊呆了，但是，这些属于自然的物种，让人无处可觅，见着了也许就是一生一次的邂逅。大自然是神奇的，这样的荒漠上的花，一样有荒漠上的蝴蝶守候。这些蝴蝶停留在石头上，不动时看上去像一堆柴草，受到惊扰时，便像蚂蟥一样飞起，展开红色闪着黑纹样的翅膀，箭一样射向另一块石

雾里的阳光

头，又变成了一块木屑一样的柴草。在这样的草原上四顾远望，视线里只有北边是一路驶来的路，像黑线一样在空旷的蓝天下一路延伸，伸展到北地平线与灰白的天空融为一体。东边视线里，是灰白的祁连雪山若隐若现，有的地方灰白色与天空略有分明，有的地方却银白得刺目而惊艳，天际线上，雪山与祁连山上覆盖着的雪像一个横睡在东边天际的美人一样，变幻莫测着不同层次的白。美，是无法用语言去形容的，在视线里，却定格成永恒的美丽。西边视线里，是与白对应得近乎虚幻的黑山，因为离得远，没有压迫的感觉，也在天际线下黑得若隐若现，与灰白的天空融为一体，黑得有些像天空晕出的眼影。在东西这一白一黑两山融合的南边，是祁连山上由松涛阵阵在灰黑的山上勾勒出的墨绿的松林，在松林铺就的南边的山偏西的地方，有一个倒三角的缺口，雪山在那里闪耀出一个白金一样的三角形城堡。这样的城堡是实实在在的，不是沙漠中的海市蜃楼，亦不是白云倒映的虚幻城堡，而是雪山与祁连山依傍出的世间奇景。但是，这样的景是走不到跟前去的，远在天边不说，横亘在草原上的，还有一个黄土山崖一样两壁林立的深不见底的大峡谷。站在峡谷的西边，只能看到峡谷东边的横切面，黄色的沙石砌就的崖壁，在草原上横切出一个山崖沟壑。人在天空下是渺小的，站在天空下的草原上，更显得微不足道，在草原上的峡谷前，人，更像是苍天眼里的一个蚂蚱。我们在山崖前呼喊着，跳跃着。看着草原延伸出的祁连山、祁连雪山、祁连松山、祁连金山，每一个人眼里都是不同的景，每一个人心中都是不同的情。而我，像一个虚无的存在，心里空空如也。我只是我，天空下的一片叶子，随风飘到了草原上，又随风飘到了峡谷前，还将随风飘到风要去的每一个地方。无人机在我们的上空盘旋航拍着，这样一个壮丽的场面，定格成某一个周末早上的画面，在我的脑海里，也在我的记忆中，会亘古存在。

这个沙漠草原上的峡谷，就在祁连山下，嘉峪关南戈壁荒漠上

绿绦青紫

54

的讨赖河大峡谷，是穿过草原像一条巨龙一样潜伏在自然里的一条大河。

"天生桥，城西南，讨赖河之西北百里。南面有山，讨赖河水从西南来，至此入地，如伏流状。地上人可通行，如天生然，故名天生桥"。多年前，我市曾出现过标有天生桥位置的旅游地图，把天生桥定位在讨赖河墩（即万里长城第一墩）和祁连山中间的河段上，反映了绘制者是依据古方志《桥梁》的记述所作的模糊判断。标有天生桥的旅游图的出现，还说明天生桥遗迹具有旅游开发价值。

带着这样的思索，我们穿过桥来到了讨赖河对岸。讨赖河对岸是另一幅美景，祁连山和倒金字城堡似乎就在伸手南边指向的地方，视线稍稍偏西，向谷底的方向走去，来到一处平坦的山丘向西仰望，一幅蓝色的岩石水墨山水画耸立在天空中，像蓝色的丹霞地貌铺就的从城堡走入谷底的毯子。随着平缓的蓝色山水图画，黑色的崖壁向北延伸开去，被水冲刷过的痕迹挂在整个崖壁上，如果是雨天，一定有一幅壮观的瀑布在崖壁上倾泻而下。如此美景怎容错过，我端坐在平坦的山丘上看得如痴如醉，只恨不是妙笔生花的画家。由西往北就是纯粹的大峡谷了，连绵不绝的是草原和远处的黑山。这样的地方，大家都在忙着从平原沿斜坡下到谷底去，我是不擅长行走的，又在这样一幅美景前驻足，似乎就再也走不动了。于是，我久久地在山丘上盘腿端坐着，欣赏着这幅壮丽的水墨山水图，任轻风抚弄着我的头发，似乎一世温柔，又像瞬间禅定。在人生的长河里，我们每个人都不过是一粒微尘，尘归尘，土归土，终归是要走向尘俗没入平凡。但是，自然的变迁，如若不经过地壳运动，或者山崩地裂，何以绘就蓝图，永驻于此。嘉峪关是世界的，嘉峪关如何走向世界。历史潜藏了如此的巨龙在我们的版图上，但是，却始终在默默地沉睡。开满百合的山谷会被世人发现，长满鳞片的巨龙也会被世界所关注。那么，巨龙的鳞片是什么呢？是我们在草原上看到的奇花异草，是西域城市的风情古镇，还是大河崛起的灯红酒绿？我不得而知，在荒漠的风里，我昏昏欲睡。

归途

同伴们陆续地回来了，我突然惊醒，庆幸在无人的这个时段，没有被一只恶狼所挟持；也庆幸没有恶鹰在我头顶盘旋。有的，只是匆匆蹿过时，驻足留下来凝视我片刻的小壁虎，我无意伤害它们，不动时，它们就与这戈壁融为一体，在这荒原上与石为伍、与风为伴。

在大家陆续到达后，我又像一片叶子一样飘到了车上，困意袭来，我欲昏昏睡去。从小到大，我都有个毛病，那就是遇到自己解决不了的问题时，思索过度，我便昏昏然。似乎，睡眠能够解决一切问题。昏睡中，我看见巨龙从开满百合花的山谷慢镜头一样腾空而起，大人在观望、小孩在欢呼，世界在眺望，宇宙在凝视。嘉峪关，一个响当当的名字。讨赖河大峡谷腾飞了，嘉峪关为世人所知。嘉峪关起航了，成为世界上最美的城市。我咧开的嘴一定笑出了声，但我的耳朵里却钻进了奇怪的声音。原来，是汽车驶向通向祁丰区新修的马路上，一路上有麦田、农场、草原、戈壁，有变幻雪景的山峰，也有部队拉练的营地，我是被同行的伙伴吵醒了。我醒了，我看到了熟悉的祁丰区部队营地，看到了小时候少先队无数次活动唱歌的树林，在共青团活动中无数次看到抵达的祁连山，也看到成年后我们多次前往烧香拜佛的文殊山。再往前走，一路看到的，都是先辈长眠的墓地，在文殊山向北延伸的平缓山坡上，一座座坟丘耸立在视线所及的山坡上。再往前走，经过了我的小学校，在那里，有5年时间，我每年冬天都要在黑暗中摸索进学校，小书包在我屁股上啪哒啪哒的。走进教室，拉亮电灯，在同学们到来之前将尖帽子的大烟囱炉子用牛粪烧得燃起旺火，同学们来了在上面烤馍馍、山芋。下课了，男同学在炉边讲鬼故事，女同学用竹签织着围脖。

火，在我心里燃烧着，透过火光，我看到的是个小女孩在村子里，在自家门前的白杨树下仰头往天空中望去，不知道一排杨树的村庄以外是个什么样的世界。在门前淌水的小渠前伫立，不知道顺渠而下，将会漂到哪里。那是我生长过的小村庄。牛羊哞咩、炊烟袅袅的小村庄。我牵着我的小花牛、大花牛走过的小村庄。我背着父亲的军用挎包装满了小人书放羊的小村庄。如今，父亲已然长眠在刚刚经过的山坡上，我也早已经走遍了祖国的大江南北。但是，心中的火还在熊熊燃烧，升腾着希望，也升腾着梦想，希望自己能够飞越重洋，希望嘉峪关能够飞越世界。

　　总有一个要在路上，生活或者灵魂。

哀　雨

　　上帝不会无缘无故偏爱他的任何一个子民，但也不会无缘无故无视任何一个生命，哪怕他们微如尘埃，抑或静若泥土。雨已经下了4天了，看架势，还会下上几天，时急时缓，成天成夜地下，一个干旱的小城，突然间就变成了江南水乡，到处都湿漉漉的。街道上冷冷清清，除了偶尔穿着雨衣的行人、打着雨伞的路人，就是在水中淌出飞花的车、路边烟雨中的树和楚楚可怜的花了。

　　在这样的雨天行驶，车里的热气都不足以吹去窗玻璃上的雾气，雨刷也一刻不停地在前玻璃上画着倒"八"字，似乎有什么急促的事情将人的心都能揪起来，而良那坐在白茫茫的车里，心里是无措和空落，只得将前排车窗玻璃都开了，似乎才能敞亮和明净些许。但是雨，似乎是一个人积攒了天大的委屈一样，无声地流泪，让人叹息她到底在哭泣些什么？令人心底沉重，但是无计可施。

　　雨终究是会过去的，但人死了就再也回不来了。

　　在雨中奔忙的良那终于回到家了，踏进门的那一刻，她如释重负地喘了口气。看着文艺而厚重的家，良那似乎得到了一丝的平静。当初装修新家时，她要的就是这样一种感觉，平静而安宁。中国风，有很多很多的书，有很多很多的绿植，过节时，她会再配上几瓶鲜花点缀一下。前几天是五一劳动节，她给茶几配上了一大瓶质朴的小碎紫叶菊，又在玄关左侧角上放了一瓶黄玫瑰、向日葵和满天星搭在一起的花，并细心地将花瓶用银色的锡纸包装成褶皱的纹理，整个家，平静、热烈而安宁。良那习惯性地换上家居服开始收拾屋子，然后锻炼，贴面膜后，准备睡觉。睡觉前，她习惯地瞅一眼微信，手机上并没有什么信息，只有一个添加好友的请求，她看了一眼，是表哥，大姑妈的儿子。大姑妈是从拉土的拖拉机上掉下去被车轱辘辗死的，那时候，表哥才两岁多。后来，大姑父拉扯大了四个孩子，表哥是老三。长大了的表哥不想种地，想学门手艺在城里混口饭吃，于是，他来到了良那家，吃住在良那家，但学艺是跟隔壁跛腿的王师傅学修理摩托车。学成后，自己开了摩托车修理铺，又自己买了吊车机，忙里忙外，眼见着刚50出头的人就已经白了头。自己过上日子的表哥就很少来良那家了，良那的父亲去世后就来得更少了，他怎么会加良那微信呢？良那有些纳闷，但也没再犹豫就加上了。但是，旋即发来的微信却让她目光呆滞、傻眼了一般。她愣愣地看着手机，脑中一片空白。手机上显示——你嫂子死了。

他说的良那嫂子是会儿。会儿死了，吊死在自家顶楼的天窗上。她赶去看时，看到顶楼台阶上去的天窗离地面也就半人高，人站上去，头伸出去就可以望到整个楼顶，楼顶是漆黑、冷森而破败的，放眼过去，什么也看不到，但是据表哥家里人说，看不到，但能摸到，手伸出天窗去，能摸到一个侧梯扶手。会儿就是将自己的宽皮带拴在那个侧梯扶手上踢倒了两个小矮凳，上吊自尽的。宽皮带怎么会吊死人，不得而知。楼道里空空如也，昏暗的灯光里，是邻居为了驱邪而燃放了大量鞭炮的红色碎屑，看上去触目而惊心。表哥家是4楼，顶楼的天窗在5楼——再上去一截楼梯的地方。良那赶过去时，会儿的尸体已经停放在殡仪馆了。据表哥家里的亲戚说，3天前，也就是5月3号的下午，5楼的邻居惊骇地发现了会儿的尸体后报了警。警察来拍了照片打问了一个下午才得知是4楼表哥家的媳妇会儿。警察打电话时，表哥还在很远的地方指挥吊车机作业，扔下手里的活赶回来的表哥，连会儿的尸体也没见到就被通知去了刑警分局，家也被警察封门搜集物证，验尸后送殡仪馆，三天后才见到，而通知良那也是三天后了。表哥家里的亲戚还说，放假前后家里一直是有人照顾会儿的，会儿时常会在沙发上一躺就是一天，人看着气色还不错，但是眼神常常是不对的。5月3号的那天，恰好家里没人，会儿10点多还打电话询问表哥是否会回家，表哥当天去了很远的地方吊车机作业，就说太远不回家了，于是，下午时间，会儿估摸着邻居们都上班走了，于是实施了策划良久的寻死计划。

　　良那缓过神来，给母亲和妹妹打了电话，又在雨中摸黑奔了过去，接上母亲和妹妹又赶到表哥家，再去接上出差回来还不知道会儿死讯的会儿的女儿，一起到殡仪馆吊唁。母亲和妹妹也是一脸惊愕，但斯人已逝，只剩雨声淅沥。

　　会儿是因为浑身疼痛难忍不堪折磨才狠心了断此生的，长期的风湿性关节炎让她疼痛难忍，吃药损坏了胃黏膜，吃什么拉什么，整个人浑身浮肿，脸色铁青。会儿是个爱美的人，吃药控制得稍微好一些的时候，她还是会穿上宽腿甩裤，化上妆、涂上红嘴唇慢腾腾地溜达到良那母亲家里，说说话，诉诉苦。良那母亲说，会儿两年前每次去她家都跟她念叨不想活了，念叨了两年，终于还是自己了断了。

　　良那想起多年前她厌弃会儿后就再也没有关心过她，心里很不是滋味，如果自己能经常关心和开导开导她的话，说不定会儿也不会走这一步，但现在想这些还有什么用呢。多年前，良那也是风湿性关节炎，她跟会儿一起尝试过用藏药泡浴治疗。当时，是会儿打电话邀请良那一起去做治疗的，地方是在一个乡下偏僻的农村卫生院，封闭性治疗，每天三次用藏药浸泡，每次40分钟，9天不能洗澡。当时会儿跟良那说："去了嫂子给你做好吃的。"但是，经过9天的治疗，良那发现，会儿生活习惯不好，白天不起，晚上不睡。早上良那按时起来收拾好床铺去走廊锻炼，会儿还在睡觉，良那锻炼完做好早饭了，会儿还在睡觉，好容易起了，也不收拾床铺，吃两口饭就各病房串门聊天去了，中午饭、下午饭依然如此。9天下来，良那迅速搬离病房再也没搭理过会儿。自那以后，良那放弃了所有治疗，每天尽量早睡，早上按时起床，坚持锻炼，除了服用钙片再没吃过任何药，到现在，偶尔还会手麻，天阴时腰胯会酸痛，但精气神却是越来越好，整个人根本看不出来有风湿性关节炎，只是她自己知道，不管天多热，她也从来不敢光腿穿裙子或者是甩裤，夏天最热时她从来都穿着毛线裤或者厚袜子，也常常穿牛仔裤。但是会儿呢？几年时间里尝试了几百种药，几十种治疗方法，每次吃药都是一大把一大把，出门别的不拿，准保是一挎包各种类型的药。她常跟良那母亲说，她是拿药养着的，表哥挣的钱都被她吃药了，有些药上万元。表哥家还是到城里后才打拼到的那个4楼的房子，小而简陋，家具也只是挪换了一下地方，从没有过更新。二十几年了，表哥的女儿都已经结婚，小孙女也两岁多了。会儿也知道，表哥的钱都被她吃药了，但是，结果呢？会儿是个喧闹的人，却像尘埃一样无声无息地就消失了，只给亲人们留下无尽的阴影和叹息。

　　哀雨是在悲叹这世间的不幸。生活总是那么多磨难，就像在雨里泡着的人们，匆匆地来，匆匆地去，不爽而厚重，但是，人都要学会调节生活，到办公室了，泡上一杯上好的清茶，打开电暖气，烘干自己的濡湿。烦躁时，也会和人扯上脖子吼上几句，但是一切平息了，还是会面带微笑地生活。回到家了，阴雨季节，就打开电热毯，尽量让自己舒适，雨天总是会过去的，生活还是要继续，像向日葵一样，尽量向着阳光的方向转动，真正坚强的人是知道了生活的真相，依然会热爱生活。哀雨是雨，也是泪，但是终会雨过天晴，幻化为彩虹。

　　良那带着母亲和妹妹回去时，已经是深夜。雨还在下，车窗也依然是白茫茫一片。她小心翼翼地分别送母亲和妹妹回去，又打开前排车窗将车开回了家。回到家的良那看到丈夫打来电话，于是回电简单说了事情的经过，出差的丈夫关切地让良那早点休息。良那疲惫地依靠在床上，事情可以诉说，但心情却无法平复。良那想着表哥的亲戚们正在收拾着土葬用的一应物品，表哥的女儿回到家后将和表哥以及会儿的弟弟披麻戴孝，在深夜两点去殡仪馆用棺木拉了会儿，赶3个多小时的路，在天亮前赶到表哥老家的坟地上。天亮前，会儿在众亲戚的哭泣声中会永久地长眠在地下。窗外，雨还在下，泥水里，会儿的亲人们，不得不度过一个凄风苦雨的夜晚，第二天，还得在雨水里按照农村的习俗待客，然后，各回各家，继续着说不上苦难，但也谈不上幸福的生活。

　　雨还是雨，只是和死有关。但是，死去的已然死去，活着的还得活着。听着窗外野猫凄厉如婴儿哭叫的声音，良那插上电热毯后去洗漱，热水的温暖让她舒适了一些，抽紧的身体似乎也在慢慢舒缓，坏心情，也会像雨一样，终究会过去吧，良那想着。

团灰

阿冉请大家聚会，依然是男女搭配吃饭不累的节奏，俊男靓女们来了，自然又是叫嚷着要穿插开来一男一女和谐而坐，这样的聚会难免就会插科打浑地乱开荤素玩笑，笑闹一通吃喝完毕，留下一桌的残渣剩汁扬长而去，过后，大家可能连个问候电话也不会打。

这样的聚会多了，大家也不过是你请一顿我请一顿地萍聚而已，没什么目的，没什么要求，功利性不强，娱乐性较好，似乎解压又解累。"一个字：痛快！"有朋友这样说。呵呵，这是大家常有的口误——一个字总结，常说了两个字，两个字概括却说了4个字，但也符合这种聚会最初的样子。

但聚的多了，问题就来了，大家太熟了，玩笑就开得过了，吃喝也变味了，喝酒狂喝，不醉不归，醉了不走。说话乱说，有互相揭短的、彼此挖苦的、乱点鸳鸯谱的、你来我往打趣吹捧的，也有油腻男揩油胡搞男女关系的。慢慢地，聚会就在某次吵闹之后戛然而止。过段时间又死灰复燃，了无生趣，半死不活的样子，最后彼此适应了，又会鸡肋一样地聚下去。每个圈子都这样，今天这个圈，明天那个圈，圈圈绕绕地，日子就被绕没了。

阿冉一直纠缠在各种这样无厘头的聚会里，美其名曰好多"圈子"。他像个局外人一样游荡着，长此以往人将不人地活着，因为潜意识里，吃吃喝喝的生活让他觉得玷污了友情、亏欠了亲情，但又无力摆脱。他为什么会如此受欢迎呢？无非是他酒量好、幽默、会讲段子，还奶油小生样长一张白皙的脸。他厌烦着，却也无法摆脱地恶性循环着，仿佛游走着的一个"空虚"的人。其实，他忙得要死，单位招投标他得做，项目策划他得冲，父母亲他得照顾，女朋友他得陪伴，老婆他得哄好，有病的娃他得保密性治疗，生活得不够敞亮却也神一样地存在着。

直到有一天，他突然觉得累了，朋友遍天下但没几个关键时候开得了口的，不仅没有过硬的交情，更没有拿命交的。孩子的病也是他心头的病，但没有朋友可以诉说。有一次孩子得了急性肝炎，他正好在外地出差，老婆领着孩子往医院跑，给他打电话，他竟愣是想不起来可以找谁帮忙。又有一次，他请圈子里的一个女朋友帮忙办了个小事，对方愣是盯住他请了几次客才罢休。他不知道这样的聚会他都交了些什么朋友，困惑着迷茫着他一步步清醒也一步步成熟着。

又一次带孩子外出看病回来后，他走进自己的家门，看到屋里萧条的样子，心中一阵悲戚。除了年迈的父母偶尔给他过来打扫一下房间外，其他谁又能帮上任何忙呢？朋友交了一大堆又有什么用呢？看着疲累的妻子，他头一次拿起笤帚打算把屋子清扫一遍，他惊愕地发现，离开家也就短短的半个月，屋里竟积了许多灰尘，桌子上是薄薄的一层灰，地上看不甚清楚，但地脚线边和墙角里，竟然是一团一团的灰尘，像极了一团团的柳絮积到了屋里。他连忙伸笤帚过去扫，它们竟然倏然间就不见了，一阵尘灰四起，他独自怅然。多像他朋友的聚会啊，经不起一点风浪的打击，盛不下一丝人情的考量。

又是一次不得不出席的聚会，还是那样的打情骂俏，还是那样的兴高采烈。那个他曾经请求帮过小忙的女朋友更是没着没落地开他的玩笑，还叫嚷着让他请客，原因是好几次聚会他都没有参加了。突然间，他觉得好生厌恶。恰巧，那个瞪着个死鱼眼睛的女孩还矫情地说："我最喜欢奶奶灰了，如果不上班，我一定把头发挑染成奶奶灰大波浪。"他差点没吐出来，但依然笑闹着挤着眼睛说："'奶奶灰'？灰尘不也是奶奶灰的颜色吗？染了，不是跟垃圾一样了吗？你再穿得跟红绿蔬菜一样，你一出现，大家还以为一个移动的垃圾筐呢！"哈哈哈哈，大家笑得个个跟大马哈一样，那女孩像个八婆一样举手过来挠阿冉，阿冉抱头嬉笑着告饶，泪却在心里流开了，他觉得他们的聚会多么像聚在一起无所事事的尘埃啊，轻飘飘地，一吹即散，经不起拍打，却又抱成团虚浮地在一个又一个角落里相聚着。

他的渺小与忙碌，让他觉得自己与同伴就像一个个向光而生的尘埃一样，在世俗里跳腾，但又努力地生活着。有时，也像散乱的浮尘，在空气中失去了光的指引而散漫地漂浮。更有甚者，他们吃吃喝喝，虚度浮生，制造着垃圾的同时，抱团成灰，像极了柳絮，但轻轻一碰触便四下飘散开去。

他感慨王开岭的《日子要一天一天地过》里说的：日子太短了，生命太快了。有一次，忽听一女孩感慨："你说哎，日子真快，眨眼又过年了，不就看了几部剧，听了几首歌嘛，我夏天的一条裙子还忘了穿呢……"

是啊，我们对光阴的印象愈发模糊，时间消费上，逐渐变得没有概念。"今天几号啊？"这声音无处不在。时间的粗化，意味着人生的恍惚、知觉的紊乱。裹挟在时间洪流、公共意向和运动人群中，我们不知该为人生准备哪些"必须"，找不到自己的细节和脉络，找不到自己的星座和北斗，找不到独立而清醒、僻静且坚定的信念和价值观……每个人都兴高采烈被推搡着、绑架着，无人情愿和能够出局。

其实，阿冉是知道自己的价值的，也明白生存的意义，但总被虚无的快乐所排挤，也被世俗的生活所推送，总在挤挤挨挨地生活着，对理想坚定但不热烈，对爱好执着但不迷恋。在世俗里混得多了，出现在人们的视野里，就如阳光下的尘埃一样，清醒地走着，麻木地活着，但不知所云。他告诉自己，是该净化朋友圈了，是该更加纯粹地活出自我了，向着光的方向追逐理想，在自我的世界里活出敞亮的自我。

像阳光一样，出现了，就是光明。慢下来，感知自己的生活，户外去走走，在内心里坚定自己理想的信念，丈量自己生命的意义，像王开岭一样，恢复了"天时"的感觉，光阴"寸寸缕缕"的感觉，日子"一天一天数着过"的感觉，内心也敞亮起来了。

这种感觉真好，每一分每一秒都是自己的而不是感觉被碾压、被主宰、被虚无。生活，不再是粗糙的麻绳，而是一串不紧不慢、心中有数的佛珠，沐浴着阳光的样子。

绿绦青紫

生活的另一扇窗

　　2018年，我有三大收获：

　　一是给自己起了一个笔名"因果"（因上努力，果上随缘）。起这个笔名的原因是我那时拼命工作想要晋升，不仅未实现还引发了疾病。于是我开始顺遂天意，开始享受生活。生活一旦丰富起来，就知道工作固然重要，但一味追求升职，其实是一种病态心理——我太想证实自己了，但事实告诉我，你很平凡，作为个体，你是独一无二的，但在优秀的群体里，你仅仅是努力的其中一个而已。而且，杨绛先生也总结得非常透彻——我们曾如此渴望命运的波澜，到最后才发现：人生最曼妙的风景，竟是内心的淡定与从容……我们曾如此期盼外界的认可，到最后才知道：世界是自己的，与他人毫无关系。我突然从内心无比清晰地验证了这个道理，而且，我认为上天对每个人都是公平的，也许，我已经得到了太多的恩赐，而命运对我的安排原本是平凡的，况且，我已经呈现出了一种优越于他人，成为少数佼佼者的样子，现在的挫折，只是让我逐步调整成一个正常状态而已。于是，我的心态一下子就平和了下来，甚至认为这样的安排是上天在拯救我，给你并不要命的病症好过突然通知你下岗，毕竟，我们都是如此地热爱生命，如此地热爱生活。由此，我为了让自己身体好起来，努力推掉了很多无谓的应酬，刻意减少了一些不必要的约请，晚十早五，规律生活，努力锻炼，并从中体会到了美好。首先，我的失眠症在一日日好转，我睡眠充足，逐步开始体验到生命的美好与生活的幸福。以前，是无尽地挥霍人生、无休止地拼命工作、无止境地反复失眠。而现在我的生活平静祥和。但，人生是要有所寄托的，读书、看报、努力工作、好好生活并不能证明我自己，隐隐地，我还有另外一个梦想，那就是写作。一段时间以来，为了工作、为了升职，我竟然都把它忘记了，像个提笔忘字的电脑控，我成了提笔不能书的脑部间歇性短路者，一时间，我竟然写不出任何东西。纵然有千般感情，但思路是麻木的，形容是枯槁的，语言是苍白的，我以为我再也写不出任何东西，直到"因果"笔名在我脑海里乍现，我的心随之安静、平定下来，再看到焦灼努力、疲于奔命的人，我忽然间就有了一种"放下"的轻松。

二是沉心记录"小确幸"。开始写作是十几年前的事情了，发表了几十篇"小豆腐块"，收集自己作品并印刷了一本取名为《花开的痕迹》的小集子，算是给自己30岁生日的交代。然后就搁笔了，搁笔的原因是绝对负气，也绝对气馁。那时候，突然之间就时时感到了文人气质的酸腐，或许是加入作家协会之后吧，见到的"另类"太多了，总觉得文人有说不出的些许怪异，有看不惯的点滴软弱，生怕别人说自己也是"文艺女青年"。还有另一层原因，是因为随处可见的报刊亭，书报应有尽有；各大书店积压的书籍多数无人问津，觉得作家已经太多了，不缺我一个，大作写不出来，小作写着也没什么意义。思想决定行动，这些低俗而幼稚的想法决定了我弃笔从政，一心不再多用。这一搁，就搁了十几年，其间也写过些感想、尝试过小说，但只是偷偷地有感而发，再无刻意写作和潜心创作。直到2018年，当我沉下心来生活的时候，看到了生活的许多美好，感受到了生命存在的更多意义，才又拿起笔来，为的是排解生活的郁闷、打发无聊的时光，记录心灵的感受，突然之间，就明白了写作的意义。以前，我总幻想写出惊人的巨作，有了思路和灵感的时候，也总想笔下有千斤，一举写出巨著，但事实是流畅地写出自己满意的作品已是难能可贵了，创世佳作哪有那么轻易诞生的。单纯明白了这样的道理是不够的，促使我坚持写作的，除了梦想，还有现实——那就是我不仅想成为作家，更想真实地记录自己生活的"小确幸"，因为生活是独一无二的，没有哪一分哪一秒是重复而完全相同的。过了40岁之后，就突然特别珍惜每时每刻的时光，而当你真心拥抱生活的时候，生活也会真心地拥抱你，当每一天都过得规律、平静、简单而真实的时候，内心的丰盈、快乐也就日盛一日。而记录，就是尽量留住生活的每一瞬间，给自己一个完满而幸福的人生。生命是自己的，一生只有一次。不求大富大贵、不求长生不老，但求不悔此生、不恋来世。而且，促使我写作的，还有一个不可告人的小秘密——挣钱。从重拾写作到现在，我还没有为此而挣到一分钱，但我看了太多为了增加收入而坚持写作取得成功的案例和事实，细想了一下，自己一不会创业、二不会理财，能赚点外快的，看来只有写作了，梦想除了保持健康、退休了周游世界外，又多了一项，那就是通过写作来攒够自己旅游的钱，没准一不小心还真成了作家呢。哈哈，我的梦想就是梦想，但一不小心实现了呢！可笑吧，人生就是可笑的，一个念头接着一个念头，上一秒还激情满怀，下一秒有可能就偃旗息鼓。但我最不缺乏的就是恒心和毅力，坚持下去就是梦想实现的开始。而且，如果说做什么事情能让我一心一意地投入，忘却自我的话，那就是写作了，一旦进入写作，时间就是快速溜走的精灵，在我的心里跳跃着就不见了，快如迅疾的时光。

三是潜下心来生活。这其实是不容易的，很多时候，我们生活在此处，想着另一处；做着这件事，想着另一件事；陪着这个人，爱着另一个人。潜下心来生活，此处就是此心，此刻就是此事，此生就是此人。朝起收拾一家人梦遗落的痕迹，黄昏陪一人看日落后的余晖，晚睡重复祝亲人一生安好至次日晨醒。看过最有共鸣的一首诗，应该就是海

雾里的阳光

子的《面朝大海　春暖花开》了，结束了职业生涯的梦想，我真的开始了每天做饭、洗锅的生活，梦想着有一天周游世界；我也真的开始关心粮食、蔬菜和水果，超市就是我去得最多的地方；我也真的有了一所房子，面朝迎宾湖，春暖花开。每日和先生散步，他总是由衷地感叹，这小区就是咱家的院子，迎宾湖就是咱家的后花园啊。我理解他的满足，生活在一个环境优美的小区里，真的像是生活在春暖花开、小桥流水、绿树成荫的自家大院里。步入后院迎宾湖，真的像私家后花园里自带了游泳馆和健身房一样的感觉。在这样的环境里生活，创造一个雅致又文艺的生活居室，看一本书、提一篮菜，谁又能分得清书、画、琴、棋、诗、酒、花与柴、米、油、盐、酱、醋、茶有多大区别呢？不过是你中有我，我中有你。潜下心来生活，也是最近才有的事，有了这样的家、有了这样的生活，并不一定心就能定下来。此前的一段时间，我还时时幻想着离家出走，去过说走就走的生活，能时时地外出去旅游一下，偶尔地就在别处生活一下，总渴望着大海与高山、古镇和村落。然而，突然之间，我就想踏踏实实地生活了，再也不去拒绝日复一日地重复，也不去变着花样地浪漫了。觉得听听音乐、看看书、逛逛超市、喝喝茶的生活很好。再也不刻意去享受天南海北的美食了，也不刻意变着花样做饭。觉得丰富的早餐、可口的午餐就足够了，晚餐只愿一碗白粥、一碟素菜即可。生活是着实地发生了变化，由以前的杂乱、丰富、聒噪和快乐变化成了规律、简单、平静和祥和。哪一种更好呢？安于当下最好。我喜欢现在的状态，心灵素净而自由，灵魂安静而丰盈，生活简单而快乐。夫复何求？记得何其芳的诗《我为少男少女们歌唱》里说："我歌唱早晨，我歌唱希望，我歌唱未来的事物，我歌唱正在生长的力量……我的血流得很快，面对未来，我又充满梦想充满渴望。"我歌唱一切美好的事物，我为所有人祝福。而我，只愿在未来梦想的路上付诸实际行动。

我们的结婚纪念日

　　结婚18年了，想想都很不容易，但是，回想一下，也不过是弹指一挥间的事。所以，说长也长，说短也短，人生都不过是白驹过隙，何况细碎日子里的18载，不过就像不太一样的18天而已，具体有什么不一样都已经记不太清楚了，似乎也不过是大体一致的日子。不过是一天高兴些，两天平淡些，偶尔很是伤心，间或有些郁闷而已。

　　我很奇怪大家都在过"5.20"，但我们的结婚纪念日却是"5.21"。我问老公："我们是不是结婚选错日子了？"老公说："我知道。"其实，他也什么都不知道，但我知道，他当时定"5.21"是想说明"我爱你"，所以，"5.20"还是"5.21"并不重要，重要的是他想表达爱的那份心情。"5.20"平淡幸福地过去了：早上我一如既往收拾家务，他去单位交接班，然后他来接我，我们去打乒乓球。中午去我妈家吃饭，妈妈做了臊子面，他连说好吃，我不说，但是美美地吃了两大碗。下午睡一觉起来，我洗完澡后穿上买了几年了但一直没穿过的一条粉色毛线裙，准备去买些东西回来。看他还懒懒地躺在床上，知道他不想起来，便没要求他陪同，自己去隔壁商场逛了下，买了喜欢的东西回到家，便开始择菜洗菜，刚刚备好料，他接过我手头的锅铲开始炒菜。简单的晚餐吃完后，我们去散步。一切都很平常但很幸福，这不过是我们众多周末当中一天的缩影。唯一不平常的是，他临睡前说，明天找个能吃烛光晚餐的地方。

于是，"5.21"我定了朋友开的一家个性火吧里一个小包厢，包厢号是202。下班了，他问我是先回家然后跟他一起过去，还是直接去，我说节省时间我们直接过去吧。于是，我们一前一后到了庆婚的地方，分别点了他爱吃的农家小炒肉、我爱吃的无敌土豆片，点了一把儿子爱吃的羊肉串（已上高一的儿子去兰州新区踢足球赛，虽然不在，但他在我们的生活中是如影随形的），点了一个意大利面，点了一个乳鸽汤，菜就算齐了，他象征性地泡了两杯普洱茶，营造出喜庆的气氛，简单总结了一下我们18年的生活，然后我们的纪念仪式就算结束了，我们像在家一样，美味可口地填饱肚子就准备结束纪念晚餐然后去散步。他问我18年是什么婚，我也不知道，于是他查了手机，说18年是手表婚，我们讨论了手表婚是什么意思。然后他准备带我去买礼物，我跟他商定就买一套常用的化妆品吧，而且等到预定的洗面奶到货了一并去拿上就行了。他很高兴地说我很懂事，我顺便自夸了一下。

我们的结婚纪念日就这样结束了，就像18年的生活，很平淡、很普通一样，结婚纪念日不过是生出来的一点仪式感而已，但平淡普通到不想多一星一点的新意，觉得生活就是这样最好——平淡、简单，云淡风轻、细水长流。一年就像一日过下去，一生就像一年过下去，也很好。不过，其间多一些外出旅游就更好了。退休了，就去周游世界过开挂了的人生，现在，就平和、安静地生活，如此，就好。

读来，似乎很好笑吧，像记流水账一样记录下一个普通的结婚纪念日有什么意义呢？对我来说，是意义非凡。因为，这个结婚纪念日是很普通，普通到非要以这样直白而流水的方式记录不可，因为，写不出更多的新意和花样，也不想繁述对环境的描写，而内心简单到无一丝一毫的想法。所以，也没有可说的内容。但记录本身这个事情对我很重要，因为每一天的生活都是不同的，过了40岁以后，每一分每

绿绦青紫

一秒对我来说都很重要，都值得纪念和留恋，但唯有记录才能记下一些模糊的模样，如果什么都不写，人生就会像白开水一样过去了，都会忘得一干二净，除非痛彻心灵的记忆会随时间淡去而留下一些印痕，否则，昨天做了什么、吃了什么、见了什么人不都是转瞬即逝的吗！那么，为什么不记录一下美好的一瞬、开心的一刻呢？

聊表心意而已，纪念一下生活，记录一下记忆，如此而已。

雾里的阳光

西藏归来

从西藏回来，今天是第10天了。亲朋聚会、琐碎家务、日常工作，日子像撒了盐的雪沫，漫天飞扬，瞬间消逝。感情还停留在去西藏前义无反顾的决心和回来后心愿已了的豪迈当中，时间却已往前又溜走了10日。忙归忙，没有纠结与烦乱，静看世态随和生活，心态更加平和与宁静，少了急切地想要抓住时间的紧迫，生活得更加从容和淡定了。

刚回来时，面对家人和朋友，隐约有些恍若隔世和久别重逢的感觉，想要拥抱他们和庆贺活着的美好。但是，面对大家一如既往的忙碌和并无别样的淡漠，我知道，自己只是于己重要而已，对于其他任何一个人，包括我的孩子和家人，回家也只是意味着生活又驶入正常轨道而已，并无太多牵念与记挂。

倒是婆婆，向别人念叨起她的小儿媳开车去了西藏后，被甚是担心的感情折磨着，好些日子不能安睡。妈妈在回来后听我说了去西藏的艰苦和危险，吓得连连惊叫。

去西藏是一个心愿，只是觉得雪域高原有一种神秘的力量，牵引着自己走上向往美好、追求圣洁的道路。但出发，却像一个梦一样，需要有实现的勇气和决心。

出发前的准备

想要去西藏已经很久了。作为一个脚步和心灵都没有丈量过的地方，每每和神交已久、灵魂契合的闺蜜谈及便无限向往，并相约前往。但一直苦于没有其他合适的同行者，便一直在心里默默酝酿着，像种了一颗圣洁的种子，早已在心里生根发芽，蓬勃得只待出发就会长成参天大树。

但真正决定要去西藏了，才知道去西藏是一个勇敢的决定，尤其是自驾。做好攻略后，更是被高反、泥石流、塌方惊吓得似乎做出的是一个生死决定，前行的路疑云密布，所去的地方凶险莫测。尤其是咨询了一个西藏的旅行社，说最近雨季泥石流和塌方比较多，干脆建议我们坐火车出发。而我们执意开车走，于是自己给自己定义：去就意味着生死置之度外，不去也意味着选择了平庸和俗世，似乎永无脱离平淡的心境了。所以最终决定去，生死由命，富贵在天，脚步丈量出的不是时间和距离而是生命和价值。

因此，去西藏，自驾条件的准备和心理的准备都是必需的。车辆全检、轮胎全换、手续齐备、食物充足、药品必备。物资准备后，心理上的准备是最重要的——享受最美的风景，做好最坏的打算，无论何种境况都淡定以对，哪怕堵车三五天，也全当野外生活，享受恩赐。

出发后的顺畅

出去后才知道有句话说得真是无比正确，那就是：只要你决定出发就已经成功了一半。出发前我们所担心的订房、吃饭等一系列的问题一次也没有发生过。房间从网上随行随定，可选性很多，而且条件都不差。吃饭更是在合适的时间挑选可口、清淡的饮食，餐餐美味。在车上，听着心旷神怡的藏歌，看着变幻莫测的风景，困了睡一觉，醒了狂拍照，那叫一个怡然自得。吃得开心、住得舒适，行得顺畅，误以为在家里长期度假一样，听着音乐睡着觉，醒来还有移动的风景可看，更有不同品相的川菜、藏餐可供选择。人活着，全在于一个心态。你所谓的岁月静好，是有人替你负重前行。朋友驾车是可靠而稳重的，所以，无论看景还是睡觉，在车上都像是移动的家一样，坐在沙发上看景听歌而已。司机的累我们是不能体会的，因为朋友说，驾车看到的是最美的风景，而他和闺蜜常常为谁来开车而争吵和计较，更是让我们误认为开车是最美的旅行。一般情况下，闺蜜视力好，只能抢到晚上驾车的机会，她开车更稳，会找一辆认为车技不错、驾驶较为稳定的车跟着，一直徐徐地开下去，极少超车或快踩刹车，所以晚上行驶时，我一般都在睡觉，醒来时已经又到了一个宾馆，让人误以为家里有很多卧室，每晚换一个住处。所以，选择志趣相投的同伴出行，真是一个明智的选择，他们会认为，陪伴便是最长情的告白。而你在这里，我也恰好在这里，便是最大的幸福。传说中甚是危险的高反是有的，但不严重。在格尔木到那曲的16个小时里，我有10个小时处于高反状态。先是肚子胀了半日，喝了藿香正气水后有所缓解，接着就是头晕，后来在大风中去了趟沱沱河的卫生间后头疼得厉害，才意识到这也许就是所谓的高反吧，幸好在格尔木我们将带去备用的氧气袋充足了氧气，于是我接续吸掉了一袋半就逐渐好了起来，此后，再无不适。闺蜜有轻微的头晕，其他人包括朋友的父亲，一个60岁的老人竟无任何反应。归结起来，我认为体态轻盈者、腹中少食者、身形硬朗者大抵没事吧。

一路上的风景

我们是初次驾车去西藏，所以选择了一条最稳妥的路线——青藏线进、川藏线出、青藏线回。去时，我们是走了嘉峪关——格尔木——那曲——拉萨这样的路线。回时，我们经过了拉萨——灵芝——雅鲁藏布江大峡谷——鲁朗——波密——八宿——类乌齐——

玛多——祁连——嘉峪关的历程。一路上的风景从戈壁到草原、雪山、湖泊、藏羚羊、牦牛、玛尼堆、经幡再到雪山、湖泊、寺庙、油菜花田、大漠落日、天空之境、雅丹地貌、戈壁、田野和村庄等，呈现出一路丰富、神秘、安详的绿色盛宴。在蓝天、白云的注视下，我们徜徉在绿色的海洋里，行走在天路上，穿梭在花海中，回来时，经过了青海湖、卓尔山后，就又回到了自己所熟悉的景致当中。

我们的旅程

7月28日清晨6点，我们简单集合后从嘉峪关出发了，晨曦被蒙蒙的雨雾遮挡，天地只是青灰一片。天晴时，远处的祁连雪山应该是壮美而圣洁耀眼的，但就像出发前思想的混沌一样，养育了河西走廊的祁连雪山也是模糊的青灰色与戈壁连成一片。过了敦煌，越往西走海拔越高，植被就越少人烟也越稀。青藏线从青藏高原的门户西宁开始，金银滩的美作为我们启程的礼物再合适不过。习惯了戈壁的荒漠，车子渐次由模糊的山、浅淡的草驶入碧绿如茵的大草原时，我们的思维活跃起来，像见到了久已期盼相知的朋友。浮云般的羊群，棕黑相间的牦牛，星星点点地徜徉在青草和野花丛中。穿着藏服的牧民，三五个聚集在一起自成一景，看到我们下车拍照，他们提着褡裢摆着手散去了，许是我们打扰了他们的清静。于是，我们拍景，在对草原的兴奋和羊群的迷恋中，我们似乎不知疲倦便到达了格尔木。

在格尔木住过一宿之后再出发时，景色又发生了变化，不仅仅是湖光山影、绿草茵茵、花团锦簇、牛羊成群，更是水光激滟、雾色蒙蒙。我们已完全地驶离了家乡的戈壁、沙漠、丹霞、绿洲，从一派浩瀚、雄奇壮丽的景象进入到了接近藏区的广袤草原、碧海蓝天和山影重重。这期中，克鲁克湖、托素湖、德令哈和茶卡盐湖是最美的一段。托素湖和克鲁克湖一咸一淡，又叫褡裢湖，也称情人湖。经过托素湖时湖面辽阔、烟波浩渺、水天一色，隐约有鸟儿在水面停留。克鲁克湖是丹霞地貌与湖水相接，相对更为平静。茶卡盐湖也是作为一处景观经过的，并没有见到盐雕和用盐修成的路。毕竟，我们是休假赶路的人，我们的目的地是西藏。遗憾留作以后深度游的念想吧。在对湖景的唏嘘中，我的神思在海子的《德令哈》中游走：

姐姐，今夜我在德令哈，夜色笼罩

姐姐，我今夜只有戈壁

草原尽头我两手空空

悲痛时握不住一颗泪滴

姐姐，今夜我在德令哈

这是雨水中一座荒凉的城

除了那些路过的和居住的

德令哈……今夜

这是唯一的，最后的，抒情

这是唯一的，最后的，草原

我把石头还给石头

让胜利的胜利

今夜青稞只属于他自己

一切都在生长

今夜我只有美丽的戈壁 空空

姐姐，今夜我不关心人类，我只想你

德令哈，留给我的感觉只是一幕孤独的夜，一处戈壁滩的荒凉、一个人的悲音不绝，还有除了死亡般的空寂和没有任何可以言说的东西。一座城和一个诗人的浪漫故事——德令哈和海子。我想确切地去感受荒芜，去看看"众神死亡的草原上野花一片"，去触摸巴音河上形形色色的石碑上刻着的一首又一首海子的诗。去看看因为海子而浪漫得不成样子的德令哈夜空里的繁星。我的爱情，早已消沉，却依然被《德令哈》里的决绝唤醒。

绿绦青紫

在对湖景、山色的迷恋和对德令哈的神思中，我们经过了被称为无人区的可可西里，在青杏一样大小的冰雹的狂击中到达另一个标志性地点——唐古拉山口。公路海拔5231米，是青海、西藏两省的天然分界线，视野开阔、狂风彪悍。闺蜜和朋友下去拍照了，我原本是不打算下车的，但等得久了耐不住性子便下车透透气，刚在车旁站定，懒腰还没伸完，便见一个满脸肮脏、身穿破烂军大衣的疯子狂笑着向我的方向疯癫着走来，我心脏狂跳，慌不择路地逃回车里，锁死所有车窗，心还突突跳个不停，疯子绕着车巡视着，啪啪拍着窗户，车里朋友的父亲哈哈笑着。顺应本心多么重要啊，心的决定不应该轻易改变。闺蜜和朋友终于回来了，疯子也走了，我们又上路了。车子渐渐驶入茫茫的夜色里，在颠簸的土路上与各色大车交错行走，艰难而又危险。在浓浓睡意中到达那曲，安顿住下后已是12：30，困意不减，一觉睡去，竟做了此生最离奇最不能言说的一个梦，梦里的浪漫与幸福足以安慰一生，而且预示着我此生的完满，一个小人物的知足与快意。

　　早晨在那曲吃了一顿难忘的早餐，热闹的早餐铺里座无虚席，等候的人和我们的坚守让早餐显得格外可口而不可错过。但等终于落座后，闺蜜与朋友之间爆发了最为激烈地一次争吵，吵架的原因是到拉萨后要不要和闺蜜的一个当地朋友见面，朋友坚决不去，闺蜜坚决要去，两人不欢而散，我们勉强吃完早餐。这一路，似乎看不见风景了，全部是区间测速和我们的集体沉默。在我们的沉默里，时间也许在酝酿着厄运。出发不久，我们就遇到了一次长时间的堵车，前面，一辆大货车侧翻在沟里，警察在处理，并顺便查驾照、行驶证、超载之类的，而我们被堵时间太长，出发后便跟随前行车辆超车，其他车都顺利通过了，在我们还未及插入正常车序时，一个小个子警察出现了，不容分说收走了我们的驾照和行驶证，因为没听清他让我们去哪里取证件，我下车跟随他在高速路上狂奔，闺蜜也下车随我在车流里移动，我们追上警察隔着高速路上的车流与他对话，因为听不清，我喊他过来，我们又穿插回去找警察领导。闺蜜说从没见过比我还可爱的朋友，在高速路的车堆里喊警察过来。但是，也许是看到了我们的执着，也是被我们的无畏打动吧，警察居然从二三十本被抽去封皮的证件中把我们的证件找到并还给了我们。他说，原本按规定我们要在当地学习7天并交纳罚款的，警察说，没遇见过我们这样风一样的女子，在高速路上狂奔不怕死的。阴差阳错吧，我们只是听不清他说的话而已，不知道该到哪里去学习，去交纳罚款，人笨天怜吧！遭此一劫，驾照、行驶证是要回来了，但朋友在我们下车后不得不随车流开走，后将他父亲留在一个水流湍急的河滩旁，又返回来接我们。接到我们又回去找他父亲时，老人家不见了，而且电话也不接，找了许久，汗都吓出了几箩筐，终于找到了。原来老人为节省时间走到高速路边等我们，而我们没看到，他又听不到电话。经过两番折腾和惊吓，我们都在心里反省，好情绪可能就是最好的运气吧。话又说回来，谁说不是景由心生呢？我们的景全在心里，心淡了景也就没了，坏情绪可能还会招致坏事情吧。我们终于回到了正常的状态里，并顺利在那曲市当雄县龙仁镇一家叫热振嘎吉茶馆吃了藏餐。初次接触藏民，我们对茶馆的陈设和茶馆里的人都很感兴趣，那里的老阿妈很慈祥，茶馆里的藏族朋友热情而质朴，家常藏餐非常可口，酥油茶很清香，并吃到了出门以来久已思念的煮土豆。我们开心地吃着第一顿藏餐，和面容慈祥的老阿妈拍了合影，宾主尽欢。用餐结束后，我们又出发了。下午3点，我们早早到达拉萨，入住闺蜜的朋友帮忙预定的老雷客栈后，我们在附近找到一家刚刚开业很有特色的火锅店，美餐一顿并庆贺了一番。然后，我们打车去了布达拉宫公园广场，夜幕下的布达拉宫金碧辉煌，像一幅巨幅的艺术品挂毯一样闪耀在夜空中。广场上有膜拜的人，也有狂热的摄影爱好者，风和煦地吹着，将近12点时，布达拉宫在夜幕里清冷而神圣，我们在一轮明月的照应下打车

驶向住处。

第二天，我们去了八廓街，闺蜜编了七彩的藏饰彩辫后，我们忘情地在八廓街游走、拍照，在玛吉阿米，我们碰到了一位着藏服拍艺术照的姑娘，她在玛吉阿米的窗前，像一个刚刚从月亮上下来的藏族女孩一样清纯而美丽，正如仓央嘉措寻找的女孩。玛吉阿米，藏语中即"未嫁娘"之意。玛吉阿米这个名字，出自六世达赖喇嘛仓央嘉措的情诗，相传是仓央嘉措情人的名字。在八廓街，玛吉阿米是一个藏文化餐馆，以尼泊尔、印度、西藏风味为主，餐厅带有藏式风格，二楼有藏族歌手在吧台旁献艺，客人以外国游客为多，餐厅有着浓郁的西藏风情。茶几上有很多留言本，写满世界各地旅游者的感受，有些游客甚至在留言簿用完后，将向情人的告白写在餐巾纸上夹于其中。我们都是没有情人的旅人，因此，我们便只在玛吉阿米拍照留念便离开了八廓街。

最难忘的要数当晚在拉萨看文成公主实景剧了吧！大雨瓢泼中，星空为幕，山川为景，气势恢宏，震撼心灵，在高原圣域还原大唐文成公主与吐蕃王松赞干布和亲的历史画面，再现了文成公主历经艰险的漫漫征途和曲折起伏的心路历程，演绎出大唐盛世的爱情传奇，传唱了汉藏和美的动人史诗。拿到票时，老雷客栈的服务员并没有告诉我们实景剧是露天的，而昔日我曾看过的所有地方剧都在剧场里而且闷热，因此我怕热只穿了夏装。闺蜜的朋友宴请我们时，叮嘱我们一定要租军大衣，我们才知道原来是露天观看。于是，朋友和他父亲租了军大衣，我和闺蜜临时穿了车里的冲锋衣，并买了雨衣，但在瓢泼大雨中，冲锋衣和雨衣根本无济于事，斜灌的风和雨瞬间就将我们打湿了。朋友和闺蜜未待开场就撤退了，因为我要坚持观看，朋友的父亲留下来陪我，风雨交加中，我们坚持两个半小时看完了整场，留下了终生难忘的印象。而我的坚持，就像所有我人生中的坚持一样，心里某样东西放不下，便不顾病痛、风寒地坚持下去。与其说是所谓的价值和意

雾里的阳光

义嘛，不如说是自己的执念而已，为爱被伤害，心甘情愿。

第三天，我们一日游参观了布达拉宫和大昭寺。布达拉宫坐落于拉萨玛布日山上，是世界上海拔最高，集宫殿、城堡和寺院于一体的宏伟建筑，也是西藏最宏大、最完整的古代宫堡建筑群。布达拉宫依山垒砌，群楼重叠，殿宇巍峨，气势雄伟，是藏式古建筑群的杰出代表，最初是吐蕃王朝赞普松赞干布为迎娶尺尊公主和文成公主而兴建，于17世纪重建后，成为历代达赖喇嘛的冬宫居所，成为西藏政教合一的统治中心。大昭寺，又名"祖拉康""觉康"（藏语为佛殿），位于拉萨老城区中心，是一座藏传佛教寺院，由藏王松赞干布建造。拉萨之所以有"圣地"之誉，与大昭寺佛像有关。大昭寺最初称"惹萨"，后来惹萨又成为这座城市的名称，并演化成现在的拉萨。

结束拉萨之旅后，我们驱车前往巴松措。巴松措位于距林芝市工布江达县巴河镇约36公里的巴河上游的高峡深谷里，距八一镇120公里、距拉萨市约360公里，是红教（藏传佛教宁玛派）的一处著名神湖和圣地，又名措高湖，藏语中是"绿色的水"的意思。蓝绿色的湖水就像蓝宝石一样，清澈见底，四周环绕的雪山倒映其中，沙鸥、白鹤浮游湖面，湖水透明可见。游鱼如织，情趣盎然，鱼食诱之，鱼群跳跃洄游，我们亦流连忘返，然纵情于山水之间，终有一返。

我们继续前往雅鲁藏布江大峡谷，并于当晚8：00入住峡谷一处村庄里的守望客栈。守望客栈是由一对年轻夫妇经营的，客栈的前院是老式二层楼和一栋他们自己居住的平房，后院是新盖的新式四层楼，我们住二楼。我们入住后，先去前院餐厅吃饭，客栈女主人很年轻，麻利地为我们准备了辣椒炒肉、青笋炒肉等菜。也许是我们夸他们当地的藏香猪肉好吃吧，纯朴的女主人竟然全部上了荤菜，好在饭菜相当可口，大家像在家里一样美餐一顿。第二天清晨被阳光唤醒后，我们冲上四楼平台拍晨曦中的雅鲁藏布江大峡谷，又在村子里晨拍古老的村落、牛群、猪舍，开心得像孩子一样。吃过早饭后，我们

由客栈男主人的表弟索松贡觉带我们游览了雅鲁藏布江大峡谷几处主要景点，并在贡觉指导下，学会了拍摄全景带人物照片，开心得像回到了儿童时代，目之所及的自然风光和峭壁之景均刻印脑海。雅鲁藏布江大峡谷是地球上最深的峡谷，被称为中国最美峡谷，平均海拔3000多米，是世界山地垂直自然带最齐全最完整的地方，地形奇特，山峰与拐弯峡谷的组合，在世界峡谷河流发育史上十分罕见，形成自然奇观，而生活在这里的人们，家有旅舍，族有产业，虽是深山里的居民，却是峡谷里的王，为之骄傲而自在生活。我们每个人都是自己的王，吸纳天地之精华，环视万物之旷野，在心里，做自己的王。

接下来，我们前往鲁朗，下午5点到达鲁朗，入住达瓦家庭宾馆。在这里，我们实实在在地感受了山野、草原、村庄、森林的完美结合，不愧为人间天堂，确是幽静人间之圣地。达瓦家庭宾馆在一个山坡上，栅栏围墙上开满了红色的花朵，地上是簇生的小草，民宿与木制土楼之间的草地由行人踩出一条弯曲的小径，像神来之笔点出的一处院落。山坡上一条一米见宽的小路，周围是茂密的草丛，所在的村子不过十几户人家，错落在草原和山野之间。一条硬化了的水泥街道证明这是一个建制村，但不足一公里便又斜插进了草原深处，草原、田野、山坡、牧场、森林，野花遍地，门前的草坡和田野让人误以为时刻会有天线宝宝出没。村子背后视线所及，又有骏马悠然，耕牛吃草，森林隐现。生活在这里的人们，或许都是神仙吧。我们在田野和繁花盛开的草坡上拍照至黄昏将近。回到主人的土楼里吃饭，从黝黑的木楼梯爬至二楼，一个温馨的藏式客厅展现出一幅藏家人生活的画面：老阿妈藏式衣着，灰白的长辫，背上背着一个年画里才有的藏家小娃娃，男孩子圆圆的眼睛，红扑扑的脸蛋，一岁多的样子。老阿公则沉稳慈祥，稳坐在沙发上抽着烟斗。年轻的媳妇在长炉上忙碌着，炉子上几口锅，蒸煮炖炒全部腾腾地冒着热气。她沙质而透亮的声音里有着比容貌更为亲和的气息，简洁的藏布衣裙透着干练。在朋友和他的父亲与老阿爸抽烟的工夫，能干的儿媳妇已将石锅鸡和一桌新鲜的蔬菜和煮土豆端上了桌。我们上桌吃饭，鲜香的鸡肉和松茸、蘑菇、豆腐、蔬菜在石锅里冒着热气，喝汤喝得我们酣畅淋漓、轻松爽快，将几日以来淋雨的阴湿全部排出了一样，而蔬菜的鲜香也让我们补足营养，味蕾倍受安慰。两只年幼而毛色发亮、眼睛蓝绿的黑猫在屋里跑来跑去，我喵喵地喂它们鸡肉，它们便安静地在我脚边的地上享用，屋子生活气息浓厚，非常温馨，让人不禁无限向往这神仙之境里仙人气质的生活。年画里的娃娃早早去睡觉了，吃过饭以后另一拨客人喧哗着来了，我们便去民宿休息。在窗无扣、门无锁的温馨房间里，我们一夜无梦，只隐约听到深夜酒足饭饱后回来的四川客人热闹喧哗并与主人告别的声音。想必这地方是人人来了都不想走，走了还得带朋友来吧。

第二天早起，我们去土楼吃早餐，年画里的小娃娃兀自坐在沙发上，眼睛晶亮亮的，问及他忙碌着为我们准备早餐的阿妈，才知老阿婆一早出去采蘑菇了。老阿公和他的儿子则去采购了，勤劳的一家人啊，生活得富足而安康。我们逗弄着小娃娃看着他爱不释怀，他也笑吟吟地看着我们，我抱着他和他的光头强一连拍了好几张照片。吃过早饭后，我们下楼从车里拿来一堆零食，看着孩子一样样摆弄便满足地离开去景区了。村子就在景区里，从房子背后拐个弯我们便进入草原，草原与田野相接，野花遍地、水草丰美。远处有森林，林边有骏马，近处有房舍，无法用文字形容的美铺展开来，绵延不绝。朋友的父亲去森林里采蘑菇了，我们三个奔跑着拍照。时近中午，我们又得出发了。虽然恋恋不舍，但我们知道，在这里生活一辈子都不够啊，怎么又舍得离开呢？我和闺蜜都赞叹留下来算了，嫁给神仙做老婆，大家嬉笑着在吃饭时说让老阿公给我们物色对象，老阿公和老阿婆脸上的皱纹都笑开了。他们的儿媳妇幸福地说她娘家离这里不远，嫁过来后没去过更远的地方。人和人相聚，有些人一生只是一面之缘，却

绿绦青紫

温暖地永远留在了你的记忆里，藏家人的亲切是会让人清晰而温暖地记忆一生的。

离开鲁朗，我们是该前往波密了。刚走出几公里我们便被路边一处圣景吸引而惊呼，那是草原尽头的山被阳光照射所展现出来的像长白山天池一样的美，在草原和牦牛、藏家农舍的映衬下，焕发出夺目的美与和谐自然的气场，草地上的紫花和像极了我们戈壁上的骆驼刺一样的不知名的草堆都沐浴在朝阳的光辉里，万物都熠熠生辉。我们也沐浴着光辉摆拍不够，无以表达心情啊，只能用狂拍照来表达兴奋与不舍。

往前走，各种美景历数不清，高山、草原、白云，我们只能时时停下来拍照，一路很快接近波密了，我们遇到了第二次堵车，前方塌方施工，阶段性放行，我们被堵不到20分钟后被放行了。到达波密后，我们入住波密景江大酒店，步行去波密广场吃了波密鱼和石锅牦牛肉、松茸，然后绕着波密县城转了将近一小时，终于找到菜市场买了西红柿、苞米。第二天早起，用电开水壶煮了苞米，又到餐厅吃了早餐后出发。

出波蜜，我们用了大约十几个小时吧，路走了不到6小时，被堵将近7小时。刚出宾馆不久因前面车祸被堵了一小时，好容易通行至高速，又因泥石流两次被堵将近5小时。在我们前面的一辆越野车跑得好端端地，不知怎的，一眨眼再遇上时，它已经侧翻进了路左边的深沟里，等候救援一小时。哎，多灾多难的一天啊，泥石流、塌方随处可见，这一路被堵，方知川藏线危险是真的。到达八宿时，已是晚上九点多。我特意从网上订了八宿多拉神山温泉宾馆，依山而建阔气排场的一个大酒店，洗脸洗澡都是温泉水，好好犒劳一下我们被泥石流、塌方磨砺了的身心吧。尤其是宾馆的饭菜，清淡可口，让我们身心舒爽。

第二天早晨，我们才更加真切地感受到了多拉神山温泉宾馆的魅力。早起推开窗后，霞光照射下的多拉神山光彩夺目，连接着的峡谷七彩盈盈，莫测高深，而金碧辉煌、敞亮大气的温泉宾馆与多拉神山相得益彰。总是有那么多的恋恋不舍，我们在峡谷边拍照，在宾馆门前拍照，然后将美好的印象刻印进心里后离开了。

也许上帝是喜欢考验人类的，旅行也是一样。过去的一天里，泥石流、塌方让我们遇见了惊险，也考验了耐心。但是，雨后总会天晴，人生也不总是坏运气，让你在历经磨难后，考验出一个成熟的心性去接受更大的挑战。

前往类乌齐，一路山路，时而疾风骤雨、时而冰雹，行驶在传说中72拐的高山悬崖上，大雨阵阵来袭，云雾一片，茫茫不知山在何处，偶有天晴，云彩或光芒万丈，或白云高悬，或从高山的凹陷处漂浮，或被山划出奇异的形状，我们便穿行在时而茫茫不知所措当中，时而惊喜万状当中，72拐啊，终于拐出了惊险，渐渐行驶到山势平缓处，山绿了，云高了，盘旋行驶而下，隐约可见建筑，我们在下午五点时，到达了类乌齐县，一个小山城。一条街走到头似乎就是县城的全部，但各类藏式的商铺挤挤挨挨，显示着人们生存的热情。街上随时走来的传统藏式头饰装扮的老阿妈们，记录着这里的藏族生活。年轻人粗犷但着装随意，化妆品店里的妹子们则细皮嫩肉，善于养护的样子。一个古老而时尚的县城。第二天早上，我们八点半出发，找遍整条街竟然没有一家开门的餐馆，多绕的路竟也让我们看到了不一样的类乌齐，原来不止一条街啊，而是红砖顶的一大片房屋和寺庙，也是一方小宇宙的感觉，但清静显示着悠闲，这里的人们，早上9点可能才刚刚从睡梦中醒来吧，而我们已经离开了。

接下来的行程就是一路平坦的草原和土路或者村路了，时时在路上碰到成群的牦牛、羊群或者藏香猪，我们都不敢打喇叭，而是静静地跟在后面慢慢移动，车开得很慢，询问赶牛的阿姐们家是不是很远，想要探知还要跟多久才能走开，阿姐们包着头巾、穿着藏袍的脸憨厚而可爱，比画着让我们打喇叭驱逐，而她们，也用鞭子吆喝着扭着屁股慢条斯理的牲畜。有时，碰到的也会是藏族汉子，他们精干而黝黑，并不与我们搭话，只是执鞭侧立在路边。显然，他们常常被游客注视已经习以为常了，并无慌乱，也不觉得我们打扰了他，只是注视着我们与他的牛们一起通过。

倒数第二天住宾馆了，我们住进的玛多家庭宾馆，是一个二层藏式天井一样的加了蒙古包顶棚一样盖子的四方形楼房，大厅里摆了许多散客休息的沙发。服务员是一个黑而壮实的姑娘。当我们在大雨中到达后，她麻利地办完手续指给我们房间的位置就转身不见了，豪爽而直接，干脆又利落，一定是藏族加蒙古族血统吧。我们已归家心切了，觉得明天到了祁连县，就相当于到家了，打算庆祝一下，我劝闺蜜和朋友，到家才算到，还是要沉稳一些，后面的行程更要谨慎。

于是，第二天，我们顺利地路过青海湖略作停留后到达祁连县，晚上在县城里溜达，吃了羊肉面片，亲切感油然而生，才真正感觉真的是快到家了啊！虽然是回族聚集的地方，但毕竟羊肉代替了牦牛肉啊。舍不得西藏的风景，但回家的路让我们心生感动，快到家了，真好。吃过饭后，我们勘查好去卓尔山的路线便回宾馆休息了。

卓尔山算是此行给我们最后的，也是最隆重的一个惊喜吧！虽然闺蜜一再给我们介绍此前去过的心情和赞叹它的美，说我们一定会喜欢，但我们还是被它真实地惊喜到了。这是此行除了布达拉宫外唯一一处排着长队进入景区的景点，门票由此前的160元经整顿后调整为80元，景区很规范。我们先是坐着观光车到半山的高度后，便沿着木栈道往上爬行，木栈道两边是草原、群山和雅丹地貌的山峰以及牛心山的黑沉和厚重，以为仅此而已，当看到一处高耸在山顶的亭子时，我便不想再往上爬了，以为他们上到顶便会下来，殊不知闺蜜说不去可惜，便又接着爬上去，才知道她说的可惜是什么意思，穿过山顶的亭子后，视野豁然开阔，蓝天、白云、雪峰奇美异常，五颜六色的丹霞地质风貌在松柏、油菜花的点缀下与蓝紫色的山、青黑色的山、火红色的山、绿色的山坡、草原层峦叠嶂，山下的油菜花与草原像镶嵌在格子里一样，交错出平原的感觉，而谷底的祁连县城红色的屋顶又营造出另一重红色的波浪。绿色的、红色的、黑色的山峰在极其开阔的视野里隐现。

绿绦青紫

向光而生

　　蓝墨水与黑夜融合成的光，我的世界有闪电经过，在天幕闪烁，形成了我的宇宙苍穹。在这个自我主宰的宇宙里，苍穹之下，我有自由而文艺的灵魂，我的世界里有清风拂面，有向日葵花海，有永恒的绿色。

　　但不受我主宰的生活令我沉重，也就是责任和使命，它让我厚重，让我有尊严，让我实现了社会价值，但我的生活从此再也没有了王子与灰姑娘的童话世界，没有了鲜花与爱情。有的只是日复一日的安静平和，年复一年的平淡岁月。我想把日子过成诗一样，却日复一日地禅意和厚重。我像修道成仙了一样，在一时一刻里升华，渐渐脱离了俗世的样子，灵魂在闪电里浮华，肉身却在阳光下孤独。

　　我在喧哗的世界里感到孤独，不是因为我离群索居，灵魂发出烟火一样的叹息！我知道，生活赋予我太多的厚重，我却始终在艰难中沉浮，我找不到解救黑暗世界里的人们的钥匙，却始终在他们的门前徘徊。为此，我失去了很多成为自己的时间，却在他们的苦难中无所作为！那道闪电是我成就自己的一束光，要想成为一束光，必将经历电击般的痛楚，那是挖掘灵魂的痛，是战栗自己的苦。我付诸过自己的努力，却在俗世的苦痛里挣扎，在命运的安排里沉浮！我付诸所有努力以为解救的苦难，其实连他们生活里的闪电也不及，微弱到像卖火柴的小女孩一样，只是照见了更深的黑暗，和黑暗中对一切美好的眷恋！我感到深深的疲倦，却在自身的美好与平和里麻木！我在日复一日的努力和年复一年的坚持里困顿，希望解救自己的那道闪电照彻黑暗，让我化身为蓝墨水一般的精灵，在俗世里，又像一株清新的植物一样生长。但我知道，心中的那道闪电，不曾泯灭，但要努力生长。成全自己的永远都是自己！没有谁是谁的救世主，我拯救不了苦难，苦难也淹没不了我，放下执念，活出自我，在闪电的照耀下，努力闪耀，绽放出自我，最终活成一束光的样子。

写在2018年慈善晚会后，致敬2019！

绿绦青紫

向前一步

生命中，每个人都希望在自己现有的基础之上，向前一步。

但是，在努力向上的过程中，总有一些东西是我们不能承受，也是让自己很不舒服的。

尚静这些年，就是这样的感受。

尚静上班十几年了，一直是一名音乐老师。最初上班的几年里，她不仅努力带好学校的音乐课，还在课外进行钢琴培训教程，接着，办起了自己的音乐培训班，因为精湛的钢琴演奏技法，也因为中音协会员的身份，让她生源不断，教学火爆。但是，生意，并不是那么好做的，她租赁的钢琴培训教室，因为年久失修，漏雨不断，先前是接着水盆给学生上课，后来，泡起皮的地板终于不幸地绊倒了一名学生，因而引发了与家长的纠纷。恰在此时，尚静怀孕了，身心俱疲的她干脆停了培训班，简单带好学校的课程，安静待产、生子，再怀孕、生女，一气忙下来，10年过去了。尚静再抬眼看时，身边的女伴们，不是科长，就是处长，而学校的老师们也换了一茬又一茬，年纪相仿的，当了副校长、教务主任，最不行的，也管着后勤。而她，一如既往，一成不变。这时，她想到了向前一步，但是，怎么才能向前一步呢？如果仍用工作成绩来证明自己，显然是不现实的，如果可行的话，这10来年，命运应该早已在自己的努力中发生悄然的变化。于是，她找闺蜜聊，找已是副校长的姐妹聊，终于明白，想当官，要送礼。于是，她考虑要送校长一箱酒，经过一番周折，她终于打听到了校长的住处，决定中午的时候，守株待兔，把酒送给校长。她提前5分钟下班，安静地将车开到了校长家门口，停下车刚过5分钟，果然校长就回家了，趁他走向门口的机会，尚静快速地跳下车，嘴里招呼着领导，就开始手忙脚乱地往下搬酒，校长嘴里说着："不要不要。"已经走到了门口，尚静说："别呀，领导，你看我都已经搬下来了。"但是，赶她搬着酒冲到门口，校长已经进去，而且重重地关上了门。刹那间，血涌上了尚静的脸庞，她觉得十几年了从未有过的屈辱，尊严的碎片稀里哗啦地掉了一地。她将酒扔在门口，开车扬长而去，只给领导发了一条短信："酒给您放门口了，一点心意，请笑纳。"她原以为等她走了后，领导会将酒自己搬进去的，谁知道，酒却不翼而飞了。收到校长的电话是半小时以后了，校长说他才看到短信，让她将酒搬走，但尚静再次来到校长家门口时，酒已经不见了。

尚静一狠心，不要酒不就是要钱吗？于是，在她向领导表达了心愿之后，干脆在一次饭后，将一个袋子给了校长，里面是一幅画，还有一万块钱。但是，之后过了很长一段时间，校长干脆没有任何表示，也不提及画和钱的事情，最后还干脆调走了。尚静傻眼了，至死也不能知道，校长到底发没发现画和那一万块钱，但这样的事情，她怎能追上去问个究竟，况且，校长已经成了另外一个城市的特聘老师。为此，她等于吃了一个大大的哑巴亏。

这之后来的校长，她也是隔三岔五地送盒茶叶、送个靠枕，或者书，但是，不声不响地，校长换了一任又一任，她，却还是原地不动，已经是一个快45岁的音乐女教师了。

如何能够向前一步呢？尚静闷闷地进入了死胡同。

后来，她干脆停止了在学校的教学，重新办起了钢琴培训班，过了几年后，又附带了一个琴行，生意越来越红火，她租了市里带一个

落地玻璃窗的组合式店铺，宽敞明亮的琴行，络绎不绝的学生让她名声大噪，最后，只有个别学生，也就是收费很高，而且她认为极有天赋的学生，才能成为她的学生。她成了人们眼中的传奇——尚老师。

再想起当年的向前一步，她不仅觉得恍若隔世，似乎也成就了她另外一种人生。

最后，她办起了一家艺术少年宫，将像她一样师资过硬的艺术教师聘到了她的门下，她要不用他们考虑地为他们创造向前一步的人生，而他们，只需要带出最好的学生。

雾里的阳光

心无可恋

前天，斗志昂扬的"五四"青年节的后一天我们在阳光明媚的果树园里举行了主题党日活动。我穿着绿色纱衣，宽大飘逸的后摆迎风飘扬，我像一个激情满怀的年轻人一样，面对庄严而神圣的国旗饱含深情地进行了爱国诗朗诵。我们尽情地朗诵、开心地歌唱、畅快地表演，以为生活就是这样，可以激情满怀、可以深情无比，甚至可以尽情歌唱。

昨天，惬意无比的双休日的第二天早上，将家里的一切打理得清爽干净后，我带着青葱挺拔的儿子外出采购，回至家中迎接母亲、妹妹一家的到来，我们一起洗菜、煮火锅、看电影，接着吃饭、看电影，度过了其乐融融的一天，我以为，我有能力将一家人照顾得无微不至。

一切都是那么温暖而祥和，我以为，生活就是这样，可以尽心尽力，可以安静平和。然而，到了夜晚，我却怎么也睡不着，莫名的不安。一段时间以来，我睡眠都很好，很久不这样彻夜失眠了，这到底是怎么了？我猜不出原因。于是，我开始担心起儿子，他上晚自习还没有回来。我开始思念起父亲，他壮年就因了车祸磨难多年而去世。我开始担心起母亲，她心脏不好，睡得还安稳吗？深夜十二点了，儿子回来了，母亲也安好。我实在想不出无法入睡的原因，但心脏突突地跳，就是预感要发生什么的难过和不安。

这种情绪将我折磨到深夜时，我才隐隐睡去。早上，我很早就又醒了，很难受。我蒙圈了一般地行进到单位。果然，我得到了一个噩耗，一个曾经救助过的癌症患者死了。那种难受和不安又一次让我周身不适。这样的情况是常有的，但常常是到救助对象家入户时，或者发放完救助金后，各种不适集中到一起一时三刻挥之不去，我难过和不安，心无可恋。

入户的时候，看到病者焦黄的脸、蓬乱的头发、阴暗的住所，感受着他们被病痛的折磨，我难受和不安，心无可恋。

人生怎么有那么多无尽的磨难？在回程的路上，我总是想起电影《这个杀手不太冷》里小姑娘的一句经典台词："先生，生活总是这么艰辛吗？还是仅仅童年如此。"对方回答："一直如此。"

救助结束后，并不是阳光就能普照他们，他们照样得被病痛折磨、被无奈包围、被绝望啃噬，最后，他们依然会死去。我不知道，我们的救助又有什么意义，就是让他们有钱看病，接受更多的痛苦和折磨吗？我不知道，我难过和不安，心无可恋。

生活就是这样的，阳光明媚和阴雨连绵交织出现，上一刻，我们还激情满怀，下一秒，或许就沮丧颓废，救助对象于我是无亲无故的，但因了工作关系，看望和救助过他们之后，他们就像生长在你心里的一个个暗影，集中了人生的苦楚，时常想起，挥之不去。我常常想这样的人需要人文关怀，而不仅仅是金钱救助，但是，我没有那么多的精力去探望，也没有那么多的情怀去关注，我不想在那种阴霾里久久不安。

但是，我又无法忘记他们，他们让我沉痛和悲伤，也让我敬畏和感恩，更让我珍惜和奋斗！在这样一些个阴晴不定的日子里，我知道我心无可恋的痛苦，我也知道，生活还有希冀和美好。

幸福的觉察

　　夏天来了，天气终于到了可以让人觉出热，像能够感受到的爱一样炽热了。白天也到了最长的时候，每天贪恋夜晚的凉爽，徜徉在绿意盎然的大自然中，闻着花香，听着鸟鸣，看着悠闲的人们，怎一个自在了得。然而，白天终究是要到来的，当我一天四趟穿梭在家与单位之间时，像极了一只白鸽，从城市的西北驾驶着一辆卡其金色的别克穿越川流不息的人群，穿过车水马龙的街道，穿行在红绿灯连起的无数条油黑的柏油马路上。有时，困倦像海拔太高得的一种病一样，总是像缠人的小猫咪要求抱抱似的，在我的眼前，在我的脑海里飘忽，稍不留神，它就会在我等红绿灯时跳上我的膝，在我专心驾驶时跳上我的眼，我困啊，困得就想撂了车倒头就睡进旁边的草丛里，像蜜蜂一样迷醉在花心里。但是，我不能睡，一切，都是我喜爱的模样，路边的花团锦簇，头顶纯净得一丝杂色都没有的蓝天，远处天边青色的祁连山、舒展绻缱的白云、纯净无瑕的蓝天……

　　车子所行之处，有高楼大厦，有玫瑰满园，有绿柳扶风，有滩涂险地，有小桥流水，有荒草丛生，有曲径通幽，像极了一个微缩了的人间乐园。

　　穿行在这样一个乐园里，我感受着四季不同的风景，赏阅着四季不同的雪峰，凝望着四季不同的蓝天，也避让着四季不同的人流。

散落在马路上的人们啊，流连于公园里，驻足在街巷口，行走在车流里。我不能确定谁是谁的谁，谁又有怎样的故事，但我知道，他们或沧桑，或蛮横，或秀美，或洒脱的躯壳下都有着一样共有的东西，那就是灵魂，无论是邪恶的，还是善良纯真的，无论是高尚的，还是低俗的，他们都是上帝派来的使者，在这世上走一回，都承载了不同的使命，背负了不同的重荷。

就像我，每天都困倦得像只贪睡的小猫一样，却不得不一天四趟穿行在旅途中，四面八方地奔忙，只为一份责任一种担当，一种生而为人的不得已。

我常常羡慕我家那只叫作虎咪的小猫咪，它生得像小老虎，却又柔弱缠绵得像一只贪图享受的小精灵，眯着小眼，扎着白色的小胡须，后爪像蹬着两只白色的小靴，尾巴又粗又漂亮，每天早起她总是爬上摇椅，优哉游哉地晒太阳，正午又移到西边卧室大飘窗上，在蓝色的绒毛卧垫上恣意酣睡，晚上，则蜷缩在它的安乐窝里与黑夜缠绵。我每周大扫除，每天清洁卫生，一个阳光明媚的居所，全然是它的天地，我，像极了它聘请的小保姆。天地良心啊，它是我的小宠物，却像老公的小情人，像儿子的小玩偶。哎！享尽了人间宠爱。

猫尚且如此，人呢，我们有血有肉啊，何尝不想有一个温暖的家，有疼爱自己的家人，有属于自己的生活。

小虎咪是朋友圈求收养的小流浪猫，到我家时还不足月，握在手里也就两个手掌心大，看到它的第一眼，我和儿子就断定它是上帝安排来我家的，它的样子完全就是按我家的格调和感觉诞生出来的。咖色的布艺沙发，暗灰的木地板，再配上古典精致的装饰，似乎就缺了这么一个小活物。

儿子欣喜地将她捧回了家，迅速为它置办了家当和吃食，之后，它便成了世界上最幸福的猫，像住进了花园里，又像住进了咖啡厅，更像住进了私人会所，也像住进了梦乡里。

海子说，我有一所房子，面朝大海，春暖花开。而我的家，在公园里，后花园有湖水，有健身会所，有户外运动场。在这世上，我想，应该也有爱我的人吧，而我也有我爱的家人。无论多么疲倦，无论多么艰辛，无论此生沧桑抑或幸福，我也能够觉察点滴的欣慰。

如此，我睡意蒙眬奔波在繁华人世间，尚留一分清醒确保自己安全，只是为了活着，活得美好有事干，有人爱，如此而已，在睡意蒙眬中觉察幸福的来处。

阴阳相隔看绿满雄关

前些日子，当得知我家对门作为样板房的房子，居然一直没有出手，而我们居住的这个小区已然又快到花红柳绿、绿草如茵的季节，小区连着的人民公园、迎宾湖、户外运动场，像极了自家的后花园，风景如画、设施齐全，突然间就很想让母亲也住过来，我们母女互相照顾起来方便，等到过年的时候，哥哥和妹妹回来，一大家子聚在母亲家里，也像在自己家一样，那该多好啊！有了这样的念头就开始行动，着手打听房价，和母亲商量，但母亲却一声叹息："唉，你爸要在就好了，我一个人，住在哪里都一样。"突然间，就生出无限感慨和遗憾，如果父亲在，每天和母亲饭后在芳香扑鼻的小区闲逛，在风景宜人的后花园散步，那该多好啊！但是，现在，我只能在春意盎然的季节里，去探望父亲，并坐在他所居住的山坡上往市区眺望，我眼前浮现的，却是父亲第一次带我来嘉峪关时走过的北大河黝黑、沧桑、陡立的吊桥。

在炊烟袅袅的农村，有绿树、庄稼、果园、草地。我们在村庄里玩耍，放牛，也放羊。父亲当兵复员回来后用他温热的手掌心，给我们在祁连山脚下的那个小村庄里建造了一个叫作"家"的乐园。那时，我家的院子已经很成气候了，红瓦白屋土泥墙，院门一开，是 T 字形水泥道通到三室两厅的平房里，院门口左右两边是菜园和花园，西边的菜园里通常种的都是韭菜，而东边的花园里，一棵梨树占了院门口的一角，一棵杏树占了东北边的一角，剩下的地方，就被母亲种了萝卜、豆角和大丽花。春有百花秋有月，夏有凉风冬有雪。那时的家，春天是繁花和绿树的，味蕾里尽是母亲的韭菜炒土豆条和韭菜饺子的香味。夏天的院子是哥哥的，他总在夏夜的树影婆娑中开着面对着院子的小窗写作文，俊秀的模样和青涩的头皮映衬得月亮的清辉更加明亮光洁。秋天的院子是老黄牛和我的，我总是穿个小花薄棉衣，将从外面牵回的老黄牛缰绳系到杏树上去，记得有一次踮脚系好牛缰绳时，却被老黄牛挑起衣角高高举起，半天求饶才被放下，这时，母亲在敞门的厨房里笑，父亲则在后院的墙边往仓房里挑麦草，那是老黄牛一冬的草料，哥哥已经去了城里上初中。冬天的院子是雪和大白菜的，一院的大白菜覆盖在厚厚的雪下，吃一棵取一棵，白菜炒粉条、白菜炖肉、白菜烧土豆条，整整要吃一个冬天，百吃不厌。而穿过厨房的后院是鸡舍、牛圈、猪圈、兔子窝，只留一条通道去往后边自留地，一片自留地种土豆，一片自留地种茄子、辣椒、西红柿，往高埂上去的自留地则是一个大果园，有梨树、杏树、桃树、酸果子树，最多的是各种梨树，所以春天穿出后院，漫山遍野看到的似乎都是白色的梨花，村人们可能也是喜爱那漫山遍野的白吧，大多都种了梨树。

那时的村道是两排白杨覆盖的土路，在院门口倚树往上看，只能看到一线天。我总在想，天以外的世界是什么样的？而哥哥回家的时候，我也总是无限神往地问他城里的学校是什么样的，他所说的高低铺好不好玩？

终于，在我四年级时，父亲带我进了城。城里是我姨家，姨家在汽车站前的一排平房里，那是嘉峪关当时最繁华的地方之一。

上初中时，我们家在姨家的帮助下，也搬到了城里，起先是在312国道有名的"道口香"饭馆旁租了房子做生意，后来搬到了十号

门对面水电所院外租房做生意。渐渐地，我们家在城市的生活也好了起来。生活好了，眼里似乎也有了绿色。起初印象中的绿色是十号门对面水电所院里的树和小花园，花园正好在我家后院里，开了窗便是水电所办公区的小花园，夏天的晚上夜来香疯开，花香四溢，隔壁饭馆的歌声肆意嘶吼，而我，伴随躁动的青春铁皮窗台当书桌读书、写作业。我们常常还会到南转盘的花园拍照，每天放学后，我也会骑车带妹妹到那里等还在树脂厂上班的爸爸，然后，我骑着那辆28大自行车，前面带着妹妹，后面带着将近200斤，像虎一样威猛的爸爸在酒钢三中放学的高中男生的怪叫声中骑回家。

　　1996年，我家已经在城里有了正式的家了。爸爸将厂里分到的惠民街的一院平房装修出来，屋里的地上铺了青蓝色的瓷砖，木制沙发、床和茶几都是爸爸做的，我们的家，清新而温馨。爸爸，我想他骨子里是个艺术家吧，每一个家，都被他打造得质朴而独特。院子里，父亲则铺上了红砖，除了留了花园和通道，剩余地方都建成了屋子，分别租出去给三户做生意的人家住，他们有的是开小商店的，有的是卖羊肉串的，也有的是打工的夫妻。所以，我们家从不缺邻居，而小孩子们也在院子里逗猫、养狗、追兔兔，不亦乐乎。

那时的嘉峪关，似乎已经建筑林立了，而且有了建设路市场和富强市场，还有工人文化宫和工人俱乐部，但是满园的绿色，似乎还只有酒钢公园。再后来，我中专毕业回到家，眼里的绿色已然增加到了各条马路、各个市场、酒钢公园、雄关公园、森林公园、人民公园。上班结婚后，又增加了迎宾湖、东湖、龙王滩公园、南湖。现在嘉峪关似乎就是戈壁上的一个大花园，处处绿树如织、鸟语花香，就像刘恩友在《嘉峪关十步曲中》写的：长城脚下，一川烟草，一路青翠，野花摇曳、树木参天。人在树林里行走，关在树丛中威严，绿在长城的骨架里葱翠，"湖光山色"映绿海，"戈壁明珠"草木青。从"地上不长草，风吹石头跑"到鸟雀在闹市里安然栖息，嘉峪关不只是"天下第一雄关"的雄浑、明万里长城的巍峨、戈壁大漠的恢宏辽阔，嘉峪关更是前卫、现代和满城草木葳蕤的闲适与华丽。"一株垂柳一扁舟，一林黄叶一林秋。一湖碧水一明镜，一轮明月一乡愁。"站在嘉峪关市东湖90多米高的海豚气象塔上，放眼被积雪祁连、冷峻黑山和长城环抱的嘉峪关市，这座由丝路、长城骨架支撑起来的城市，被又一条繁盛的草木骨架托起在新丝绸之路的关口上，重新成为河西生态第一屏障。满城的草木渐渐染上了黄色，300多年的古桑，在嘉峪关下葱茏成大地上的绿色云朵。布谷和燕子不久又要飞到南方过冬了，明年的春天，它们又会呼朋引伴踏绿而来，在"天下第一雄关"这戈壁绿城上筑起它们欢乐的巢窝。

而父亲，您走了就再也不会回来了，想您了，只能在祁连山上您居住的这个山坡上，享清风如习，看碎石如玉，在夕阳的红似火海中，女儿知道，雄关的绿已然飘融进你我的心里，我们的眼都在凝望，凝望这座古老雄关满目葱茏的绿，震撼人心的美。

盈手的清香

　　这两天，喜悦竟不自持地到来了，整个人感到轻松、自在，那种紧绷绷的感觉逐渐消失了，郁闷、烦躁也一扫而光，和顺、光鲜重新回到了橙然的身上。是有什么变化吗？当然不是，生活没有任何改变，也没有什么幸福的事情发生，一切都没什么变化。从外表上看，着装、发式，甚至连步伐都一如既往。从程序上看她依然像上了发条的机器，精准地运行在一天的生活中。

　　然而，变化是悄然发生的。

　　首先是人清爽和靓丽起来。是谁说过，瘦下来的人生就是不一样。橙然并不是胖，在一般人眼里，她甚至都算得上是瘦人，但2019年末那段疯狂吃喝的日子，还是无情地生出了三个救生圈，每当晚上睡觉，早上穿衣，坐在床边的时候，橙然看着自己腰里生发出来的白色救生圈，以及粗壮的大腿，就难过得要死，她总是用手把救生圈聚拢到一起，想把它们揪掉，顺便估摸一下，这平添上来的一堆肉，大约有几斤，需要多久才能减下去。然而，只要肉长在身上，想要减掉，哪那么容易。回想起来，那段生活似乎是疯狂的，滚雪球一样的饭局，各式各样的圈子，逃也逃不掉，躲也躲不过，早上下的决心，晚上就轰然坍塌了，赢得的，只是新一轮的难过。紧接着，又是过年，试想一下隆重的年夜饭，一波一波地走亲访友，哪一家，不是用美食撑起的欢聚哦。天哪，自制力如此之差的橙然啊，该胖成什么样子，大概是老年人的样子，中年人的腰身，暮年人的心态了吧，想想，橙然就感觉一辈子似乎一瞬间就过完了，能看的，只是老态龙钟的自己。树欲静而风不止，朋友们都想表达心意，自己也盘算着该谢谢谁，该跟谁谁谁再聚聚了。日子似乎一直都是这么过来的，只是年前频繁得有些不像样子了。然而，这热闹的繁盛瞬间就戛然而止了，像被一只手摸索着按掉的闹钟一样。前一天，还跟几个女友欢聚一堂。第二天，疫情的通知就下来了，先是开会，感觉形势严峻起来，紧接着，餐馆、娱乐场所全部都关门歇业了，再后来，门都不能出了。省去了走亲访友，免掉了各式家宴，橙然突然间倍感轻松。宅到家里的日子，朋友圈发的图片，有在客厅打乒乓球的，有在鱼缸里钓鱼的，有在家里套圈的，还有在桌上立鸡蛋的，但最刺激橙然的，还是疫情结束后胖成了肉球只能后滚翻的大肉丸，还有胖成杨贵妃婀娜作态的。橙然想，自己绝不能胖成那样，也就是小年那天起，橙然开始了她的瘦身计划，除了每天必需的鸡蛋、牛奶、水果、蔬菜，橙然的食谱里就是一些坚果和一点主食，再加上每天早上雷打不动的健身和瑜伽，效果很快就显现出来了，先是腰里的救生圈瘦成了皮带，再是大腿也松懈下来，除了肚子看起来还是有一点结实之外，橙然的腰身已然光滑平顺起来，头发束起来时，也有了几分舞蹈家的气质，美会让人心气平顺。

其次是心态平和而安静起来。一段时间的忙碌，让橙然似乎已然看不到美好，眼里充斥着挑剔，嘴里不时唠叨着懒散的老公和儿子。然而，当疫情夺去了一个又一个生命的时候，尤其是看到李月亮写的《一家四口因新冠肺炎离世，遗书扎心：经历过灾难，才懂得什么是岁月静好》，橙然彻底释然了。她说："武汉疫情至今，死亡数字越来越高。我最近看了两个逝者的故事，心里很不平静。他们从更细微却更震撼的视角，刷新了我们对这场灾难的认知。"……在这场疫情之前，人们一直生活在良好的社会秩序里，然而，疫情按下了暂停

键，让每个人都回归家庭，重新审视自己的生活，打点自己的人生。疫情来临时，才知道，日常就是幸福，活着就很美好。橙然想，等这场疫情过去，回到之前的平和、有序、欣欣向荣里，应该好好珍惜霓虹闪烁、车水马龙的日子。珍惜可以去公园散步，可以和亲友欢聚，可以随便K歌逛街吃火锅的日子。每一个灾难里逝去的人，都在提醒着我们：没病没灾，就是最大的福气。平静安稳，就是最好的人间。在好日子里，要细品岁月，百事从欢。不荒废好时光，不辜负小风景。毕淑敏在《愿你与这世界温暖相拥》里说："生命是有光彩的，如果说一朵山野中的小花都有盈手的清香，那么，我们的生活，也可以弥散出幸福醇香的味道。

平静安稳、淡定从容、美丽清新就是其中的一种。疫情过去了，松弛下来的橙然又重新恢复了生活的常态，除了看书、听音乐，橙然喜欢把家里打扫得干干净净。当灵魂安静下来时，生活会显现出少有的安详与宁静，有时，也会觉得乏味或者枯燥，甚至会有孤独滋生。但是，略微调整之后，橙然醉心于书香世界，并重新捡起了笔书写人生。以前，橙然总是觉得书海浩瀚，自己写的那些小情小调的豆腐块文章，在文学的世界里微乎其微，但是，有个朋友无意中说的一句话让橙然瞬间释然，那个朋友说，只是一件事情把它完成了而已，干吗非要去设置它的价值和留存的意义，活着就要吃饭、睡觉，灵魂有知就要读书看报，感念来时就要吟诗写作，无非是把握一缕盈手的清香。

盈手的清香，多美的语言。橙然顿悟，安静地过好每一天，让自己灵魂丰盈的同时，生活美好，余生要把握喧嚣世界里的点滴安宁，活出盈手的清香。

永远的遗憾

张志远是一名彩超医生，颇有名气。医院改革时，他要了间临街的房子，将彩超室面向大众开放，只在外间设一名预约医生。由于需求量大，看病需提前一两个星期预约。

这天，张志远又看了几十个乳房、十几个大肚子，神经高度紧张，按压着像要裂开似的太阳穴，又揉了揉惺忪的眼睛。这时，门里挤进来一个清秀的女子，是那种自带光芒，似乎瞬间照亮了彩超室的那种明媚的女孩。她倚门探头进来，让他瞬间恍惚了一下。等他定睛再看时，女孩已经走了进来，她穿着一条蓝色竖条的连衣裙，外面是一件合体系腰身的蓝色长风衣，饱满的额头，柔情的大眼睛。她告诉张医生，自己的左胸上方不知怎么突然疼痛起来，而且已经软软地鼓起一个大包，她很害怕，希望张医生马上给她看看。女孩隔着衣服比画着。

张医生见过成千上万个女人乳房了，不用看他也知道女孩苗条的身体，拥有着多么诱人的乳房。

姑娘迫切地央求着，你帮我看看吧，突然间就疼痛了几个小时，连转身都困难。他麻木地摇摇头，跟护士预约一下吧。

女孩失望地出去，希望预约到当时，候诊室里正好空无一人，办理一下手续即可。但，张志远已经是名医了，怎么可能当时就能看上病呢，怎么地也得预约一下。经不住女孩迫切地要求，护士生硬地给她预约到了第二天下午。女孩很不理解，明明没人，当时就能看了，怎么非要再来一趟呢？但是，不得已啊，只能明天再来了。女孩又闪身进去，跟张医生说明天再来。这时，门外透进来的光像一个光环一样笼罩着女孩，张志远看呆了！还没醒过神来，女孩已经盈盈地走了出去。

见过了几万甚至几十万女人了，他从来没有看到过让他觉得柔和得像光一样的女孩，似乎她从他的梦境中走来，又略带失望地回到他的梦里去了一样。

于是，他开始心神不宁起来。

第二天，他心神恍惚地看完了一波又一波病人，下午过去了很久也没见那个女孩再来。他头一次焦躁不安地来到护士室，问昨天那个着急看病的人怎么没有来。护士惊讶地看着他不知他说的哪一个。他急了，有点不耐烦地说："约了下午三点十分的那个。"护士这才茫然地查了一下预约单，说："她来取消了，说不疼了，健身教练告诉她是用力过猛，昨天散瘀后已经好了，不用看了。"他听后，无奈地回到诊疗室，奇怪的感觉又再次袭来。

第三天，他去附近的健身房一家一家地找那个女孩，30天过去了，在不同时段跑遍了所有的健身房，却始终也没有等到那个女孩出现，也许，就算她来了，他也认不出了吧。

从此，他再也不能专注地给病人看病，眼前总是浮现着那个女孩闪光的模糊的容貌和自带的明媚光环。

不久，他调换部门，在医院做一些打杂的闲事，一心泡在健身房里，迷恋上了健身，10年后，他竟成了一名专业健身教练，一节私教课好几百元。而且，意外的是，他竟然躲过了因久坐而差点引起的一场大病。

如今，他也算功成名就了，但那个女孩，却成了他永远的遗憾。再次想起那个女孩时，他觉得她不是去看病的，而是上帝派去拯救他的。她，早已变成了他心中永远的一束光，哪怕他再也想象不出她当初的容貌。

雾里的阳光

站在草原思念你

踏上草原，恋上你。一眼千年。

车行进在草原上的时候，就像行走在时空里。混混沌沌中，路两边的草场，像我梦中扑入你怀抱时忽闪着的翅膀，草色葱茏，新鲜稚嫩。路崎岖着延伸向远方。然而，我只是忽闪着翅膀匍匐在你的脚下，因为，你是山啊！与天相接的巨人。

在混沌中，我间或透过车窗凝望你无尽的连绵，隐约中是你变幻的山形和各异的色彩。困倦让眼皮抬不起来，但我还是忍不住地凝视和眺望。耳边是同行的姐妹主持节目的文思泉涌和伙伴们声情并茂的表演，然而，我的心啊，深深地沉浸在你山的誓言中久久动荡，思念。

下车了，我在肃北草原上行走，心却羁绊在你的身上。我叹服于你的苍茫厚重，感慨着你的音律起伏，惊异于你的变化莫测，恍惚于你的包罗万象，看不够，又怎能想得够。

终于，车行驶至目的地，完全停留在了你的怀抱，你看似在眼前却远在千里地四面环抱着我们。人们分散忙碌起来，我，四顾回望着你。心中有无尽的哀伤。那是想你的哀伤、恋你的哀伤、无法靠近你的哀伤。

山如菩提，人如草芥。无论我有多么的哀伤，草原上还是如约晃动起了伙伴们的身影，拍照、打趣、闲聊。千人千面，无论有多少的故事瞬间散落到了这起伏的山坡和辽阔的草原上。身边，是一个个晃动的身影，于恍惚间，我只是自己。三三两两的好姐妹时时陪伴在我的身边，拉我拍照、与我闲聊，她们如花的面孔、文艺的身姿、纯洁的心灵、善感的灵魂，都唤起我心底如水的梦幻和刻骨的追求，我们，是多么的相像，又是多么的不同。

无论我有多少的憧憬，将我拉回现实的，还是草原上袅袅升起的"袁老四火锅"那醇香、麻辣、扑鼻的香气。10顶彩色的帐篷、10个婀娜的女子、10口龙头的铜锅、10张丰盛的餐桌，歌声响起来了，致辞回荡着，服务员穿梭着，觥筹交错着，我们在热闹里喧哗，又在喧哗里热闹，体味着独特的美食，享受着健康的生态。我们在你的环抱与注视下，恣意欢笑，酣畅品味。我还感受到一种博大与厚重。"袁老四火锅"又何尝不是秉承了这种博大与厚重。以提倡健康生态生活，发展健康生态美食为己任，友情赞助嘉峪关作家协会和摄影家协会80名会员来鱼儿红牧场体验采风。这是企业文化与精神的升华，是禅意的生活与理念的延展。灵魂有诗和远方，饮食亦有诗和远方。"袁老四火锅"赋予了美食灵魂和思想，亦打造了美食全新的体验和个性的投入。民以食为天，人以食为欲。美食和美酒激荡着诗人的灵魂，碰撞着文人的痴狂。看啊，文人们狂饮起来了，诗人们狂诵起来了，草原迷醉和疯狂起来了，摄影家在狂拍，无人机在狂飞，牛羊马在狂跑。瞬间，大雨如瀑，一切在欢笑声中静止，抬桌的抬桌，搬酒的搬酒，停顿片刻后，还不等缓过神来，山云变幻，纱雾缭绕，蓝天伴着阳光清风和畅。文人们痴了，诗人们醉了，有人跃入空地，在火锅阵里摆起了龙门舞；有人搬起椅子在"人"字阵里跳起了空巷舞，有人穿衣戴帽在云雾阵里晃起了双人舞，一切都恣意得像童话，一切又都性情得像梦话，而我，想你想得像神话。鱼儿红牧场是幸福的，沉浸在你的怀抱中徜徉在你的注视下，游弋在你的情思里。而我，却想你想得发疯。嗔痴在你云雾缭绕的发丝上，沉沦在你青衣白袖的怀抱中，迷醉在你丰盈多彩的灵魂里，溶化在你博大精深的气韵间。我醉了。鱼儿红牧场是没有鱼的，我们，像鱼儿一样欢畅在你的气场里。而我，是被你垂钓了的一条。沐浴在金色的牧场，闪光在绿色的草原，升华在青色的情思里。山有山的厚重，草有草的威风，人有人的贪婪。我们贪恋你的山色空蒙，贪恋雨的灵秀奇绝，贪恋草的柔软葱茏。我想与你无限亲近，但远到走不近你，我想与你相拥合眠，但痴到唤不醒你，我想与你牵手去远方，但痛到你只留在我的心里……

无法将你具象化了，你有雄壮坚毅的气韵，亦有细腻柔情的意韵，你有坎坷沧桑的仁韵，亦有佛心禅意的神韵。我清晰地将你刻入我的脑海里、融入我的骨血里，渗入我的记忆里。

离开草原，爱上你。一念千年。

绿绦青紫

阿　香

　　有些人向往西藏，一生必须要去一次西藏。有些人热爱西藏，一生去了很多次西藏。有些人迷恋西藏，一生奔赴西藏。

　　西藏素有"世界屋脊"和"地球第三级"之称，是世界上海拔最高的地方，天蓝如水，水蓝似天，是灵魂栖息的地方，也是孤独绽放的天堂。

　　阿香是逃往西藏的，她不是逃犯，她是爱情的逃难者。

　　1996年，阿香大学毕业，跟随同学去新疆玩，她认识了大勇。新疆在左，西藏在右。有人说，新疆是一种病，不去治不好，也有人说，西藏是一种瘾，去过戒不掉。她没料到，她会因为新疆而恋上嘉峪关，却会因为嘉峪关而逃往西藏。一切都是冥冥之中的注定，也是命中注定的，更是久病成瘾的宿命。

　　阿香是兰州人。她的家庭虽然谈不上非常传统保守，但是也难免会有各种各样的束缚。尤其是在对待婚恋和结婚的态度上非常苛刻。阿香虽然思想上非常反叛，但饮食上完全遵守家族的清规戒律，不仅不吃猪、马、驴、骡、狗和形象丑恶的飞禽走兽，以及一切自死的动物和动物血，而且不吃任何动物性食物，她偏爱五谷、蔬菜和水果，这让她自小就清新、洁净而美好。作为大学生，阿香一袭白衣，一根又粗又长的辫子甩在胸前，眼睛又大又亮。大勇是嘉峪关人，他在新疆服兵役，即将面临退役。在部队医院里，一个女护士爱上了大勇，她总是在忙完一天的工作后，拿本书默默地陪在大勇病床边，为此，还从办公室拿去了一盏台灯，晕黄的灯光下，整个病房都很安静，病房里不仅仅是大勇一个人，但女护士并不在意其他人的目光，只是安静地守护着，直到大勇出院。大勇将这份爱深深地埋进了心里，他不能违反部队规定，也不想给女护士留下希望而伤害了她，因此，在即将离开的日子里，他隐忍的心非常痛苦。在朋友给他送行的晚宴上，大勇见到了阿香。他没想到，这个女孩跟那个女护士竟如此相像，简直像是孪生姐妹，见到阿香，大勇的心狂跳，他不相信一见钟情，但却深深地感受到了无能为力。他无法摆脱阿香对他的吸引，他默默地给阿香夹菜，静静地守护着阿香，朋友从未见过他如此沉默而安静。大勇退役后开车回嘉峪关，阿香便自然而然地随大勇回到了嘉峪关。一切似乎都是顺理成章的，但是，阿香知道，家里人会极力反对的，在大勇家，饮食的不同，也让她与大勇的家人相处起来极其困难。然而，既然命运将他们牵引到了一起，又有什么能让他们分开呢？阿香回家跟父母沟通多次无果后，便毅然决然地只身来到了嘉峪关，不久，他们结婚了，没有提亲、定亲、迎娶等程序和礼俗，甚至没有一个像样的婚礼，只是大勇的家人和他的几个朋友一起吃了一顿简单的饭而已，阿香的家人则一个也没有参加。这样一个辛酸的婚礼和落寞的爱情，一开始就在这对新人的心里罩上了阴影，他们渴望用热烈地爱来驱散这一切。然而，生活毕竟是生活，不仅有柴米油盐酱醋茶的烦琐，也有是非恩怨颠的烦恼。阿香与公婆的矛盾日益加深，为了逃避争吵和无法避免的厌烦，也为了让阿香经济独立，大勇用安置费给阿香开了一家美容院，自此，阿香吃住在美容院，而大勇则承包点小工程勉强维持家用。大勇是个性格豪爽的男人，朋友很多，钱没挣多少，天天吃喝却是少不了，常常是十几个男男女女的半夜还在一起吃喝玩乐，许多女朋友就在阿香的美容院做皮肤护理。其中一个叫娜娜

绿绦青紫

的与大勇走得最近。一次，阿香回婆婆家取东西，无意间看到大勇的车停在楼下，一个女人坐在驾驶位上，那个女人斜靠在车门上，手抓着上面的车把手，穿着黑丝袜的长腿却搭在大勇的腿上，阿香猛地拉开车门，那个女人不小心从车里掉出来，四仰八叉地躺在阿香面前，尽管大勇穿戴整齐，面无愧色，但阿香自此再也不相信大勇了。他们结婚几年了，一直没有孩子，日子也过得磕磕绊绊，阿香彻底不回家了，她有点心灰意冷的感觉。自己一直以来，过着清教徒一样的生活，与亲人反目投奔而来的丈夫却日日花天酒地。那个叫娜娜的女人再也没有来过阿香的美容院，听大勇的其他女朋友说，娜娜不久就去了外地，嫁给了一个文化人，后来又移居加拿大。阿香相信大勇的为人，但是爱情一旦有了隔阂就再也回不到当初。阿香的美丽让无数人着迷，然而她修禅一样的清静心又让所有人望而止步。只有一个人例外，那个人是大勇的铁哥们，长得高大、帅气而白净，笑起来很羞涩的样子，与人也没什么话，但开起玩笑来，却一句话就能让所有人忍俊不禁。他隔三岔五替阿香送送货，许多杂事也顺便就帮忙做了。这些虽然是大勇委托他做的，但是，他更是心甘情愿的。在默默交往的这几年里，这个大男孩已经深深地爱上了阿香，碍于阿香是朋友的妻子，一直没有表露，但他对阿香的好，阿香都看在眼里，记在心上。如果不是家教严苛，阿香也会像当初爱大勇一样义无反顾地爱上这个男孩，但是，阿香不能那样去做。大勇像个置之度外的人一样，吃饭、喝酒、K歌，被一众男女簇拥着，称他为情歌王子，他简直称得上中华曲库，悠扬、低沉、深情的男中音，让所有见过他的女人倾倒。他倒是怡然自得，无暇顾及爱情，也无心照料家庭，反正吃喝在父母家，偶尔也去妻子店里吃一顿、睡一晚，日子过得没心没肺也了无牵挂。痛苦的是他的朋友和阿香，爱而不得的折磨和爱而不能的撕裂，让阿香无处诉说也无力承受。

阿香的美容院刚开的时候，嘉峪关的美容院还不是很多，生意还过得去，再加上阿香意识超前，比别人更早地将刮痧、理疗、艾灸等引进到美容院，所以美容院经营得有声有色，顾客盈门。然而，随着美容院越来越多，大家五花八门的招数也让顾客应接不暇，再加上阿香早已被婚姻和爱情折磨得痛不欲生，所以生意每况愈下，后来干脆到了仅仅是由大勇的女朋友们来照顾生意的地步，阿香忍无可忍，一天也不想待下去了。于是，当她听到顾客说西藏美容生意好做，那里才开始出现美容院时，阿香打定主意去了西藏。她不知道自己是怎么离开嘉峪关的，只记得去兰州看望了一下父母便乘火车直奔拉萨。

　　一年半后，阿香回嘉峪关与大勇办理了离婚手续，此后，便像一炷香一样消融在了拉萨的街头，大勇的朋友们去看望过阿香，她已完全像一名地道的拉萨姑娘，头上编起了无数的细辫，其中隐隐有彩线装饰，头戴藏饰，像拉萨街头升起的一轮明月。而大勇，此生不去拉萨。

冰雪碎片

关于冰，最常见的就是结冰的湖，尤其是下过雪之后，被雪覆盖的湖面白茫茫的，晴天里放眼望去，一派枯树枝丫、荒草萋萋的疏离之美。

关于冰，我是敬畏的。因为，儿时那个最帅气的小男生，却在一次带牛去饮水的时候掉入了冰窟窿。那时，乡野里将池塘叫涝坝，就是一个很大很大的土坑，里面蓄满了水，冬天就结成了冰，伙伴们平时在涝坝边上溜冰，涝坝中央则是一个小小的冰窟窿，刚刚够牛头探到里面饮水。我在他后面，牵牛刚刚到池塘边上，就看到他已经在冰窟窿里挣扎了，而他的牛则在冰窟窿边上茫然地看着。我连滚带爬地溜着冰下去，一把扯住他的棉衣，又用手扯住他那头牛的牛腿，用力地将他一点一点地拽出了冰窟窿。当我带着湿漉漉的他将他送到他母亲面前时，老妇人差点就给我跪下了，被我拽起后，哭天抹泪地谢我。后来，小学毕业后，我便到城里上初中了，这个长高了也长大了的小男生却再次掉进了冰窟窿，而这次，没有人将他拽起。我难过极了，却没有勇气去看看他的妈妈。

当然，关于冰，我也是欣喜的。这份欣喜来自一次青海之行。我们的目的地是德令哈，是去找寻有关海子的记忆。然而，中途的翡翠湖和茶卡盐湖却令我们流连忘返而欣喜若狂。当看到翡翠湖的时候，我以为上帝将他的调色盘遗忘在了世间，夏天的时候，湖水一定是清澈湛蓝，色如翡翠。而冬天，则是由淡青、翠绿以及深蓝的盐床交相辉映的冰雪世界，绿得让人心醉神迷，蓝得让人意往神驰。进到茶卡盐湖，则像进入了一个童话世界，坐上小火车，像进入了神秘的雪国，朦朦胧胧的，像在一叠老唱片里听到雪的故事，窗外是冰雪之镜，镜面上有红裙美少女，有曼妙美少妇，而呵护他们的人却只是画面的陪衬，虽则映入眼帘，却可忽略不计。在四周雪山的环绕和映照下，平静的湖面像镜子一样，反射着美丽的令人陶醉的天空景色。置身于盐的世界，漫步湖面如行云端之上，水映天，天接地，人在湖间走，宛如画中游。其实是置身于盐的世界，但因了雪山和雪地，以为是处在了雪中的一面镜子上，当湖面倒映出自己的身影的时候我像置身于茫茫雪海的一个仙子，小心翼翼地行走在冰面上。

关于雪，常见的就是大雪纷飞、冰天雪地，房子上、松树上、杨树上都盖满了厚厚的雪，马路上，到处都是铲雪的人，而公园里，则只有麻雀在树枝上、雪地上跳跃，如果有阳光出来，世界便美轮美奂，冰雕玉砌。孩子们忙着堆雪人，或在湖面上滑雪车，玩得不亦乐乎。有时，雪也像上帝向人间撒下的盐沫子，仔细看才能看得到，不经意间会发现，地怎么有些白了，像有一层霜在地上，定睛看才感觉到地上铺上了一层雪，这样的雪很快就融化了，润物细无声，似乎从来就没有到过人间。也有雨夹雪的时候，边下边化，太阳照得暖融融的，世界却湿漉漉的，像一个活得淋漓尽致的女人，又哭又笑的一生。

而我关于雪的记忆却不止这些，因为，还有两个人让我久久不能忘怀。一个是我高中时期的一个闺蜜。虽然只和她共同度过了高三，她却令我难忘。我是高二分科时选了理科的，然而，高二下半学期的时候，我的数理化成绩都在明显下降，而我的语文、英语、政治却还过得去，尤其是语文，深得语文老师的赏识，而作文，更是摘得学校一次大赛的桂冠。于是，语文老师，也就是文科班的班主任，便开始做我的思想工作，中心意思就是，如果我继续在理科班，将一事无成，考不上理想的学校不说，以后也将与热爱的工作失之交臂。那时的我，哪管什么工作啊，只考虑先考上大学再说。于是，我便转入文科班，同她，也就成了好朋友。还有另外一个女孩，我们三个常常在一起谈天说地，下课了一起去上卫生间，或者一起在窗前看楼下来往的同学，几乎是形影不离。放学了，我和她同路，常常是一起走回家，而每次走到岔路口要分手的时候，我们都还有很多话没有说完。好多次，在大雪纷飞的路口，我俩跺着步聊着天，久久不肯离去。那时，有一个男生正在追求她，我们大多说的是关于她和那个男生的故事，聊的是她对他的感情与感觉。生命才刚刚开启，我们对爱情懵懂的记忆，就在雪地里跺脚的一分一毫中刻骨铭心。后来，我们各自考上大学，有了自己的家庭，来往便越来越少了，但关于她们的消息，我一直都很关注。今年，同学30年聚会时，大家聚到了一起，我才又一次见到她俩。她们都已经由青涩、秀气变得大方而美丽。一个是一身印花的连衣裙像缀满了蝴蝶的雪地莲，翩然翻飞着我俩的记忆。一个是豪爽如贾玲的川妹子，谈笑间快乐得亦如翻飞的蝴蝶。如今的我们，早已不谈男生、不谈爱情、不谈家庭，谈的已然是心态、电影和人生。

巧的是，当晚大雪纷飞，我们的记忆也飘荡在雪夜里。回到家已经很晚了，儿子告诉我第二天他要去滑雪，不知何时，他已经爱上了滑雪。总之，与雪有关的记忆，自然而然地由闺蜜转移到了儿子身上，看着他一身滑雪服的装备，看着他在滑雪场上自在飞翔，感慨油然而生。

前半生就这样过了。关于冰雪，也不过是几个人就总结了。但是，雪的飞扬，冰的晶莹，总激起我的思绪，一种欲罢不能的情绪，而我，自始至终都是那个循规蹈矩的女孩，一生都过着谨小慎微、如履薄冰的生活，现在，我甚至连在冰面上和雪地里行走都很是小心。

人生是不是没有美好的可能性了，当然也不是。在我的生活中，有书籍音乐、有诗词歌赋，大抵也是可以美好一生的吧。

冰是透明的，代表了纯粹与洁净。雪是素雅的，代表了纯洁与天真。

大抵便如此了。

曾经有位导师评价过我的文字，说"像一个永远长不大的孩子，历经沧桑后依然纯真，品读百味后更显难得"。我深以为然。也有一个前辈评论过我的为人，说"像一个不谙世事的孩童，安享磨难而初心不改，与世无争而自然芬芳"。我也同意，因为，冰雪也有风中带去的杂质，但人们早已忽略了它们，人生也有上帝安排的磨难，但我们与苦痛和平相处。后半生，无冰无雪亦安然，有冰有雪也痛快。

不可一世的牛肉面

写下这篇文字，如今看来，只有捂脸偷笑，像一只斗鸡似的过去还是很值得怀念的，如今，像一只温顺的小鸟，被时光无情地捋顺了羽毛。依然想尽情飞翔，依然想纵情歌唱……却只能无奈地哈哈哈。

捂脸，不说了，先看看发生了什么吧？

不管什么，一旦加上"单位"两字，似乎就有了不可一世的公权意识。例如："单位"的食堂、"单位"的健身房、"单位"的牛肉面……

星期六，阳光明媚、万里无云，天空干净地就像一张刚刚铺就的画布，淡淡地蓝透着清新的纯洁与明净。我快速地收拾完屋子，换上白色短袖背心，想到还有点春寒，便在脖子上搭了条青苹果绿棉质细长围巾，穿上休闲的黑色外套大毛衫，套上运动裤、蹬上运动鞋，便一阵风似的来到了花园一样的小区门口。老公已经开着我家那台漂亮的琥珀金色别克轿车在那里等我了。见我出来，还周到地往前开了开，错过马路牙子，便于我上车。这样的时候，老公无疑是世界上最好的老公。他不仅接我去他们单位打乒乓球，还邀请我去吃他们"单位"的牛肉面。

我心情愉悦呀！老公呵护、周末充实，还有"单位"的牛肉面可吃，生活似乎阳光明媚，一路坦途。

来到了他们"单位"食堂的停车场，我刚要跨脚下去，他像打断正在说话的我一样，硬生生拦住了我往下迈的脚，粗暴地说："等等，我先下去你跟在我后面就行了。"我不明就里，说："我先下车。"下车后，他大步流星向食堂走去，我跟随其后，几步就被他甩出了一段距离。这时，从侧面过来一伙人，眼看着就要与我打照面了，我便瞅了一眼，没承想是老公单位的领导班子，也是刚刚吃完牛肉面的样子，个个精神抖擞、神采昂扬。毕竟都认识，关系还不错。心情很好的我，应承着他们很好的精神状态，阳光而轻松地和他们打了个招呼、开了个玩笑就一笑而过了，其中一个熟识的领导开玩笑说："家属免费。"我也没往心里去，一闪身就掀开厚门帘进了"单位"的食堂。食堂里零散地坐着吃早饭的职工，但几乎桌桌有人，我挑了个还算干净、坐着一个人的桌子坐下。刚刚落座，老公便唠叨着过来了："我跟你说，躲着点躲着点，躲都躲不开，还跟人家打招呼。"我一下子就蒙了，不悦的感觉油然而生。他先是走过来将两双筷子扔在桌上，又端过来两个鸡蛋放在桌上，然后唠叨着去取面。看到他无礼的态度，又感觉到周围人的眼光，我就有点火冒三丈了，但我忍着。他又过来了，甩在桌上两个酸奶，嘴里还在唠叨着什么，我强压着火气，克制自己扔下筷子拂袖而去的冲动。但自尊让我怒不可遏地说："闭上你的嘴。"他震惊了一下，狠狠地说："好好说话。"我说："你再说我就不吃了，这样吃下去会得直肠癌。"他不再吭声了。我也不再言语，强忍着心中的怒气丝丝缕缕地吃着细细的面，并将里面有些粗硬的面挑出来，委屈和伤心几乎让我吃不下去了，但我又担心剩得太多让食堂的阿姨们骂。于是，又强忍着吃了几口，实在是吃不下去了，因为，食不知味。于是，我放下筷子昂首走出了食堂，他紧随其后也出来了。

我不想把事情弄大，于是尽量调节着自己的情绪一言不发地走进了乒乓球室。乒乓球室的人很多，勉强打了招呼后，我找了个空案子和一个不相识的人打了起来，我努力集中着自己的注意力，但眼前的画面总切换到食堂的一幕幕。后来，他替下了那人陪我打球，又惯常地想逗我高兴，我不予理睬，依然怒火中烧着。我想：请我来吃牛肉面，只因是"单位"的牛肉面，像我占了多大的便宜，蹭了多大的光一样。你自己混得不行，我打个招呼是给你长精神呢！但是，我不能任由情绪蔓延，我努力地控制自己，告诉自己：现在是打球时间，打好每一个球是当下的事情。就这样，我在情绪复杂而又努力克制并说服自己调整情绪中度过了运动中的一个早晨。

我反思了一下，将永远不再去吃"单位"的牛肉面，这种不可一世的牛肉面，一次足矣，再吃，恐怕真会吃出病来，仅一次，已经让我铭记一生，在我脆弱的心田上刻上了不可磨灭的阴影。

丧，这篇小文写了有几年了，今天读来依然觉得怒火中烧，却也不禁掩口想偷笑，人生就是一地鸡毛，收起一些不愉快，扎成鸡毛掸子奋力前行吧。顺境时拂拂灰尘，逆境时冲锋陷阵，一路风尘，也一路高歌，沐浴阳光，也静享清凉。

雾里的阳光

昌马记忆

第一次听说昌马，是作协前来与我商量采风事宜，说要去趟昌马，请我拉赞助，我拿起电话来敲定了两家赞助商，经费的事是落实了，接下来他们开始搞策划。然而，天不遂人愿，过了些天，疫情吃紧起来，昌马之行搁浅，最后，以一次玫瑰沟之行代替了昌马之行。

于是，昌马便留在了我的记忆里。

前不久，再次去火烧沟遗址的时候，说起过第二天要去瓜州，立即有人建议，昌马就在瓜州前一站，非常值得去一下。于是，当即决定，第二天的行程先去昌马。

早上8点，我们出发了，接齐了一行四人，便驶上高速向昌马一路行去。原本预计是12点抵达昌马镇的，但中途遇到一群骆驼，迁停于戈壁之上赏驼拍照。又因为秋阳和煦，大家来了兴致，干脆煮茶品蟹，不亦乐乎，直到下午两点，我们才到达昌马镇。

来到昌马镇，却失去了方向，不知道行向何处。只道是：天境昌马，说它是天境、仙境，最神秘、最美都不为过。但我们看到的只是自然村落金秋田野。此时，正好看到一块昌马镇简介：昌马地处疏勒河源、祁连山麓，历史悠久、底蕴深厚、人文荟萃、钟灵毓秀，因大唐名将樊梨花秣马厉兵而得名。平均海拔2100米，年均无霜期92天，降雨量78.9mm，年均气温3.9℃，属冷凉灌区。辖区总面积1670平方公里，耕地面积4万亩，草场面积47万亩。天境昌马，天之境界、世之净土、人之静地。山水环绕、绿洲旖旎、河湖交错的壮丽自然景象和文脉相承、蜚声四方的历史文化交相辉映。夏日清凉宜人，冬日阳光煦暖，春天黄花遍地，秋天金黄灿烂，雪域高原、大河汹涌、湖波荡漾的壮丽自然景观和历史文化交相辉映。境内水资源十分丰富，河流纵横，清泉密布，野生灌木、乔木丛生，红柳遍地，湖泊荡漾，野鸭、天鹅等候鸟多有栖息。境内有：敦煌莫高窟姊妹窟——昌马石窟和唐代点将台等历史遗迹；鬼斧神工的疏勒河天生桥、老虎沟冰川、香毛山草原、古生物化石等自然奇观；干眼泉湿地、月亮湾湿地、昌马水库等特色景点，享有"清凉世界、天然氧吧、世外桃源、避暑胜地"的美誉。

看到这么多介绍，一时我们不知要去哪里，一个一个来吧，先去天生桥探访一下。走尽了绿意，前方是一条延伸向远方的土路，下车去探访，才见峡谷幽深，从下往上越来越窄，最上端窄处仅有一二米，峡谷底部，河流湍急，水流咆哮。不敢多作停留，我们折返身往回走。时间上来不及再一一探访景点了，只能沿途欣赏乡村的美景。已经是金秋的午后了，此时的昌马，就是一个古风遗存的自然村落，行走其中，想起陆游在《游山西村》中的诗句："莫笑农家腊酒浑，丰年留客足鸡豚。山重水复疑无路，柳暗花明又一村。箫鼓追随春社近，衣冠简朴古风存。从今若许闲乘月，拄杖无时夜叩门。"我们完全被草垛、柴门、圈落、木梯、铁皮筒、铁洗盆、老式自行车、散落的小南瓜等吸引，被遒劲沧桑的大树根、青烟袅袅的田野、羊群和放羊的黄衣粉头巾的村妇所迷醉。在金黄绚烂的旷野里，我们行走，拍照，在悠远中漫步，感受清风与苍茫，暂时忘却了身在何处。完全是偷得浮生半日闲的散漫，我们赶着羊群拍照，揪着树叶摆拍，完全摒弃了城市所有的喧嚣，惬意地沉醉在乡村田野之中，贪婪地用相机框出一个个田野油画，一幅幅简约山水画。夕阳里，火光隐隐，青烟袅袅，秋尽昌马草未调，只是麦已成茬。

昌马，一个宁静、舒阔的地方，在这里，不但有秋景绚烂，更有旷野豪迈，不但有西部风情，更有秀丽多姿。我们是秋天来到这里的，只感受到了秋黄浓重，山川秀美。

甘肃经济日报有篇文章《昌马如诗亦如画》中是这样写的：有人说，昌马是镶嵌在戈壁滩上的一颗明珠，晶莹剔透，璀璨夺目；有人说，昌马是遗世独立于夏日酷暑中的一方世界，山中桃源，清凉自生；也有人说，昌马是距离仙境最近的地方，因为昌马的祁连雪山烟波浩渺，宛如仙境，故而昌马人都不敢高声语，恐惊天上人。春季，无数小草顶着凛冽的北风勇敢地探出头来，不惧风霜，直至将生命的倔强覆盖了整个大地；牛儿、羊儿踩着厚厚的绿色地毯，时而低头啃上几口鲜嫩的草叶，时而互相追逐嬉戏，趣味盎然；娇白的梨花、艳丽的杏花、粉红的桃花，先是含羞带怯，后是竞相怒放，竟是浓妆淡抹总相宜，为料峭的春寒平添了几分靓丽和妩媚。夏季，杨柳依依，暖风和煦，晨观晓风起舞，夜伴朗月入眠，未尽夕阳的映照使得万物生辉，怎一个惬意了得。秋季，麦穗黄了，是成熟的让人心暖的金黄色；树木有黄叶飘落，但并不萧瑟，反而是铺成了一条条让人目眩神驰的黄金路，走上去，心中总是充满希望；一棵棵金叶榆愈发显得金光灿灿，就如同一枚枚燃烧着的黄金火炬，甚至愈烧愈烈。冬季，冬雪总是不期而至，为群山戴上圣洁的王冠，为草木披上华丽的盛装。顿时，原本肃穆的群山开始略显呆萌，原本凋零的枝丫各裹上一段松鼠尾巴一样的茸茸雪条，忽然就变得美不胜收起来。

多美啊！还有许多景点未曾探访，还有许多季节未曾感受，牛羊马狗，树草山水，想是想不出来的，有时间再去吧，只能眼见为实了。

我们此行，只是穿行于村野间一点初步的印象而已，期待着下一次更加深入的探访。

绿绦青紫

初 冬

　　这个冬天，到底是不一样的。因为疫情，将近有20多天没有去过田野了。今天，是刚刚复工复产开始的头两天，人和车显然是已经多了起来，已然没有了那种静谧得过分空落的感觉，一切，竟然像春天似的有种萌发的迹象，只是清冷提醒着人们，毕竟已是初冬。萌发，只是复工复产的欣喜，自由出入的欢愉，安康和谐的踏实，说到底，是人们心里的感觉。然而，也不尽然，周端臣曾言："初冬天气暖，小似立春时。"

　　我想去看看，去看看湖泊，去看看树木，去看看草坡，去看看田野。

　　湖水还没有结冰，但蓝得凛冽而空灵了，似乎一个境界高远而又形象高大的人，安静而冷峻。树木斑驳了，似乎都已至中年，像极了耸立着的一个个人，历尽沧桑而初心不改、饱经风霜而本色依旧的一群坚定的人，在有些清冷的气温中挺立着。冬青都已变得暗黑，似乎瞬间老了的一些人，耐人寻味又安静默然。此时，最美的是湖心亭，那里芳草萋萋，有一座亭台掩映其中，有一些清瘦的树以美到朦胧的蓬松姿态装点着小岛，真正是疏影横斜水清浅，让人萌生出迷醉之感。草坡上，此时，层林尽染，草已尽是黄色了，那些在夏天里点缀绿草的紫色的小花已消失得无影无踪，只剩下一树树红枫叶在枯草上方红得耀眼，像人们心中怒放的激情与活力，已然因时节而超然物外。

田野里，已是一片枯黄。树木都遒劲而疏散地伸展着枝丫，像一朵朵铆足了劲要怒放的花，突然就停留在了一刻，成为树的样子。连乡间的树都要生长得恣意一点啊！像惯常劳作的农人，欢畅而又舒心。在一个像极了白桦树的乡间小道上，黄褐色的落叶覆盖着路面，从树干长满了的竖纹和一个又一个的结痂上来看，一定是白杨树，是的，一定是白杨树，西北多的是白杨，只是，生得像白桦一样笔直，但树枝和树叶茂密，抱拢成向上的趋势，虽则已枯干了，但不失一种挺拔向上沧桑劲朗的感觉。不远处，有一个阔大的院子，院内有一些好看的树木，长得高大疏朗，树形像松树，树叶却似梅花。越过房子，是一座积满了雪的黑山，城楼在小山后面只露出两层塔楼来，塔尖上也覆盖着白雪，背后衬托着关城的，就是苍茫、朦胧而又发出金色和银色两种光辉的无尽绵延的雪山了，雪山向光的地方，是略带金色的白灰，雪山背光的地方，是略带青色的银灰。土地上，仍是厚厚的积雪，在蓝天的映衬下，像是盖上了白色带褐色纹路的棉被。天边，一道白链似的丝带在雪山顶上静静地浮着。一片沙地的土埂上，我竟意外地发现了一些黄色的朵状植物，不能称其为花，显然是果实的样子，像极了收拢起来结实地长成了果实的蒲公英。小时候，我们常把它们当成药材采回家，但我一直叫不出它们的名字，在冬天，这黄色的球状小药材，像点缀在大地上的花朵，安详而又美丽。一条白色的小狗在青色的戈壁上低头嗅着什么，像荒野求生的精灵。奇怪的是，戈壁上的草不似土地上的草那么荒，竟有些隐隐的绿泛在青黄之中，似一种顽强的生命力。山庄与戈壁之间的小路上，一个戴着青黑色帽子，穿着青黑色棉衣的老年人，牵着一只秀美而漂亮的骆驼悠闲地走着，骆驼背上是红色的驼鞍。想必，这是供游人拍照骑行的，此时，城楼景区关闭，无生意可做，才得以在乡野安闲。苍茫间，蓝天、雪地、褐土、褚树、荒草、人、驼，整个田野，像一幅清冷的乡野油画。

城市里，路面上还有余冰在阳光照不到的地方被车碾压得黑亮黑亮的，高楼、商铺鳞次栉比，路边有卖橘子、石榴的，包着头巾的妇人和绾着袖筒的汉子穿着棉衣伛偻着腰。一些农民工在汽车站对面的马路边聚集着，与相连的市场上的无数车辆，竟成了最热闹的地方。人们口里哈着的白雾让我想起，这些人怎么不戴口罩？我竟有些哑然失笑了。想起路遥《平凡的世界》里的孙少平，有多少个日日夜夜守望在这样的一群人当中。劳动是光荣的，他们就是最平凡最本色的劳动者，在初冬的暖阳下，心思简单地企盼着能有活儿干。

车开进单位，门口是登记的桌子、本子，门只开了一半，刚刚能挤进一辆车。院里已停满了车，我把车开进后院，车轮的声响惊起了一群麻雀，它们在铁栅前的树丛里叽喳、蹦跳着，有些在落叶上翻飞，同扑腾起的树叶几乎是一个颜色，有些在树枝间穿梭，只闻其声，不见其影。我停下来看了几分钟，它们也安静下来，像在观察着、研究着，我不禁又想笑了。

初冬，当一切都归于朴素和平淡之后，万物都结束了蓬勃的生机，也消散了所有轻狂与愁绪，开始静静地思忖着得与失，并且于天地沉寂之初整理着蕴藏与积淀。

三毛曾言：岁月极美，在于它必然的流逝。春有百花秋有月，夏有凉风冬有雪。若无闲事挂心头，便是人间好时节。我豁然开朗，冬天有暖阳相伴，细数点滴的过往，明媚于心。正所谓：心中有暖，又何惧人生荒凉。若是心胸宽广，不纠结遗憾，也不后悔彷徨，那么生活定会静好。时常，我会为过往的不如意而黯然神伤，也会为老之将至的步履蹒跚而不禁伤感。然而，最好的时光难道不是"不乱于心、不惑于情、不念过往、不畏将来"吗？

推开岁月的门扉，掀开冬的帘幕，既有一米阳光的温暖，又有一场素白的洁净，既有仰望苍穹的慨叹，又有低眉默许的思索。

生活不是诗，可如果在心中修篱种菊，赏梅品雪，就能剪一段时光的锦缎，织出明媚素雅的静色。安然于当下，静守于当前，时不时地出去走走。

初冬，虽有寒冷，亦不乏美丽与温暖。

穿过花丛看见你

惊蛰一过，天光大亮。人们开始心生燥热，纷纷翻找单衣，预备换下厚重迎接轻盈。

木儿已经35岁了，感知天气，用衣服照顾身体的细微变化。木儿肉粉色大衣里搭配米黄色衣裙，脚蹬一双小白靴，清新而靓丽，在明亮而透着些清爽的天光里，像一株淡香的百合。

"三八"节之前，天已放晴。温度已然跃升了，就像宣传的炒作和商家的推广以及节前的雀跃，让女同志们欣欣然起来一样。然而，真正到了"三八"节这一天，天气却混沌起来，整体展现为一种黯然的黄色，不是阴郁，不是灰暗，只是不显明亮的黄，不失温暖的静和欲争春色的暖。而短暂的浑黄终会过去。

"三八"节的短信蜂拥而至，有简短地"妇女节快乐"，有干练的"女人节快乐"，有飞扬的"女神节快乐"。木儿不禁莞尔，是妇女还是女人，抑或是女神呢？她想了想，把自己定义为女人。

木儿的婆婆目不识丁，几十年如一日地为家人操持着餐食。每日里，吃完早餐，她出去锻炼，然后买菜回来，收拾屋子，准备午餐，看电视；中午12点一到，侍候一大家子人吃完午饭；午睡，到上班点了，儿子、儿媳们出门上班去了，她开始洗洗涮涮，然而出去晒太阳、打牌、看电视；下午接着为大儿子、大儿媳准备晚餐，然后出门散步、看电视，晚间休息。有多少母亲是这样，大体可归为妇女吧。

木儿的朋友学识渊博，几十年如一日地打拼着事业。每日里，吃完早餐，就出去上班，然后匆忙回母亲家吃饭，午休，接着上班、开会、应酬、加班、吃饭，晚间休息，碰上出差，舟车劳顿，天南海北。有多少事业型女性是这样，大体可归为女人吧。

闺蜜妩媚优雅，几十年如一日地为美丽挥霍着金钱，每日里，吃完早餐，就出去打理生意；然后美容、养生、喝茶、吃饭、微雕、塑形、约会、逛街、诗书、词话；碰上郎情妾意的，就谈情说爱。有多少美人是这样，大体可归为女神吧。

"三八"节这天，妇女们依然在做饭，女人们在开会，而女神们在喝茶。

然而，无论是妇女、女人，还是女神，快乐的追求是一致的。妇女们看着家人一日三餐可口就快乐，看着家庭秩序井然，家人怡然自得就快乐。女人们看着事业如日中天，家人幸福和谐，人生价值体现就快乐。女神们看着自己美丽如初，家人呵护备至，神采飞扬夺目就快乐。

就像一丛丛花，为了繁衍生息而匍匐在地，默默怒放，悄然奉献，静静凋零，安然逝去。

就像一棵棵树，为了枝叶繁茂而努力生长，灿然绽放，春光无限，硕果累累，不懈努力。

就像一朵朵花，为了千姿百态而争奇斗艳，招摇怒放，美丽异常，故事多多，一生绽放。

女人如花，有食物的花，有植物的花，有观赏的花。透过花丛看见你。

母亲向我们走来，精英向我们走来，美人向我们走来。母亲是精英是美人，精英是母亲是美人，美人是精英是母亲，有些是复合型的，有些是交错型的，有些是单纯型的。不同的美不同的绽放，获得

绿绦青紫

不同的人生。

我们一生能看见的人是有限的，生活有交集的就更少，而生活在一起的，那更是寥寥无几。放眼望去，无非是家人、亲戚、朋友、同事，哪些是妇女，哪些是女人，哪些是女神也一目了然。也许你的舅妈、姨姨、婆婆、母亲是妇女，她们也年轻过，也有过灿烂与辉煌，然而，终归是在自己的一方小天地里谋生、谋爱，相夫教子。也许你的上级、领导、朋友、同事是女人，她们润色人生、拼搏事业、贡献智慧，奉献力量，职场上无畏付出，或大展宏图，或默默奉献。也许你的闺蜜、死党是女神，她们个个像妖精的化身，像千年不老的女神，有的冰清玉洁，有的个性飞扬，有的妩媚优雅，有的顾盼生姿。而木儿，质朴纯真、知性浪漫、大气简约、低调内敛，既有辉煌的事业，又有幸福的家庭，既有聪慧的容貌，又有绝佳的才气。她不做美容，不进理发馆，不留指甲，只化淡妆，但她上进好学，工作努力，坚持读书，持续健身。当许多女人安于家庭主妇而面色发黄时，她将家里打理得文艺内涵，精致考究；当许多女人为事业奋不顾身时，她选择急流勇退，安居内心；当许多女人一年做一次微整形半年打一次玻尿酸，季季除皱拉皮、月月光顾美容院、周周磨甲贴片的时候，她读书学习、美食养生、书法绘画、旅游参展。无论是艳阳高照，还是浑黄黯淡，她十年如一日，既活出了树的繁茂，又留住了花的光彩。

当然，木儿有很多，既是慈祥的母亲，又是杰出的女性，还是优雅的女神。

"三八"节过后，透过花丛看见你，看见女人的美，看见女人的奋斗，也看见女人的付出。

反 差

常虎是一个走路、说话、做事都带风的人。用官话说就是：风风火火，干脆利落，雷厉风行。

他身材标准，眉眼周正，还不乏幽默，有种天然的强势和果断。

他常说的口头禅是："我这个人不怎么爱说话。"听到这个，连风都快要笑掉大牙了！哈哈哈，大家更是笑得前仰后合。连他自己也笑得眉毛眼睛都凑到了一起，额上一个横"川"字又紧又深又密，用笔法说的话归为《曹全碑》隶书体。通常，他会笑出泪来呛一句："我操，这事儿整得。"他内心有沧桑、落寞和不平，也有孤独，他说不爱说话是真的，但那只限于他一个人又没喝酒的时候。毕竟，只要人多有他在的场合那他无论如何是安静不下来的，小时候他被嗤为"人来疯"，长大后，当了领导，他就成了焦点。讲故事、说笑话、学方言、逗乐子，无奇不有地生动，无所顾忌地搞笑，无所不能地夸张，更重要的是，相当地有亲和力和共情力。

当然，他也不是光有这些搞笑逗乐的本事。他有样学样儿，在单位也是楷模、典范，不说别的，就业务能力和专业口才两样就足以取胜，更何况他还情商很高。总之他是一个很受大家欢迎备受大伙喜爱的人。当然，他个性也很突出，又会审时度势，因此，是个将帅之才。

这天早上，常虎单位有上面来的检查，他一阵风似的去了单位。

好在前一晚有所准备，再加上他功底扎实，思路清晰，能力突出，所有事情都不在话下，更别说是检查了，因此他胸有成竹。

走前，他仔细检查了自己的衣着，蓝呢修长棉衣下配笔挺裤子，咖色毛领内露白色衬衫，雄姿英发，神清气爽。对着镜子，他凑近了又仔细梳了梳他酷似潘长江发式的头型，他那头发，又黑又硬，近年来也夹杂了少许的白发，不过，无论他是左梳右梳上梳还是下梳，别人是看不出什么区别的，他自己却颇为重视，总是架口很正地对着镜子精心审视和梳理，动辄还哼两句小曲儿。

这天，他精心梳了头发，又到妻子的卫生间照了照、梳了梳，临走前，又抖擞着衣裤在穿衣镜前左右照了两下，这才迎着寒风去了单位。尽管离开家的温暖褪去后，寒风吹得他有点缩首缩尾，但再走下去浑身热起来了，通体舒坦。他很珍惜这一天当中阳气最旺时候的锻炼，这是他身材标准尚未发福的原因之一。检查也进行得很顺利，尤其是轮到他汇报时，他沉着冷静，从理论分析到实际做法再到取得成效，面面俱到，传神生动，听得记录员半晌张着嘴忘了做记录。这个人讲话太流利了，还抑扬顿挫，思维敏捷。常虎感觉到了这一点，因此更加自信，汇报得就更起劲了，并作了完美的收尾发言。结束了，他觉得检查一定大获全胜，不仅领导满意，下面职工也会暗暗佩服。然而，这回来的领导可不吃这套，他觉得这个人太能表现了！嘴上不说什么，下午的通报会上，对某一项具体工作直截了当地指出有点滞后。他要杀杀这个人的锐气，打开点缺口。尽管其他单位有明显的工作疏漏与责任事故，但不用他批评，大家都知道了的事就像是和尚头上的虱子明摆着，他再批评显得他没水平。而常虎的单位，若是找不出点毛病，这个人的尾巴就翘到天上去了。

晚上8：00都过了，会议还在进行，挨了批评的常虎觉得丢了面子，心里一肚子气，肚子也饿得咕咕叫。这反差也太大了，真叫人扫兴。

好容易挨到散会了，他铁青着脸跟谁也没打招呼就一阵风似的回了家。进门前，他想爱人一定是做好了米饭。他似乎都已经看到了香喷喷的腊肉、酱油红烧土豆条，口水都快流出来了。然而，温馨的千叶枝型吊灯下，餐桌上摆着砂锅、小甜饼、胡萝卜丝和削好的苹果，对面墙上是一幅画着紫葡萄的中国画，窗边一株两米高的三角梅覆盖着窗户，衬托着绿色碎花纱质窗帘，一只慵懒的小狸花猫在花枝下面慵懒地卧着，见他回来了，爬起来，两只白色的梅花样小前爪伸出去，长长地伸了个懒腰，挺着白色的小胸脯，向他一扭一扭虎虎生威地走了过来，然后扑腾一下在他脚边的地垫上卧下，紧接着便开始翻腰拉背地撒起娇来。往常，他会伸出手去抚摸逗弄一下这只高冷聪明娇媚的小母猫，而现在，他一肚子气，又饿又累。他边换鞋边往餐桌上瞅，一眼看去显然没有他爱吃的，他肚子里的气一下子就炸了！他埋怨爱人不做点"饭"吃。他脑海里想象的是米饭，现在眼前的却是砂锅。尽管砂锅里火腿、木耳、南瓜、土豆、粉条、蔬菜应有尽有，爱人还给调了他爱吃的料碗，但他还是发火了。爱人也气得反驳说："这不是'饭'是啥？"中午就吃的米饭，所以她下午用心煮了砂锅，既美味，又营养，而且还是热气腾腾的。他不得不承认这些，而且吃的是既称心又过瘾，不仅砂锅好吃，那两个甜心玉米饼真是软糯到心里去了，里面还有葡萄干，真是少有的美味啊！胡萝卜丝脆生生的，用糖、醋、蒜拌过，很可口。他吃完又喝了点汤，脑门子上沁出了晶光闪闪的一层汗。但火已经发出去了，跟泼出去的水一样收不回来。倒是爱人大度，也不跟他计较，当他吃完饭将牢骚发出来说："无中生有，真是莫名其妙。"爱人知道他是在单位受了气，就说："别生气嘛，有则改之，无则加勉。"他正是血气方刚的年龄，哪能不生气呢？无端受了冤枉还跌了面子，这反差也太大了。

常虎不是个拧巴的人，他的想象与现实有出入也很正常。生活嘛，哪能全部都按你想象中的来，一切都是最好的安排。母亲怀上他的时候，正赶上计划生育，差点就被拉去人工流产掉，是父亲再三找人，才勉强将他留了下来。然而，他的出生，却让母亲大病一场，差点他就成了没娘儿。他生下来后，母亲的左胸因感染大面积溃烂，他几乎连一口奶也没吃过。小时候，哥哥、姐姐都上学，母亲忙于农活，父亲也在生产队当会计，他只好被奶奶提在筐里走哪儿带哪儿，小小的脸上，连眼窝里都满是苍蝇屎，能活下来，已经是万幸了。上学的时候，他从小学到初中年年都是第一，是当时他们村子里为数不多初中就考出去的孩子。上中专时，他不仅学习好，还酷爱踢足球，人瘦高精干，烫发披肩，像中国式精瘦版的马拉多纳。那时他有一个女朋友，像山口百惠一样娴静而美丽，最重要的是还很丰满。然而，毕业的时候，人家回了美丽的胶东半岛，他也去了一段时间，两人漫步在海边嬉笑打闹，拥坐在礁石上海誓山盟，眺望着夕阳甜蜜温存。但是工作分配很快下来了，他不得不返回上班，只带回遗憾和一大本相册，相册上的女孩美得像女明星一样，他们可能也曾憧憬过都市白领的生活吧。然而，现实很快就粉碎了他的想象。17岁就上班，披星戴月，倒班打卡，日夜颠倒，工作繁重，他累得再无心思奋斗，很快就按照工人的节奏生活了下去。关于未来，他已无力反抗。他不过是个基层工人，他就想，与自己所爱之人此生无缘，干脆就娶个农村老婆，每天安分守己地给自己做饭，把自己伺候得舒舒服服，他说一她不敢说二，日子就这么过下去吧。这么一想，除了上班、睡觉、踢球、玩乐，他插科打诨，烧酒舞池，没想过别的。没承想，到了结婚的年纪，媒人给他介绍了个国家干部，几家人交错着远亲、战友的关系，被家里人一来二往地撮和着，还就成了。爱人长得好看，简单、快乐，文艺气息很浓，就是事事都要强，样样都要求完美。她把家设计装修得跟都市园林后现代中国风建筑似的，本身就有书房，还在客厅里又装了重工业风格一整面墙的书架，上面摆满了名著、经典、诗词、歌赋，既安静又有格调，再加上一只慵懒的猫，这哪是他过的日子啊！他支三条板凳就能吃饭，驾两块木板就能睡觉，如今却要穿着丝质睡衣，踩着木质地板，还得欣赏精美的中国画，咖色的月亮书架，咖色的实木书桌，咖色的大普沙发，米色的鸟巢落地台灯，墨绿色落地窗帘，中国古董似的吊灯，淘来的各种古玩、石雕，还有布置精巧的绿植鲜花，他觉得日子美得不像样子，很不踏实，一切都像偷来的一样。关键是爱人还很有才情，琴棋书画诗酒花，不说样样行，也颇有涉猎；柴米油盐酱醋茶，不说行家里手，也进得厨房，下得厅堂。更要命的，人家这些年来还干到了处级干部。他真是无法忍受啊！一样样的都与他想象的不一样，处处都有压迫感。这许多年，他没有一天不在努力与拼搏，为的只是能真正匹配这样的爱人，但她也在不断成长，因此，他永远都在她的控制之下。别看他偶尔也会发脾气吼两下，其实他心虚得很！只要爱人声音略一提高，他立马就没了声。而且，遇事爱人总是给他分析得头头是道，不由得他不佩服。年轻的时候，他走路都是横的，谁要不小心把他撞了一下，他能用眼睛把你剜死，胆敢出个声的话，他扑上去能给你把脑袋扭下来。跟爱人结婚后，也是动辄和人拼命，二五不对就要扑上去撕，为这些事情，他俩没少怄气。有一次，路过一个施工的地方，一块木板掉下来差点就砸着爱人，他给干活的人抖了句："看着点！"那人看没砸到人便有点横，不仅不道歉还扯着脖子说："又没砸着，嚷嚷啥！"这下子把他给惹急眼了，扑上去就要扯那个人，嘴里说着："你他妈的砸着了还有你说话的份儿？"爱人胆小，怕他们打起来出事儿，厉声扯着让他走，他扑得劲大拽不住，幸亏有儿子在，挡住两个健壮的火药喷发的男人，劝了两句才算了事。这样的事多了，总怄气，出力还不讨好，他慢慢也就改了。渐渐地也上了年纪，他脾气好多了，遇事也能冷静了，多的时候还能站在对方的角度考虑。性格脾气前后反差真是太大了。老话说性格造就命运，他好胜心强，单位技术比武年年拿第一，专业技能也是一等一的好，再加上爱学习好钻研，很快，就受到领导器重，如今，也是掌管一方的领导了。尤其是娶了个好老婆，不断督促他成长，厚重了德行，端正了品行，由此，他也算得上是个成熟稳重成功喜乐的男人了。"这反差大就大点吧。"有时候，他在心里喜滋滋地这么嘀咕。

然而，生活不总是一帆风顺。最让他受打击的，是父亲的去世。他父亲身材高大，为人谦和，喜欢散步，偏爱收音机，每天早上5点就起床了，吃早饭、锻炼，晚上9点就上床了。生活规律，爱好简单，除了散步就是去空旷的地方放放风筝、晒晒太阳，周末了，将孩子们都喊来吃饭，一家人其乐融融，包饺子、吃火锅，日子过得行云流水。而且，父母恩爱，每年出去旅游一两趟，结婚纪念日还要外出去个公园、上个游乐场什么的，每天晚饭后出去散步。按说，如此阳光、健康、开朗、善良的老人应该长寿才对，但是，他父亲七十大寿刚过没多久，就突然查出食管癌，一年不到就去世了。他父亲在世时，他作为小儿子，却像个老闺女似的动辄喜欢依偎在父亲身边，给父亲说说他不为人知的心事。然而，父亲走得如此突然，他全然没有心理准备，除了奔波在医院和重症监护病房，他不记得与父亲说过什么知心话。父亲走了，他才愕然：生命太无常了，咋的也该跟父亲好好说说话，此生有多少话还没说……如今，父亲猝然间就走了。他痛心疾首，觉得这反差也太大了。

生命从来不会向你预期的那样发展，不期而遇和事与愿违是生活的常态，任何事情的反差只是源于你内心的期待，然而，盼望是无尽的，反差也是无穷的。长长的人生岁月，就在这无数的反差当中一天天过去，有拼搏，有喘息，更有无奈和怅然。

然而，人生唯一可掌握的就是：珍惜当下。余光中在《记忆像铁轨一样长》里说："说是人生无常，却也是人生之常。"生活有时候就是这样，或喜或忧都是人生的常态。逝者如斯夫，不舍昼夜，接受生命的无常，修炼自己那颗心猿意马不安分且充满欲望的心，简单面

雾里的阳光

对，踏实生活。

常虎歌唱得好，有一年去厦门，在海边的沙滩上，他穿着黑色背心，戴着黑色眼镜，握着黑色的话筒唱了几首老歌，声音嘶哑而粗犷，在夕阳的晚风里，海边的年轻人驻足观望，坐在沙滩上的听众们使劲鼓掌，他搂着美丽的妻子默默离去，妻子温柔地靠着他的肩膀。

多少年来，《在雨中》总在记忆中不时地响起：在雨中，看见你的身影，突然那么悲伤，那么疯狂，刹那间，往事涌上心头，时光飞逝，掉进了回忆。有一次，一起去看电影，那个故事，感人肺腑，还记得你流着眼泪，在黑暗中，我们紧紧相拥。在一切甜蜜的、疯狂的、都远去的今天，我们还能不能像昨天那样拥抱在雨中。在雨中，想起你的模样，感觉那么温暖，那么哀伤，刹那间，你似乎就在眼前，一切好像回到了从前。很多次，一起走在雨中，那个情景，浪漫如梦，还记得，你总是靠着我的肩膀。

岁月悠长，爱过，也平淡过，风静静地听，云淡淡地说。

风停窗边

"风停在窗边嘱咐你要热爱这个世界"。

当我看到这句话的时候，是2021年7月23日（星期五）上午。

静谧的办公室里，一室清凉。窗外的几十株松树，像模样秀丽、设计高大的绿色松针型冰激淋，隔着白色的纱帘若隐若现地将绿意播洒在窗户上。开着的半尺来宽的窗玻璃，折射着斑驳的阳光，徐徐地微风似有若无地拂动着纱帘，透过松树缝隙望出去的天空，蓝得像透明的湖泊俯瞰在窗外的穹顶，过滤着室外马路上、城市空间里各种嘈杂的声音，像澄静的心刻意遗忘着人间的苦难和世事的烦忧。

昨天是大暑，夏季的最后一个节气，应该是属于每个人最为沉醉的时光。心灵的图片上应如"半盏伏茶驱炎暑，一泓碧水觅清凉"的美好，抑或是曾几诗中："赤日几时过，清风无处寻。经书聊枕藉，瓜李漫浮沉。兰若静复静，茅茨深又深。炎蒸乃如许，那更惜分阴"的闲适。

然而，自7月21日起，翻开朋友圈，目之所及的竟然是生灵涂炭，洪水肆虐，车困命殒，触目惊心。官方发布，21日下午，河南省召开应急新闻发布会，16日以来，连续强降雨造成全省89个县（市、区）560个乡镇1240737人受灾，因极值暴雨致25人死亡7人失联。洪灾最严重的20日晚，郑州多个地区被洪水淹没，其中500多人被洪水困在临时停驶的地铁车厢内，事后发现当场造成12人死亡，多人受伤……

在完全统计后，伤亡人数还会有较大幅度增加。一场特大暴雨，如噩梦般侵袭河南，阻挡了无数人回家的路。暴雨量相当于一个小时往郑州倒灌了100个西湖的水。多地道路成河，车辆被淹没，被冲走。因水位过高，二楼的洪水退去后，居民家中遍地是鱼。

心，紧缩了起来！

当我们还在为功名利禄烦忧，为世俗得失惆怅，被心灵的圈套与枷锁束缚捆绑的时候，河南同胞却在堤坝上冲锋，在暴雨中哀号，在洪灾里沉沦，在死亡前挣扎。

泪在眼睛里蓄积，痛在胸腔里发酵！

连续两日没睡好了！眼前是大片大片的汪洋，脑海是车沉人困的场景。

麦家在《人生海海》里说："人生海海，敢死不叫勇气，活着才需要勇气，你要替我记住这句话。""执念丛生的心，是世间最坚固的牢笼""生活不是你活过的样子，而是你记住的样子。"

死去的人一了百了了，而活着的人行走在各自心的樊笼里苦难丛生，同时也体验着变幻不定、起落沉浮，但总还是要好好地活下去。

雨会停，天会晴，暴雨之后不仅有阳光，还会有彩虹，一切终会过去。

正如郑州市政府给市民发的短信中所说的那样："这场历史罕见的大雨过后，城市会更干净，草木会更加翠绿旺盛。"

生命是何等脆弱，明天和意外不知哪个会先来。

持续一年多的新冠肺炎疫情还在各国不同程度地肆虐；身边的朋友，或朋友的亲人有得绝症的，有行走不便的，有目赤昏沉的，不同程度地被各种疾病折磨着。

心是樊笼，冲破却是晴空。

又是一天早上，醒来的我看到黎明的曙光投射在窗户上，户外的高层在云中耸立，粉蓝或黛青的天空呈现着最美好的颜色，我知道，新的一天又来临了。伸个懒腰，用手机播放新闻联播，在起床洗漱、整理房间、享受早餐的同时听着每日诗词，听着十分钟新闻早餐和每日限免听书，静享了所有的精神食粮后，我去户外锻炼。

小区里风景如画，给人赏心悦目之感。谁家的鹦鹉在小径旁的二楼窗户上婉转，谁家的小狗嗅着草地的气息惬意溜达。

户外运动场上一派生机盎然，有在健身器械上活动筋骨的，有在羽毛球场边跳广场舞的，有健身步道上走路的，有篮球场上生龙活虎的，有体育场跑道上跑步的，还有一群小孩子在足球俱乐部教练的带领下在足球场上揣摩和练习着。迎面走来的大爷赤裸着上身，目光炯炯。一个扎马尾的年轻女孩弹跳着跑进树荫小径。小区幼儿园的小朋友们被老师带着走进户外运动场，稚声稚气地给每一个遇到的人打着招呼行至绿坡洼地和油菜花丛中时，犹如一群从天而降的天线宝宝。

生命的美好在清晨里是最具生机的，回去的路上，伸开双臂只想拥抱阳光。

到办公室拿出手机，习惯性地浏览，一句话映入眼帘："风停在窗边嘱咐你要热爱这个世界。"

心瞬间释然了，为苦难祝福吧！

是啊，无论有多少梦魇和磨难，生活总是要继续。

但愿每个人历经风雨，仍能感受到这样的心境：风停在窗边，但我们总能看到美好的样子。

风中的蒲公英

湛蓝湛蓝的天空下，青青草地上，一朵蒲公英发出柔和、朦胧而又略带晶莹的光晕。一个美丽的小女孩看到了，马上挣脱母亲的手臂，欢快地跑上前去，爱不释手地摘下蒲公英，捧在手上，动也不敢动，生怕它被风一吹就散了，但风还是会吹走蒲公英的一些银针。于是，她鼓起小嘴，吹一口仙气，看着蒲公英像一把把小伞一样四散开去。

也许，这就是初心吧，就像小女孩对美的热爱一样，对记者的责任、使命，让一代又一代年轻人，因为单纯的热爱，便义无反顾地走上了记者的岗位。

而记者，多像一棵一棵蒲公英上的小伞或者是银针啊！随着风的走向，或背着相机像战士一样冲锋陷阵；或拿着手中的笔像作家一样弘扬正义。

想起蒲公英没有人不觉得它是美好的象征，就如想起记者没有人不觉得他们是时代的先锋。

记者这一职业是得到国人公认，世人赞颂的。五个行业性节日：记者节、教师节、护士节、医师节、警察节。记者节，位于五大节日之首。

浮云吹作雪，世味煮成茶。

第22个中国记者节刚刚过去。2021年11月8日，这个让人铭记的日子，有关对记者节的纪念刷遍了朋友圈。

我记得，那天天气晴朗、阳光明媚。湛蓝的天空中，太阳的光辉像宝石一样散发着耀眼但能够让人直视的光芒，温暖而又明亮。好像是刚刚立冬的第二天，路上还残存着雪后结晶的冰面。

这，让我想起身边的记者朋友们！有朝气、活力，是最洒脱，也最温暖的一群人。眼神明亮，信仰坚定，无论脚下的路有多难走，都挡不住他们奔赴的脚步。同时，也是最与世无争、淡泊名利的一群人。

有关理想信念的读本中指出："一个人也好，一个政党也好，最难得的是历尽沧桑而初心不改、饱经风霜而本色依旧。"

在我的记忆里，他们正是这样一些人。

正是因为他们有了坚定的理想信念，才能做到"风雨不动安如山"。

在物欲横流、熙熙攘攘的社会中，他们淡泊名利，坚守岗位，不忘初心，默默耕耘，用文字、语言、导向和步伐在立根固本上下功夫，在锻造灵魂上苦受磨炼。

像郑板桥的《竹石》所写："咬定青山不放松，立根原在破岩中。千磨万击还坚劲，任尔东西南北风。"

他们没有在"乱云飞渡的复杂环境中迷失方向、在泰山压顶的巨大压力下退缩逃避、在糖衣炮弹的轮番轰炸下缴械投降"，而是在铸牢理想信念之魂的坚守里经受着各种考验，在铸守坚定信仰之基的历程中经受着各种诱惑。

记者，是时代的记录者！他们，能走到最远的村庄，去发现乡亲们脱贫的密码；也能站在最险的地方，直播疫情的无惧肆虐。他们阅尽千帆，初心不改。他们见证重大的历史时刻，用镜头记录下震撼人心的瞬间。

虽然，再伟大的时刻都会过去，再壮丽的瞬间也会消散。但是，留在记者心中的将是永恒。成为永恒的，还有记者的形象。书本中最深刻的记忆，是路遥《平凡的世界》中的田晓霞，她无惧洪水而英勇牺牲，不仅仅是孙少平一生的伤痛，也是世人想起时最深的遗憾。然而，还有多少默默无闻的记者，在汶川大地震时冲往震中采访；有多少无私奉献的记者，在疫情来袭时冲往现场采访。他们每一个人，都是出生入死一时，刻骨铭心一生。然而他们留下的新闻素材也将成为后人手中珍贵的历史资料。他们是时代先锋的开拓者，也是时代续集的撰写者。身边最深刻的记忆，是几个记者朋友。一个是像精灵一样的女孩，年轻的时候，她穿破洞牛仔裤、白衬衫，长发像瀑布一样，个性不羁，洒脱干练，无论她出现在任何地方，都有无数的目光追随，一度，她的形象似乎就是记者的代表，似乎，记者，就该是她的样子，而她写的新闻稿件也像她一样纯净、精致而干练。现在，她虽然不当记者了，但依然是新闻工作者，依然长发，独特而干练，诚然，还是记者的形象，也是记者的气质；一个是电视台的一个记者，他穿红背心、黄军裤，长年骑辆二八的自行车。一个人时，一定是奔赴在新闻采访的路上，两个人时，一定是驮着他的女朋友，两个人像风一样简单而质朴。多少年来，想起记者，我的眼眸中都有他的身影；一个是《雄关周末》的记者，在我从事慈善事业的8年当中，他从来都是有叫必到，身上背架相机，手中拿个本，拿支笔，听一听、记一记、问一问，然后一定是要留当事人电话和地址，我们的救助活动10来分钟就结束了，但他可能会在过后的几个小时或几天当中都会给爱心人士或受助者打电话，需要的话，他也会前往家中深入采访以获取第一手资料，写出感人的篇章。最重要的是，他往往会追踪报道一些典型的救助对象，直到将一些特殊受助对象的困难完全解决，做到了事事有追踪，件件有着落；还有两个美女记者，从少女记者到职业精英，她们一直从事着记者事业，最为一致的是，除了身为记者，

她们俩共同的爱好就是做饭、带娃，从始至终，她们认为生命中最重要的两件事，一是采访写稿，二是做饭带娃。这样的初心不悔，也是让人印象深刻，而谁又能说她们不是对生活做出了最好的诠释呢？因为："每个人心中都会有一样最重要的东西，因为重要，所以努力付出，不需要计算，也不用问值不值得。因热爱而充满激情，也因热爱而始终执着。"

一篇文章中这样写道："新闻工作是一种崇高的职业。每个新闻工作者都应该自重、自爱、自强。希望新闻工作者加强职业道德修养，形成一种良好的作风。"这是因为，新闻工作者起到了渠道和桥梁的作用，也是深入实际、调查研究的第一人。

这个时代最不缺乏的是信息，但最缺乏的，是真实、全面、及时、深入的信息。尤其是疫情之下，谣言、流言泛滥，更让全社会感受到专业权威的信息是多么重要，多么宝贵。

而记者，是奔赴现场抵达真相的第一人，是用笔追问启发思考的第一人。这是记者的荣光，也是记者的使命。就像蒲公英，是时代的一粒粒光，或许微小，但足够明亮，看得清脚下，也去得了远方。

雾里的阳光

鸽影翩跹

有时候，美，就是一幅画，停留在你的脑海中，定格在你的记忆里，让你想起时，目光深邃，心思神往。也许，它并不代表什么，仅仅是一种存在的常态，然而，当你发现它的时候，你会为之震撼，当你想起它的时候，却又会为之平静。

生活在干净整洁的城市里，走过的街道，由店铺、公园、行人、车辆、马路、红绿灯组成，工作在静谧祥和的环境中，接触的人们，由文人、画家、书法家、编辑、记者们构成，栖息在雅致浪漫的空间里，入手的物件，由花草、字画、摆件、猫咪、吊床、摇椅组成，徜徉在楼台水榭的小区里，入眼的风景，由水系、喷泉、雕塑、景观树木、花草拼成。

心常常是平静而安宁的。听书、写作、吟诗、赏景，人生得此，夫复何求。

然而，当风声响起，鸽影翩跹的时候，不得不承认，心思神往的，不仅有诗，还有远方。

久远的早已忘记了，最近两次出行的画面依旧重叠展现。

先是去了趟青海。追寻着20世纪诗人海子写于1988年的诗作《日记》中"姐姐，今夜我在德令哈。"我沐着德令哈的阳光，参观了海子诗歌陈列馆和海子诗歌碑林。宽慰于海子为我展开的"面朝大海，春暖花开"的生活；也庆幸有朋友相伴，真可谓是"一首诗天堂花开，几个人尘世结缘"。在茫茫戈壁的金色世界里，可鲁克湖和托素湖平静而安详，一如静心行走的我。在茶卡盐湖，我在小火车的漠风鼓荡中，惊叹于一个白色世界里的清冽、澄静与绝美。置身于盐的世界，漫步湖心而像行走在镜面之上，身影与周边的雪山同时倒映于湖中，像置身于雪林山谷里，于纯粹之中震撼，像一个清纯的少女，我与白色融为一体。在翡翠湖，我像进入了欧洲童话中森林里的精灵王国一样，被那边界不规则的一汪汪苹果绿、嫩芽绿、翡翠绿、祖母绿、蓝绿的宝石包围着，幸福得无与伦比。绿是我最爱的颜色，一如我心里的世界。

又去了趟川西南。在闺蜜的力荐之下，去了扎尕那。就像是从一路荒漠一头扎进了云雾缭绕的山尖绿洲，各色藏式建筑散布于其中，在崎岖的道路上分布的农家小院随处可见，牛羊懒困在车道边或栅栏里，如诗如画。车沿翠绿的山道行至平缓的山顶，逐渐的没有了绿色，人和车都陷入了茫茫的白雪之中，有栅栏圈着的小屋在山顶平原之上，像童话里的小屋一样。我们艰难地走近了它，院里院外踩满了脚印，拍了无数的照片。我知道，人生都是艰难的，就像这美景当中散落的雪花一样，也有幸福的瞬间。人生大多时候是平静的，偶尔会有幸福荡漾，以为那荡漾的浪花是馈赠，殊不知，平静而富足的每一个日常，已经是近乎奢侈的幸福。色达是我多年神往的地方，殊不知，说去也就去了，层层叠叠漫山遍野的红房子，在苍野间亮起一盏盏红灯，与浩瀚的星河遥相呼应，神圣的深邃直抵心灵的安详，让人庆幸能够看到神明居住的地方是因为适时地褪去浮华，安稳于世，才能感受到世界是如此祥和，生活是那么悠然。我没有跪拜，也没有祈福，我只是在寺庙外面真实地感受着信仰的力量，在内心里蓄积着自己的坚忍，刻守着自己的简单，我想我是纯粹的，无论是爱还是生活，这就足够了。稻盛和夫说：人生最重要的就是两件事——想清楚和坚持住。当我听取心灵的召唤，一步步走向自己内心的城堡后，也有过怀疑和后悔，但在每一个弯道叩问之后，我依然固守在安宁平静的道路上，脚步是会跟着心灵行走的，人生向来自有安排。在稻城亚丁，当车开上最高的雪峰耸立的地方的时候，就像神明褪去了自己藏青的长袍，在他的怀抱里，在他的胸腹当中，雪山、冰川、海子、草甸、森林、羚羊，五彩斑斓，风光旖旎，我们在高原之巅晒着午后的阳光，微酣在他的臂膛之上。畅游在蜀南竹海之中，峰回路转，九层瀑布，卧佛壁画，竹林壮阔，真正是五步一景，十步一画，处处都摇曳生姿，绿意迸发，真正地远离了城市的喧嚣，被鲜亮氤氲的竹海环抱着，幻化成清幽的竹之精灵，如入梦境。泸沽湖是绿色的山峦蜿蜒起伏于湖中又分割出无数湖面的一个神秘之境，蓝天白云行走在湖湾之上，无论是在"那时客栈"，还是在湖畔山巅，都像停泊在湖湾或静谧于湖心当中，真想永久地停留下去，无所牵绊地去享受超然物外的悠然时光。哦，还有理塘，那里是丁真的故乡。仓央嘉措，爱与自由，古老的回忆，闲适的阳光，在理塘勒通古镇，千户藏寨乐享诗歌，在佛缘之地，亦是六世达赖喇嘛仓央嘉措诗歌中预言转世的缘起之地。藏寨云集，千户之众，冠绝藏地。

这些，都是怎样的一幅幅画面啊，叠加在我的记忆里，映刻在我的脑海中。

直到我去了玉门玫瑰沟和骟马城遗址后，才汇聚成一幅鸽影翩跹的景象永远地浮现在我的眼前，有时汇集，有时分散，鸽哨声声，鸽影阵阵。

那是一次作协采风的时候，我们在玫瑰沟里开车行进，河沟里，有丹霞景致、雅丹地貌，还有村落遗迹，着实让人流连忘返。当开车回返时，途经一处山谷，开阔的河面一样的细沙铺在谷底，我们沉醉地行走在其中，左边是红柳，右边是高耸的山峰，山峰的缝隙中时不时漏出的阳光洒进山谷，梦幻中一片朦胧，就在这时，山谷收口的地方，一阵鸽哨声起，半崖上，一群鸽子飞出又盘旋，白花花的一片，瞬间便远去了，在山谷中回荡成鸽影，翩跹起舞，渐行渐远又盘旋飞回，就那样在谷口回荡着。我简直被眼前的美景惊呆了，夕阳里，空荡的山谷，鸽影阵阵。我以为，此生只能见这一次了，于是，长时间以来，我都久久回味着。

直到第一次，第二次，时隔不远，连续两次去了骟马城遗址，我都在城墙的豁口处向东行走时又一次地看到了翩跹的鸽群，它们盘旋在山谷的光影里，像碎银子一样翻飞在时空里。我久久地凝视着，像看着一群精灵，像看一幅画。我想，这样的画面就像一幅照片墙，只不过，这些画面一样的照片，早已在岁月里淡化成一只又一只的白鸽，在时光中翩跹、翻飞、流转，留下美好的回忆。

鸽影翩跹，飞翔在记忆里，是美好，是清新，是浪漫，是温馨，是永存的一种常态，却是我永远的诗，和远方。像一面动态的照片墙，在我的记忆中幻化成鸽影，翩跹成回忆。

孤独感恩

还记得年少时的梦吗，像朵永远不凋零的花陪我经过那风吹雨打，看世事无常，看沧桑变化。

冥冥中，突如其来的这几句歌词就在脑海里响起，没有人唱，却热烈地在我耳边萦绕。我很奇怪，不知道发生了什么，百度歌词了一下才知道是李宗盛的《爱的代价》。当感恩节来临的时候，这首有关梦想的歌在脑海里响起，让我感慨颇多。

此时，坐下来写作时，脑海里除了李宗盛这首《爱的代价》，还有李白的《独坐敬亭山》："众鸟高飞尽，孤云独去闲。相看两不厌，只有敬亭山。"也许，最终不会远离我而去的，就只有写作，而我始终如一恪守和热爱的，也唯有写作。爱好很多，却没有时间进行，半生已过，也唯有和写作相对而坐。

我从来没有过梦想，现在也没有。其实不是没有，只是不敢有，怕有了，就变成了空想。就如很小的时候，当我被父母送到远方伯伯家度过的一段时光。那时，我常常是一整天被他们放在院子当中一个不高但很大的土院落里，那里，是冬天他们用来储存土豆、白菜的地方，天气寒冷了，大雪将至的时候，他们就将土豆、白菜整整齐齐地码放在院落里，上面盖上麦草，麦草上面再压上厚厚的一层土，每次吃完一部分的时候，揭起麦草掀开土挖出一部分来搬到一间空屋子

150

里，够吃几天的，然后吃完再去取。幼年的我，爬也爬不上去，只能等待有人来将我抱出去，除此之外，更多的时候，我就是坐在院落当中看天空。我是夏天里伯伯、伯母储存在空院落里的一个大土豆，连白菜的生机也没有。然而，这亦如我的梦想，望着辽阔的天空，什么也不想。

当父母再次来到伯伯家的时候，二话没说就将我接回了家，当母亲见到院落中晒得像一个黑土豆似的她的大女儿时，泪流得止都止不住。

然而，接回家的我，几乎不怎么说话，除了睡觉，我醒来后的第一件事便是找吃的，如果看到炕上有几粒花生米或一颗枣，我也要先摸索着握在手里，才会盘腿坐着等母亲为我穿衣，给我梳头，为此，母亲常常心酸地流泪。

我是浑然不觉这些事情的，然而，这却让我养成了只注重眼前的事情，从不曾有过奢望和梦想的意识。

我的性格执拗而倔强。

面对看护我的奶奶，我默默地与她较劲，她不让我玩，我偏玩，她不让我出门，我偏跑出门去，还将门从外面反锁了看她气得咕哝我，我却在外面冲她吐舌头。

我默默地和小伙伴们玩，当男孩子跟我们玩过家家的时候，我便把他们的小牛牛全部糊上泥巴，然后安排他们做饭、打柴、烧火，女孩子们全部被我打扮成新娘，等男孩子们做好了饭，便让他们背回家。

当我和妹妹玩"吃骨头"游戏的时候，我赢了，便常常将她推上一个高高的小土堆，然后将她一拳打下去，妹妹抱着肚子喊疼，我却说："我打的是你的背，你怎么会肚子疼呢？"

胖墩墩的我，扎着两个朝天小羊角辫被母亲抱上飞机拍照片，长大后，看着母亲抱着我在飞机上拍的照片，不以为然，却会羡慕妹妹斜搭着细长的腿跨在摩托车上的照片。

我和小伙伴们在打谷场上玩，玩得忘乎所以以至于谁偷偷拿走了我的新棉袄都不知道。再大点的时候，我和一群小伙伴去田野里放羊，通常是将羊赶进一个果园里，我们便在树上玩捉迷藏、摘干果子，或者在树下玩狼外婆与小红帽，每次，当那个大我几岁，长着长脸的姑娘假装狼外婆扑向我的时候，我都感到无限惊恐和害怕，没等她走近，想象力已经将我撕得粉碎，我大喊大叫着，近乎要死去。因此，只要有我在，伙伴们就玩得无比尽兴，似乎在进行着一场真正的表演。

这样的快乐并没有延续多久，就因为，我总是向往着外面的世界。

我上学了，看到有城里来的男孩子，说着我听不懂的普通话，我便笑得前仰后合，看到有钱人家的女孩子，每天都穿着不同的漂亮衣服，连表演节目时将米黄色的蝙蝠衫借给了我都会忘记，因为她们并不缺那样的好衣服，而且也根本不在意。于是，我便不再满足于自己的世界，我常常倚在门前的白杨树上，看着它们笔直地向上延伸出狭窄而高远的天空，努力地想象着，然而，脑中却一片空白。

后来，我终于到城市里的学校上学了。小小的我，寄宿在学校，偶尔去爸爸厂里吃顿好饭，也偶尔去姨母家，帮忙做家务，并留下来吃饭。有时，心里不痛快时，我便会若无其事地从爸爸的床铺下拿五分钱的硬币去城市商业区的小卖铺给自己买冰棍，然后便高高兴兴地跑回来，从不对任何人说我的心事。

以至于长大后，我常常会做一个梦，梦里我赤脚在小水渠里高兴地蹚水，水底下，是数不清的硬币和钢镚儿，白花花的，闪闪发光地望着我。父亲去世，我哭得差点儿断了气，却再也没有做过这样的梦。

我从来都是一个沉默的孩子，虽然我结交很多朋友，像每一个正常人看到的那样，快乐、简单、知性、善良，但我的倔强只有自己才知道，内心的沉默也像一个模糊的意识一样长久地伴随着我。工作了，无论工作多么顺心，也无论有多少朋友伴随与玩耍，我依然觉得空虚、无聊和恐慌，我不知道自己在恐慌些什么，我只知道一切都不是自己所需要的。我以为，自己是想去更大的城市、更远的地方，但当去了更大的城市，走了很多的地方后，我依然觉得悲伤。直到我开始写作，像一个天马行空的人，终于看到了眼前的油菜花。瞬间，我知道了自己真正热爱的是什么，其实就是我自己。通过写作，我看清了自己，我把自己说给自己听，把自己安放在自己的内心里，像那些永久地潜藏在内心的沉默，也像那些永远无法捕捉的模糊意识。

当这样的沉默，这些模糊的意识引领着我往前走的时候，天空是那么高远，世界是那么辽阔，生活富足而温馨，但我感知到的，唯有自己的沉默，我觉得一切都不是我的，我只是宇宙间一粒小小的微尘，在一个狭小的空间里移动，梦想亦如此。

然而，更大的悲剧发生了。当我渐趋有了人格、尊严和意识的时候，我发现，所有的艺术家都有他们偏执的一面，要么自私、要么小气，要么滥情、要么不入流。此时，我的写作正在一个最高值跳跃，然而，我立刻决定要停止这一切。我老实、木讷、端庄、偏执的一面就表现了出来，我停止了写作，一心一意地投入工作，将自己的散文集在30岁生日那一天跑遍了整个城市送给我的每一个朋友，告诉她们，我不要再写作了，我要做一个纯粹的人。

然后，我勤奋地工作，努力地升职，扩大社交范围，投身慈善事业，直到有一天，我重新融入了艺术家的圈子。此时，我才真正明白了什么是文化、什么是艺术，就像一个光环，罩在艺术家的头上，背光的地方，也有真实，也有含混，然而，艺术家都是真正被光环笼罩的人，抑或是拼命追着光奔跑的人，年轻的时候，我却只看到了那背光的一点点。

此时，我眼中的世界重新又变得那么大、那么空，天空依然是那么高远、深邃，然而，我自己却更加的渺小了。一花一世界，一叶一菩提，双手握无限，刹那是永恒。《世纪三部曲》中说："我目睹每一个迈向死亡的生命，都在热烈地生长。"

我在自己的世界里盘旋、奋斗、拼搏与消磨，像一个无药可救的孤独者，我流进了时间的河里，在消遣诗歌与沉沦写作的漩涡中打转，走不出自己的世界，亦踏不进别人的生活。

我像一个孤独的人踽踽独行，安静地享受着别人对我的好，安然地感受着灵魂的孤独、静默与美好。

当又一个感恩节来临的时候，我想起需要感恩陪伴的每一个人，但是，我依然沉浸在自己的孤独里，心里默默地盘点着、祝福着、祈祷着、沉默着。父亲，那个像山一样爱着我的人，早已虎落山丘，在静默的土里遥望着家乡的村庄，盘踞在祁连山的一隅，穿着绿军装，戴着棉军帽，依然是年轻时俊朗、帅气、坚毅的模样。

母亲，那个年轻时将长辫子盘在棉军帽里秀美的女人，如今，依然美丽，短发烫成卷，酒窝浮现在嘴角，是个漂亮的老太太了，在东北哥哥家里，惬意而满足地将百余天的龙凤胎搂在左右臂弯里，疲倦地睡着午觉。

家人、亲人和朋友们，在一日三餐里，在日升日落间，彼此存在着，也各自生存着，像生活的一部分，更像独立的各自的一分子。

闺蜜们个个美丽，聚时如一阵风，散时像一个梦，也有个别时常陪伴在我身边让我万分感激，她们有人为我打点着日常所需，有人惦念着陪我走路锻炼，有人陪伴着我外出旅游。我们心生牵挂，也相互扶持。

那些帮助过我的人，早已各自天涯，他们拉了我一把之后，便奋力前行，而我却蹒跚在自己的孤独中止步不前，如今，早已赶不上他

绿绦青紫

们的步伐。

现如今，正在支持和帮助着我的人，他们个个都像发光的个体，有光笼罩在他们身上，我们都被包裹着，偶尔互相照亮，偶尔互相温暖，但更多的时候，却各自奔忙，各自燃烧。

我感恩所有的人，但不言谢。

我感恩自己，在孤独中澄明散淡，在孤独中灵魂丰盈，在孤独中自在随行，在孤独中内心纯净。

雾里的阳光

寒夜里的温暖

今天是"双十二"，闺蜜车娜说想我了要聚聚，约的都是我最好的朋友。果不其然，今晚聚会的都是我最好的朋友，但我最好的朋友都不着调很多年了，王贵说他喜欢我，但他却摸了程坷儿的脸。刚开始认识时，程坷儿总是挑逗他，他极为反感和不屑，后来一段时间没见，再见时，程坷儿说她把王贵拿下了。程坷儿不再搭理王贵，转而去挑逗别人，王贵不仅不生气，还在程坷儿说笑话时笑得最快也笑得最响，我问他是不是喜欢上程坷儿了，但他依然坚决地摇头，说他绝不会喜欢上对谁都说喜欢的那种女孩。不过我亲眼看到有一次唱完歌要走时，他走过唱歌唱得兴奋得满脸通红的程坷儿时，爱怜地摸了程坷儿的脸。

潘多也说喜欢我，从20岁说到现在了。但他身边从不缺美女，轮着番儿地带，每次带的都不一样，有一次还带了一个带女娃儿的，小女孩四岁多，梳着最萌最稚气的妹妹头，眼神清亮亮的，秀气而可爱。他忙着照顾娘俩，夹菜、盛汤，像极了一家三口。自己偶尔也吃一口，脑子却灵活而跳跃地应付着朋友们的谈话，时不时地冒出一句不着边际的话，略一思索却足以让人笑掉大牙，逗得朋友们捧腹大笑，他却时不时地瞟瞟我，然后诡秘而自嘲地笑。还有一次，他竟然带了一个抱着孩子来的，小男孩才两岁多，穿着一身毛茸茸的连身老虎衣，虎头虎脑的，煞是可爱。连饭店的老板娘都不胜喜欢，连连对潘多说："你儿子真像你。"潘多用打趣而用戏谑的口吻说："废话，我儿子不像我像谁。"说完又诡秘而自嘲地冲我笑着眨眨眼。我了解他，他就是喜欢吃饭带个美女，大多却并无关系。上走读学校的时候，我俩是同桌。有一次校长来班上征求大家对教学的意见和建议，潘多自告奋勇举手，看有人主动建言献策，校长很兴奋，大声地指着潘多说："那位同学，有什么好的意见建议。"潘多就兴奋而且高声地说："我建议把教室打成像吃饭的包厢那样的小隔断，把男女同学一对一对儿地放进去，这样，既能提高听课的效率，又有利于同学之间的感情。"说完，同学们哈哈大笑。校长很有风度，但很无奈地说："这位同学你的建议很好，但我们不能采纳，谢谢你勇敢地说出自己的想法，你请坐吧。"同学们又是一阵爆笑。下课后，他无数次地对同学们说："我就希望美女像鬼一样，半夜里我一个响指就来了，天亮后，我一个响指又走了。"从那时起，他就说完话总是冲我诡秘而自嘲地笑，逗得我哈哈大笑，他总是提醒我要笑得斯文一点，但我笑得更加肆无忌惮不可遏制了，他也无奈地笑，说我不像一个女孩子。让我笑得更厉害的是，在第一次班级组织集体活动外出结束后吃饭的时候，当时餐厅选在一个湖心岛上，圆形的湖里一个圆形的岛，圆形的岛上一个圆形的屋子，圆形的屋子里一张圆形的餐桌上，我们十几个同学和校长坐一桌，周围几个敞开的包厢里一桌一桌坐着老师和其他同学，从我们这桌开始，校长热情洋溢地致辞后，要求我们每个人自我介绍，因为是第一次同学聚餐，又有校长坐在一起，同学们介绍自己都很拘谨，只说，哪个单位的，叫啥。只有潘多，站起来说："我姓潘，叫潘多拉，人好女朋友多。"大家都不置可否，就像牛吃草得反刍一会儿似的，尴尬了片刻，才爆发出哈哈的笑声，我却笑得嘎嘎的，潘多就又用手扒拉我，说别笑，斯文点。

　　我的妈呀，笑死我了，我怎么斯文得起来。如此，我们就成了关系特好的同学，但他说喜欢我的时候，我从来不当真，只觉得他就是上帝派来逗我们开心的。但他总是很认真地说喜欢我，于是，我便想考验他一下。有一次，我让闺蜜约他单独喝茶，看他去不去，他果真就去了，但我也去了，到了茶楼，他从茶屋半截的帘子下看到我咖色皮裤的两条腿的时候，他说他腿都抖得站不住，真想扭头溜了，但我和闺蜜已经看到他了，他便硬着头皮进来了，讪讪地又是摸头又是抖胯地笑，我和闺蜜早已经笑得乐翻了天。他便说自己如何看到了我穿皮裤的两条腿，如何腿肚子抖得进不了屋，如何硬着头皮走进来，我俩笑得更欢了。他说完坐了一会儿还是觉得尴尬，便说，我走了，你俩聊吧，便逃也似的窜了。我和闺蜜笑得不能自已，为此事乐了大半辈子，说起来，我们俩也是有些缺德，但潘多是谁，他不会在意，我们更不会当回事儿，大家就这样嘻嘻哈哈了大半辈子。说起我的咖色皮裤来，潘多也是心有余悸。有一次下课后，我要去买衣服，便让潘多骑自行车驮我去，进了服装店，我试了一下看好的那身咖色皮裤和雪灰绒咖色小皮马甲，潘多说好看，我便二话没说2800元买下了，那时我们工资才几百块钱，潘多还骑个自行车晃呢，我眼都不眨掏出几千元说买就买，潘多惊得下巴都快掉了。后来，有一次下大雪，他猜我是不是穿着那身皮裤皮马甲扫雪呢，还专门骑车去我们单位瞅，果然看见我穿着昂贵的皮裤皮马甲，手里握着大扫帚扫雪呢，又惊得下巴都快掉了，嘴里嘟哝着"败家娘们"就回单位沉思去了。他一直觉得我是个不可思议的女孩子，而我一直觉得他就是上帝派来搞笑的，尽管他有时候也很认真。后来他还是跟我另外一个闺蜜好上了，我更加乐不可支了，似乎验证了什么似的。有一次，我又带来了新的闺蜜给他们认识，潘多又表现得最积极，闺蜜说座位不合适，他二话不说就将几十斤重的大沙发举过头顶给搬了过去，又来准备把闺蜜也举起来搬过去，吓得闺蜜连连躲闪，把大家逗得直乐。

秦帅也说喜欢我，但他除了会唱情歌外，就是和我的每个闺蜜很

绿绦青紫

私密地聊天，或者是搂抱在一起跳舞。我真是好无奈啊！帅哥一见美女就会把哥们儿晾一边，而我就总是被晾的那一个。

接下来，说说参加今晚饭局的我的闺蜜们吧。一个闺蜜说一个男医生追他的笑话，还说什么用尺子量男人的"宝物"勃起时的长短之类的，还说她对待感情非常专一，另一个闺蜜则一本正经地说：我就不相信你每次都要用尺子量一下，还说，你要是对待感情"专一"的话，词典里"专一"这个词的意思那得重新定义一下了。诸如此类的笑话她们能一晚上层出不穷而大笑不止，我也笑得不可遏制，但我却说不出一个笑话，也插不上一句话，闺蜜问我为什么跟他们在一起不说话，我说不知道说什么。

夜里的星星很亮，温度很低，我们每个人都穿得绵嘟嘟的，靓丽而时尚，当然，不觉得冷不仅仅是因为穿得很厚，还是因为这样的一群人在一起，我觉得他们是活生生的，辽阔而多情，有趣而真实，寒夜里，我与他们在一起，把自己几个月的笑都笑完了，温暖而开心。

雾里的阳光

红

窗外，树影斑驳，有塔松，有杨树。屋内，静谧无声，有夏日的凉爽，有安定平和的心境。

马上就要"七一"了，在这建党100周年的时间节点上，2021年，似乎显得格外喜悦，也格外热闹。

刚刚在热闹的雄关广场上参加完全市的建党100周年大合唱比赛，今晚，又要参加在雄伟的大剧院举办的建党100周年文艺晚会，各单位的建党100周年党建活动更是如火如荼。嘉丽的心情可谓是兴奋又满足。她天生丽质，多才多艺，再加上勤学苦练，不辞辛苦，在这样的时间节点上，她就像上足了发条，铆足了劲的女超人，一会儿在这个单位排演舞蹈，一会儿又站在了广场的指挥台上，今天创造情景剧，明天又指导诗朗诵，虽然大多数是友情帮助，但接几个大单子，忙里偷闲再揽几个小活，也是忙得给钱也没时间赚了。

马上临近党的100周岁生日了，今天的文艺晚会进行完，就彻底可以放松放松了。

突然间静下来，嘉丽才想起来，这段时间好多电话没接，好多微信没回。

打开手机，粗略地看了一下，大多数电话已没必要回，好多微信也已经是时过境迁了，再回已没有多大意义。唯一有一个很熟悉的电话，打了很多遍，再看微信，才明白是她的小学同学晓伟的电话，换了新手机后，没存号码，但微信有留言记录。

她回过去电话，这个小时候有着圆圆的脸、深邃大眼睛的男孩子，现在已经是一个大国有企业的负责人，他用极为谦逊的口气求她帮个小忙，协调个事情。

她帮忙沟通了一下，放下电话后，陷入了沉思。

时光回到了小时候。

在祁连山脚下的一个小村子，她和他都是小学四年级的学生。她是学习委员，每天放学后，都要帮助老师在黑板上给同学们布置家庭作业，而他，总是那个起哄瞎胡闹的调皮捣蛋者，好在有班长帮忙维持秩序，再乱，她也能顺利地完成任务。而第二天早上，每当她检查同学们背诵课文情况时，这个捣蛋鬼，都要她先背一遍，无奈，她只能流利地背诵一遍，才能再继续往下进行。光是课堂上搞怪也就罢了，每节课下课后，她和女同学玩羊骨头，他要参与。她和姐妹们跳皮筋，他喊了男生搬来凳子站上去撑起来让她们跳，好在技高人胆大，照样跳得波澜壮阔的，几乎成了全班同学参与的活动。每天放学后，他还带几个小兄弟坐在她必经的柏油马路上挡住她的去路，害得她只能和小姐妹们斜穿过田野才能顺利回到家中。而最让她难堪的是，每当她拉着牛顺着田埂吃完草走向池塘的时候，他都带着一群光屁股小伙伴潜伏在水里，时不时地露出个头顶来，羞得她没办法牵牛饮水，总是硬着头皮，脸烧得通红，不等牛喝饱就急急地牵着牛逃一样地往回拽。身后，一群光屁股男孩子跃出水面嗷嗷地叫着，晚霞映红了天，一切似乎都是红色的，像她的脸一样。

这样的红色，不光她有，他也一样。别看他总是率领一帮男孩子助威，但只要他和她单独碰面或他搞坏扯住她胳膊时，只要她一看他，他的脸便刷地红了，像涂了油漆一样。

就这样，他们打打闹闹地小学毕业了，她和班长考到了市里读初中，他依然留在乡里上学。

她坐班车去市里，住宿在学校，周末再坐班车回家。下车后，步行大约两公里她才能回到家，其间，途经他的家门口，远远地，她总是能看到他坐在他家院墙头上，也不看她，就那么跷着二郎腿坐着，而她，早已经脸红成了关公根本不知道是怎么走过那段路的，夕阳红彤彤地照着，世界似乎都是红色的。

那时候的城市，似乎只有她的学校、汽车站、百货大楼、圈楼、酒钢公司、国道、兰新路等等。而现在，小城早已是戈壁明珠、湖光山色，一派派欣欣向荣的样子。广场、东湖、南湖、明珠公园、龙王滩公园、观礼古镇、迎宾湖、人民公园、关城、花博园、关城里、白鹿仓、方特，应有尽有，一幅幅幸福生活的画面。近些天，《天下雄关》剧目正在关城里白鹿仓试演，小城也有了自己的史诗剧。

她这样想着的时候，时光一晃就到了初中毕业了，她上了高中，而他，考上了技校。初二时，她家搬到了市里，她再也没见过他。初中毕业的那个暑假，有一天，他突然来她家找他，丢给她一封信就走了。大意是他考上省城的技校了，以后会给她写信，信封里，除了信，还有一个玉观音。

一封信，就让她痴痴地等了三年。高中三年，她除了学习，下课后和两个好姐妹聊天，便是站在窗前看有没有送信的到学校门房去，只要有，她便一溜烟跑下去看有没有她的信。

信里说了些什么，无外乎是学习、生活情况，纯洁得像一片白月光。

痴痴的三年里，她眼里似乎就没有其他的男孩子，眼睛里、心里，始终都是那个圆圆的脸，大而深邃的黑眼睛。

然而，等她也考到省城上学后，他却已经毕业回到了家乡。渐行渐远，他们终于失去了联系。

多年后，他们重逢，他已经结婚生女。她才知道，回家乡上班

绿绦青紫

后，他父亲发现了他们一沓又一沓的书信，认定是她耽误了他不好好读书，并没收了一切来信。后来，他屈从于父亲娶了父亲老相识的女儿，生活得不好也不坏。

像飞逝而过的时光一样，一切都成为过去。

这么多年了，从没见过面，也不知他长成了什么样子，也不是见不到，他们俩似乎都刻意回避着。她火热地生活着，而他总是在喝醉了酒后给她打电话，她要么不方便接，要么接了他不说话。

这唯一一次正常的通话，居然是为了这样一件小事，她不置可否地沉思了起来。能正常通话了他心里应该是放下了。

是啊！建党100周年了，他们也快奔五了。

三十而立，四十不惑，五十知天命。人生过半，事业如日中天，生活也富足丰盈。

就像迅猛发展的国家和流光溢彩的小城一样，放眼望去，一切都是美好的样子。

如今，建党100周年，小城里，处处都是红色，红色的背景、红色的舞台、红色的衣裙、红色的旗帜。

而她心里的那抹红色，却正在褪去。

人生当如此，是该到放下的时候了。

丁零零，一阵紧促的电话声打破了屋里的平和与宁静，节目组该入剧院了，她迅速起身赶赴大剧院身心完全投入到了家国情怀的那抹红色当中。红，铺天盖地地涌向大剧院，夕阳红遍了西边的天空。

雾里的阳光

橘子的命运

　　这是平常的一天。橘子在6：30分闹钟响起后起身，将双腿搁在床边，脚踩木地板坐在床上，伸手从面前的衣柜取出家居服，先是穿上一条黑色宽松而抖擞的运动裤，又套上一件质地精良的黑色小坎肩。然后，她拿出家居的袜子，用双手先将左腿抱踩到床上，穿上一只袜子，再将右腿抱踩到床上，穿上另一只袜子，像侍候两个小祖宗一样。

　　这是一双橘色带草绿袜腰的及踝袜，踝骨的地方绣着一只黑色扎着胡子的小猫咪，小猫咪精神抖擞地蹲卧在那里，每次看见，都给橘子一种欣喜的感觉。穿上袜子的橘子有一种妥帖的温暖，这让橘子舒适和愉悦。随后，橘子收拾着床上用品，尽量麻利一些，因为，她知道，门外，橘子收养的虎斑纹路的小猫虎咪虽然悄无声息，但已经等候多时了。果然，橘子麻利地将被子、床单、枕巾等收进衣柜，并将床打理平整后，打开房门，虎咪便急不可待地撒娇一样地叫着，扭着身子进门了，进来还伸两下懒腰，似乎在门口蜷缩了太久的样子。每天，只要听到橘子屋里有动静，它便守候在门口，自开了门进来，便像找到了依靠一样，一步不离地跟着橘子，橘子刷牙、洗脸，她便跳到洗脸池上，卧在橘子的化妆包上，看到橘子把刷牙缸放到洗脸池上，便搭爪过去想扒拉过来喝上两口，每次，橘子都迅速抢过，后

164

来，便干脆放到右边，于是，它便在洗脸池上走，有时环在橘子的怀里，有时尾巴蹭着桔子的脸，当橘子将洗脸盆放到水池里，接水开始洗脸时，它总是先兀自将头伸到洗脸盆里舔食起来，等橘子捧水洗脸时，它便扭身跳下蹲在旁边一个比洗脸池低20公分的一个布面凳子上，静静地卧在那里，目不转睛地凝视着橘子，似乎永远也看不够橘子的任何一个动作。

洗漱完，精心拍上护肤品的橘子关上自己的卫生间门，走到老公和儿子的卫生间，她原本是要从卫生间洗衣机旁边地上的粉色桶里取出猫粮喂虎咪的，但从进了卫生间，她先是把儿子甩在地上的拖鞋放到小矮凳下摆放整齐，又将团成一团的浴巾叠起卷成一卷放到毛巾架上，又将马桶刷干净盖上马桶盖，然后从洗衣机上取过老公撂在上面的袜子洗干净晾起，这才取出猫粮起身走出卫生间。虎咪转身跟出去，踮踮着跑到前面去，晃着肉肉的身子在前面带路，时不时还扭过头来看一下，看橘子是否跟在她身后。老公经常形容它这一举动像个小汉奸，把那种献媚和急切，以及小心听话的感觉，表现得淋漓尽致。

喂完虎咪就7：00了，橘子走进儿子的房间，喊儿子起床，并随手打开了窗户。儿子让给他找衣服，橘子找完了给他放床上，又把撂在地板上的袜子拾起，拿到卫生间洗干净晾上，再次回到儿子房间清理出他不穿的脏衣服，拿到卫生间准备放进洗衣机里，推开门才发现，老公已经在卫生间了，他赤裸着身体站在马桶前撒尿，橘子再次诧异地问，你怎么光着身子，老公没说话。她将脏衣服扔进洗衣筐里时，儿子又在喊了，让给他拿个新内裤，她又带笑诧异地问，你也光着身子，被子里的儿子嗯了一声。给儿子取了干净的内裤，她又折身走进卫生间，老公已经撒完尿在洗漱了，她特别奇怪，男人怎么能泰然自若地光着身子在屋里行走，儿子还未满18岁，还很青涩，只限于在被子里光着身子。她这样想着，把脏衣服放进洗衣机里，发现洗衣液不多了，于是便想从洗脸池下的柜子里取洗衣液将洗衣机里的洗衣盒装满，便用手拨过老公的身子让他让一下，好让自己取到洗衣液，费劲地取上洗衣液后往过拿时，她的手指滑过了老公的那个东东上，她推了一下老公，嫌他让得不够远，这时他看到老公用那种暧昧的意味不明的笑看着她，她说"怎么老光着身子"，然后掩饰着又进了儿子的房间，她忍住笑说："哎呀，家里两个男子汉一大一小，怎么都赤身裸体的。"

张罗完了儿子起床，她穿过客厅往厨房走去，儿子在起床了，她得在他10分钟后要出门前，装好他当天的早餐。今天的早餐是糖酥饼、鸡蛋、牛奶、酸奶、桃子、葡萄，是她前一天晚上现买的，口感新鲜，儿子应该都喜欢吃。装好儿子的早餐，给他备好一杯常温的白开水，她又开始着手准备自己的早餐，先给自己冲了一碗五谷粉，又用盘子装了豆香花卷、洗净的桃子、葡萄。其间，老公跟她打完招呼出门了。当她把自己的早餐端上桌的时候，儿子准备出门了，外面下雨了，她又赶紧去卫生间给他拿了擦自行车后座的毛巾，又去他卧室的抽屉里取了他的大雨伞，收拾妥当后，儿子跟她道别出门走了。这时，她才静下心来安心地吃起早餐来，手机里的喜马拉雅已经开始播放每天的历史趣闻了。她关了，打开甘肃党建找到学习强国，进入新闻联播，边吃边听起来。2019年8月22日的新闻联播，播放的正好是8月19至8月22日，习近平总书记在甘肃考察时，先后到敦煌莫高窟、嘉峪关关城、张掖市高台县中国工农红军西路军纪念馆、张掖市山丹县培黎学校、张掖市山丹县军马场、武威市古浪县黄花滩生态移民区富民新村、富民小学、读者集团等。吃完早餐后，她迅速打扫了儿子和老公的房间，又清理了猫沙盆，拖了地。看看时间，已经7点50了，她赶紧更衣、梳妆，出门，一路开车经过十几个红绿灯，将近20分钟车程，终于来到了单位。她的日常就是这样开始的，每天出门前，她已经在家劳作奔忙两个小时了，更早些的时候，她还会在跑步机上锻炼30分钟，时间来得及，还会压压腿、扭扭腰，做做深蹲练习。

这天早上，橘子之所以没锻炼，是因为起晚了。前一天晚上，橘子叫了几个小姐妹来家里吃火锅加烧烤，吃完收拾洗漱完毕，睡觉就有些晚了。睡晚了她通常就会睡眠不好，所以闹钟6点响起时，她实在是懒得起，稍一迷糊，时间就迅速地滑到了6：30分，滑走了她的锻炼时间，也滑走了她的清新美好。

她像一只失了水的橘子，有些瑟缩，也有些皱巴和憔悴。每天都是这样的，生活像打仗一样，似乎全家人都是将军，只有她是保姆或战士。但是，不当保姆和战士又能怎么样呢？只需几天时间，所有的屋子会一片狼藉，屋里所有的衣柜门、衣帽间的门都会大开着，袜子会堆满了几个卧室的角角落落，家里所有的花会枯萎干死，脏衣服会横七竖八满屋乱飞，或许每个桌子上还会堆满了外卖盒、饮料罐，所有的地板将污迹斑斑，而家里的两个男子汉对这一切会熟视无睹，只要还能进得来门，绕着拐着跳着能穿行在屋里，一切都会堆下去，结果不知会发展成什么样子。也许，过上两月，屋里的男主人会请家政整个收拾一遍吧，但一切都不再有秩序，不在频道上。橘子就算把自己当成隐形人，也是连一天也过不下去的。

她一个人，照顾着连猫在内的四口人，像个陀螺一样从清晨运转到夜晚，工作也很繁重，压力大到爆棚。其实可以不用这么累的，但她将很多人的负累背到了自己身上，为了那些苦难的人们而奔走。作为一名文艺爱好者，她又在自己的内心世界里播种着芬芳，耕耘着收获，哪一样是轻松的呢？人活着，也许就是为了一份辛劳，为了一份责任，为了一份追求，为了一份奉献吧。当自身发挥了社会价值的时候，这个人才可以说是有价值的，而她，就是一个追求自我，追求奉献的人，永不喊累，绝不说苦。

所以，橘子就是橘子，她永远也不可能光鲜亮丽，变成掐指一汪水的鲜桃，或者容光焕发，变成人见人爱、香脆可口的苹果。

这就是命运，橘子的命运。

然而，为家人服务是幸福的。毕竟，橘子的工作是为千千万万的因灾受困、因病受穷的苦难家庭送去温暖与关怀。看多了灾难和病困，忙和累又算得了什么，只要家里人都平平安安、健健康康的就是最大的幸福，平凡和朴素原本也是橘子的本色。

命运，有时就是命中注定，是劫数也是运势。《寒窑赋》有云："嗟呼！人生在世，富贵不可尽用，贫贱不可自欺。听由天地循环，周而复始焉。"

如此而已，清爽、干净、充实而美好地度过每天，岂不乐乎？甚好。

如此就好，平淡、安宁、祥和而安静地度过每年，岂不福哉？极好。

如今，橘子被调整了工作，像一只被按了暂停键的发音盒，也像瞬间被卸去了千斤担的苦行僧歇息在文学和艺术的世界里，继续着自己的人生。

孔雀开屏

　　生活就是这样，你努力地去讨好它，像逗引一只骄傲的孔雀开屏似的主观努力，反倒被它戏弄了，它在你面前踱步，像在丈量你，又像在考验你，于是，你就更起劲了，使出浑身解数，到头来，也不过是自己激动、自己兴奋罢了。

　　在孔雀看来，你不过是芸芸众生的一个，它根本不知道你在做什么，考量你只是因为目力所及你也在视线范围内。

　　在大家看来，你不过是一个目的性很强的童心未泯的杂耍家而已，大家也希望孔雀为你而开屏一睹它老人家的风采，跟着欢呼雀跃上一阵。然而，多半你是会让大家失望的，因为，开不开屏，孔雀根本不会以你的意志为转移，它只会顺应天性。

　　当然，如果你本身就光芒四射，恰又出现的时机合适，那么，孔雀瞥见了你或许会兴奋踱步，甚至会抖擞开屏，此乃谓天时地利人和。

　　生活中的变数太多了，始终有一只大手于冥冥中操纵着一切，是上帝的主宰，抑或是命运的安排。

　　然而，明白了这样一个道理，我们难道就什么也不做等待命运的安排吗？

　　人的一生是很短暂的，只有活出自己的样子才无愧此生。

如果生活的目的是为了让别人满意，那么，压力感所带来的不快、气愤，会使人抑郁、生病。为自己而活，知道了自己的目标并意志坚定地去努力，那么，你就会看到生活本来的样子，就会感到平静而快乐。

《了凡四训》里说，真正能改变命运的是自己的心念和行为。假如我们不从自己的内心深处去自我省察，而是一味追求外在的东西，就会陷入盲目的追求中，万事只能听天由命，向内向外都不会得到，没有什么益处。

故而，要看透生活的本质做一个大气的人，每个人的生活都不可能是一帆风顺，若是遇事便沉沦其中，只会压垮自己。不妨做一个大气之人，内心洒脱，学会看开。

老子曾言："祸福相依，万事万物都有好有坏。"人生，拐个弯，转出去，便会看见明媚。生活中，很多事不可避免，若是沉溺其中只会让自己一蹶不振。不如换个角度思考，拥有豁达与乐观，为自己的人生谱写新的乐章。

其实，我们每个人的敌人不是他人，而是自己。从前，有一位老和尚，下楼梯时，不小心踩到了一物，发出了吧唧的声音，老和尚心想一定是自己不小心踩死了一只青蛙。夜晚，老和尚梦见有无数青蛙向自己索命，吓出了一身冷汗，第二天一早，就带着徒弟到佛前进行忏悔。即使如此，他心中依旧感到不安。后来，有弟子打扫院子时，发现了一个被踩扁的茄子，原来发出吧唧声的"青蛙"正是那个被踩扁的茄子。老和尚得知真相后，瞬间感到舒心不已。其实在生活中，很多时候我们也会遇到这样的情况，困扰自己的不是外界，而是来源于自己的内心。

故而，让自己内心充实而丰盈才是生活的硬道理。生命是一只空碗，往里放什么，你就是什么样的人。有些人一生忙碌，碌碌无为，到头来，不过是捡了芝麻丢了西瓜，在迷茫中度过了一生而已。而有

绿绦青紫

些人一生顺遂，活成了人生的赢家，究其缘由，不过是知道自己真正想要的是什么。

正如一只空碗，你往里放核桃，再往里放大米，再往里放水，再往里放盐，它终究会满但不会溢出。反之，先往里放盐，再往里注水，水满则溢，就再也放不进大米，更别说是核桃了。因此，始终知道自己想要的是什么，就是找到最大的核桃，让内心慧能，让人生幸福。

因此，追随自己内心的意愿去生活就好，要时刻透过现象看本质，明白自己真正想要的是什么。

人们喜欢孔雀开屏，无非是欣赏它的美丽，而孔雀给人们带来了开心与快乐，就是发挥了它自身的价值与意义。那么，我们不妨开心而快乐地生活，给世界带来和谐。

每个人的开心与快乐是不同的，有的人抽烟喝酒五毒俱全恣意妄为便是快乐，然而是不美的，因此是没有价值和意义的。有的人琴棋书画是开心和快乐的，亦给他人带来了赏心悦目并自得其乐，就是有意义和价值的。当然，有利于自己、有益于他人是一个衡量的标准，在此基础上，"穷则独善其身，达则兼济天下"便好。

对于我们普通人来说，阳光快乐地生活便足矣，也就是说，做个内心有光的人，自在生活。内心有光，你就是自己的太阳，不仅照亮自己，还能温暖他人。内心有光之人，能容万物，不乱于心，不困于情，不缠于物。漫漫人生路，一边温暖自己，一边照亮他人。

因此，生活不过是一只孔雀，开不开屏，大可随缘。与其做生活的看客，不如活在当下。佛说：纵有三千烦恼，不如拈花一笑；就算心比天高，怎比琴瑟逍遥？

花开自美，不必过多在意他人的评说。孔雀开屏，是为欣赏美，花开自美，是为了成就美。一花一世界，一叶一菩提，双手握无限，刹那是永恒。

雾里的阳光

活成自己喜欢的样子，生活不过如此，看到自己本来的样子，日子如此往复。

生而为人，自在就好。

每个人都希望，在自己的人生路上，能幸遇贵人点拨，指引自己前进。然而，经历过人生的起起落落才发现，人生的很多了悟，其实就藏在生活的点点滴滴之中。

正所谓，鸡叫了天会亮，鸡不叫天也会亮，天亮不亮不是鸡说了算，关键是谁醒了。醒来的过了一天，没醒的过了一生。每天醒来，都是新生。健康地活着，是世界上最重要、最幸福的事。

孔雀开屏也罢，不开屏也罢，趁着阳光正好行走在鸟语花香里，世间的一草一木、一花一鸟皆是美好，不负如来不负卿，关键是不辜负自己。静下心来品味人生，才知人生之真谛。心静了，才能听见自己的心声，心清了，才能照见万物的本性。不甘心放下的，往往不是值得珍惜的，苦苦追逐的，往往不是生命需要的。

世间万象皆由心生，一念起万水千山皆有情，一念灭沧海桑田已无心。

因此，生活不过是一只孔雀，有美好，也有不堪，直面现实，静守内心纯净，静享安宁人生，有时做一个生活的旁观者，也挺好。

跨年恋歌

　　跨年活动是麦吉儿组织的。她笑意盈盈地出现在聚会现场，一身紫色的毛衣套裙将玲珑身材婀娜成一株丁香。高领毛衣衬着一张精致的小脸，眼睛深邃而灵动，眸光闪动着春天的花香。光洁的额头像吉祥的高原，能照出敞亮的心房。俏皮的马尾像一支火苗样的素笔，能够谱写出世间最美的情歌。前开衩的毛衣裙包裹出丁香花一样的身体，吐露着芬芳。一双半高的小白靴像随时要跳踢踏舞一样，活跃而轻快，犹如一只小鹿，踩出地毯上的朵朵梅花。

　　桌上有鲜花，枝形吊灯洒下的光辉让花香四溢。宾朋满座，欢声笑语。有儒雅斯文、脸色苍白、头发微卷、思想广博的丛昕，叶片样的嘴唇始终抿着，挟着一抹笑意。有西北诗人钟良，唐国强一样的面貌，倔强而耿直的性格，把一首《山那边》唱得像"妹妹你坐船头"，地道的陕西腔，让人忍俊不禁。一身黑色老棉袄的等待戈多，长得像宋小宝，只是矮了三分，也不爱言语，但眼睛里是藏而不露的思想和看法，肚子里是想而不说的评论和观点，谁也不知道他究竟在琢磨些什么，说起笑话来却铿锵有力，笑点极高。金刚葫芦娃一样的诗人楔子，像踩着风火轮的红孩儿，心高气傲而元气满满，每说一句话都挥着手，像要切断什么一样地斩钉截铁又决绝肯定，他的话让人不容置疑却也无须思考，因为他说的基本都是定语。他能写出优美的诗，也能说出绵长的词，亦能撂下狠毒的话。他抱着臂膀抽着烟，因为喝酒，也因为激愤，脸庞红彤彤的，做出一种随时能纵身跳出欲海的架势不肯向权贵、世俗低头，却为政党讴歌，为众生呐喊，为文艺代言。像玛吉阿米一样的英子，低垂着秀发，像容颜不老的女神一样抱臂沉思，她唱着东山顶上，把花儿写在戈壁上，又用羊毛织出戈壁最美的花，她把他乡活成了故乡，把故乡望成了他乡。在她心里，戈壁是海子里的城，黑山顶上是时间流逝的河。他乡的味道是故乡母亲的依恋，草原的羊群是故乡天空的白云。在戈壁，一个梦她做了30年，一个人她爱了一辈子。心里的故乡一半水乡一半楼，生活的故乡一半山乡一半城。兆亮是个老师，却将业余时间奉献给了文学，做着有关文学的公众号，托起了文学爱好者的梦想。他的至理名言是："躬身前行，以文学艺术的姿态回顾往昔致敬未来。"他的戏谑语言是："脑壳给你用泥巴包裹，泥巴传情身上抛，满头满身满脸笑，你牵线来我搭桥，众人拾柴火焰高……"

忙碌的2021年就要过去了，我们用诗歌来描绘祖国的大好河山，用朗诵来吟唱生活的千姿百态，用"花儿"来唱响心里的情意绵绵，用祝福来点亮梦想的多姿多彩。跨年的钟声就要敲响了，麦吉儿用儿童一样的声音括手成喇叭高喊："过年了！"然后唱起来"过大年，唱的是春歌，贴的是春联，耍龙灯啊跑旱船，高跷满街转，人人脸上笑开颜。过年过年过大年，穿着新衣衫，家家去拜年，说的是恭喜恭喜，恭喜发财呀！"她是新疆人，天生有副好嗓子，又是瑜伽教练，练就了一副好身材，工作是播音和朗诵，美得像杨丽萍，搞怪精灵又像应采儿，她只要唱着情歌端着酒杯飘到诗人和汉子们跟前，甭管是情圣还是英雄，统统毫无招架之力，像被牵着的木偶，喝酒、讪笑一律没了正形，她再几声哥哥叫下来，一众的男神全部倾倒，正所谓酒不醉人人自醉。

跨年的钟声响了，大家还没有散去的意思，说了几回祝福结束的话了，宴席还没有散去。

于是，众人又唱着："红日升在东方，其大道满霞光，我何其幸，生于你怀，承一脉血流淌，难同当，福共享，挺立起了脊梁，吾国万疆，以仁爱、千年不灭的信仰，写苍天只写一角日与月悠长，画大地只画一隅山与河无恙，观万古上下五千年天地共仰，唯炎黄，心坦荡，一身到四方，抚流光

一砖一瓦岁月浸红墙，叹枯荣一花一木悲喜经沧桑，横八荒九州一色心中的故乡，唯华夏，崭锋芒，道路在盛放。"又一次说了散去吧！又有谁唱起了："听闻远方有你，动身跋涉千里，追逐沿途的风景，还带着你的呼吸……"情难自抑，大家唱得动情又畅快。终于，起身穿衣依依不舍地开始告别了，又有人提议去戈壁放烟花，于是，众人驱车到了海一样洒着银光的戈壁，当烟花升空的瞬间，每个人都泪光盈盈。戈壁上的月色如水，眼中的泪光如银，心里的梦像海，梦里的诗像歌。

跨年了，再见了，2021，感恩岁月，逐梦未来！奋进是最美的挥别，前行是最好的承接。

母爱是我们坚强的后盾

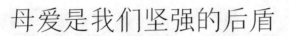

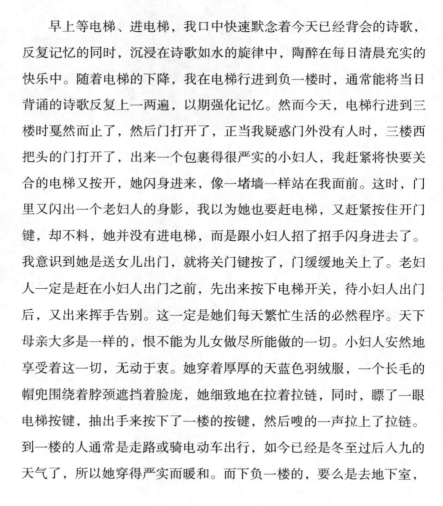

　　早上等电梯、进电梯，我口中快速默念着今天已经背会的诗歌，反复记忆的同时，沉浸在诗歌如水的旋律中，陶醉在每日清晨充实的快乐中。随着电梯的下降，我在电梯行进到负一楼时，通常能将当日背诵的诗歌反复上一两遍，以期强化记忆。然而今天，电梯行进到三楼时戛然而止了，然后门打开了，正当我疑惑门外没有人时，三楼西把头的门打开了，出来一个包裹得很严实的小妇人，我赶紧将快要关合的电梯又按开，她闪身进来，像一堵墙一样站在我面前。这时，门里又闪出一个老妇人的身影，我以为她也要赶电梯，又赶紧按住开门键，却不料，她并没有进电梯，而是跟小妇人招了招手闪身进去了。我意识到她是送女儿出门，就将关门键按了，门缓缓地关上了。老妇人一定是赶在小妇人出门之前，先出来按下电梯开关，待小妇人出门后，又出来挥手告别。这一定是她们每天繁忙生活的必然程序。天下母亲大多是一样的，恨不能为儿女做尽所能做的一切。小妇人安然地享受着这一切，无动于衷。她穿着厚厚的天蓝色羽绒服，一个长毛的帽兜围绕着脖颈遮挡着脸庞，她细致地在拉着拉链，同时，瞟了一眼电梯按键，抽出手来按下了一楼的按键，然后嗖的一声拉上了拉链。到一楼的人通常是走路或骑电动车出行，如今已经是冬至过后入九的天气了，所以她穿得严实而暖和。而下负一楼的，要么是去地下室，要么是去地下车库开车出行，我比她要晚出。于是她对着门准备着，丝毫不顾忌对我的强势挤兑。面对着我忙碌地为她们母女开合电梯的神操作，她也视若无睹，旁若无人地挺立着。我觉得被压迫得紧，于是便往后跨了一步，安然地等待着。一楼很快到了，她快步走出，似有气贯如虹的气势，像有力拨千斤的力量。我不禁一笑，觉得熟悉的场景浮上脑海。前几日，在楼门前，我也碰到如此一幕，一个个头高挑、穿得很厚的小妇人推着电动车，她的母亲在车后忙着将孙女安顿好，手脚不停地为孙女打理好书包，又替女儿扯平挡风车罩，叮嘱着女儿骑慢点，然后，女儿在母亲的招呼声中无动于衷地发动电动车，旁若无人地骑走了，也是一脸神情坚毅、气势压人的样子就出发了。

她们的表情如出一辙，都是拒人于千里的感觉，也都是自信而非凡的气势。我相信，这样一种性格，是自信满满的表现，也是自尊极强的反映，但更是一种被家人呵护出来的独立，是一种拥有了爱便拥有一切的排他与自负。她们在母亲的呵护下，似有披荆斩棘的力量，也有一种恢宏志士的气度，她们坚信自己在强大的家庭庇护下能够征服世界，她们坚信自己在家庭港湾的培养下能够全力以赴。她们有着化渺小为伟大的豪迈，有着化平庸为神奇的气度。她们坚信自己的思想，相信自己的准则，有着强大的人格和独立的自满。此时的她们还没有经受过任何的挫折与磨难，人生就是家庭和信念，世界就是享受和拼搏，生活就是面对和奋进。她们抬着高昂的头颅，目视坚定的远方。自尊心和自信心都处在极其高涨的状态，对环境没有戒备，对人生没有怀疑，对他人没有概念。在人生中她们充当着主角，在世道间她们迸发着韧劲，在生活中她们倾注着力量。此时的她们，关注不到自身以外的其他，觉得人人都应该为她们服务，人人都理应为她们让路，她们是披挂上阵的战士，她们是打拼生活的勇者，她们是勇立潮头的巨人，家人是她们的侍卫，旁人则是她们的观众。

这一切自信心的来源，除了她们还没经受过磨难，没有经历过苦痛与悲伤之外，主要来源于一个幸福、和谐而强大的家庭，这个家庭里必定有一个坚强、勤劳，操持着一切、呵护着家人的母亲。

感受着这一切，口中默念的诗歌早已被抛至九霄云外了。

我想到了我的母亲，如今已经是一个安于天命、慈祥和蔼的老太太了。她从九姐妹中的一朵女人花，嫁给父亲后便驾车套马、种田养猪、饲鸡喂牛、洗衣做饭，每天天不亮忙碌到大半夜。婚后不久，一心想拼个出路的母亲说服父亲去当兵，全然不顾她独自一人既要照顾我们的五爷爷，又要抚养出生不久的哥哥，还要更加努力地操持家务和农田劳作。后来，父亲退伍后去城里当工人，母亲也在操劳了大半辈子后，将我们一个个送到城里读书，为了方便照顾我们，又在城里租了房子和停薪留职的父亲一道开起了汽车修理铺。从未修理过汽车的母亲，学会了给汽车轮胎充气，拆卸修补汽车轮胎，进行简单的修车电气焊，像一个铁娘子，也像一个大师傅，照顾着生意，也照顾着我们。后来，我们一个个外出上学了，他们便扩大了生意，招收了徒弟，又陆续地把叔叔一家接到城里，帮扶着开起了店。将几个堂哥带到城里，帮助他们开起了汽车修理铺、摩托车修理铺。我们分别工作、成家后，按说母亲可以安享晚年了。然而，父亲突然间因车祸瘫痪，母亲又日夜看护着父亲，同时一日三餐地照顾着我们。如今，父亲去世了，我和妹妹也都有了各自的归宿，她又去了东北，为哥哥照顾刚出生的一对龙凤胎，为他操持着家中的一切。

母亲有千百种长相，但爱的流淌是一样的。作为儿女，我们除了感动，更多的是感激与体恤。

我的婆婆对我的照顾更胜过我的母亲。她嫁给公公后一个人操持着家事和农田。同时，照顾着自己当年那已年事渐高的婆婆和在大队当会计的公公。论起干活来，她不仅是家里的一把好手，在十里八乡也是个利索人。她精通乡俗，为人热情、能说会道，因此，谁家有个婚丧嫁娶，都头一个请了婆婆去帮忙。她不仅将三个儿女逐个培养成人，而且为她的婆婆养老送终后，将小叔子用提篮从孩童拉扯到成人，并为其娶妻安家。如今，她的小叔子都已经是儿孙满堂了，感念嫂子的恩情，时常前来探望。现在，公公已经去世，婆婆视我如亲生女儿一样呵护和照顾。而同时，她还要照顾他的大儿子、大儿媳，照料她的大女儿和大女婿。每天，我们7口人在一起吃饭。73岁的婆婆操持着我们的饭食，她锻炼身体、收拾家务，然后像一个食堂大师傅一样，准时将餐食摆上餐桌，看着一家人享受美食，享受安稳，她便舒心而快乐。她不仅把我们照顾得很好，把一屋子的花也养护得春意盎然。尤其是窗台上的长寿花，一年四季开得红艳艳的，像一家人明媚的心情。

母爱便是天堂，在母亲的温柔、热情和慈爱下，深藏着发自内心的牺牲精神和毫无怨言的品质，她们在付出中感受着快乐和温暖，而我们则在享受中感受着家庭的温馨、母爱的伟大，同时也积蓄着拼搏与奋斗的力量，行进着自信而坚定的步伐。"母亲"是浩繁辞海里最美好动人的字眼，"妈妈"是这个世界上最神圣伟大的称呼。尘世广袤，母爱伟大，只要母爱在，生命就生生不息，只要有母爱在，力量就源源不断。母爱是漫漫人生旅途中为我们避寒挡风的衣裳，是我们出门远行时殷切叮咛的话语。

母亲是我们坚强的后盾，亦是我们温馨的港湾。如今，我的儿子也已长大成人了，我也像我的母亲、我的婆婆一样，为他付出着无私的爱，为他固守着一个坚定的后方和稳固而温馨的港湾。很快，放寒假的他就又要回来了，我赶在他回来之前操持好家中过年前的一应事物，只为他回来后能够享受纯粹的温馨，而不会被大扫除、擦玻璃、停电、缺水之类的事情搅扰。我还认真地学了几样家常吃食的做法，只为他回来后能够把饭菜做得丰盛而可口。寒假是短暂的，但正是这短暂的相聚和温馨，他能够蓄满前行的力量，迈着笃定奋进的步伐。还记得上次送他上学的时候，恰逢他爸爸出差不在家。他固执地要自

雾里的阳光

179

己走，但我不忍心他自己去赶清晨五点半的火车还是坚持要送他去火车站，他虽然固执地坚持着，但我能从他内心里感受到我给予他爱的温暖。我四点半起来喊他起床，给他做好早餐吃完，叮嘱他又检查了一遍行李和身份证、车票后，开车将他送到火车站，目送他上了月台之后，我看到他边排队检票边看着我，过了检票口后，他扬起手向我挥手告别，虽然间隔几十米，但我依然能够感受到他积蓄的满满的感动和对母亲的感激，手挥得用力而不舍，我看不清他眼里有没有泪光，但我相信，他心里一定有爱。

如今，他又该回家了，因为疫情，我不再劝他好好利用假期到处去走走看看，只是一心期盼着他早一点、快一点到家。露是今夜白，月是故乡明。如今，他也正迫不及待地从千里之外往回赶，奔赴家的港湾，也是投入母爱的怀抱。慈母手中线，游子身上衣，临行密密缝，意恐迟迟归。谁言寸草心，报得三春晖。一次又一次地送别，一次又一次地回归。最终，孩子会走出母亲的视线，但母爱永远是我们最坚强的后盾、最稳固的港湾。

木生花

　　有一些人，他们对你好，你根本不知道为什么，而他们，就那样一直一直地对你好，直到你产生这样的疑惑，直到你不知道该以什么方式对待他们，也不知道该怎样回报他们，甚至不知道该回馈些什么，因为，你从内心里感觉到，不管你做什么，似乎都是多余的，哪怕是做一丁点的、微不足道的事情，也会让自己脸红，而他们会感到诧异，似乎你在做一些有意破坏彼此关系的事情，瞬间就会疏离了相互间的亲近，似乎在无意间中止了某种默契。于是，你想一想，捉摸不透，但也不敢刻意地违背本心去走多余的道路，只能在感激的情愫中默默接受着这种感情的馈赠也罢，关怀的温暖也罢，惦念的感动也罢，呵护的享受也罢，默默地温存着，在心里最柔软的地方储存着，直到他们再次出现时，你就觉得那是最亲近的人，再无其他感觉，而你依然会心怀感激地接受他们为你所做的一切，除了感到心的距离很近，再无其他可以形容。进一步会损坏感情，退一步又会彼此伤害，只有默默地接受并享受被呵护备至却无任何索取。

　　回顾与他们交往的过程，似乎一开始扑面而来的，也不仅仅是呵护和温暖，本能地，就包含有一种亲近，你接受了这种亲近，熟络地就像多年的好友一样，默契地靠近，亲近地坐在一起，无须什么言语，就那样看着别人聊天，听着别人寒暄，在人群中，就像另有一个你自己坐在旁边，像他一直以来就那样陪着你，人群要散了的时候，他就那样追随在你的左右，在一个安全的距离内呵护你，你若想要逛逛街的话，他一定笃定地陪你，给你拎包，替你付账，你当然不会让他花这样的钱，那样似乎默许了些什么，于是，他默默地收起钱包，下次还是会抢着替你付，付不上也不会说什么，只是给你坚定的陪伴，然而，到告别的时候，他会儒雅地跟你挥手，从不拖泥带水，也从不过多要求什么。下次见面，一如既往地亲切，却无任何感情的负累，也无任何做作的表情，似乎一生下来，就是心无杂念的两个人并肩站在了一起。这样的两个人，不用害怕别人说三道四，不用担心旁人误会多言，就自然而然地亲近着，像两个性别的一个人。

抑或她是个女人，你们一见如故，你欣赏地看着她，听她说着话，你觉得她光彩夺目、才华横溢，她的存在，就是一束光，倘若她也喜欢你的话，你们就成了心照不宣的朋友，无须攀谈，无须热络，你们自然而然地就站在了同一个阵营里，无论说话还是做事，都一致对外。这样交往下来，见过很多次面后，你们就成了无话不谈的朋友，间或聚一下，想起来的就是这样一些人，只要合拢来，就像一个个散落的浮萍，聚拢来成了一朵盛开的荷花，流淌着爱与和谐。

这样的人，你交往了十年二十年，年年一个样，面面都相同，他们的身边也许有无数个女孩子或男同志，但只要你在的时候，他们一定是在你身边，一定是呵护着你的一个人，似乎其他的人都不存在，说着大家的话，却抑不住地表扬着你，称赞着你，似乎他们才见你第一面，似乎他们以你为骄傲，公然地给大家一遍遍地说着欣赏你的话，说着他们眼里的你，从始至终，都是满满地喜欢，满满地心疼。就像你刻在了他们的内心里，只有一遍遍地说出来，才能不沉入心的湖底，而是又重新把你在心里的感觉重温了一遍。

这样的时候，你只能满含欣喜地听着，无限感激地笑着，不知说些什么，也不知在大家都开始纷纷地表扬你的时候做些什么，只

绿
绦
青
紫

能一起重温着回顾着，分享着，感怀着，但在心里却默默地问自己，我何德何能啊，得到这么多，只能加倍地又把他们在自己心里的分量加了一个砝码，以至于多数朋友都弄不明白，你们的关系和感情为什么会那么好，而连你们自己也弄不明白，因为，平时你们几乎也是不联系的。

不联系也很好的感情，就像你放在家里不用的至爱之物一样，它永远在那里，满含欣喜地在你眼里，满怀深情地在你心里，你喜欢它，只是因为当初的如获至宝，也是因为当时的些许回忆，人生就是这样由许许多多的回忆组成，而他们，也是你人生际遇中的回忆，而已。

　　他们，无论男女，都像是上帝派来温暖你的，男的像绅士一样爱着你，女的像姐妹一样捧着你，你除了温柔地对待他们以外，无须也无法做任何事情，就像水流淌在心田里一样，情流淌在你的生命里。

　　我对待这样一些感情是木讷地，除了被动地接受和被动地被爱之外，从来生不出任何想法，也从来做不出任何事情，就像树木生长在森林里，随风而动，自由地呼吸，自在地生长，敞亮地接受着阳光的照射，湿润地享受着微风拂面，在蓝天下歌唱，在白云下呼吸，而心里却生出了花，像阳光发出了光芒，像微风散出了气息，自然而然，无声无息。

　　这样的感情，比起那些你需要刻意经营、需要时常维护、需要用心联络、需要不时打点的感情，它就像阳光、空气与家常便饭一样，生命只要存在，你就沐浴在阳光当中，而生活只要继续，你就得穿衣吃饭。一种是恒常存在的，一种是由你而生的，一种是收获，一种是付出，缺一不可。

　　我将这种感情比作是阳光、空气，无比珍贵；我将这种感情总结为欣赏悦纳，无比宝贵，而我对待他们的态度，就像是木生花，存在就是一种美好，无须回报。

罄竹难书

　　5点钟就醒了。伸手掀起久未拆洗的棉被，按下床头的小灯，一片漆黑。无奈，起身去开卧室灯，毫无反应，还是一片漆黑。起初，以为是床头灯坏了，这下，我以为电卡到期了。摸黑蹒跚着小心翼翼挪到你常放一把手电筒的边柜上取了，借着手电筒的光亮，取上电卡，披了外衣去楼道里插了电卡，回来再开灯，依然一片漆黑。这下，我不得不怀疑是停电了。太早，无法确认是不是确实停电了，看着漆黑窗外，我又慢慢挪回到床上去。近来，腿疼得厉害，尤其是早晨起来刚下地的时候，疼得不敢踩，每走一步，都会剧痛一下差点摔倒，好在我习惯了，有所防备，倒也从未摔倒过。躺到床上，松弛下来。翻出手机来早安打卡，"冬至大如年，人间小团圆"。一张红彤彤的卡片翩然而至，又是一年冬至了。往年冬至的前一天，你已经在为包什么馅的饺子而操劳了，先是询问我想吃什么？大肉芹菜、牛肉香菇、茴香木耳肉、韭菜鸡蛋、韭黄绞肉等等，经过一番采买和准备，一荤一素，经过当天一上午的忙碌，等我下班，已经有几大盘饺子在桌上热气腾腾了。今天，我在手机里才得知了冬至的讯息，胃里的馋虫已经将我拽入往常的氛围，然而，四顾茫然，空锅冷灶，连灯也不会为我开启。我意识到，今年冬至，我只能回忆着你所喜爱的口味，然后自己去操持这一切了。我必须自己去超市挑葱买蒜，和面调馅，必须亲手为你，也为我包上一餐冬至的饺子了。要知道，以前过节，无论时节还是年节，你都是极为重视的，我不能让你失望。我也不能让一张图片就把我哄骗了，而且，这张图片上为什么只有一双筷子呢？难道连上帝也知道我已经是一个人了？我孤寂地想。转念又凄苦地可笑自己的执念。渐渐适应了屋里的黑暗，窗外的月光也照了进来。我久久地凝望着月光，幽冷中的希望。天空是青黑色的，大地的阳气已经在升起，破晓的黎明即将到来，朝阳冉冉东升，旭日喷薄待出。一年365天，我大概有超过300天是5点起床的，这已变成了我的习惯，坚持了很多很多年，即使寒冬腊月，起床也不是一件困难的事。但今天，因为停电，我不得不继续躺在床上，却不承想，不仅看见了久违的月光，还想起了你。

想你，当然是时时处处的，但平常地想，无非是做了你爱吃的饭，听了你喜欢的歌，走了你走过的路，去了你常去的超市，或者是孤寂中想起久已没有你的声音了；单调时想起久未吃过你做的饭了；冷清时想起你去了花草无人照料，我已开始学会照管它们，剩下的那只画眉很久没有唱歌了，另一只已随你而去，它也亦如我一样孤单吧，它一定是尚未学会从失去中解脱，依然在品尝着孤独失落的滋味。我很多次劝它，让它学会更好地照顾自己，这样才是对另一半最好的安慰。这，也是你临终前叮嘱我的。但它不听我的，显然，我们有认知上的差异，人是有思想的，会调解自己的情绪，随时调整心态，但它不会，一任自己沉沦下去，我奈它不得。这也得怪我，以前总是我们俩一人一只鸟笼提出去溜的，如今，我害怕别人看我没了老伴还提着鸟笼怡然自得而鄙夷我，所以很久没有带它出去了。被单、床褥已经很久没有人拆洗了，以前这些都是由你来做的，其他的我可以学会，但这一样，我是万万学不会的，拆开来软软的一堆，如何是好呢？我又不愿请人来做，自你去后，家里很少有女人来，除过单位慰问，大概是没有女人来过吧。我并不是排斥女人，但我内心里不敢，冥冥之中我总觉得你在天上看着我。我比以前更加自律了，不光是不与女人来往这一样，还包括你希望我更好的方方面面。比如说，5点起来练习书法，你一直将我的书房收拾得很好，每当我写了新的字，你都会拿起闻闻墨香，然后把它们晾干后细致地收起。你会督促我吃早餐，豆浆、牛奶、干果、水果、鸡蛋、面包一样都不能少，现在，我会每样都减去一点，但都会去吃，营养全面，果腹而已，此举，也是为了减轻体重。配合你要求我的每日出去锻炼，以前，我只是匆匆而出，大踏步走两圈甩手就回，然后赶去上班。而现在，我悠然地走出门去，踱步进入公园，然后闻闻花香，听听鸟叫，在木椅上晒晒太阳，直到昏昏然了，才回到家中，想象着你以前所做的餐食，给自己准备午饭，然后老老实实午睡，睡起后读书两小时，接着出去散步，除了走路，我还会背背诗歌，朗诵朗诵美文，回来后简单地吃晚饭，基本就是早饭时清减出来的那部分，用来晚上打发自己，哄骗着肚子不要在半夜里咕咕叫而已。晚上，我会读书摘录些美文，为第二天的外出做好准备，并欣赏一些视频、听听歌曲，权当对自己一天努力生活的犒赏。如此，在没有你的日子里，我依然是在你的伴随下晴耕雨读，日出而作，日落而息。

　　唯独不同的是，你走了，我基本不外出参加应酬了。刚刚退休就赶上丧妻，无异于晴天霹雳，有多少人同情我，我不知道，但我听到的安慰话，看到的怜悯眼神，足以叫我知道，世人已知我失去了生活的乐趣。真正的人生刚刚开始，我却失去了臂膀，犹如鸟儿，将要振翅飞翔却被命运生生地缚了翅膀。现如今，人们喊我出去吃饭，大多是为了排遣我的孤寂，抑或是安慰我的清冷，更多是怜悯我的苦痛。我却不能，不能让他们强行凌驾于我的情感之上。在我心里，你并没有走，只有在外出聚餐时，我才真真切切地感受到独自一人所要承受的孤单，因此，我拒绝你走出我的生活。我恪守在自己的孤独里，让你的灵魂丰盈着我的内心，以前我所做的一切几乎都是为我自己努力的，而现在我所努力的一切都是为你付出的。我走你走过的路，我吃你吃过的食物，我按照你所希望的样子生活，遵循你所喜欢的脉络存在。我不能拥有你，无法将你的气息重温，但我会时时想着你，如此紧密的存在就像你用强大的气流包围了我，无论我移动与否，你都倾尽所能地覆盖着我。

不找女人，还有一个最重要的原因，是因为我一直不能原谅自己。你的突然离去，让我受到了深刻的惩罚，甚至让我来不及忏悔以前的情感外泄、身体出轨。你离去前，我退休在即，为了抓住稍纵即逝青春的尾巴，也为了最后利用一下手中的权力，我同意了一个女孩的邀请，共享晚餐并徜徉花海，那夜我看到了最美的星星，也品尝了新鲜的甘露。然而，当你身体出现异样，很快便病入膏肓，不久便离我而去时，我脑海里想到的全部都是上帝对我的惩罚，那昔日的美好全部都变成了黑暗的颜色，变成了我心里的浊斑，无法抹去也无意去除，我俩自认识以来就是息息相通的，你懂我的爱好，我知你的欢愉。从年轻走来，我们除了一日三餐的相伴，有过多少身体的沉沦已经记不清了。刚结婚时，我们几乎是日日相亲，后来也是如饥似渴，近些年少了些，但也每逢周末必要缠绵。然而，我却禁不住诱惑犯下弥天大错，你如此决绝地离开了我，未曾有过一句埋怨。

如今，我想给你说的每一句话都在心里，却无法告诉你。我们的孩子在很远的城市，他多次来接我，劝我跟他们一起生活，虽然孙女早已笑颜如花，但我怎能舍了你而去呢？在这里，有你熟悉的一切，而我，像被你呵护的孩子，完全按照你所建立的模式去生活，睡你睡过的床，开你开过的灯，洗你洗过的锅，用你用过的碗，和似你的花草亲近，同像你的竹笛拥吻，用如你的毛笔写字，同是你的画眉交谈，沉浸在自我的世界里，也流连在你我的生活中。

今天，是冬至了，最寒冷的冬天即将到来，我却开启不了你开过的灯，寒夜将明，是你要告诉我些什么吗？还是让黑暗唤起我对你刻

绿绦青紫

骨的思念。

　　你派了月光来探望我吗？如我心中的光明。我自知你已给了我最深的惩罚，却依然舍不下我。那么，就借着这朦胧的月光，让我细细地想你一回。以后，每当有月的时候，我都会如此一番，权当是你我亲密无间，恩爱有加。

　　此时，我罄竹难书，只是静静地望着月光，揽你入怀，告诉你，我会爱你！如同爱我自己。

生活的智者

  清晨早起，照例到户外运动场锻炼，空气中有丝丝扣扣的凉风，舒爽而惬意。已是由夏入秋的步伐了，暑热中有了风的气息。紧了紧白色的外罩衫，我从跨步甩腿的一个器械上下来，转身想去撑杆上吊吊胳膊。扭身的同时，看到一个身穿白色衬衫的人，步伐冲撞而意气风发地紧走几步跳起抓住了吊环，等我脑海里反应过来是谁时，我扭转的身体已经径直走到了撑竿前。没有刻意前去打招呼。一是感觉很熟了，专门过去好像有寒暄的意味；二是锻炼的人很多，大家都很安静，在这样一种静谧祥和而美好的时刻，突然响起的声音对环境似乎是一种破坏。于是，我顾自地抓住撑杆缩起双腿吊起了身子，面对着他的方向，大概10来米的距离。以为他会在吊环上甩荡上一阵子，可是，也就是我抬眼的功夫，他已经从吊环上又落地，义无反顾、大踏步地向南走上几步向西边的路上去了。

  我默默地想笑，因为他冲撞的步伐，也因为他户外锻炼还穿着白衬衫的样子，笑意只在心里微微荡起而已，他已经走远了。一个人的性格脾气是永远都改不了的，他在直觉上总是给我倔强而冲撞的感觉，像一个人体气球，因充满了气体而有着拖拽上升的力量，也许正是因了这份激情与强劲，所以在写作上面，他的成就是扎实的，像葱郁的秧苗下面累累的绿土豆，充满了灵秀和诗意，在不停地酝酿和构思，持续而蓬勃地生长。

恰逢其时，他毫无留恋地退休了。有些人退休总会不适应一段时间，从不是牢骚多就是消沉疾苦可以看出来。但他倒是没有这些表现，显得更生龙活虎了。其实，退休可以积蓄所有的力量，去完成想要成就的梦想，可以利用所有的时间，去行走在自己向往的路上。这个干了半辈子民政工作，写了半辈子诗歌、散文、新闻的陕西汉子；这个干了半截子报社总编辑又当了半截子作协主席的文化人，直给我一种憨厚、倔强、耿直、灵秀的感觉，像西北坡上的一头老黄牛，化身军人又转业来到雄关钢城，在公务员岗位上兢兢业业了半辈子。又似陕西的一只白鸽子，追寻梦想扑棱着超膀飞到了西北小城，在写字生涯中完成了乡土诗人、报社总编辑、作协主席、文人墨客一系列身份。如今，完全从职场生涯中退出，蛰伏在家里，构思着陕西家乡秦岭深处九条龙的传说。同时，也像一只闲云野鹤，在公园游走，在山野闲逛，在河沟捡石。像一个野蛮生长的文人，也像一个处心积虑的达人，更像一个无忧无虑随风飘浮行走着的云朵。人生是有无尽乐趣的，他活得自在、通透、率性、坦荡、智慧。

他是一个陕西汉子，也是一个转业军人，所以总给人一种九头牛也拉不回的感觉。但一生勤奋，最终，灵秀是占了上风的，像一本书，灵秀是上面写满了的密密麻麻的字，憨厚和倔强则是底色和留白，耿直和冲撞是标点符号。那种灵秀是文字赋予他的气息，禀性中的憨厚耿直和冲撞则是他的性格和脾气。他的新闻水平是我们信服的，有时候我们办公室写的新闻稿拿给他把关，感觉他只是瞥了一下，好像压根没有认真看，就拿起笔刷刷刷把标题给换了，又刷刷刷把导语给换了，高度上去了，视野也不一样了，所报道的新闻就成为大局中的具体事实，竟然原封不动被刊发出来了。他的诗歌也是富有灵气的，像是从秦岭深处走来，也像是从一嘟噜一嘟噜的葡萄中散发出来，更像是从城市里的花喜鹊和公园里的布谷鸟中扑腾出来。他的文字有时候非常犀利，有时候又柔情似水，从他当总编辑刊发在市报上的评论员文章，或者在省报上的特约评论员文章里，透露着时政热点分析的哲学角度，体现着博学和生活阅历以及情感积淀。他的文字更是朴实优美的，从他的纪实散文《嘉峪关十部曲》中，嘉峪关的湖、嘉峪关的林、嘉峪关的花、嘉峪关的石、嘉峪关的人都走进人们心中，他笔下的嘉峪关之美溢满篇幅，像清泉、像流水，汩汩流淌，其中《嘉峪关的绿》还走上《人民日报》。

他是接近退休年龄的时候从报社总编辑的位置上退到文联挂了个闲职过渡，正好赶上作协换届因为写作实力和他的影响力，被推举为市作协主席。风风火火干了也就大概两年的时间吧，他就彻底辞掉主席完全退休了。也许是为了安享退休的时光，也许是厌倦了嘈杂的职场，也许是为了集中精力创作精品力作吧。谁知道呢！他坚定地在中途召开年会补选，由另一位散文实力很强的女作家接手作协主席。自此，他的身影淡出了我们的视线。偶尔有采风或聚会的时候，才能再看到他的身姿。依然是那样的耿直，依然是那样的冲撞，依然是那样的高亢，依然是那样的激昂。尤其是喝酒说祝酒词和酒后唱歌时，他大声而搞笑诙谐地说着方言或笑话，像牛一样吼唱着一曲曲《黄土高坡》《父老乡亲》或《妹妹你坐船头》的歌曲，让人捧腹不禁，也让人快意鼓掌。他像一曲歌的高音，也像一首诗中的高潮，总有出彩和亮相的时候，他的一生似乎一直都是如此。

他是谁呢？笔名塬上草是也。

他于我，是领导，是上司，是文友，是长兄。对他最初的印象，是刚到民政局工作的时候。我初到民政局报到，被分配在办公室，他是民政科的科长，善良纯朴，倔强耿直的样子，也许是常下乡的缘故，总给人一种风尘仆仆的感觉。后来跟着办公室的一位大姐，我们和几个同事去郊外玩，拍了很多青草地、马兰花的照片，我们笑得清纯而灿烂，我穿着白纱裙，有时是格子衬衫，像他们所有人的邻家小妹妹。有时，也相约着去吃饭和唱歌。一次，大家一起吃火锅，我慢条斯理地拿起一枚鸡蛋，说下个蛋，他们一群人爆笑了大半天，他夸张地笑，并学着我的样子说："下个，蛋。"大家又是爆笑。我也不窘得慌，和他们一起傻笑，没心没肺的。慢慢地，我就开心不起来了。工作太简单了——文档管理和打字，我就是跑跑腿和动动手的事情。没来由地，我就焦虑起来，总觉得人生不应该这样虚度，内心日渐荒芜得很。我常胡思乱想，有时甚至想我应该攒够了钱离开这个城市，有时想我应该留在外地奔波和流浪。心找不到安放的地方。但是，父亲托重情将我改派回来，我的使命里还有陪伴父母亲，哥哥已经去了长春，我狠不下心来再次出走。我想我应该做些更有意义的事情，但日复一日地打字归档，像个陀螺一样转个不停，有时加班打文稿打到鼻血喷溅到四通打字机上，忙碌和玩命工作也拯救不了我，无论如何也不能让我快乐。于是，我开始偷偷地写作，《雪的启迪》《悠闲无望》《是情感泡沫还是伴侣》《收到贺卡的日子》《嘉峪关初冬的早晨》等几十篇稿子就是在那时候写的，一摞摞草稿摆在四通打字机旁越堆越高。无意中，他和一位同事看到了，夸张地说我可以进作协，并将稿子推荐给了报社。就这样，我被引荐进了嘉峪关市作家协会，写作高峰期，我一星期竟然可以有两三篇豆腐块发表。我高兴极了，像飞出了笼子的鸟儿自由翱翔。有作品发表，有通讯获奖，暂时在心性上满足了一阵子。但是，随着工作的推进和对文艺青年的排斥，我又有了新的想法，我不喜欢别人叫我文艺女青年，不喜欢别人知道我喜欢写作，心理上不知道为什么就对文艺女青年抱有了偏见。30岁时，我印刷了自己的散文集，作为生日礼物送给要好的同事和朋友，然后便搁笔不再写作了。

那时，我已任民政局办公室副主任三年了，他是办公室主任。我在拼命工作，每天都有干不完的活，处理不完的事情，节假日总在灰头土脸地加班。他呢，要么在拼命写诗，拼命地在下班和周末到周边河道捡石头，要么就是在办公室也是沉下心来研究新闻写作，一副不问官场、不理政事的样子。所有的文件、材料、任务，他都以办公室主任的身份一股脑地批阅给我，我一个人兼了四五个人的工作，办公室副主任、秘书、文档、打字、统计、文书、打杂，像个打不死的小强一样，我从不说一个不字，他从不多说一个字。我是工作狂，他是写作狂，一嘟噜一嘟噜的诗，一个整版或者半个版面的报道见诸报端。就这样，一气干了7年，他竟然悄无声息、毫无征兆地调往其他局任副局长，我接手办公室主任。

确切地说，是他培养了我，但并没有影响我停止了写作，而他成了小有名气的乡土诗人、新闻写手、奇石收藏家，后来，顺理成章地升任了报社总编辑。那几年在朋友圈看到，他又把全省新闻副刊作品一、二、三等奖拿了个遍，还到北京京西宾馆抱回了个"全国报业领军人物"奖。

15年过去了，当我重新意识到写作对我的重要性的时候，我在文学领域像个小白一样又重拾笔头，而他，已经从报社总编辑变为作协主席，又很快卸任了。

人生，不知道要走多少弯路才能重回正轨，但归咎起来，还是读书太少，俗事太多。而有些人却可以一路高歌猛进，一路低头狂奔，像他一样，可谓是功成名就，急流勇退。

如今，在运动场上看到他，我明白了前些天采风时打趣地问他："彻底退休了在干吗？"他快意地说："过退休生活呗。"退休生活是个代名词。于别人，是开始丰富多彩的老年生活，习字、养花、打太极；是享受自由自在的闲暇时光，养猫、遛狗、听音乐；是安享晚年的天伦之乐，养生、保健、带孙儿；是自驾、旅游、泡温泉。于他，则是安于内心，安享时光，安于自我，并且真正自由自在。完全安静下来，看书、写字、锻炼、约几个朋友四处游玩。剥离了世事的纷乱，剔除了人事的嘈杂，隔绝了外在的搅扰，归于平静，以清明心看世界，以清静心度人生。

我们是完全能够理解他的。在俗世红尘中跋涉了几十年，官至党报总编辑，待遇到正县，文至作协主席，影响升至小城名家，已是足矣，夫复何求。在这物欲横流的世界，一个人能做到清静心很不容易，能够做到放下更是不易。就像杨绛先生所说："我们曾如此渴望命运的波澜，到最后才发现，人生最曼妙的风景，竟是内心的淡定与从容，我们曾如此期盼外界的认可，到最后才知道，世界是自己的，与他人毫无关系。"然而，谁又能做到呢，多少人每日浮沉在人生的宦海中，被名利所左右，被虚无所牵引，像个时而清醒时而迷茫的孩子，总要在时光里跌宕，在岁月中徘徊。就我来说有时也很清楚自己想要的是什么，但前路漫漫，寻着光前行，却不知何时才能抵达彼岸。有时日复一日做着同样的事情，过着一成不变的生活，安慰自己说，任由天地循环，周而复始焉。渴望激情却惧怕改变。看开、看透和看淡是什么时候呢：是年轻时谈过了一场轰轰烈烈地恋爱，到头来却发现，爱，最终会远去。是年轻时不惜生命的代价拼搏奉献的事业，到头来却发现，不过是一场物换星移的过往。命运是掌握在自己手里的，但走着走着就走偏了，来到繁花似锦的小路，看到风光旖旎的风景，再也找不到回去的路。命运不知道会将人带往哪里，我想，终将又会在岔路相逢或在终点相会吧。

年过半百，人生是要做减法的，像他一样，除去浮名，卸下重担，回归内心，重拾生活，行走在阳光里，哪里都是清新，哪里都是明朗，没有磕绊，没有负荷，轻松地行自己的路，昂扬地唱自己的歌，乃可谓：生活的智者。

在他的心里，如今渴望的诗和远方，是秦岭里的传说和深山里的故居。听他给我们描述了那没有网络的高山上的青瓦屋，门前有圆圆的大石磨，山边有流淌的小溪，清风在森林里鸣唱，阳光在草地上跳荡。我们都恨不能化作飞翔的小鸟，随他的思绪一路扑闪进那亮光的深处，像隐士一样生活在文明找不到的地方，抚去草舍里的浮尘，晒干柜里的被褥，掬一捧清冽的溪水，嚼几根香甜的野菜，做几日世外的高人。

　　然而，回归到现实里，生活依然在继续。他离不开文明的一切，而我们找不到闲暇的时光。退休后他竟然也时不时爆个冷门，文字被省报刊个整版，就像别人写嘉峪关，写个数篇而他一写就是个十部曲一样另类，难怪光明日报社主办的《博览群书》杂志，要用四篇文字介绍他的《嘉峪关十部曲》。哈哈笑着，我们学学他，做一个生活的智者吧，只要充实快乐，且行且珍惜。

生命底色

祖国是我的底色。是我记忆里朦胧而美好的画面，是我命运中清晰而遥远的亮光，是我生活中淡定而努力的现在。

刚出生时，祖国是故乡，是照片上一片郁郁葱葱的树木围绕中的土坯房和院落中央一方草木庄稼，黄花菜在边儿上围绕盛开的池塘和池塘中洗盆里受洗礼的孩子们。两岁时，祖国是村庄，是照片中坐在飞机模型上似乎在遨游四野的小土妞，那时的我扎着朝天的两支小刷子定格在黑白相片里满脸的幸福和满足。3岁时，祖国是我家的院落，记忆里的一席土坑，土坑上，我和两岁的妹妹在母亲身旁翻爬，母亲是土坑上一堆被褥里奄奄一息的羸弱女子，因生产而未恢复的身体已经病得起不了身，终日与被褥融为一体看不出生命的颜色。4岁时，祖国是蓝天下的明媚阳光，农村正是生产大跃进的时候，母亲总是天不亮就去用人力架子车拉玉米秆了，而我们，成天不是在小水渠里摸鱼，就是在土坎堆里过家家。我的任务是看妹妹，记忆里，一天早上，天光刚刚大亮起来，妹妹的哭声惊醒了我，随着她滑溜的像泥鳅一样的身体哧溜下坑，我麻利地套上衣服追出去，她已经跑到了院门口，小脸对着被向外锁着的大门号啕大哭，还没等我把她拽开，拉着架子车正好路过家门口的母亲已经在盛怒之下打开门抱起妹妹扯了一枝树条向我抽来，我奔跑着冲向屋里，母亲把妹妹放进被子，对我说再不看好就抽我，然后又出去锁上门走了。5岁时，我已经是一名小学生了，祖国是学校，印象中的我穿着格子布衣裳，但总有漂亮的红凉鞋，在鸟语花香、垂柳依依的学校玩得不亦乐乎，吃石子、打沙包、跳房子、摔皮筋。在冬天里除了玩得不亦乐乎外每天增加了一项工作任务，就是把我们班教室里的那个高烟囱大肚膛的炉子生起火来，同学们来的时候，好在上面烤玉米面馍，下课了围绕在火炉边吃东西，女生们织围巾，男生们瞎捣乱。时不时地，我们还会被组织成腰鼓队编排节目，而我，总是那个要么棉衣穿得太厚系不上腰鼓，要么打到一半掉了鼓槌的笨女生。然而，我跳绳、做仰卧起坐却总是最厉害的那个不惜力的小傻子。6岁时，祖国是戈壁的一方小城，光秃秃的城市，灰蒙蒙的大街。我因为学习太差要为留级做准备而被父母送到了城里的姨姨家。那时，城市唯一的建筑是汽车站和百货大楼。祖国还是爸爸的工厂，是工厂里铺满白灰的车间和爸爸下班后帮别人修理的没完没了的自行车、架子车，还有每天中午都吃的肉炖豆腐；是姨姨家汽车修理铺所在的汽车站所属的一排平房商铺；是嘉峪关为数不多的建筑中最热闹的百货大楼里的模拟真人秀和圈楼里热闹的衣服鞋袜等商品摊位；是我每天要么从爸爸的衣兜里拿的零钱，要么从姨姨家床铺下拿的硬币买来的冰棍儿。7岁时，我已然成了学校里的漂亮女生和尖子生，留级让我成了学习成绩数一数二的好学生，我当上了学习委员。每天放学在黑板上布置作业，上学第一件事就是检查同学们背课文。那时，我不仅学习好，还是背课文背的最好的班干部，每次有男生捣蛋让我先背一遍的时候，我总是双手叉腰一字不落地背一遍，为此，我折服了班上所有的同学，男生们大多数都会为我服务，有人送我橡皮、转笔刀，有人在女生跳皮筋的时候站在凳子上给我们撑皮筋，还有人成天跟着我们女生们调皮捣蛋，追逐疯跑，快乐打闹。以后的人生，祖国是广袤大地，是城市、省城、大城市、首都。我从一名一路奔跑着的小学生、初中生、高中生、大学生成了一

名国家干部，家乡变成了戈壁明珠、山水之都，仅有几座建筑的城市一天天日新月异，如今已然车水马龙，湖光山色，高楼林立，大气恢宏。祖国已然成了东方明珠，屹立于世界强国之列，底色，是底气，也是记忆的颜色。

雾里的阳光

时 光

时间属于日子，而时光属于灵魂。

2021年的时间只剩下倒计时50天了，而时光仍在缓慢地流逝。

春、夏、秋、冬，时间的指针咣当咣当地走过了三季，像流淌的小溪一路欢畅，逢到季节变化时，便咣当一声，从一层瀑布跌宕至下一层瀑布，于是风景不同了，气候不同了，人也不同了。从桃红、柳绿、春暖、花开到蝉鸣、蛙跳、夏暑、荷香到麦黄、枫红、秋霜、冷月再到初雪、冬阳，现在，正是这个时候。而女孩儿们，从风衣到长裙到毛衣、大衣，现在，也正是这个时候。有道是：行至水穷处，坐看云起时。无论拥有怎样的心境，一路走来，该面对的都得面对。秋天，原本就是短暂的，而今年的秋天，因为突如其来的疫情，就显得更加仓促得似乎只感受到了萧萧落叶，便滑入了冬的怀抱。好在，初冬的日子在一场大雪过后，平静而安然，随着疫情的离去，暖阳悄悄地代替了荫翳，于是，在逐步正常起来的时光里，日子也走向了年终的序曲。

柴可夫斯基的冬之歌，在静静地诉说，犹如那湖面泛起的点点阳光，又似枝头挂满的音符。

盘点一下今年的收获吧，就像农人，一年的操劳，无非就是企盼能在秋天里有个好收成，在冬之恋歌响起的时候，能颗粒归仓：

两本散文集还在出版社游离，年内，应该是能回仓储存，无论如何，总归是要算到今年的收成里的，否则，流年似水，今年似乎是白过了。背了两百多首诗词，管它什么时候会忘记，假如现在还在我脑海里，就得计入收成。听了100多本书，是融入骨血了，还是过眼云烟了，管他呢，权当思想的果实颗粒归仓吧。10分钟早餐、新闻联播几乎是每天都听的，当什么呢？就当是思想的小果实，也归为一仓吧。写了30多篇散文，这算是实实在在的，能看得见的果实，就装个小盒子，放在谷仓的最上面吧。还有什么呢？还有几次外出旅游，去了德令哈、茶卡盐湖、扎尕那、稻城亚丁、色达、蜀南竹海、泸沽湖等，也算是行万里路了，无形的收获，也扔入仓底打包收起吧。其他的，当然就不能算了，比如说练习书法，才刚刚开了个头，算作收获的话，只能说是养成了一种习惯每天能写几个字静静心，但实在是还没有什么起色。再比如说早睡早起的习惯基本是养成了，虽然经过了一些诸如起得太早会不会有损健康、起得太早会不会花容失色早衰等等的纠结，但现在已然形成了固定的生活习惯，一时半会儿可能是改不过来了，而且，随着目标的清晰，愈来愈感谢这一习惯的养成。什么目标呢？无非是每天走一万步、每天听一本书、每天写一篇文章、每天背一首诗、每天练几个字等等。虽然，大多时候是大打了折扣的，比如，一天里，只听了一本书、但写了一篇文章，一天里，只背了一首诗，但听了一本书，如此种种。一年下来，也会有三五成的收获。

　　今年就是如此。虽然时常感慨时间就如朱自清散文《匆匆》里所言："洗手的时候，日子从水盆里过去；吃饭的时候，日子从饭碗里过去；默默时，便从凝然的双眼前过去。我觉察他去得匆匆了，伸出手遮挽时，他又从遮挽的手边过去。天黑时，我躺在床上，他便伶伶俐俐地从我身上跨过从我脚边飞去了。等我睁开眼和太阳再见，这算又溜走了一日。我掩面叹息，但是新来的日子的影儿又开始在叹息声

里闪过了。"今年过去300多天:"……日子从我手中溜去,像针尖上一滴水滴在大海里,我的日子滴在时间的流里,没有声音也没有影子。我不禁头涔涔而泪潸潸了。"

时间走得如此之快,令我时常扼腕叹息,而时光,就如南宋蒋捷的《一剪梅·舟过吴江》里所言:"一片春愁待酒浇。江上舟摇,楼上帘招。秋娘渡与泰娘桥。风又飘飘,雨又萧萧。何日归家洗客袍?银字笙调,心字香烧。流光容易把人抛。红了樱桃,绿了芭蕉。"差强人意地借鉴其意境,从年初的工作调动,到工作环境变化,再到生活重心调整,然后疫情来袭,一年里,不说是跌宕起伏吧,也算是不胜烦恼。然而,随着时间的流逝,随着心态的调整,随着心智的成熟,随着命运的安排,一年里,跌跌撞撞地也算是快走到了年终岁末。心情是什么样的呢?只能用"宠辱不惊,闲看庭前花开花落。去留无意,漫随天外云卷云舒"来形容。

年过40了,拼搏到现在,就混了个俗人的日子。一日三餐、晴耕雨读,删繁就简,方见生活。事业早已是镜花秋月,理想也像猴子捞月,心里只有一亩三分地的家园,胸中常见悠然见南山的诗意,养花侍草，撸猫看月，在公园里溜四季，在书海里蹚人生。想想年轻时不曾抓住的机遇，叹叹现在还算稳妥的困境。理想已然成了眼前的闲散和自然随性的状态，时光已然有了惯看秋月春风的无奈和悲凉。

流光容易把人抛，红了樱桃，绿了芭蕉。如今，我就是那已然绿了的芭蕉，只能活在当下的乐观和俗世的安稳中，吟诵声中寻古意，诗歌魂里探文心。在心中修篱种菊，在文中倾注生命。我想像植物一样生长，把生命转化到种子里，让种子在文字中开花结果。

上帝为你关上一扇门的时候，必然会为你打开一扇窗。"窗含西岭千秋雪，门泊东吴万里船"，当我从仕途的船上行稳至远到了文学的海上时，像一叶扁舟，我望洋兴叹。除了慨叹过去的岁月里浮生已过，没有为自己建起巡洋战舰，只能如履薄冰地在浅滩上行走。即便这样，看得见海鸥飞翔，听得到海涛拍岸，在晨钟暮鼓的歌声里凝望，在夕阳晚照的余晖下冥想，也不失为美好，是文学的美好，也是生命的美好。

时空驼影

　　我想，人生就是一个记忆一个记忆地叠加，一幅场景一幅场景地定格。我认为，写作就是一次次生命旅程的记录，一个个人生片段的留存。就像一台带着回忆风格的纪录片，将时空的万分之一乃至千万分之一从记忆里剥离出来，录制成胶带或磁盘，放入人生的档案格里封存起来，即使不再取出，也永远地定格在了脑海的皮质层下，像烈烈雄风刮在心海里，或像秋日暖阳和煦在心田中。也像拿了一个长距焦筒，咔一下，已然定格了这一幅图景、那一幅画面，在脑海里稍加提取，便是一个个记忆，是一个个记忆里的故事，一个个故事里的亲朋，或者好友。然而，无论是纪录片还是长焦距，我想，最初始的意义就是记录，记录的过程就是一次刻印，成品无论存放在哪里，底本将永远烙印在记忆里，融化为人的骨血，浸透进人的灵魂，沁入人的心肺，在一呼一吸间停留，在一动一静里定格。

　　在我脑海的画面里，永远有这样一幅场景：在茫茫的戈壁上，一条路延伸向远方，向北是我的家乡，向南是旅程的目的地。这条路的西面是北方沉默豪迈坚毅的山峦，毫无秋色，也无装点，只是黑山，像极了沉睡的壮士，一个个千年屹立的姿势。我无法唤醒他们，只作一眸一世的对望和一眼千年的垂眸。这条路的东面，是我们和一群骆驼，以及戈壁、低矮的山峦和被水浸过后皲裂的洼地，还有骆驼刺、还有芨芨草，以及不知名的野花和蜂蝇壁虎们。我们在平坦处支起了小桌，小桌上面布置了精致的茶台、漂亮的小绿铁锅和电磁炉，依靠着一个大功率的储电器，我们煮茶论道，举茶言欢。漂亮的女友，有着林黛玉一样的面庞，却是长发飘飘，有着嫦娥一样的身姿，却是长裙曳地。她像葱根一样的手指，先是摆弄着为我们煮好了茶又从袋子里钳出螃蟹丢进锅里，还是那纤纤玉指提着螃蟹乱舞的钳子一样的细腿翻弄着，动作轻柔而有序，像在操作着一项工艺。山东大汉一样的画家，像西部牛仔，也像海盗船上的江洋大盗，圈脸的胡须有两寸长了，连同唇、粗重的眉毛和长睫毛双眼皮的一双大眼，就把一张国字脸既俊美又生动地装点起来了，去掉胡须和国字脸，面貌上是神似成龙的，身姿上却是有两个成龙壮硕，上身着一件咖色背心，上面缀了星星点点的小碎花和几只小蜜蜂，脖子上围了一条亚麻灰咖的双色围巾，下身一条牛仔裤，像一只直立起来的国字形的大猩猩，但装上了帅气沧桑而俊美的国字脸。他移动着健硕的身躯，拿着现代文明的长筒照相机，不停地拍着我们，用手机忙不迭地录着像。我除了享用美味的螃蟹，喝女友递过来的茶，就只顾着沉浸在秋阳里沐浴着和风发朋友圈了。在这样的时空里，现代文明与古老戈壁交融着，和谐而又静谧，美好而又永恒。我不知道，在苍穹地注视下，有没有怜惜和疼爱，但静谧的阳光默许了这一切。我不知道，大山的臂弯有没有拥抱的冲动，但温暖的秋风温润了这一刻。我不知道，渐行渐远的驼群有没有驻足凝视的片刻，但它们离去的山的豁口遗留着永不消失的驼影。如果说，山有回响，那一定是歌唱的声音；如果说草有呢喃，那一定是欣喜的表情；如果说蝇有狂欢，那一定是感恩的祝福。路过玉门镇，在三叉街路边的水产车上买的江苏新鲜大闸蟹，已经永远地沉寂在离昌马不过10分钟路程的戈壁上。往山峦的深处走去，芨芨草、骆驼刺绊着我们的脚踝，尽是依恋的目光，存在了千百年，终于等来了如此秀美的女子，多停留一刻吧！虽然不能说尽我心中的情话，却可以让我实实在在地触摸你们的衣袂，感受你们的气息，一眼千年，此生足矣。山峦深处，一簇猩红灼人眼目，走近了，才看清是一捧火红的塑料玫瑰，掩映在一簇芨芨草后，浅插在一座小小的坟头前，像一个虔诚的爱人，守护着自己的郎君，我们不知道这座蜷缩在山峦起伏里凄凉的孤坟葬的是何许人也，也不知道他们生前是什么样的生命，更不知道他们有着怎样的故事，但彼此已进行了瞬间的探寻，无法追问，阴阳两隔。如果是女人的话，一定也有着凄美的故事和曾经的留恋，但一切都会过去的，时光永逝，此情可待成追忆，只是当时已惘然。我们折转身迅速离开了，但愿没有打扰到她的清静！如果也是一位多情的勇士的话，恐怕做鬼也风流，看到这么美的美人儿，不从坟里跳出来，也得急得直眉瞪眼吧。女友是刚刚经历了一场情劫的，还没有从初恋的动人和情逝的伤感，以及海誓山盟的惘然里脱离出来，感慨着："无论走到哪里，都该记住，过去的都是假的，回忆是一条没有尽头的路，以往的一切春天都无法复原，即使最狂乱且坚忍的爱情，归根结底也不过是一种瞬息即逝的现实，唯有孤独永恒。"这感慨却是极其贴切此刻沉睡在这里的那个人的心境。用以缅怀这个陌路的亡灵吧！活着的人儿，就该感激一切的过往，珍惜眼前的一切，希冀未来的美好。一切都会过去的，所有都是过往。我们也终将会离去。离开这片戈壁，离开这个地方，离开这世繁华。但是，此刻永恒，此情永驻！活着的时候，记忆里有这时刻，逝去了，文字里有这一时刻的记录。

时空里，我们在玉门南、昌马北的戈壁上，在苍茫的蓝天下，清风为伴，暖阳入怀，以驼群为背景，以山峦起伏为屏障，芨芨草、骆驼刺为点缀，在北方的大漠上品评着南方水域的闸蟹，在干旱皲裂的戈壁上吮吸着甜美清冽的香茶，夫复何求！画家感慨着：此生何求！

此行陪同的画家是周朝晖，人民日报民生书画院的副院长，山东临沂分院院长，擅长画猴子、青蛙、山鸟鱼虫一应等等，色彩或浓

绿绦青紫

烈，或淡雅，甚至达到了随心所欲的境界。他是一个随性而热烈的人，但岁月积淀出的深沉和浪漫也浓厚多情。半道上一眼瞥见螃蟹，执拗地要折转回去买螃蟹的是他，遇见驼群要停下来拍照的是他，驻足在戈壁要支起茶台煮螃蟹的还是他。如果不是因为有他陪同外出，一定是不会有如此多的乐趣的。有些人天生有趣，就像黄永玉，而他，是另一个版本的黄永玉，喝酒豪迈，谈吐生动，思想随性，性情温和。一路上，我们谈天说地，打趣逗乐，诗词歌赋，说画论道，好生快活。从嘉峪关出发，途经玉门，一路行驶到临近昌马，我们停留在一片戈壁上，赏驼喝茶，吃蟹拍照，留下了难忘的记忆。因为是10月6日出行，我们建起了一个群，起名为"石榴"，取意为："十六顺利。"

一条路延伸向远方，一头是将要涉足的路，一头是终要回家的路。路走久了，终究是要回家的，安稳惯了，适时的需要出走。上路吧，我的朋友们，继续赶路，去看那美景。继续赶路，去走回家的路。

"我们在若干年以后，记忆不能再浮现起当时生活的每个细节时，我们还可以通过一些影像资料和文章，寻找到那一刻的温度——摄影、写作，乃至绘画，都是我们记录生活的一种方式。"画家周朝晖老哥如是说。同时，他也往"石榴"群里丢了无数的视频，有喝茶的，有煮螃蟹的，有赏花的，有追骆驼的。

记忆是一朵花，盛开在生命的历程里；记忆是滴水，贮存在时间的长河里。我想我们都不会忘记这样的一天，都已离不开这样的一群人，终有一天会分别吧，但记忆停留在"石榴"群里，友情分享在"石榴"群里，人生继续在"石榴"群里，诙谐弥漫在"石榴"群里。

时空驼影，驼已远去，人也已散去，时空依旧，岁月永恒。

树梢上的风景

树梢上的风景，像人心里的澄明。

开车行进在回家的路上，脑海里突然就涌出这句话来，而且愈来愈开阔敞亮。

小心翼翼地行驶在路上，注视着前车，保持着距离，在红灯亮起的间隙，索性抬头掠过树梢看上去，天空像徐徐铺展开来的一幅蓝色的长卷，用白色的透明敷了似的乳白透亮，隐约中有远山、浮云、天河和鸟阵，像投射在人心里的敞亮、希望、爱心和梦想。

回到家时，展开来联想，霎时觉得：有时，树梢上的天空瓦蓝瓦蓝的，就像人心里的自在，如同"阴晴圆缺在窗外，心中自有艳阳天"。有时，树梢上的天空云絮朵朵，变化万千，云层里透出光线和色彩，就像人心里的希望，时而沉淀内敛，时而光明旷远，即使云彩满天，透出霞光，还有希望；尽管青山遥远，依稀看到，还有梦想。有时，树梢上的天空乌云密布，雷声轰鸣，就像人心里的黑暗，里面有不安、恍惑，然而，静守澄明，终会等来光明，即所谓"守得云开见月明"。有时，树梢上的天空彩霞满天，就像人心里的爱心无限，外面的风景是人心相的投射，正所谓："物随心转，境由心造。"有时，树梢上的天空群星闪烁，就像人心里的梦想——挥毫泼墨，道路蜿蜒曲折，心房里虽然没有一盏灯，但是因希望而点亮的繁星满天却胜过了外面的骄阳明媚。

是啊！掠过树梢看上去，就像撇过心里的阴霾去追逐光明，你心绪惨淡，你的世界就黯淡无光，你心向阳光，生活就会春意盎然。正如叶嘉莹先生所说："只要你有活泼的心灵，处处都是生活的情趣。"就像忽略生活的荒芜去向往心中的美好，心存善念，生活就会转向，种子虽然无法改变风向选择自己的命运，却会调整心态，在任何地方都努力开出最美的花朵。百合花的种子落在了偏僻的山谷，它努力吸收水分和阳光长出花苞，却被杂草嘲笑为脑部长瘤，它深深扎根挺直胸膛开出花来，却被蜂蝶鸟雀劝说——在断崖边上，纵然开出世界上最美的花，也不会有人来欣赏。然而百合用花证明了自己，用爱传递了生命，终究百合满山谷，吸引了世人的目光。

掠过树梢看上去，就像忽视不喜欢我们的人，感受到爱与力量，找到通往幸福生活的方向。莫言说："在辽阔的生命里，总会有一朵祥云为你缭绕。"这个世界，总有你不喜欢的人，也总有人不喜欢你。不要用无数次的折腰去换得一个漠然的低眉。纡尊降贵换来的，只会是对方愈发地居高临下和颐指气使。没有平视，就永无对等。也不要在喜欢不喜欢上，分出好人和坏人来。一个人，风尘仆仆地活在这个世界上，要为喜欢自己的人而活着。不要在不喜欢的人那里丢掉了快乐，然后又在喜欢自己的人那里忘记了快乐。我们的一生会遇到很多人，有些人擦身而过，有些人却愿为我们奉上一颗真心，用爱为我们点亮黑夜。

掠过树梢看上去，就像忘记失去，怀抱拥有。人活着，总会失去，但失去教会了我们乐观和坚强，在充满变数的生活里，心境决定了处境。就像放下心中的成见，看见事情的真相。人的生活并非千篇一律，每个灵魂都与众不同，放下心中的成见，才能看清世界的面目，而无论命运如何安排，请相信爱，勇敢爱。一张图上有一个黑点，如果我们只看到黑点，就会忽略了周围的空白，就像我们只看到错误和黑暗却看不到优点和光明。培根曾说："欣赏者心中有朝霞，漠视者心中尽荒芜。"

我们每个人都有自己生活的基准和底色，这基准和底色就像是树梢下的风景，有楼群院落、亭台水榭、树木花草、车来车往，就像人生活中的物质基础、亲朋好友、喜乐爱好、是非过往。如果我们一味地在树林里穿梭的话，就会闭塞、狭隘、郁闷和苦痛，而我们如果适时地透过树林看看树梢上的风景的话，就会豁然开朗、心情舒畅。

树梢上的风景，是携一缕清风，看世间风情；披一身明月，懂世间万象；装一碗墨香，品世间百态；执一支素笔，写世间炎凉。

人生在世，我们既要有树下修离种菊的踏实，又要有树梢上听风看景的心态，在世俗里沸腾，在澄明中开悟。"莫语常言道知足，万事至终总是空。理想现实一线隔，心无旁骛脚踏实。"

罗曼·罗兰说过，生活最可贵的地方就是，当你看透了生活的本质却依然热爱！让鲜花装点每一种生活。生活的不易，岁月的蹉跎，人生的无常，本质的空无，都让我们咬牙慨叹、心灰意冷、举步维艰、万念俱灰。然而，掠过这些艰难和虚无，我们还要看见美好和澄澈。在繁忙中学会用透明的心去观照世界，在艰难中试着用体悟的心去感受美好，在无常中尽量用理解的心去看到永恒，在空无中坚持用自然的心去崇尚平凡。生命以各种境遇显现，我们需透过层层泡沫看到万物的本质，进而对生命本质得到体悟，从而得自在，沐光明。

掠过树梢看风景，就是用透明的心去观照世界，既看到山河大地的污浊不堪，也看到天空白云的湛然澄澈，既看到世间百态的卑下龌龊，也看到心中圣土的自然纯净。遇见人间，就自然天成；了然万物，便透明光亮。人生的高度，不是看清了多少事，而是你看轻了多少事。心灵的宽度，不是认识了多少人，而是包容了多少人。世事如棋局，很多时候，我们身陷其中，当局者迷，所以才看不清。拨开云雾，豁然开朗，一念放下，不再执着，在看清的过程中，看轻。

树梢上有风景，树梢上有月亮，树梢上亦有芭蕾。我们既要有脚踏实地的力量，也要有看清事物本质的慧眼，更要有看淡得失的美好。

诚然如此，心宽地阔。

台灯女王

钱召儿得了个"台灯女王"的绰号。不是当时得的，是过了很多年后被辛酸、郁闷、压抑和不平泡发了又碾平了，最终与自己和解后，轻松、愉快、释然、调侃地说了那个笑话后，公司的小姐妹们哈哈哈笑作一团抱着她先是叫"台灯姐"，尔后又改为"台灯女王"的，并没有完全改，当面叫"台灯姐"，给别人说起来时说"台灯女王"。

比如说，迎面看到钱召儿来了，先看到的小姐妹会说，"台灯女王"来了，当走近了，最先说话的女孩会说："台灯姐……"

钱召儿是公司的大内总管，但是，如果不是台灯姐有故事的话，现在的她，应该是他们的董事长了。

钱召儿长得很像女明星高圆圆，清新自然，优雅知性，落落大方。当年，她是最先进入公司的那批老员工之一，从打字员、文档员、资料员到销售部经理、行政部主管、办公室主任一路干得辛苦艰辛，也风生水起，深得人心。她长得美却不自知，在穿着打扮上从不费功夫，总是上班时穿着简简单单的套装，下班后换上轻轻松松的运动服，有时碰上装修的活、布置会议现场或跑工地之类的事情，就一身工装，轻松自然又桀骜不驯。她从不挑剔工作，领导安排什么就干什么，满足于当前的状态，只专注于自己手头的事情，对外界从无感应也无敏锐觉察，像一杯清水，也像一壶始终处于沸腾状态的开水。对于收入、环境、未来从不计较也无规划。她很注重与自己的上司保持一致，也与手下姐妹们相处得像知己和闺蜜，追随者众多，人缘也很好。对于任何一项工作，她都从了解第一手资料入手，做到知晓始末，入手专业，最高水准、第一时间完成，因此，最晚回家的是她，经常加班的也是她。她很注重与单位同事的交流，在有效沟通的同时，也与每个人建立了良好的合作关系，私下里都成了朋友、至交或者死党。她天性就是个勤快人，每天早睡早起，生活规律，家里家外都做到了高效精致，干任何事情她都很卖力，第一时间落实、跟进，是个踏踏实实的行动家。在工作中，她干练而自信，像是永远处于激情满满的状态，反应敏捷，思路清晰，一切都安排得井井有条，处处都令人满意。安排给她的事情，只要和她讲明任务和目的，不需要交代详细步骤，她自然而然就能将事情办妥。而且她很注重学习，日复一日地提高和精进，让她不仅有思想，而且很有见解和境界。然而也许是全情投入到工作中，她的感情世界却很单纯，父母在西北小城，男友是相恋6年的同事，像一个系满了铜锁笔直攀往高峰的铁锁链，对于感情，她无柔韧可言，只是轻松地接受着男朋友的呵护和照顾，完全沉浸在工作和学习的繁重与快乐当中。

当她工作10年后，公司的核心机密她已完全掌握，接触的客户也数以万计，掌握的资源更是丰富而专业。这时，她的机会也来了，台湾老板要来公司确定新的接班人。论资历、年龄和实力，钱召儿都是竞争对象中的佼佼者。经过周密的准备，一切都很顺利，检查终于顺利通过了。晚宴结束后，钱召儿送老板回宾馆，老板却提出要到公司看看，调看一些资料。在电脑上调取了很多资料后，时间已经很晚了，台湾老板有些头晕，想到钱召儿在公司的休息室略微休息一下。钱召儿在公司有休息室这是大家都知道的，因为长期要加班，实在太晚的时候就直接在公司住了，休息间相当于宿舍，布置得温馨而舒适。钱召儿忙扶老板去了宿舍，扶他躺到床上，灯光很亮，老板拉她的手示意她坐下，并随口说："你平时不看书吗？怎么也没个台灯？"钱召儿正不知所措呢，一听此话，忙说："老板您先休息，我出去找个台灯。"旋即便逃离了宿舍。

老板很快走出了宿舍，看到一脸茫然的钱召儿，一声不吭便叫车回了宾馆。心烦意乱的钱召儿回到家已经是深夜，然而，房门反锁，打男朋友电话也没人接。无奈，钱召儿坐在楼梯上打盹，好在是夏天，虽然她只穿了一身西服套装，却也不觉得冷，不知不觉间便睡着了。当她听到一声门响醒来的时候，看到闺蜜唐希从自己家走出来。她解释说，是来给钱召儿过生日的，等到现在也没见她回来。蓦然间，她才想起自己的生日。男友却坦然地承认，自己追求唐希很久了，只等着给她摊牌了。她无语，只好又木然地回了公司。一夜间，她似乎失去了所有。果不其然，在接下来的任命中，钱召儿榜上无名，不久，又被调离办公室任销售总监。

事业发生逆转倒是其次，更大的噩耗是传来父亲肝癌晚期。钱召儿将父母接来上海，一边工作一边给父亲看病、做手术，最终，父亲还是丢下她们母女撒手人寰了。从此，钱召儿便与母亲相依为命。工作中，她还是那个风风火火的女白领，心里，却早已兵荒马乱。她从不与人周旋，也从不拍拖，除了工作，便是照顾母亲、看书、学习或偶尔去听一场音乐会。有时，她也懊恼，但只是一时的纠结和烦乱而已，过后，她还是她。每当她加班回来晚了，或是有应酬晚归的时候，她都会看到母亲在暮色中张望，直到看到她的身影出现，才一脸释然地迎上去拉住她的手，摸摸她的头，将她领回家并悉心照顾。很多年了，她不知道是自己在照顾母亲，还是母亲在照顾自己，像两只互相依偎的鸟儿，母亲是她的呵护，也是她的港湾。

很多年过去了，钱召儿升任为公司的大内总管，而当时被任命为接班人的年轻女孩后来去了台湾，听说，马上要回来接任董事长了。

绿绦青紫

她身边的同事有升职的，有跳槽的，有结婚的，有离职的，唯有她，一如既往地工作，不敢跳槽，不敢结婚。前男友已经和闺蜜结婚了，给她发了请柬，她也自然而然地参加了，婚礼上三人略微有些尴尬，却也很快释然，她拥抱了闺蜜，并祝福她幸福。她经常会带母亲出去旅游、度假，或者在某个养生基地住上个把月，公司只享用她的资源就足够了，她不跳槽就是对公司最大的贡献，虽说是大内总管，但工作自然会有人干，她在时指挥一切，她不在时遥控指挥一切，学会了避重就轻后，她的生活也洒脱自在。在迎接新董事长到来的宴会上，钱召儿喝多了酒，在回去的路上，她哭着笑着给姐妹们讲了那个笑话。她还要在公司工作下去，但内心已平静如常，当姐妹们叫她"台灯姐"的时候，她也是微微一笑。她也知道公司员工在背后叫她"台灯女王"，却也不在意。

　　也许，有一天她会遇到自己的真命天子吧，他会感动于她"台灯女王"的单纯与洁净，会珍惜她像天鹅一样，坚守一座执信的白色教堂。她也会与母亲幸福平静地生活下去，毕竟，在乱石砌筑的谷仓中，一盏灯的忧伤无足轻重。

洗盆里的孩子

　　每个人都有梦想，无论她出生在树杈上，还是漂浮在池塘里。

　　梦想是一经出生就会呱呱地证明自己，也是日升日落，划着弧线的彩虹一样，上面坠满了音符。木凤的梦是绿色的，像竹枝生长在森林的间隙，也像莲蓬挺立在湖水的涟漪里。

　　轻纱裹着薄雾，露水凝着秋霜，朦胧的梦想漂浮过莲叶，攀升上芭蕉，流连在池边，在树木、庄稼、田野里流淌，雾气散去的时候，阳光照耀着大地，梦想便在阳光中跳跃："青青园中葵，朝露待日晞。阳春布德泽，万物生光辉。"阳光渐渐地散去了，袅袅炊烟升起，梦想又在村路上欢唱："东皋薄暮望，徙倚欲何依。树树皆秋色，山山唯落晖。牧人驱犊返，猎马带禽归。"待到月朗星稀，梦想在夜色中辽阔："小时不识月，呼作白玉盘。又疑瑶台镜，飞在青云端。仙人垂两足，桂树何团团。白兔捣药成，问言与谁餐？""海上生明月，天涯共此时。情人怨遥夜，竟夕起相思。"……梦想像诗一样流淌。日复一日，年复一年，木凤长高了。小时候，被妈妈指作她飞来的树杈依然在，鸟窝却不见了。奶奶用来泡她的洗盆尚在用，池塘却不见了。她的梦想依然在，奶奶却不见了。

　　奶奶用洗盆泡过的孩子可不止她一个，在那个"莲叶何田田，鱼戏莲叶间。鱼戏莲叶东，鱼戏莲叶西，鱼戏莲叶南，鱼戏莲叶北"的池塘里，加上她，另外还有四个大胖小子呢！大哥木元、二哥木成、三哥木军、四哥木忠。他们一个个坐在洗盆里时像圆墩墩的小弥勒佛，一站在地上，一个比一个高一头，全穿着小裤衩，个个小将军肚，圆鼓鼓的小肚子挺得老高，神气着呢。奶奶不见了的时候，鸟窝、池塘已经没有了。奶奶是在新屋里一觉睡起来就没有了，听大人们说，是"脑梗死"，说奶奶好福气，去时没遭罪，一定能化为天上那轮最圆最满的月亮，护佑她的子子孙孙。那时，奶奶用洗盆已经端不动他们5个了，哥哥们已经都是半大小子，大哥木元最调皮，有一次，居然跳起来用手拽大姑妈家的灯，小命差点就没了。木凤也已经扎起了小羊角辫。流年似水，浮生若梦。很多年过去，木凤长大了。想起奶奶的死，她明白情深不寿："死亡猜你的年纪，认为你这时还年轻，它站立的角度的尽头，恰好是孩子的背影，繁花、感冒和黄昏。"一定是上帝用奶奶的命换回了大哥木元的，木凤深信不疑。

大哥木元很是珍惜他来之不易的生命，双手叉腰用力生长，后来长成了一个很像歌星付笛声的人，只不过，他不唱歌，他是给汽车置换生命的人，他让它们像神一样飞驰在这个世间，承载着无数人的梦想，在有路没路的地方奔跑。他的爱人比任静还要美，替他生出了两个像洋娃娃一样的小美人，如今，小美人中的一个也已经又生出了小美人，一个叫青青的头发卷曲的洋娃娃。生命是如此生生不息。二哥木成娶了一个东北媳妇，虽则拥有花田百亩，树木千顷，然"龙丘居士亦可怜，谈空说有夜不眠。忽闻河东狮子吼，拄杖落手心茫然"。即便如此，有一样他们夫妻俩是一致的，年轻时打拼事业，40岁后生孩子，10年折腾忽复回，闲潭落月，如今也算是梦想成真，龙凤双胞，一儿一女正牙牙学语，母亲被木成接了去，每天左手抱着小孙子，右手抱着小孙女，美美地享受着天伦之乐。三哥木忠成了一个银行家，驰骋商海，游历各界，坐拥娇娘，手抚爱女。四哥木军腼腆忠厚，教育为生，妻女和顺。

人生，像奔腾不息的春江，"春江潮水连海平，海上明月共潮生。滟滟随波千万里，何处春江无月明！江流宛转绕芳甸，月照花林皆似霰；空里流霜不觉飞，汀上白沙看不见。江天一色无纤尘，皎皎空中孤月轮。江畔何人初见月？江月何年初照人？人生代代无穷已，江月年年望相似。不知江月待何人，但见长江送流水。白云一片去悠悠，青枫浦上不胜愁。"奶奶去了，化为天上一轮孤月。父亲去了，虎落山丘，成为雾里流霜。洗盆里的孩子已然到了乐知天命的年纪，像白沙一样撒在天南地北，各自欢笑，各自延展……然而，生长在同一片蓝天下，同一轮月辉照耀着，一代又一代人，生生不息地成长着，各自有着各自的天命，却也月寄遥情，各自安好。

然而，梦里，是否还会想起轻烟里的村庄，村庄里的池塘，池塘里的莲蓬？

木凤是他们的小妹妹，生性像莲。莲其实自古便是宠儿，莲之心，不争国色不争春，中通外直不染尘，卷舒开合任天真。木凤便如此，诚然如是，她亦是洗盆里的孩子。如果说，四个哥哥是花瓣，那她一定是花心。静静地绽放，素洁地盛开，深情地抒写，无声地凝望。笔墨里，她多想，多想用逝去的光阴，为亲人们剪辑似水流年。文章里，她多想，多想，用一生的书写，为亲人们装点美丽的人生画卷。

洗盆里的孩子，用心书写不老的爱恋，用梦续写人生的依恋。

梦想里，妈妈说，他们是树杈上飞来的。现实里，奶奶说，他们是从洗盆里游来的。

有梦想就好，无论她出生在树杈上，还是漂浮在池塘里，木凤想。

梦想是一经出生就会呱呱地证明自己，也是日升日落，划着弧线的彩虹一样，上面坠满了音符。木凤的梦是绿色的，像竹枝生长在森林的间隙中，也像莲蓬挺立在湖水的涟漪里。

无声无息，无穷无尽……

小城风起

昨夜西风凋碧树，独上高楼，望尽天涯路。

引用这句话，纯属偶然。

昨夜，参加完一个家庭聚会往回走时，感到风萧萧，寒冷异常，只当是春寒料峭衣衫薄。

今早起来，照常开窗通风，却听得风声呼啸。打开东面书房窗户的瞬间，风像拥挤着的鬼魅飒飒地扑面而来，来不及看一眼窗外辉煌的灯光，只觉得璀璨的建筑在一片混沌中模糊。没多想，又折转身去开了客厅西面的窗户，随着客厅里的花影浮动，窗外魑魅哭吼的声音隐约传来，我知道是野猫在风中嘶叫，却也禁不住想起昨夜看过的《罪全书》中的竹林中挖出的累累尸骨，似乎所有的孤魂野鬼都白衣肃杀着往有灯光的屋里纷沓而来，我背后渗进丝丝的凉意。安慰着自己，心想，不过是野猫在叫。我又去开了朝西的卧室窗户，这回，清晰地看到窗外小区里影影绰绰的高楼大厦，以及闪闪烁烁的灯光。夜深沉得很，风像怒吼的野兽夹杂着野猫更为清幽的哭喊声，像一群无家可归的孩子在叫，叫春的猫在寒风中凄厉。瞬间，禅意温馨的家里像被风请进了无数的不速之客，灯光暗淡，似有人影。但我想，这样的鸡叫时分，应该是孤魂野鬼都往外跑的时刻，否则，天亮了该无处可藏。于是，我开了所有的窗。其实，每次在冬夜里早起开窗我都会有异样的感觉，总是略微有些恐怖夜的凄清、鬼魅地闯入、孤魂的入侵，但每次我都用各种理由驳斥了自己的想法，想象力的丰富被精神力的勇敢战胜，我像一个行走在寒夜的坟地中依然能告慰自己并安然若素的强者，内心的强大足以击退所有的魑魅魍魉。殊不知，我就是那个一意孤行的弱女子，直到我终于感觉到土味又挨个关上了所有的窗，我依然有种风萧萧兮易水寒，壮士一去兮不复还的悲壮，这不是傻是什么？春天里，我像一只自鸣的吉他，唱着属于自己的歌。

春天是阳光明媚的日子，但是也有黄沙漫天的时候。

就像人生，总有一些时刻暗无天日，但是，一切都会过去。

坐在办公室，一室花香也掩不住丝丝土味，窗外是一排高耸矗立的松树，在一片昏黄里隔着白沙的帘子纹丝不动，再大的风也撼动不了松树，它有着饱经风霜的历练，也有着坚韧不拔的意志。

清闲下来之后，在一室的静谧中时时都有想写点什么的冲动，我想起了"昨夜西风凋碧树"，怎么会想起这首诗呢？

人生似有况味。

不过是想起而已，纵不知此诗全文，横不知此诗何意，于己，只是与风有关而已。于是，我欣欣然问起了度娘。

度娘解释如下：王国维在《人间词话》中说："古今之成大事业、大学问者，必经过三种之境界：昨夜西风凋碧树。独上高楼，望尽天涯路。此第一境也。衣带渐宽终不悔，为伊消得人憔悴。此第二境也。众里寻他千百度，蓦然回首，那人却在，灯火阑珊处。此第三境也。"

知乎上有朋友的解读，也有文友的体会，是也：庸人成群结队，天才总是孤独的。世界上大多数人只是在生活，但少数人的志向，是在人类历史上继往开来，成为文明共同体。明确了自己人生道路后，接下来就是高强度地练习，日复一日、勇猛精进。这在肉体上会付出很大代价，说轻了是牺牲你的睡眠，说严重了，可能会影响到你的健康。但到了第二境界的人，会觉得这些牺牲都是值得的。在这个过程中，难免会遇到一连串失败的打击或旁观者的嘲讽，如果这时你还能"咬定青山不放松"，就可以牢牢守住第二境界；过不了这关的，则退回到第一境界。在第一境界中，我们发现自己与世俗格格不入，我们比别人志存高远，仿佛生下来就带有使命感。到了第二境界，我们为孜孜以求的目标付出努力，即便没有看到任何成果，也绝不放弃。到了第三境界，有些人确实成功地改变了世界，也成了文明共同体，然而某一天忽然顿悟：其实你要做的事，本身早就被决定了的。

"文章本天成，妙手偶得之"，我们所取得的成就，不论大小，其实早就存在于宇宙中，只是命运安排你把它从口袋里取出来罢了。

了解了这一点，你就放下了，该吃吃、该睡睡、该玩玩，因为你也是世俗的一部分。

如此而已。

还看到一个故事：一个年轻的小姑娘，有幸与一位大师级的小提琴家相遇，她问："您是否愿意听我演奏一曲，然后告诉我，我有没有成为艺术大师的才能？"大师回应道："如果我听了你的演奏，然后告诉你，你不具备这项才能，你会怎么做？"姑娘回答："我非常看重您的评价，因此我不会再表演。"大师说："如果你会因为我所说的而放弃那么你显然不具备成为艺术大师所需的条件。"

这多么像我啊，因为重拾写作，我总是觉得自己写得不够好，羡慕别人，也总想问朋友："你觉得我有没有写作的天赋？"一度都没有问出口。只是曾经有一次，我向一个朋友吐槽："我写的这些东东有没有人看啊，那么多好文章，那么多好书我写这些稚嫩的文章有什么意义啊！"朋友说："你别管有没有人读，也别管有没有意义，只是把它当成一件事完成了就好。"

是啊，只是当成一件事，完成了就好。人生本就是没有意义的，写作只不过是抒发胸臆，打发时间而已，不在于非得要成为大家，写出大作，成为大师，只是当成一件事，完成了就好。

　　这句话说得多好，这个朋友读书不多，却热心助人，每天忙碌于别人的事、单位的事、朋友的事、家里的事，似乎做着毫无意义的事，但她却乐此不疲，因而成为许多人不可多得的朋友，我们能说她做这些事情是没有意义的吗？

　　幸亏看到了这些解读，也读懂了那个小姑娘的故事。如此，更加坚定了目前所走的这条路，正所谓，没有路要走的时候，就听从心的召唤，她会告诉你，方向在哪里，人生该怎样继续。

　　小城风起，行走在风里，风中有尘，心中无土。

小笼屉

每一个微小的生命，都在热烈地生长。

越是努力卓越，越是努力抗争，越是努力奋斗，就越是显得微小、安然、独立和自在，精神却会倍显高贵。

这样的人就像小草，无论人为踩踏，还是风吹雨打，抑或酷暑严寒，都不畏惧，都会毅然决然地坚挺过来，再次青翠欲滴，迎风飞扬，努力生长。

小笼屉就是这样一个女孩，娇小玲珑，却永不服输。

初次见到她，是在公司的招聘会上。那时的她脸庞饱满，自然随性，爽朗热情。我不认识她，她却似乎与我熟识多年，自然而然地找我聊天，说专业是计算机，从小随母亲练习小提琴和葫芦丝，还说她喜欢花，热爱一切自然生长的植物。渐渐地熟悉了，觉得她就像清新可人的邻家小妹妹，笑容明媚，单纯芬芳。她爱穿白色的连衣裙或绿色的衣服，自然随性，活泼自然。她见人很热情，总是先笑，老远看见了，就会打招呼，嘴里喊着"姐"将小手挽到你臂上，让人心生温暖，甚为欢喜。她负责销售部，带着刚来的女孩，下现场、做文案、跑销售，工作很快就见起色，开车也学会了。正在我们都觉得她一定会当上销售部经理的时候，突然间来了一个富贵傲慢的女人，似乎是公司董事长熟人的"一把手"。这个女人很快就被任命为销售部经理。业务还是小笼屉做，文案还是小笼屉写，现场也还是小笼屉去，但业绩全部都是"一把手"的。"一把手"不仅支使她干许多杂事，还让小笼屉陪她去做美容、洗桑拿、做按摩，并不是朋友式的陪同，而是等待式陪同。小笼屉想，忍忍吧，工资拿上就行了。然而，矛盾还是爆发了。公司年会上，小笼屉不仅表演了小提琴、葫芦丝、独舞，而且还不经意间给各级领导、部门负责人敬酒以示感谢，殊不知，却抢了"一把手"的风头，这下"一把手"可受不了了，不仅在酒会上冷嘲热讽，第二天还专门把小笼屉叫去劈头盖脸训斥了一顿，理由是年终总结写得不伦不类。但小笼屉知道是怎么回事，这个女人醋意大发了。不久，小笼屉被派去了农村开拓销售市场。

从来没有在农村生活过的小笼屉，觉得一切都是那么新鲜，小鸟在欢唱，植物在茂盛地生长，她像一个被投入了自然怀抱的孩子。了解了周边地形和村落散布情况后，小笼屉风风火火地设立卖点，去农户家中了解需求，帮行动不便的人采买东西上门，为农家孩子辅导学习。为了解决自己吃饭、睡觉的问题，她竟大胆地承包了一个农家乐，起名叫"草坡半月"，雇用了农家大婶养鸡、种土豆、拌凉菜、做大盘鸡，没想到，生意竟红火得很，十里八乡的人都赶去吃，城里人也蜂拥去度周末。这下，可惹恼了"一把手"，她要求董事长解雇小笼屉，眼不见心不烦。

为此，小笼屉失业了，离开农村市场，也就意味着她没必要再在农村长期待下去，于是，她顺手将农家乐盘点给了农村大婶离开了那里。

回到城里，琢磨了几天，经过个把月的筹备，小笼屉开了家花店，取名叫"蓝田幽梦"，好在手里有资金，在农村时跟种花的农户们也很熟络了，装修、进货几乎是在同时进行的。她把"蓝田幽梦"的门头上用草帘子铺出来，门两边的墙全部打掉装成落地窗，在门里放上两组木头货架子，货架上面全部摆上绿植和小熊、小玩意、干花，屋里摆上木头小餐桌，餐桌周围是各种花卉，吧台是围绕一株硕大的绿植做成的餐台，提供果茶、咖啡和糕点。后来，她还收养了很多流浪猫，花店既是猫吧又是茶舍，特别受小孩子和学生们的喜爱，于是，花店生意异常红火。但是，这跟她的初衷似乎有出入，她最开始是想给有故事的人开一家花店，花可以很便宜，但买花的人必须要用故事去换。于是，她延伸了一个铺面，专门经营高档花卉，然而，并不卖给普通人，要买花，必须得用故事去换。就此，花店里演绎了很多经典故事，有感人的、悲情的、落寞的，还有错失的。由此，她认识了阿琳，一个打工妹，寻觅理想中的浪漫爱情，却不惜沦为"第三者"，那个男人每月都会陪她来买一次蓝色妖姬；她认识了秋生，秋生母亲承受不了外地的大儿子患癌症死去而喝农药自杀，抢救过来后，他赶来给母亲买红色的康乃馨，希望母亲再不做傻事；她认识了奶茶，就因为长得像刘若英，朋友们都喊她奶茶，她爱上了一个书生，为了替书生省钱，悄悄退掉99朵玫瑰；她认识了清儿，苍白的脸出现在花店很多次后，终于等来了那个为她而离婚的男人……

花店挣不了多少钱，小笼屉边开花店边写故事，写故事也挣不了多少钱，但都是与美有关的事情，小笼屉做得很认真。

以为，日子就会这样过下去，花店聊以度日，写作当作梦想。以梦为马，以美为生。

一日，小笼屉照例又骑着单车在秋日暖阳里碾压着金黄的银杏叶来到店里时，门口被贴上了一张白色的纸，纸上有一些黑色的文字，小笼屉仔细阅读后，得知，这一条街要拆迁了，此地统一被规划为商业步行街。作为商业步行街，"蓝田幽梦"应该是最适宜存在的，但是，因为要统一建筑，"蓝田幽梦"难逃魂归故里的厄运。不得已小笼屉将所有家当都搬回了家，家里霎时热闹得像座迷宫森林猫吧。小笼屉成天穿行其中，打卡运动养花撸猫，读书写作，真正把日子过成了诗。

当小笼屉习以为常，日复一日，觉得日子也可以这样过下去的时候，几个朋友叫她去旅游。一路走来，无论是川菜、粤菜、徽菜还是藏餐，她发现，朋友们最爱吃也最怀念的还是酸、辣的口味，加上当地的烤羊肉串。当即，她开始收集各种酸爽辣食的食物种类和做法，经过考察和沿路品尝，回来后，小笼屉着手开始策划一家网红打卡餐厅，一年后，"黑眼眼"在当地网红打卡夜市开业，时尚的布置、卡通的装饰、迷离的色彩、精致的装点吸引了无数饮食男女，因为走的是时尚、网红路线，每当夜幕降临后，餐吧里美女如云，帅哥频现，大有蜂飞蝶舞、流光溢彩之感。小笼屉戏说她这里是："黄四娘家花满蹊，千朵万朵压枝低。留连戏蝶时时舞，自在娇莺恰恰啼。"小笼屉请了外地最好的酸辣美味、海鲜烧制厨师和当地羊肉烤串师傅，一时间，酸辣宽粉、无敌土豆片、诸葛烤鱼、海鲜总动员、红柳烤肉、砂锅老豆腐、白富美菜花、芥菜鱼丸等等美食深受俊男靓女们的推崇，几天不吃，食不知味。年轻帅气、俏丽婉约的小服务员穿着滑冰鞋穿梭在餐桌服务区，还有背着小手的"野兽派"小美女穿梭往来开瓶、倒水。小笼屉并不急于经营，她只管食材新鲜干净，环境窗明几净，味道无与伦比，剩下的都交给大堂、厨师、服务员、股东去自由发挥，她每日里尽管在店里读书、写作，抑或是在食客最多的时候拉拉小提琴、吹吹葫芦丝，或者每周组织几次读书会、诗歌朗诵会，间或，也会和朋友们茶聊和瑜伽。她活成了自己最爱的模样，光彩夺目、清新自然，像一朵兀自盛开的百合，在静默中喧哗，在丰盈中安静。这个像颗夜明珠一样的餐吧，每日里在小城中熠熠生辉。小笼屉遗世而独立地生活在这个小城里，被很多人包围，也被所有人遗忘。

写作就像谈恋爱

　　写作就像谈恋爱，这是《尘埃落定》的作者阿来说的，但我却是刚听完他说这话，就深刻体验了。他说："写作是要等激情来的。"而我也深刻地感到，激情来的时候，写作就像是汩汩流淌也像是仙音绵绵，更像是行云流水和气韵天成。往往是，在深夜漆黑的屋子里，侧缩在被子里，头枕着枕头，头发挤压成片，眼睛干涩出折皱，左手握着手机，右手要么点击着屏幕键盘，要么上下划拉着找字，肩膀和脚支撑着身体，左摇一会儿，右摆一阵子，根本无须思考，文字就像跌落凡尘的小仙女，从大脑皮层里纷纷而出，挨挨挤挤地，疯疯癫癫地，有沉静温婉的，有搞笑逗乐的，有诙谐打趣的，有念念有词的，在屏幕上跳跃而出，晃身停留，定格成一段又一段文字。让夜在清醒里混沌，在混沌里悸动，在悸动里流淌。恋爱的时候是可以不眠不休的，电话情思也罢，徜徉情海也罢，就是长夜无眠，不眠不休。写作的时候，是只能不眠不休的，灵感来了，你不抓住，难道要等清醒了抓耳挠腮一筹莫展吗？还是要等阳光出来了烟消云散，或旭日东升了干涩磨牙吗？磨是磨不出来的，即使磨出来了，也不过是干巴叙述，或者是记忆闪回。哪有什么灵感跳跃，更不可能泉思如涌。所以，哪怕是肩膀酸痛，哪怕是头疼欲裂，也要在谈恋爱一样的激情里，让文字流淌出来，让激情迸发出来。

以前，我也常常有这样的时刻，但每次我都把它归结为损耗身体的一次行动，所以，经历了便告诫自己，下次不可为之，睡觉就是修行，不想、不醒、不写。但是，听说了阿来的这一论述后，我深刻觉得，我又经历了一次感情的悸动。阿来说，写作不仅是投入人体智能较多的一个劳动，而且还有情感投入，只能用谈恋爱来打比方。我们投入一场真正的恋爱，结束以后你要开始一次新的，这中间肯定有一个空窗期，既然有这么强的情感投入，下一个作品它也需要你拿到材料，有比较朦胧的构思，但是你会发现，它就是一些死的东西，你没有冲动，而冲动是情感提供的，那种情感蓄积是需要时间的，它才会摆脱掉原来那些人，新的人才会在你的心中、脑海当中慢慢开始萌发，逐渐显现出来，显现性格，然后可能到某种程度。当他们活起来的时候，其实也是你跟新的一些人物建立了一种情感关系，这个时候你大概可以说，下一次恋爱开始了。

　　我当然是不能开始下一场恋爱的，因为，我的写作还停留在写作的初期，就像阿来说的，刚开始写作，动机都会非常复杂，写第一行字就开始想着它发表以后会招来什么虚荣的东西，但只有从这一页写作开始，文字文字，情感情感，人人，没有别的，非常浅表。我只有在激情的夜晚，文字在备忘录里流淌的时候，才是非常纯粹的，就只是记忆记忆，画面画面，情感情感，人人。而一旦我第二天坐在电脑前往下搬文字的时候，刚开始第一行我脑海里就挥之不去的是发表以后，大家会怎样感受，我会不会就此写下去写下去，最终也会成名成家，成就自己写作的梦想。这样的想法每一次都挥之不去，我要边思考边回避着这样纷乱的想法刻意澄清，刻意回避，无法安宁，也无法清静，所以，再好的素材，也终是被我匆匆完成为一篇散文而已，离成为作家越来越远，只是时间的记录，情感的抒写，记忆的沉淀，人生的感悟。只不过，每篇散文完成后，我会在反复阅读修改的时候，完全沉浸在文字当中，一遍遍润色，一遍遍修改。但激情之下流淌出

绿绦青紫

来的文字，是无须润色和修改的，它就像浑然天成的一幅画作，疏影横斜水清浅，暗香浮动月黄昏，无论长短，还是意境都是恰到好处的，只需丰富和完善。所以，我更加珍视这一次次激情的流露。

现在年过40了，恋爱是谈不成了，就在一次次激情萌发的文字里，感受一下恋爱的折磨吧。哪怕是一次次一般的写作，也能像刚刚绽放的新芽给自己惊喜，丰富自己，给自己沉淀。写不出小说，可能是老天还没想让我干成一件事情吧，那就写写散文也好。在一般性写作的同时，阅读、思考，等待上天的恩赐，完成普通人愉悦而丰盈的一生。完成一个女人守护安宁、清静平和的一生。继续从事写作，只是生的喜悦，魂的平静，心的安放，灵的平和。对于建立起自己对生活的信心是大有禅意的。至于写作与我会不会是一个终身事业，已然是不重要的，因为这样的像谈恋爱一样的激情是不会放过自己的，那么就抓住每一个瞬间，去完成灵魂的飞跃。只是在生命的体验中完成一件件事情而已，在一次次激情的碰撞里蓄积自己的能量而已。等哪一天，度过了所谓爱情的空窗期，或许也会来一次真正的恋爱写出真正的好作品也说不上呢。爱情是个奢侈的东西，有当然更好，没有也没必要强求，写作亦如是。

阳光漂白的岁月

　　有关哥哥的记忆，就像阳光漂白的岁月，白花花的一片，是无数光片与光片的重叠。翻过这些光片来，折射成一个又一个的记忆。然而，像在时光隧道里穿梭一样，透过这些影像往深邃斑驳的回忆里飞速回望。聚焦成时间长河里最鲜亮最瞩目的影子，是他身穿真丝红色运动服青春的样子，就像那最初升起时红彤彤的太阳，在记忆的深处鲜活地跳跃，也像浮生若梦，梦里透着点点鲜活。

　　母亲要过70岁生日了，哥哥从遥远的东北回来。聊着近况，说着亲情，慨叹着岁月的无情。眼前是打趣和开心，心底是回忆和浮想。看着他，过去的岁月如同被风蚀过的岩石，在远山的光辉里透着沉默。沉默是因为不想说什么，也不用说什么。因为，有亲情就足够了。沉默也是因为想说得太多，却又不知道怎么说。因为，对于哥哥来说，说拼搏，说奋斗，其实也是背井，也是离乡，不好说坎坷，只能说历练与打磨。于我们而言，却是思念和顾盼。

　　一个人，是不好评说自己的过去的，尤其是哥哥。爱，是拼尽所能得来的。痛，也是支离破碎获得的。只是，单从他所爱的人对他的批驳与痛斥；从他们分分合合的只言片语与隐约提起当中，能感受到他得到过，也失去过，曾经走出，现在又回归复合。没有细节，也无从想象，就像白花花的阳光，闪烁着，晃动着，只有光影的重叠，唯有岁月的沉淀显现。

他的过去，我们不问，他也不说。我们只是说着近况，说着开心的现在，期许着未来的事情。

然而，岁月横亘在记忆中，总是若隐若现。

岁月是什么呢？以前以为，时光就像一架机器，打磨出了岁月。现在觉得，时光就是岁月，是阳光漂白了的记忆。

记忆也分模糊的和鲜亮的。模糊的记忆像黑白相片，存在于脑海的深处。鲜亮的记忆像彩色照片，跳跃在眼眸的亮点中。

在黑白记忆里，哥哥是那个只要碰面就伸手要打我，吓得我在他打得姿势里抱头蹲下，而他却摸着脑袋呵呵笑的大男孩。在彩色照片里，哥哥是那个一身红色真丝运动衣，带着女朋友突然出现在我的校园里的帅气男生。

然而，无论是黑白记忆还是彩色照片，时光是有分隔线的。

那时候的岁月，像阳光照在了碎银子上一样闪闪发光。

现在的岁月，像阳光照在树影里，斑斑驳驳细细碎碎，像是存了过多的记忆在里面，闪烁着时光的剪影和现实的安稳。

那时候是什么时候呢？

是哥哥刚上高中放暑假的时候吧。白天，记忆是晃动在金黄的打麦场上哥哥的红背心和挥舞在麦草圈外哥哥的黑铁叉。夜晚，时光是跳动在夏夜的蛙声里、哥哥的读诗声和树影婆娑的小院里、月光的静谧中、哥哥在窗内写诗的青头皮。

是哥哥带着女朋友到兰州看我的时候吧。那时候，记忆中哥哥穿了一身红色的真丝运动衣从校园穿过的时候，英气逼人，帅气得像高仓健换了清朗的样子。是购物时因了他红色的运动衣，一切红色的东西都散发出了夺目的光辉。为此，准嫂子舍重金为我置办了一件真丝的红色裙裤，穿上它，让我靓丽了好几个夏天。是白塔山上，在青翠的树林里哥哥表演武术的身影和寺院的白墙上哥哥矫健的鹞子翻身。

是哥哥突然要结婚，我请假回到家乡的小城匆匆参加完婚礼又陪他们去敦煌度蜜月的时候吧。在红色的夕阳里，哥哥依然穿着红色的真丝运动衣拉着他的新娘在前面跑，夕阳的余晖镀在他们美丽的身影上，像鸣沙山上两个舞动的青春旋风。风的余音里，是他们嬉笑的打闹声和嫂子温柔的喊声："梅梅快来。"多少年来，我一直以为嫂子可以一世温柔地对待我和哥哥，在他们面前，我从来没有长大过。然而，多少年过去后，温柔只停留在那一刻。我不知道，几十年过去，他们的生活里都发生了什么，才使得怨言多于感情，挑剔多于感恩，分分合合里，支离破碎着那时我凝神他们时眼眸里的身影——夕阳西下，歌声里，月牙泉边的角楼上他们款款的身影，像伫立了千年的神仙眷侣。

此后的记忆，就像尘埃跌到了细碎的现实里似乎在阳光里飞舞，又像在树影里婆娑。

先是哥哥闹着要去东北，原因是，嫂子不愿意来西北生活。这些先前没有考虑清楚的问题现实地摆放到父亲面前时，父亲铁青着脸说："去了就没他这个儿子。"母亲哭丧着脸说："不让去不行呀，人家铁了心要走。"我和妹妹稚嫩地劝说着父母："让去吧，我们俩肯定会有一个回来，不会没人管你们的。"最终，哥哥还是走了，用一份假调令说服了父母。也是在我和妹妹及他那一箱子信件的爱情的鼓励下，毅然决然地抛下父母和两个妹妹去了新娘所在的城市。

一晃就是很多年过去了，当中，哥哥也偶有回来，但是，匆匆来匆匆去，从一个帅气的青年逐渐晃成了老成的中年人。我们的家，也从农村搬到了城市，换了一个地方又一个地方。

后来，我中专快毕业时，原本是签约了一家医药公司要被派到昆明去成立驻昆办事处的，结果，父亲听说后，火速去兰州给我交了改派费就将我带回了家乡。应了当时劝哥哥走的那句话，我成了唯一留在家照顾父母的孩子。但是，哪里是我照顾父母啊，分明是我享受了

绿绦青紫

在父母身边的天伦之乐。那时候，幸福就像溢满了水的河流，汩汩流淌着。我穿着白色的衣裙，工作、生活、写作，享受着父母的呵护与照顾。可能是受哥哥写作的影响，也可能是受哥哥订阅杂志和刊物的启蒙，我从上中专时便爱好上了写作，陆续发表了很多习作。似乎，是哥哥走后，我接手了他的文学梦。

过了几年后，妹妹也因为"非典"从西安回到了家中，后来考上了公务员也留了下来。

年轻时的诺言应验了，我和妹妹照顾父母。哥哥漂泊在外，父亲对此耿耿于怀。

2001年，噩运降临了，命运像一只大手，抓起父亲狠狠地摔下，一起车祸，让父亲从健壮到蹒跚，后来，干脆卧床不起。命运蹉跎了13年后，在哥哥匆匆赶回却也未能见上最后一面的前一天，突然与世长辞。

不知道父亲是怎么想的，也不知道哥哥是怎么想的。两个倔强了一辈子的男人，在父亲去世前的几年里，依然在战斗。瘫痪的父亲很不幸地又患上了帕金森综合征，手抖得心慌气短，有一种药，吃了就会舒服很多，但长期服用会麻痹神经。我们都觉得只要父亲能舒服一点就行，父亲也坚决要吃，然而哥哥打电话来监督，再三劝说不许吃，后来干脆把父母接到了东北他建立的花卉基地上，断然地将父亲赖以维持平静状态的药强行给停用了。哥哥是怕父亲再得上阿尔兹海默症谁也不认识，但我不知道父亲当时是怎样的无奈。后来，以父亲因花地湿气太重患上肺炎不得以又回到了家乡，最后，父亲以坠积性肺炎不幸离世。

人生的很多事情是说不清楚的，亲人之间因为好心而历经磨难的事情也常有发生。父亲去了，我们只剩下母亲。哥哥想让母亲过去与他同住。然而，母亲去了，依然是在花地上替哥哥打理日常，照顾饮食，因为只有这样，才彼此得以照顾与陪伴。过了一年艰辛的日子，母亲坚决地回来了。年轻人所能吃得了的苦，年迈的母亲终究还是有些吃不消。

但是，回来后，母亲又时时牵挂着他辛苦操劳的儿子。这次，母亲要过70岁生日了，离生日宴还有半个月的时候，母亲就在盼望哥哥回家的孜孜以求里夜不能寐。我一边给母亲做思想工作，一边给哥哥施压，终于，哥哥在几经犹豫之下，仓促搁下手头的杂事回来了。

哥哥回来了，已然是一个黝黑健壮的中年人，面貌上依稀可见曾经的帅气，却是已经被成熟和稳重厚厚地覆盖了，像影像一次次地叠加上去，终是看不出最初的样子，多的是睿智、厚重和若有所思。但我清晰地看出年轻时那俊朗的样子仍然在骨子里留存，在血脉中流淌着，在经络上显现着，在眼神中晃动着，像块铁一样，只是已经被岁月打磨成了一个汉子，是大西北祁连山的天青色浸润了大东北黑土地的黝黑调和出来的青山的样子磐石的色。

在机场接哥哥的时候，车刚停下，他便迎面走来，微驼而坚挺的背，硬实而健壮的身躯，诚恳而令人信赖的面庞，身着深色裤子，深色竖条的棉质衬衫，厚重的外衣。在早晨的阳光里，他笑着，推着一个铁灰色的拉杆箱，像一个有学识的被阳光打磨过的庄稼汉。

哥哥不是种庄稼的，却也跟种庄稼的差不多，只不过他的庄稼是种在城市里，是用来绿化美化城市的花花草草、苗木冬青。他经营花卉基地，培育苗木林带，也做工程项目，他是一个包工头，也是一个种花匠。他是背着日头奔波，扛着月亮行走的人，也是一个为自然而劳作、为生计而操劳的人。然而，哥哥最初的职业是会计，他是我们这个小城里最大的钢铁公司矿山办事处的会计科科长的接班人。他毕业于地质学校，学的专业是会计，按说这是他最理想的职业，也是他最值得留恋的地方。因为所学为所用，所以如鱼得水。而且哥哥人缘极好，不仅受到科长的器重，也深受同事们的喜爱，他像一个自然而然融入大家庭的大男孩，喜乐都在同事们眼中。可是，就像一个装满石料的瓶子，还可以装进泥沙，也可以装进水，甚至可以照进阳光来。哥哥并不满足于当时的生活，他充实的工作，愉快地生活，然后，在工作闲暇、应酬之余，他疯狂地写作，他的作品就是与远在东北的嫂子的通信。嫂子是哥哥上学的那个城市的一个杂志编辑，也是哥哥写作培训班的女老师。他们最初的认识仅限于学习写作与批改习作，然而，文字是有无限魅力的，在你来我往的文字交流中，一个是情郎，一个是才女。哥哥毕业回来后，他们的书信往来逐渐地升级为情书，无法想象这两个心灵是经过了怎样的碰撞，才会萌生出坚决地要在一起的决定。远在西北的哥哥不顾家人的坚决反对，毅然决然地婉拒了同事们的多次劝阻，辞去即将步入辉煌的工作远赴东北。

一个人离开了家，又没有了工作，就是一叶浮萍，也是一个行者。他干过营销，做过会计，穿梭于北京与东北之间。最后，落脚到绿化，还是缘于我嫂子。嫂子的母亲，也就是哥哥的丈母娘是做园林绿化的，因为年龄大了，后期又身患重病，于是，奔波在外的哥哥又被嫂子叫回去帮他们的母亲打理生意，后来，哥哥便顺理成章地接手了一应事务。

两脚插进泥里，哥哥的事业终于踏实下来，披星戴月，一天天地终于成了眼前的这个中年人。阳光漂白过的岁月在风中歌唱，歌声流淌出的年华在云中飞扬。我们想念他，只是因为他是我们亲爱的哥哥。

小时候的哥哥，极其俊朗。印象当中，他光光的脑袋，穿着妈妈做的灰布衬衫，像一个清秀的小和尚。他把小娥娥说成小爷爷。有一天晚上，他一个劲地扑向窗户不肯入睡，被妈妈呵斥急了，他哭着指向窗户说"小爷爷""小爷爷"，看着窗外的无边黑暗，妈妈吓得魂飞魄散，直至深夜才弄清楚，"小爷爷"是窗户上扑闪着的小飞蛾。还有一次，他抱着被子一不小心踩空摔下了坑，急忙赶来的妈妈抱起他还没来得及安慰就被他一句话逗得前仰后合，他挣扎着要下去捡被子，口里念念有词地说："哎呀，我摔坏了不要紧，被子要是摔坏了可不得了了！"

那时候，我们的家只有一间屋子一个土坑。父亲去新疆当兵了，妈妈一个人带着哥哥，生活一贫如洗。

几年后，父亲复员回来分配到了我们这个城市的树脂厂工作，成了一名工人。每天，父亲都要骑自行车去30多公里外的工厂上班，下班再骑回来。我们家有了公家人，从此生活就不一样了。先是修了四室一厅的套间，客厅里，父亲还亲手做了一套沙发一个立柜、一个六脚柜。那时，姨夫是油漆匠，给家具全部漆上了漂亮的纹路，六脚柜玻璃门上还漆了一只金黄发亮的大公鸡，漂亮极了。紧接着，父亲把院子用水泥砌成长方形的石径小路，还种上了梨树、杏树、葡萄树，以及黄花菜、韭菜、茄子、辣椒、西红柿。建起了后院，养了猪、牛、羊。这样的农家小院，这样的家庭布局，在十里八乡的农村都算得上阔气和漂亮了，现在想想，也感到精致而时尚。后来，我从农村小学毕业考上城里的初中后，父亲就从工厂里停薪留职了，把家搬到了城市里，开了一家轮胎修理铺，和母亲一起经营着。随着租用店铺的搬迁，家也跟着迁移。再后来，父亲在城里分配了房子，三室两厅，一厨一卫，带一个院子。同样的，父亲铺上蓝色的瓷砖，买了成套的纯木家具，院子里全部铺上了红砖，又建了几间屋子出租，生活完全安定了下来。

父母眼光不差，品位不俗，生出来的儿子、女儿也俊朗而秀气。

那时，生活好起来后，妹妹也出生了。我与哥哥相差5岁，和妹妹相差2岁。等我略为懂事有了些记忆的时候，就记得哥哥总是扬手要打我的架势，吓得我总在他经过时抱头一蹲，他便呵呵笑着摸着耳朵过去了。哥哥也有真打我的时候，不知道是因为什么，每次哥哥打我的时候，我都抱着头蹲在地上，无论哥哥怎样用脚踢我，也不吭声也不哭。有一次，我们兄妹三个在客厅踢毽子玩，哥哥一脚踢到沙发扶手上，漂亮的单人沙发咧嘴大哭缺了一个角，聪明的哥哥学爸爸的样子拿胶水给粘了上去。又有一次，我们三个在客厅大床上跳蹦蹦床，因为发生斗争，我跳下床跑，被追之不及的哥哥拿起地上的鞋就打了过来，结果，鞋子摔在了大公鸡上，顿时，大公鸡就碎成了一地花玻璃片。这样的事情数不胜数，不是我拿锚子戳了他，就是他让牛把我挑到了树杈上，一路打打闹闹，我们就都长大了。

记忆里的哥哥在青年时期迷恋上了写诗。夏天的夜晚，他总是开着窗户习作到深夜，面对院子里的蟋蟀叫声，桃花开了，梨花谢了，黄花菜散发着幽香。哥哥的诗我没有印象了，但他写诗的样子深深地刻在了我的脑海里。那是一幅极美的画面，满天的繁星，满院的蛙声，满室的书香，满屋的诗情，一个穿着背心的俊秀青年沉醉在一个叫作文学的梦里。

然而，这个梦里少有文字，多有花香。自从打拼到东北后，哥哥彻彻底底地跟嫂子在一起了，然而，文字的梦却停止了，最终代替了写作的是种花。哥哥的花卉基地我去过，成片成片的向日葵、黄花菜、玫瑰花、牡丹花，还有各种农作物夹杂其中，周边是农民种植的大片大片的玉米地。夜晚的星光下，就像花儿开成的海洋，流淌着月光的颜色。后来，哥哥又在其中引进了黑枸杞、荷花，还种了各种绿色蔬菜，有南瓜、葫芦、莴苣、豆角、茄子、辣椒、西红柿等，就像父亲的小院，只是无限延展了很多倍。

从前，我总是为哥哥可惜，觉得他没有一个稳定生活的样子，辛苦拼搏了大半辈子还在与泥土打交道。然而，待在钢筋混凝土的时间太久了，我却越来越迷恋大自然。现在，说实话，挺羡慕哥哥的，一生都在诗情画意、美好画面中生活。辛苦是自不必说，但是，哥哥一生都是乐呵呵的，喝多了酒的时候，也有很多的欲言又止，但是，清醒的时候，大多数时候都是朴实而乐呵呵的样子。

除了种花，哥哥还爱好上了习读国学、练习书法。于是，成就了一个睿智、沉稳、朴实、厚重的中年人，这就是如今哥哥的样子。

阳光漂白的岁月，是哥哥沉沦在爱情里与泥土与阳光混合出的样子。如今，哥哥已经50岁了。我不知道他对自己是一个怎样的评价，在我眼里，他就是最接近自然与美好的样子，生活，就是日复一日，任由天地循环，周而复始。

阳光漂白的岁月。其实，不是阳光漂白了岁月，而是，语言苍白到了不能详尽地表达些什么，想到过去，就只是白花花的阳光的样子，细碎而又闪烁。能说些什么呢？要走的，还是得走。

很快，又到了哥哥要回去的时候了。我们赶回去跟哥哥道别，才发现母亲给哥哥准备了两大箱子东西，有现炸的油饼，有购置的特产，有各种的零碎，恨不得将家中搬空了，尽其所有给又要远行的儿子。

看着已经白发过半的母亲，早已没有了年轻时的俏丽、中年时的秀美，就连前两年经常烫染的卷发也不再保持，而是修剪成最易打理的老人短发，纯粹、普通的一个老太太了，那个年轻时总让我们啧啧称赞的漂亮妈妈已然成了年逾70的老人。

哥哥走了，妹妹和妹夫去送机，我没有参与最后送他的场面。我不知道，他是否抱着妈妈痛哭，不知道是否故作轻松地安慰和道别。我想象着他呵呵笑着意味深长的样子，眼前，又跳动出他少年、青年到中年不同时期的模样，像一轮太阳，从最初地平线下的灰红色到灰蓝色又到红彤彤跃出地平线，如今到了看不到太阳，只感受得到阳光的中年。所有经历的万事万物，都像眼前的一切影像，有看得到的树木、房屋、车水马龙，也有看不到的高山、湖泊、沟畔河崖。

阳光漂白过的岁月，凝聚成如今厚重朴实的哥哥，坚定而惬意地行走在他人生的道路上，继续着与花为伍、与树相伴的诗意人生。人的一生当中只要能心系阳光、拥抱阳光、播撒阳光，应该就是最为踏实、最为美好、最为灿烂的生命历程。

哥哥走了，我想念哥哥，盼望着我们兄妹三人能与母亲长年生活在一处。然而，哥哥说，这是他未来的岁月里拼搏和努力的方向。他说，等他完成了他所有预期的计划，他就回来修父亲在老家留下的四合院，建一处中式禅意、小桥流水、绿意盎然的居所，同时，也是一处农村最大的图书馆，让四里八乡的孩子们免费阅读。他说，出走只是为了回来。

　　我们期待着。

　　阳光漂白的岁月，不仅有过往，还有期许和盼望。

阳光中找寻诗意

年，兴许是旧了，放在手心里，还没来得及握紧，便皱了。

冬，似乎是累了，爬在云端，乘着一点儿微风，便悄然地睡去了。

然后，春来了，日光开始变得不一样了。

屋外，还是清冷的，但是少了些许凛冽和决绝，有了些许欢畅和舒爽的意味。地脚儿开始苏醒了，花根儿开始萌动了，草茎儿开始舒展了，树枝儿开始柔软了。冰封的湖面开始不着痕迹地碎裂了。麻雀的叫声愈发地欢快了，跳跃在松树窝里、杨树枝上、灌木丛里，掩饰不住地躁动和喧哗。

屋里，阳光明媚地似乎误入了早春三月，许是地暖倾注了过多的热情，迎合着窗外明亮的阳光制造出燥热和慵懒。窗边的三角梅热烈地开着，薄如蝉翼地粉似火热的炫铃花，透明娇媚地释放着激情与热烈。吊床上的猫迷醉地睡着，柔弱无骨的样子痴似精灵，舒适惬意地伸展着幸福与陶醉。

明亮，让一切都有了诗意。

趁着这明亮，是该做些什么了。

然而，时间还在无情地流逝。元旦过去了，新生的悸动还在萌发，只争朝夕的充实还在延续。

春节过去了，新年的炮声还在鸣响，春华秋实的梦想还在闪烁。

日光一天一天地明亮起来了，爬山虎又该轻轻地吐出嫩芽儿了，一步是一簇叫人欢喜的新绿。

水色一天一天地暖融起来了，垂杨柳又该静静地抽出细叶儿了，一摆是一缕叫人迷醉的翠绿。

天光一天一天地和煦起来了，纸鸢儿又该远远地飞出银线儿了，一只是一个叫人沉浸的梦想。

云影一天一天地清晰起来了，南飞雁又该齐齐地排出"人"字儿了，一行是一阵叫人迷离的念想。

那么，就着这日光，让日子愈发地诗意吧，像爬山虎一样，让文字一天天地爬上梦想的心墙。

那么，就着这水色，让行走愈发地诗意吧，像垂杨柳一样，让步伐一天天地摇摆迷醉的春烟。

那么，就着这天光，让心灵愈发地诗意吧，像纸鸢儿一样，让梦想一天天地扶摇直上蓝天。

那么，就着这云影，让思想愈发地诗意吧，像南飞雁一样，让理想一天天地落地绽放花朵。

云朵伴着天空，天空便不再寂寞，徜徉在天空的怀抱里，云朵幻化为万千气象。

清风伴着明月，明月便不再孤冷，游离在明月的俯瞰下，清风游走于万事万物。

梦想伴着年轮，年轮便不再空荡，荡漾在年轮的反复中，梦想激昂着百转千回。

诗意伴着阳光，阳光便不再苍白，充盈在阳光的跳跃中，诗意闪耀着无限光华。

人是要有些诗意的，像明亮了的阳光，有了春的气息。

人是要有些梦想的，像睡醒了的孩童，有了笑的勇气。

这气息，这勇气，就像诗意的阳光，就像追逐的梦想，让人充实，让人快乐，让人丰盈，让人富足。

我们不再追求物质的奢华，而是轻松地享受大地的承载，清风地抚弄，阳光地呵护，云朵地垂青。

我们不再追求名利，而是欣喜地找寻萌发的绿意，娇羞的花朵，游弋的白云。

在诗意里阳光，在阳光中诗意。

趁着心中的这份明亮，在阳光中找寻诗意，在诗意中感受浪漫，在浪漫中驻足停歇，在停歇中积蓄力量，在力量中感知前行，在前行中捕捉美好。

年过40了，已不再追求超越，只是感受简单与快乐。在简单的一日三餐里，在简单的日夜交替中，在简单的书香茶韵间，在简单的行走驻足时，让身体欢愉，让思想丰盈，让灵魂快乐，让眼眸清明。

读书，看世间万物，品人生百味。

散步，看草长莺飞，听鸟雀啼鸣。

多少人，浑浑噩噩，把自己束缚在狭隘的圈子里。

多少人，起起浮浮，把自己展示在世俗的评判中。

多少人，颠颠倒倒，把自己沦陷在享乐的泥沼里。

走出去吧，走出去看云起云落，看花谢花开。阳春三月，来到迎宾湖畔，空气里还有乍暖还寒的冷意，却不妨碍万物舒展，悄悄复苏。阳光明亮亮的，虽然眼前还没有杨柳新绿、桃红李白、繁花似锦的绵绵春意，却已是一缕清风、十里柔情驻足东望，春光正来。

一滴清水的友谊

尼娜男朋友很多，其中的一个，成了现在的老公。然而，尼娜原本就是有夫之妇，这个男朋友不仅玩出了火，还玩出了事儿。

他们眉来眼去已经很长时间了，那段时间尼娜频繁地叫叶夏陪她出去吃饭，叶夏很乐意。尼娜和叶夏从小一起长大，不仅是同学，而且是闺蜜，叶夏也有不少饭局是要尼娜陪她去的，往常的饭局，叶夏都是座上宾，受人追捧，也被人注目，因此，只要进入角色，就成为焦点，喝酒、应酬、说笑，忙得不亦乐乎，很少能有闲下来的时候。陪尼娜出去的这些饭局可就不一样了，尼娜瞬间成了主角，她只是被不起眼地安排在尼娜旁边，那个请客的男人，整晚眼睛都在尼娜身上，旁人却整晚都在追捧那个男人。叶夏正好落得清闲，吃两口菜，冷眼旁观下饭局，再揣摩揣摩各色人等的心思，突然间，就觉得，吃饭也是一门艺术，每个人都在扮演着一个个角色，说话也都很讲究，每个人进攻的目标都很明确。很显然，那个男人正在追求尼娜，而旁人，都在巴结那个男人。

这样的饭局多了，叶夏也开始感受到尼娜的魅力，觉得她越来越有女人味，身材修长，皮肤白皙，最主要的是胸很丰满。而那个男人呢，也高大帅气，加上一呼百应，被众人恭维，就显得很有风度，还颇为霸气。尼娜被这样一个男人爱着，就更加地像个被捧在手心里的小公主，让叶夏黯然失色，但叶夏可不在乎这些，她正好落得个清静。闺蜜被人爱，她觉得倍有面子，似乎正好印证了她没看错人。

然而，她并没有意识到危险正在临近，不是针对她的，是尼娜将要面对的。

突然有一段时间，这样的饭局就戛然而止了。尼娜也好长时间没有联系过她，她想，尼娜一定是坠入了爱河，没时间再搭理自己了，随后，也就忘记了这档子事情。

再后来，就是关于尼娜的风言风语传进了叶夏的耳朵里，大致情况是尼娜在家和那个男人偷情，被她的大伯哥从窗户外面透过窗帘缝隙逮了个正着。

叶夏不知道怎样去安慰尼娜，好在，没过多久，叶夏就收到了尼娜的结婚请柬，他俩都利利索索离了婚，那个男人另外买了房子，净身出户迎娶了尼娜。叶夏去参加了他们的婚礼，豪华的宴会厅里，大吊灯流光溢彩，红色的印花地毯踩上去软绵绵的，给人一种很不踏实的感觉。他们请的人不多，但也不少。大概有10桌左右的样子，大多是那个男人的朋友和下属，尼娜这边朋友很少闺蜜就请了叶夏一个人。叶夏还很羡慕了尼娜一阵子，觉得他们洒脱，说离就离了，两人都净身出户，干净利落。

然而，爱情这东西，来得快，去得也快。一年后，尼娜又来找叶夏了，原因是，他们也没再次离婚，但各自又都搬回了原来的家里。尼娜原本就是相夫教子的好手，结婚后，她把小家打理得温馨舒适，一日三餐安排得既丰盛又可口，但是，那个男人回家的次数越来越少，两人先是冷战，后来就各自不予理睬，一年后，尼娜便不辞而别搬回了原来的家，那个男人连问都没问一声，也搬回了自己家。这真是个笑话，就跟一场闹剧一样。

尼娜说这些事的时候，像在说别人的事情一样，没有委屈，没有怨恨，只是觉得很奇怪，两个人一旦结婚，怎么可以那样的无话

绿绦青紫

可说。

随后的几年里，尼娜依然是被众多人追求，几乎是人见人爱。尼娜也将美貌视为一等珍宝，几个月就打一次除皱针，隆鼻、切眉、填泪沟，提眼睑，做双眼皮，把自己折腾得越来越像个洋娃娃，精致得像个塑料人。但男人们就是热爱这样的美女，他们像蜜蜂一样都想在尼娜身上采一口蜜。真正是"留连戏蝶时时舞，自在娇莺恰恰啼"。尼娜先是被一个富二代花花公子车接车送，后来，又被一个律师时时带在身边，再后来，干脆跟了个房地产老板去了外地。

很多年后，尼娜又回来了，还是和第一任老公过着不咸不淡的日子，只是患上了乳腺癌。这时，女儿已经考上大学去了外地，尼娜几乎错过了女儿的成长。而她自己的高光时刻也已一去不复返。她眼眶高悬，两鬓被填充得过于饱满，打过针的脸绷得太紧，总觉得她目露凶光。她凄凄哀哀的，像个阅尽千帆的海鸥，栖息在岸边，脱尽了羽毛，包裹在棉被里，冷得直哆嗦。

为了能让她战胜病魔，叶夏先是给尼娜抱去了一大摞杂志，后来，又慢慢引导尼娜听书、看名著，再后来，又让她背诗、听音乐。渐渐地，尼娜活了过来，她穿着黑衣黑裤，头发烫得像波希米亚人，她妖娆得近乎冷酷，但从此不再理男人。她开一辆破皮卡车，帮别人拉货，给朋友送餐，也帮公益慈善组织运送物资。闲暇时间，她便去练瑜伽，学跳舞，慢慢地，她开始参加诗词朗诵会，也参与舞蹈班上的排练去各种场合演出，她像一个优雅的影子，更像一个冰冷的闪电。

然而，意外还是发生了。终于，在一场大型春节联欢晚会结束后，她还是再一次消失了，她跟外地来的导演走了。她来找叶夏时从来不提前打招呼，她走时，也从来不给叶夏说。

她像冬天里的一粒冰，消融在春天来临之前消失得无影无踪。

美貌是一种武器，既能杀敌八百，也能自损三千。

叶落归根。三年后，尼娜又回来了。这回她来找叶夏，是因为她已无路可退，无家可归了。她那个老实的第一任丈夫，任由她走了来来了走，毫无怨言，只要这个漂亮的女人还愿意同他住在一起，他便觉得拥有了天下所有。但是，老实人的生活也有出意外的时候，他让一个小他20岁的女孩怀了孕，无奈，就在尼娜再次回来的时候，他刚刚举行了婚礼，将那个女孩娶回了家。女孩美得像天使，单纯得像一张白纸，尼娜走进家门时，她是喊着姐姐迎上去的，但尼娜推开她又摔门而出。她彻底走投无路了。叶夏将她安顿在自己家里，每天变着花样做好吃的，还带她出去散步。叶夏想，等她将羽毛撑顺了，又会飞出去的，她了解尼娜。

然而，有一种花是带毒的，无论你对她有多好。有一天，叶夏做好了饭去叫尼娜和丈夫来吃，走进卧室，她看见尼娜坐在摇椅上，悠闲地荡着，而她的丈夫，那个五大三粗的男人，正陶醉地用手伸进尼娜衣服里摸索着，她们沉浸在阳光里，连叶夏走进屋都毫无察觉，空气像是禁止了，叶夏的老公微闭着眼，轻柔而又沉醉，那时，他们也许是在另一个世界，早已忘记了俗世的善恶，只是沉沦在欲望的谷底。

叶夏愣住了，她的血涌到头上，她上前几步一把扯过丈夫，几个巴掌扇到丈夫脸上，尼娜漠然地看着这一切，叶夏怒不可遏地撕扯着尼娜的头发，将她连撕带拽地摔到门口，一脚就踢出了门。

从此，叶夏不知尼娜的去向。

而她自己也和丈夫离了婚，去了外地。那里，有一个追求了她20年也等了她20年的人——一个江苏人，既懂经济，又好哲学，还热爱文艺，对美学也有着通透的理解。他当过政客，开过船厂，资产过亿，上海、无锡、杭州各处都有房产还经营着几个大型的花卉种植基地。20年来，叶夏一直无法跟丈夫开口，虽然早已没有了爱情，但亲情让他们一家三口像黏合剂一样牢牢粘在一起，叶夏也知道丈夫在

外边不三不四的有过几个女人，但没有亲眼所见，仅凭猜测就让她心口总是隐隐作痛，多少次，她想要离婚，但她说不出口，离开一个家庭，对她来说不仅不是轻易的事情，简直难于上青天，尽管这个男人刷牙从来不将牙膏放回原处，早上起来从来不收拾屋子，衣服袜子堆得到处都是，吃完饭总是不将凳子推回原处，一口蒜腥味也从不处理，但他是儿子的父亲。

那一天，命运终于将叶夏推到了这般的境地，她不得不走了，带着一身的伤痛和悲凉，像一滴清凉的水，总是能将阳光折射到别人身上，通透、简单、安静，然而，一滴水，能映照别人的碧波万里，却难逃一个伤心泪珠的滚落。

雾里的阳光

一只走出神坛的猫

　　一只猫很小的时候就被妈妈带进了寺庙，那里绿草如茵、庄严神圣，大殿前的树遮天蔽日，伸向天空的枝丫疏影横斜，迷离婆娑，阳光从枝叶缝隙间漏下来，像在地上撒下了无数的小米粒。大殿背靠一座杂草丛生、树木茂密的荒山，山上有粉色的红柳、黄色的胡杨、绿色的青松、紫色的三角梅，山不高，像斜倚在蓝天的怀抱里，白云像散漫的飞絮，融化在蓝天碧海中，也映照在山中一泓清潭里。正是在这"闲云潭影日悠悠，物换星移几度秋"的时光里，狸花猫阿米尔游走在寺庙里、后山上，白天在树影里闲卧，晚上在僧房中溜达，和无数僧人一同过着晨钟暮鼓、青灯黄卷的生活，出入于金门之下，行藏于宝殿之中。春听莺啼鸟语，妙乐天机；夏闻蝉噪高林，不知炎热，秋睹清风明月，星灿光耀；冬观雪领山川，蒲团暖坐。经响云堂赴供，钟鸣出殿闲游，像一只庙堂僧猫，更像一只闲云野鹤。无论是穿行在僧众斋堂，还是闲逛于后山密林，从无烦恼。只是，自从妈妈去世后，它倍觉孤单。

　　有一天，当它在密林里追蝴蝶的时候，碰上了两只小猴子，一只小猴子拽着另一只小猴子的尾巴从红杉树上滑下来，又在松树枝上荡来荡去，它想跟小猴子玩，可是小猴子们不理它，很快就窜入密林中不见了。阿米尔想，我也想和其他的猫一起玩。于是，它飞快地跑下山，蹿出庙门往山下的小镇跑去，它听妈妈说过，小镇上有许多流浪猫，它们没有斋饭可吃，常常饿肚子。阿米尔可不怕饿肚子，它还从来没有饿过肚子呢，根本不知道饿肚子是什么滋味。下山的路很远，他跑了三天三夜，在一个黄昏的时候来到了一个水乡古镇。夕阳的余晖给古镇镀上了一层金，水天一色无纤尘，似乎自古至今就是黄色的。水乡的建筑不似寺庙那般庄严，反而是诗情画意的。石阶、小巷、屋瓦都是青灰色，院墙是夕阳一样的黄色，一层层排列开去，像斜插着的一面面带石阶翘飞檐的旗子，沿水面左右两边铺排开去，家家的门廊下都挂着成串的红灯笼，有圆形的，有圆柱形的，高低不同，错落有致。屋角都是绿色的植物，屋外则是粉色的樱花，家家都有乌篷船或小龙舟，或停一处，或划过拱桥，有些酒家窗外酒旗招展。阿米尔从来没见过古镇，就像从来没到过人间一样。它穿街过巷，天真而好奇地看着古镇的小桥流水、青烟袅袅，早已忘记下山来的目的。

　　跑出寺庙，走出神坛，阿米尔以为是孤独时的消遣，没承想，却是它寻找自我的开始。原本它就是一只普通的狸花猫，在寺庙里，它也跟着僧人诵经超度，以为自己与众不同，现在流落古镇，它像被世人遗忘的精灵，在古镇的安静里，它看山、看水、晒太阳，有时，也在曲径深巷处寻一方小院，在门廊里小憩，或跃上灰瓦静待月明。有时，它会去芳草鲜美、落英缤纷的岸边走走，有时，它在古樟遮天蔽日里回味一下寺庙古树下的点点阳光，有时，它在古道牧歌里细听古渠潺潺。它没见到其他的猫，却在整齐排列的三、四合式天井院落的飞檐翘角上看到了无数雕刻精美的动物，有天狗、鳌鱼、雏鸡，也有青龙、盘蛇和凤凰。

　　它想，这里没有猫，一定不是妈妈说的那个镇，它又朝镇外奔去。它跑过树木、河流、田野、村庄。晨曦初现，它舔食草尖儿上晶莹剔透的露珠，艳阳高照，它挑麦田里的雀稗慢慢咀嚼，或者在田间找寻绿色的昆虫、蚱蜢和螳螂，一爪打倒顺势再耍上两下，然后一口吞下。有时，它也追逐老鼠，将其视为美食。有一次，在草丛里，它遇到一条蛇，看到体积比自己大了许多，自知不是对手，它扭身便跑。还有一次，它路过一处水塘，看到里面一群小鱼优哉游哉摇头摆尾，于是，它跳下去想抓住它们，但被淹得半死，顾不上摸鱼而是奋力游到了塘边，水好清澈啊，它看见了水底飘摇的水草。在草洼里，它还吃到了蟾蜍，在树枝间，它品尝了蜗牛。就这样，它跑啊跑，吃啊吃，下雨了，在泥泞里，它变成一只泥猫。落雪了，它在雪地上抓麻雀，在松鼠窝里过夜。它看到过日月星辰更迭，看见过大江大流奔腾，看见过花园洋房林立，看见过高楼大厦成幢。

在城市里，它碰见了许多猫，但是，它已停不下奔跑的脚步，远方有无限的向往等待着它去探寻，去寻找不同的风景，去经历不同的事情，它想像风一样自由！

听闻远方有你，动身跋涉千里，我吹过你吹过的风，这算不算相拥。我走过你走过的路，这算不算相逢。

没有停留，它又向远方奔去。

直到有一天，它跑到了古城苏州的平江路，一家名叫"猫的天空之城"的小书店吸引了它，书店很小，只有小小的4张桌子，500本图书，店里有明信片，有咖啡，有很多猫的插图。店外斑驳的白墙上开了一扇古老的窗子，窗口里是书、绿植和咖啡，窗户下面一块酱色牌匾，像无字天书，亦像镂空木雕，再下面，一条蓝色的靠背长排木椅摆在窗下，像在等待归家的旅人。窗户左边，齐齐地钉了10块木牌，上面是浅显易懂又耐人寻味的人生箴言，有着对生活的理解和感悟。它跑累了，便跳上木椅将自己伸展成最舒适的姿势，像一只旧袜子一样睡去了。第二天醒来，晨雾升起整个世界似乎都在雾里，它像居于天空之城，它眯着眼看雾渐渐褪去，阳光又慢慢地出来了，它跳上木椅背，看云卷云舒，如梦如醉。木椅上，不知是谁，摆了很多的鱼骨头。傍晚时分，夕阳西沉，余晖映照，它依然懒洋洋地躺着，看着黄昏发呆。这时，一只雪白的，像云絮一样的小猫出现在椅子前的空地上，它们四目相对，竟然泪水涟涟，确认过眼神，知道是对的彼此。当夜幕降临时，华灯初上，两只猫咪相伴奔跑在平江路上，看着万家灯火，欣赏着最美的城市夜景，在一个屋顶上，它们伴随着点点星光入眠，等待着另一个白云弥漫的清晨的到来。

后来，阿米尔带着它新婚妻子去了草原，在草绿云低的大草原，清风舒畅，晚霞烧红天空，漫步在刚刚萌芽的嫩草上，两只猫咪逐日而行。

以为没有留恋，只有追逐的心，相遇，才知道，原来，一直在等你。

猫的一生，也是一个等待的过程，等待着走出千年古寺，等待着经过日月星辰，等待着历经千难万险，等待着与你相遇。

一只走出神坛的猫，一只自由行走的猫，一只寻找自我的猫，一只与爱相逢的猫。

人生是一个寻觅的过程，猫的人生亦然。

找自己

朋友圈，导师发了一则信息：九张照片，第一张是落叶，第二张是落叶，第三张是落叶……第九张还是落叶，都是"零落成泥碾作尘"之前在地上密集成一层，而且被晒蔫了卷曲起来的样子。我仔细看了一下：有杨树叶、柳树叶、红枫叶……一种叶子一张照片，叶子的种类、形状、颜色不同但有一样是相同的，那就是，都是"死样子"。因此，导师在照片下书：在树上形状不同，叶落后结果相同！

可不是吗，就像人生在世，活着时，各有各的不同，各有各的精彩，但死了都一样。不过，一样的是"化为乌有，一了百了"。然而，还有不一样的，那就是灵魂、精神和留在世间的影响。

但是，终归是死了，对于本人来说，确实是一样的，灵魂归于上帝，躯体化为泥土，精神融入风雨。虚幻、冰冷而凄凉。因此，写到死和写出那个"死样子"时，我心里酸楚得不行，差点儿都落泪了，但，又没人，我自个儿矫情给谁看啊？所以，我忍住了，但那股酸劲儿一直从我鼻头，滑到心头，又溜到胃里，愣生生被我咽下了。

文天祥说："人生自古谁无死？"是人都难免一死。但不是还有后一句吗？那就是："留取丹心照汗青。"

人只要活着，就有一颗跳动的心，就得有所作为。人每天想什么，做什么，包括每时每刻想什么，做什么，都是由这颗心决定的。

头脑只是决定了你是不是个正常人，有没有正常的思维，而且，有些头脑聪明点，有些头脑愚钝点。想什么做什么，就决定了你是什么样的人，聪明与否，是否努力，是否持久地努力，就决定了你的成就大小。所以，由此，就有了成千上万种人，成千上万种职业，成千上万种状态。就像成千上万种叶子，成千上万种形状，成千上万种颜色。

那么我们每一个人到底是什么人，落下来时是哪一种类型的叶子，甚至是哪一片叶子？这就是一生都需要探寻的问题。大概，人到了四五十岁或到了快退休的时候，基本就定型了，但还是有转型的可能，有些是政治家，退休了从事书法、绘画，可能又成了艺术家；有些是企业家，但寻找人生的意义，研习哲学、周易，可能又成了哲学家、社会学家，等等。

当然，人并不是非得成什么家，但是，生而为人，有些人仅仅是简单地做自己，有些人至死都在寻找活着的意义，也就是找自己。

就像《安娜卡列尼娜》中的列文，他不知道人生因何而生，也不知道人生最终走向哪里。他认识到了人生的"虚空"，却又不能就此背弃。他无法在任何一种解答里寻找到依托。因此就始终在现实与人生的探索中永不止息。列文一直为此苦恼为此思考。由此，列文经历了心灵和心智的彻底变化。尤其是他听到谷仓中工作的农夫的即席评论："福卡内奇是个老实人，他为了灵魂而活着，他记着上帝。"列文最终意识到，那种生活——与妻子、儿子、他的农场、他的工作和灵魂相关的生活，意蕴隽永，美丽无比。故事的结尾列文获得了他始终追寻不止的信仰，自从出生以来就从不曾离开过的真理——那就是活着并直面人生。

这就是每个人灵魂的归宿。不断地找寻自己活着并直面人生。无论是谁，无论是怎样一个人，都要活着，而且找到更好的自己

找到自己有很多种途径：

爱因斯坦说："我们这些总有一死的人的命运多么奇特！我们每

雾里的阳光

个人在这个世界上都只作一个短暂的逗留；目的何在，却无人知道，尽管有时自以为对此若有所感。但是，不断深思，只要从日常生活就可以明白：人是为别人而生存的——首先是为那样一些人，我们的幸福全部依赖于他们的喜悦和健康；其次是为许多我们所不认识的人，他们的命运通过同情的纽带同我们密切结合在一起。我每天上百次地提醒自己：我的精神生活和物质生活都是以别人（包括生者和死者）的劳动为基础的，我必须尽力以同样的分量来领受了的和至今还在领受着的东西。"因此，当社会赋予我们一定的职责和权力的时候，就要通过行使这样的职责和使命，运用这样的权力为他人谋求幸福，就像我们的官员、慈善家、社区工作者、志愿者等等，无论付出多少，都不过是为了万家灯火。

爱因斯坦还说："要追究一个人自己或一切生物生存的意义或目的，从客观的观点看来，我总觉得是愚蠢可笑的。可是每个人都有一些理想，这些理想决定着他的努力和判断的方向。"这些方向就是光和亮，循着光和亮走下去的人，就是拥有了灵魂的人，用灵魂自由起舞，就能舞出人生的精彩，去创造生活的辉煌和美好，去追寻人间的大爱与大美，就能活出生的圆满和喜悦。比如科学家、哲学家、艺术家等等。

还有许多平凡而伟大的人，他们有着超人的思想和意志，他们用精神的绝唱无私地奉献着，以责任和担当书写着一个个感人的故事，用光荣和奉献成就了一个个楷模，用行动和坚持谱写出一种种精神和力量。就像"竹竿老人"魏文贤，一根长长的竹竿，一个瘦小的身影，每天十几个小时的时长，提醒市民与游客注意安全，危难时则出手相助。10多年来，魏文贤就这样守在岸边，用他手中的长竹竿，从万泉河的暗流中救起了上百名溺水者。一根竹竿，有多大的力量？但正是一根竹竿，守护着百姓的安全，蕴藏着质朴的担当，见证着不凡的人格。像张思德，一名普通的士兵，一个高尚的灵魂。自1933年参加红军后，一切服从党和人民的利益，党叫干啥就干啥，在平凡岗位上忘我工作，直至光荣殉职。用自己短暂而光辉的一生，深刻诠释了全心全意为人民服务的根本宗旨。这样的人还有白求恩、焦裕禄、麦贤得，这些人，有历史的楷模，也有时代的楷模，他们有一颗金子般发光的心，用平凡铸就了伟大。像红旗渠精神、大别山精神等等，都是精神的宝贵财富。这些伟大的精神滋养和激励着一代又一代人奋勇前进，无私奉献。

这就是精神的力量，人只要是有精神的，就能摆脱安逸和享乐，做有意义的事，成为最好的人。这就不得不说到三观：一是智慧的幸福观。我们知道真正的幸福不在他处，而在自己的内心，要想获得幸福，就要学会积极调整心态，乐观地看待形势，坦率地接纳自己，积极地努力行动；二是智慧的人生观。人只有勇敢地做自己，才是最大的自由。而且一个真正卓越的人，从来不会畏惧世俗的眼光，能够活出真实的自我，既懂得自我欣赏，也能泰然独处，耐得住当下的寂寞，经得起流芳百世的盛名，三是智慧的财富观。叔本华说："人虽然能够做他想做的，但不能要他所想要的。"因此，财富并不是越多越好，因为财富就是咸咸的海水，越喝越渴，最好的态度是取之有度，用之有道。努力运用财富思维，实现人生抱负的同时，让财富给社会创造更大的价值。

因此，精神力量产生的幸福感，才是更高级的智力乐趣，也是人有别于动物的最大特征，它不依赖于环境或物质，只存在于人的内心，是人类幸福的最大原因之所在。所以，获得幸福的办法是注重内在力量的提升，学会从自己的内心和外界大自然中探索到新事物，始终保持朝气蓬勃的思想状态，不给痛苦和无聊留任何可乘之机和占据心灵空间。正如叔本华所说："一个人自身拥有的越多，他从别人身上所能发现、得到的就越少。精神越丰富，人生越幸福。"一个精神世界丰富的人，即使物质生活贫乏依然可以活得自得其乐；一个精神贫瘠的人，即使家财万贯，也无法驱散如影随行的空虚和无聊。所以，真正的幸福人生就是认清自己，最大限度地利用个性品质，遵循符合内心的方向发展自己，找到最适合个性的人生位置、职业和生活方式。

当然，人是要遵从命运的，有些人，可能一出生，就含着金钥匙，即使不努力，他已经成功了一半。而有些人，即使一生努力，也可能只是碌碌无为。然而，人生一世，草木一秋。无论是大树还是小草，都应该努力生长，对于自己不可支配的，就认命，对于自己可以支配的，就努力。假使命运安排我们做了大树，就要长出最好的形态。即使命运安排我们生成一株小草，也要活出翠绿的精彩。最好的状态，不过是大树在狂风中挺拔，在暴雨中坚挺；而小草，在阳光下欢唱，在清风中舒展，树有树的雄壮，草有草的柔嫩。

假如是一片叶子，那我们只能屈从于是一片什么叶子，却不能任由狂风吹落，而要努力长出自己的形状，生出应有的光亮，显出最美的姿态。因此，找到自己，无论处于什么样的情形和状态，都要安于内心，活出自我。

花开的痕迹

回望青春，是时光雕琢出的一棵开花的树。

雪的启迪

　　雪花飘落的日子，我漫步于公园洁白的湖堤，沉淀心灵的积蓄。往事如雪花般飘落，在眼前飞舞、跳跃，告诉自己，该忘的就忘，该放的就放。

　　失去的不再回来，何必耿耿于怀；得到的就该珍惜，不必再苦苦索求。一切都淡而处之，乃人生之幸事，过于缅怀过去，等于痛杀未来。雪花告诉我："融化乃人生之真谛。"把一切都溶解于心——打开你心里的结，一切都会过去。

　　我迷恋雪，因为她洁白，我感谢雪，因为她融我为水，忘记伤痛，抛开烦恼，又是一个玉洁冰清的我。

　　雪花飘落的日子，我的心情在放飞。

孝敬父亲

　　许久不见父亲高兴了。他总是沉着脸，忙碌于工作，累极了回家倒头便睡。没有了他看喜剧片时哈哈哈的笑声，不见了他逗小孩时的滑稽样，我觉得心里沉甸甸的，有种诚惶诚恐的感觉，以为自己哪里得罪了他老人家，冒犯了他的权威，或者孝敬不够。我多了个心眼，给他捶背、给他晾开水、端洗脸洗脚水，出差时，买一包礼物给他，也不见他高兴。他总是一脸漠然。我纳闷了，真是丈二和尚摸不着头脑，便成天一副挺苦恼的样子。这下可惹火了父亲，左右看我不顺眼，动辄脸一沉。

　　唉！还有宝贝女儿巴结不了父亲的时候。我终于失去了耐心。这下可轻松了，不高兴关我啥事，我在心里嘀咕。我改变策略，抱起自考书啃起来，以免看见他的包公脸，谁不理谁呀！我犟起来默默地使股劲，三头牛也拉不动，惹不起还躲不起。我躲进小屋，藏在台灯下来个闭门锁国政策。这下父亲可急了，起先我发现父亲总拿眼瞄我，一脸探询的样子。我垂着眼当作没看见，吃完晚饭就进书房。后来我听到了父亲在门边徘徊的脚步声，我埋头装作没听见，打开窗户让风将门来一个反锁。终于，父亲按捺不住了，跟母亲嘀咕："别熬坏了眼睛，梅梅最近瘦了……"嘿嘿，我暗自得意，继续旁若无人。一天，父亲终于大笑了："快来看，快来看梅丫头的文章上报了，哈哈……"我奔出门去和父亲笑作一团，父亲终于笑了。这使我想起了高中时每次作文获奖时，父亲欣慰的笑，考上大学时父亲意味深长的笑，我终于知道了，拿什么来孝敬父亲了。

悠闲无望

　　日子就这样一天天过着，悠闲自在、平静祥和、充实自足。工作忙碌间白开水的滋心润肺，下班后父母亲的嘘寒问暖，八小时外朋友们的大庆小聚，令我轻轻松松、无牵无挂、潇洒自在。生活在舒适的空间，旋转在青春的舞台，我是快乐的天使、幸福的宠儿。

　　然而，伫立在生活的大门口，环顾四周，我不禁迷惘、困惑，甚至感到无名的恐惧。离开父母你能做什么？没了朋友照样得活！这岂是你的全部？这是一个竞争的时代，这样的时代就像一列高速启动的列车，将承载有知识、有能力的人去环球，这个时代的一切都在发生着翻天覆地的变化，面临着下岗危机、就业困难，你又有多大的适应能力、承受能力，你又有多宽的心胸？你怎能潇洒得下去、自在得长久呢？蓦然回首，才知道自己沉溺得太久，才知道悠闲无望。

　　上帝很公平，给每个人的机会都一样多，就看你想不想把握，会不会把握。人的欲望是无穷尽的，然而满足欲望就得奋斗。俗话说：种瓜得瓜，种豆得豆，种下悠闲得来的就是闲悠，那将是心的放逐和流浪！

父亲趣事三则

抓住了一个骑牛的

父亲小时候非常老实，也很调皮。有一次，他偷骑了队里的功臣——大黄牛，被人告发了，但告发者没有弄清骑牛者到底是谁。队长听后，想出一策，大声问道："谁会骑牛？""我。"父亲自告奋勇地跳将出来。结果可想而知。

鞭炮当成香烟抽

有一次过年，父亲送客出门。随地捡起一个小鞭炮取下嘴里的烟头点着就扔。忽然，等着听响声的父亲感觉不对劲，可是已经来不及了。一声巨响之后，鞭炮在父亲嘴里乐开了花。为此，父亲的嘴肿了足足有个把月，却依然乐呵呵的。

大肉炖猪肉

有一次，父亲与许多棋友在家里下棋。到吃饭时间了，父亲吩咐母亲做菜。母亲说除了猪肉没什么可炒的，意思是没有鸡鸭鱼肉无法成席。父亲却误以为没得菜可炒，便大吼道："没有菜，没有菜就大肉炖猪肉。"棋友一阵大笑。

花开的痕迹

是情感泡沫还是伴侣

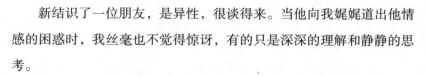

新结识了一位朋友，是异性，很谈得来。当他向我娓娓道出他情感的困惑时，我丝毫也不觉得惊讶，有的只是深深的理解和静静的思考。

原以为，喜欢就是接受，就是奉献。孰料，他的困惑正是喜欢，却又无法忍受对方的自私、任性、挑剔和无尽的索取。他说："我就像背负一个陀螺上山，欲罢不能，欲舍不忍，然而，当初我是想一个箭步冲上山的啊！陀螺能否变成气球？"

他应该知道，改变一个人是何其的难，尤其是在这个物欲横流的社会，当灵魂的爪牙在金钱的彩云里蠢蠢欲动时，感情的成分又有多少，爱情又有多少含金量，抑或是含"金"量是否过重！我想告诉朋友："陀螺不但变不成气球，而且，你一旦放松将会人仰马翻；况且，假使陀螺真的变成了气球，你轻松地爬上山顶后却发现，气球永远不能松手，那不是比陀螺还要沉重吗？"

人生是要找个伴侣，陀螺或者气球是她或者你的欲望。朋友的过错，就在于想用浪漫换回一颗芳心，用潇洒博得芳心大悦，他做到了。但是，在天南海北地游山玩水之后，在过足了渡轮、飞机之瘾以后，换回的却是女友因没房子、没票子而抱怨不止和依然花钱如流水的恶作剧。

朋友就像一个吹肥皂泡的小孩，为其缤纷美丽所倾倒，以为会在那个五彩的梦中打鼾，谁知，一觉醒来，才发现干涸的瓶底只留下泡沫的残渣！我想告诉朋友：要么用一个世纪的心情去吹，要么用一个世纪找，就看你要泡沫还是伴侣了！

花开的痕迹

收到贺卡的日子

  又到了贺卡翻飞的季节，看着弟妹们对其情有独钟的样子，一面大呼小叫"悲哉，皆忘我也"，一面却露出不屑一顾的表情："那有什么，想当年，我收到的比你们多10倍。"这样想着心情就有些落寞了，一种见过了大喜大悲的苍老爬上心头，久挥不去。长大了，什么都淡了，孤寂却加深了，令人莫名的伤感。

  一天的忙碌又过去了。坐在桌前，一张贺卡飘然而至，用淡漠的心情拿起来瞟了一眼，正欲放下，却被它淡雅的色泽吸引，绒白的思绪诉说着生命、友谊、青春、祝福，署名只是浅浅的两个字：戈壁。瞬间，一种感动涌上心头，一切都复活了，像个初见春、初抱雪的人，我在心里呼唤着过去的一切。我不知道，戈壁是谁，但戈壁是谁根本不重要，重要的是那种怦然心动的感觉令我年轻，一种心态的年轻。我知道，我本年轻，这是一笔财富，却被我轻易地抛弃。但，我本年轻，一张贺卡便轻易地叩开了我沉寂的心灵，融化了我冻结的热情。又到了贺卡翻飞的日子了，我知道，我不能再沉默下去了，我要爆发，爆发我的活力，爆发我的热情。

  收到了贺卡的日子，我的心情像飘然翻飞的雪花。

"年轻"爸爸

　　爸爸老了，快50了，却"年轻"得像个孩子，常令人哭笑不得。那天是初五，我们一家人围坐在电视机前包饺子。妹妹擀面皮我和妈妈包，我们基本上是全神贯注，只有爸爸怡然自得地看着电视，还不时在抽屉里摸索着什么，像个闲不住的孩子，嘴里嚷着："行了，行了，够吃了。"八成他是饿了。我们母女三人便加大马力，提高战绩，准备在预定时间之前开饭。就在我包完最后一个饺子准备收场的时候，"不幸"的事发生了：伸向餐巾纸的手还没来得及收回，"嘭"一声巨响，一只鞭炮便在我的脚下乐开了花。我跳起来，并惊叫着准备往外逃，妹妹也因为惊吓哭了起来，爸爸却笑得前仰后合。

　　一场虚惊过后，我们仍惊魂未定，却忍不住大笑起来。这时，才知道他刚才在抽屉里摸索什么，又怎样预谋了一番。我完全能够想象他边筹划边偷窥我们的神情，那份神秘和激动一定深深地鼓舞了他，要不怎么有成功的喜悦？你看他，乐得像摸中了头奖。

　　"爸爸，你怎么就记不住呢？上次放鞭炮误把鞭炮当烟头塞进嘴里，还崩坏了嘴唇！"

　　我和妹妹嗔怪着、撕扯着爸爸笑作一团。

母亲不在家

近日，母亲同别人合伙开了一个麻辣粉店，生意红红火火，母亲也是早出晚归。这下可苦了我这宝贝女儿了。早起晚睡剩我一人，自己吃饭成问题不说，大清早起来，上白班的父亲一天的伙食更是成了问题。这可怎么办呢？第一天早起，我和父亲各自空着肚子上班，晚上回来交流经验，父亲说午饭无法上街吃，同事救济了他一点，用他的话说是"别人给了我一点菜"。我一听，这不行，我在打游击的同时，父亲也在饿肚子。长此以往"家将不家"呀！父亲是大老粗，一辈子没做过饭，冷不丁让他下厨，我这二十几岁的姑娘脸往哪搁呀？娇是撒不得了，我还是尝尝系围裙的滋味，也给母亲解决点后顾之忧吧！

也许是头一天想得太多了，我竟然失眠了。第二天，等我被噩梦惊醒的时候，父亲早已带着我梦乡里的早餐、午餐上班了，屋子里空无一人。我一看表，天哪，上班都要迟到了。

唉！美梦难成真，还是来点实际的。中午一回家，我就开始运用统筹安排法做饭、收拾屋子。跑步走，一二一，一时间兵戈相见，油烟四溅，好一个热闹的场面。由于是初次实习，菜也烧焦了，盐也放重了，再看锅台、案板，整个一个日本鬼子扫荡过的镜头。还好自己做的饭，胃口就是不错，感觉也不错，我又开始合计下午的饭。

就这样，我开始步入了另一种别开生面的生活。吃饭香了，看电视有意思了，精神也好了。嘿，还真不赖！以前是母亲见人就夸我懒，能吃能睡。现在可好，父亲逢人就说："多亏了姑娘。"我听了心里美滋滋的。人，是多么奇怪，去掉了依赖性，任何事情都可以做好。以往，母亲苦口婆心劝我学做饭，试做家务，我总是推说不会，懒得动一根手指。现在可怪，我的每根神经都在跳跃恨不得和时间来个赛跑。

嘉峪关初冬的早晨

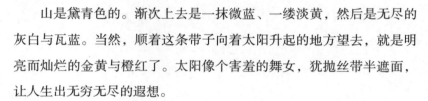

　　山是黛青色的。渐次上去是一抹微蓝、一缕淡黄，然后是无尽的灰白与瓦蓝。当然，顺着这条带子向着太阳升起的地方望去，就是明亮而灿烂的金黄与橙红了。太阳像个害羞的舞女，犹抛丝带半遮面，让人生出无穷无尽的遐想。

　　嘉峪关的冬晨，就是这样姗姗来临的。

　　心是平静的，因为忙碌了一天的人们经过一夜的酣睡，抑或是经历了一场噩梦的浩劫，此时，走在这清新空气中，无论如何，心情是舒畅的。而四周，又是那样的安静，偶尔有音乐声响起，也是一种遥远而亲切的呼唤，像母亲在轻声唤起熟睡的儿子。间或驶过的小汽车，无须轰鸣着喇叭，也不用鱼贯而行，它们像飞机表演一样让人酣畅淋漓，行驶在宽阔的马路上，要么像双蟹一样错落有致，要么像百合一样在岔路口静静地开放。

　　在这样的清晨行走，你可以放眼去看树梢封冻的青春，放耳去听空中的万籁之音，而无须汇集在车流中神情紧张，也不会因忸怩作态而被行人注目。因为，早晨，人们习惯了静谧。

　　乘公交的话，根本无须你死我活地拼它一番，也不用交警来维持秩序，因为一辆接一辆的车驶过，你只需招手就停。嘉峪关是个让人感到舒适的小城市，不贫穷、不落后，有的只是赏心、悦目。看到的只有干净和整洁。

当然，十几年前的嘉峪关可不是现在这个样子。那时是一样的空阔，一样的天高云淡，但人们的口袋是空的。道路也是肮脏的，路边是垃圾和低矮的平房，树沟里是糜烂的杂物。交通也不如现在方便，自行车是最常见的交通工具。十几年过去了，嘉峪关像一个土生土长的乡里娃，已变成为标致的城里妞，市场上堆积如山的瓜果蔬菜，如俏妞吃的冰激凌热狗，想吃任你挑，无论春夏秋冬；大街小巷干净得就像美妮脸上的淡妆，除了该有的美艳绝无半点花哨；马路上跑的，应有尽有，连奥迪也上了出租车的行列。

嘉峪关人走在清晨的小风里。太阳，终于羞红了脸一跃而出了，收起了她霓虹一样的彩衣，天空像一个素静的蓝衣天使，裹着一袭白纱，缓缓而行，伴随着她轻描淡写的舞步，小鸟啁啾起来了，人们也忙碌起来了。

嘉峪关初冬的早晨，焕发着钢铁特有的气息。

生活需要浪漫

　　捧着那束不是给我的玫瑰，心里很不是滋味。不是因为嫉妒，而是有些哀莫大于心死的感觉。上班两年了，面对现实的人、事和现实的生活，自己也现实了许多。对于送花的情结，再也没有浪漫的激情，就像已近不惑之年的人提着花篮卖花一样，再也说不出动听的话语，反而有些木讷。然而，情面还是要的，因为店主是我的朋友，所以我答应帮他送花，仅此一次。

　　微笑的红玫瑰含苞待放，滚动的水珠晶莹剔透，泛光的满天星含情脉脉，我为鲜花的娇艳而陶醉，却对送花人的深情无动于衷。那位不相识的男孩子沉浸在激情中说："十一朵玫瑰代表一心一意。"我感到可笑，懒洋洋地斜倚着出租车的后背。我想我有足够的理由去蔑视小青年的浪漫，因为生活是现实的，这是我上班几年后得出的经验。要知道，一束花的价值相当于一个贫困户半个月的生活费。如今，我只会算这笔账，一枝花是一个车夫一天的伙食钱……

　　我甚至有些担心，怕在送花的地方碰见熟识的朋友，抑或是同事，忐忑不安中，车开到了一个偏僻的储蓄所门前，那里几乎接近戈壁，储蓄所里又黑又潮，寂静而阴冷，与寒冷的冬天极其相符。我十分平淡地将花递给了我要找的那个女孩，要是在以前，我会笑吟吟地对她说："祝你幸福。"然而，当时我没有说。女孩在呆愣了一阵之

272

后，羞红了脸喃喃地说："谢谢！请你替我谢谢他。"我感觉到了，感觉到了女孩的温柔，一种真正的温柔像阳光般可爱，霎时，储蓄所不再阴暗，因为我清晰地看见了女孩美丽的酒窝里洋溢着幸福，一种恬静的美。我想女孩会为这一刻的感动而美丽一生，因为温柔。

　　走出储蓄所，外面不知何时飘起了鹅毛大雪。回到出租车上时，我看到了男孩期待的眼神和无以言表的感激之情，心中闪过一丝愧疚。片刻的高尚，使我为自己长期以来的平庸感到可悲。生活对人的打磨就像流水对山石的侵蚀，无声无息，然而却刻骨铭心。我以为我就是水底的鹅卵石，有些悲哀和无奈，我还是那个守着戈壁看夕阳的女孩吗？回答是肯定的。然而，这肯定里只有落寞，没有激情。

　　下车时，我终于对他说："祝你好运。"因为此刻我更相信另一个现实：生活需要浪漫，生活需要激情。

儿时的伙伴

再次迫不及待地拿起笔，是在看到她刊登在《嘉峪关报》上的一篇《学会温柔》之后。心中激荡着对她的怀念，也流淌着一股不可遏制的激情——想见她，在报纸上。

她是我儿时的伙伴——一个清秀、白皙的女孩，留着男孩式的短发，头戴一顶毛线织就的小圆帽，身穿一件纯白的滑雪衫，浑身透着一股倔强与任性。

我和她的友谊产生在乡村校园的土地上。垂柳青青，夕阳点点，大有"那河畔的金柳，夕阳下的新娘"的情调。每天放学后，我和她总要娘子和郎君地玩上一番"吃石子"才回家。在这场游戏中，我们总是各持己见，最后不欢而散，但"夫妻吵架不记仇"，第二天我们又会重归于好，在教室前的垂柳下再玩"手心手背"。

她也是个羞涩的女孩。记得二年级时，她要转校，到城里去上学。我对她的留念便化作一种期待，盼望她在我不经意间，又重新回到那个空空如也的座位上。终于，有一天我听到同学说："XXX在外面。"我便一溜烟跑了出去。在校墙外的拐角处，已带了点城市气息的她穿一身那时所谓的奇装异服——牛仔装，默默地站着，有些炫耀，也有些我现在才懂的高傲。我以小孩子的执着与盛情，恳求她留下来。对我的留恋，她似乎有些不屑一顾。从那以后，我就再也没有见过她。听说她上了城里的小学又上了城里的初中，最后待业在家。但她童年的身影和一个并不怎么响亮的名字却印在了我的脑海里，只因为，她是我一生中的第一个朋友。

前些日子，当我的文章频频见报时，我偶尔发现了这一个熟悉而又陌生的名字，心中滑过一丝惊异，也掠过一缕不安。我怕这个当初就优越于我的姑娘再次超过我。物质上的优越我不在乎，但精神上的超越我不能熟视无睹。我想她的高傲只是对我儿时的伤害，童年的一幕又在我的眼前浮现，绿油油的麦地边，她像一只就要放飞的白鸽，而我却像一只受伤的小鸟。

快过本命年了，我跟她同岁。在新的一年里我希望我们能共同进步，也希望她有更多的作品见报，来激励我，鞭策我，我儿时的伙伴。

换换心情

满街飘扬的黄发，在我眼里，只是一道城市的风景，并无他感。直到那天，兀自从发廊出来，心情猛然间明亮了起来的时候，才懂得了染发的意义——换换心情。

记得那天，晦暗了很久的天气突然晴艳起来，爽朗得很。满头的阳光，就像菩提在世，佛光普照以为好运也会天天来，心情回复到了从前纯真的时候。

那年刚入春，天气还很冷，我不听妈妈的劝阻，非要穿黑色的羊毛衫、乳白的阔腿背带牛仔裤上街，那满大腿铺天盖地制就的两个大兜，就像装了一百个兴奋的气球，鼓舞着我从家里逃了出来，心情确实雀跃了一回，微风拂面，春寒料峭，很有点英姿飒爽的感觉，回头四顾，以为行人也会为我侧目。这时，一阵风吹过，我听到了下面的对话：

"你瞧那个小姑娘，滑稽可爱，活像卓别林。"

"哎！我倒希望有那份心情，年轻的感觉真好……"

是啊！我拥有年轻，我才不在乎别人的评价呢！鼻子里哼着，我跟着一个卖花的板车走了一路。纯属无心，只是觉得车上的绣球开得红艳艳，真是美极了。拉车的是个老爷爷，他冲我笑，我也冲他笑，很容易满足的一对老少。就这样，我得到了那个春天一份独特的礼物——一盆绣球。葱绿的叶子，展示着生命与青春，红火的花朵团团簇锦，燃烧着热情。也得到了一份可延续的乐趣，那时，我很容易开心。

很快，我已不是穿白纱裙、长发披肩的年龄了，也很少有人能赐予我欢乐，因为心境不同。

那盆曾有过旺盛生命力的绣球，也早已老去。

然而，生活还在继续，三点一线，年复一年。

在没有大海、沙滩、丛林与火把的北方小城，我唯独爱上的就是小说与夕阳，在城楼西边的戈壁坐看夕阳，任霞光铺满全身，很浪漫也很孤独。

然而，意外的是，换个形象居然也能换份心情。那么，又何乐而不为呢？

花开的痕迹

广告印象

　　喜欢上广告，还是从一个"人"开始的。记得刚进城上学时，多少有些天真和木讷。有一次进百货大楼闲逛，二楼左手拐弯处是服装部，把头的墙上是一整面大镜子，给人的感觉是一条无限延伸的巷道。我毫无知觉地往前走，孰料就差一点碰到了镜面上，我尴尬地笑笑，看着镜子里傻乎乎的自己，暗自庆幸，并没有人看见。然而，更令人尴尬的是，当我如释重负地转身欲走时，身边的模特，突然动了起来，那张像面粉一样白的脸，居然很戏剧性地做了一个鬼脸。顿时，我又惊又怕，再加上刚才的傻样，我真的很狼狈，想仓皇而逃，但仅有的一点理智又强迫我佯装稳健地走出了大厅。逃出大楼，我的心扑腾扑腾直跳，那张男模的脸便很深刻地留在了我的脑海里。好几次，我想再回去看看，他到底是个怎样的"人"？何以那样逼真？但惊惧、难堪使我再也没有勇气迈上二楼那个令我向往的地方。再到后来，大楼便逐渐改变模样，许多人，也许还并不知道有过那么一个模特。

　　在以后的日子里，我便不自觉地注意起了身边的广告。我觉得，它们真的有无穷的魅力，将人引进某种商品的世界，令人遐思无限，向往不已。前不久，我又受到了一次广告的迷惑，在它的指引下，我怀着少女特有的心情，找到了报纸连续几日来刊登的"丑娃娃精品屋"，原以为那真的是一个琳琅满目的世界，但令人失望的是，很普通、杂乱的一个店，精品实在太少。但看着络绎不绝的人群，你不得不感叹广告的宣传作用。有一个朋友是做鲜花生意的，我曾在他那儿做过一段时间的广告代理商，在我的鼓动和策划下，他也登了一个时期的广告，效果如何，我不得而知。但是我以为那是显而易见的，也因为，那是我第一次真正涉入广告行列，第一次享受到了进行货真价实的广告宣传，那是一种底气十足、无比高尚的感觉。

从小，我就喜欢画画。上中学时，画的美人虽然平面感十足，但也令同学啧啧称赞，上中专时，画的变形马拉多纳，引人发笑，还得了学校书画展第三名。然而，拎着半瓶醋的感觉，就像玩儿一样，我最终也没成什么气候，却对广告策划、广告插图兴趣十足。有可能的话，我一定拜师学艺，也许，我也能成为半个广告设计师。就把这暂且当作一个梦想吧！就像我做梦也想当个服装设计师，专为老年人做衣服一样，我也想当个广告人。又到了广告时间了，电视屏幕上那令人眼花缭乱的广告，其中的促销奥妙，其中的艺术氛围，不想不知道，一想还真奇妙呢！走进广告，你才感觉走进了生活；走进广告，生活又多了份乐趣。

调理生活

　　生活需要不时地调理。会生活的人会把自己的生活打点得有条不紊，调理得五彩缤纷。

　　人是有惰性的，人还会随波逐流。不会调理生活的人容易被惰性左右，不思进取，得过且过，还容易受他人影响，人云亦云，吃喝玩乐。

　　调理生活，就是把自己的生活梳理得有章有节，有缓有急，一切形成规律，养成良好的习惯，让它沿着太阳的光辉走下去，明亮而辉煌，给自己机会，给别人希望；调理生活，就是给生活多一份配料，多一些颜色。

"酷"是什么

　　第一次接触这个字眼，是去年年前，学生放寒假的时候。北京上大学的表弟回来了，刚见面，表弟就兴奋地一拍我的肩膀，京味十足地甩出一句："老姐，你越来越酷了。"我不太明白"酷"是什么意思，只是觉得，这个字用来形容他自己倒是再恰当不过。只见他长发披肩，自来卷很特别地衬着张小白脸，一米八四的个头，瘦高瘦高，身穿虽不昂贵却很受看的墨绿色牛仔上衣和藏蓝色牛仔裤，除了用"酷"，还真没法形容他。于是回敬道："你才酷呢！酷是什么意思？"表弟一愣，随即，我俩便哈哈大笑了起来，正应了那句"只可意会不可言传"了。但我的理解，"酷"应该是集帅、潇洒、特别于一身的感觉，是一种无法形容的极致。

　　《知音》上有一篇文章《上司情妇，我再也不愿与你周旋》，其中有一处对男主人公女上司丈夫的描写，是这样写的——"坐在轮椅上的他属于那种长相很酷的男人"，只一句，就让人有千百种联想——高仓健一样深沉，张国荣一样有派，成龙一样潇洒。总之，无须交代，那是一种此处无声胜有声的力量，很深刻，也很独到，便为这一语言现象的精辟而折服。

　　有一次，在大街上，我看见一群小青年对一个从书店出来、手捧一大摞书的女孩大喊："哇，好酷。"那个女孩斯斯文文的，很秀气，举止很舒服，有一种特别的吸引力，我想，那就是知识的魅力吧！确实很"酷"。

但在口语中，这个字眼的流行却仅限于俊男靓女一类的小青年，或者社会小痞子。大街上，大呼小叫的一定是他们："哇，好酷！"到底"酷"不"酷"，那可说不准，特别倒是可以肯定的，这时"酷"又有一种挺青春、挺时髦的感觉。怪不得，若从一个西装笔挺或职业味十足的人嘴里冒出这个字，怎么就显得那么矫情，那么造作，甚至有些滑稽，这可能也算它的局限性吧！

我不知道"酷"的生命力有多强，会不会也像女性的服饰一样很快地就流行过去，但它至少"酷"过我们的言语，"酷"过我们的生活，那是一种流行语的绝妙所在，无与伦比。

绿 绦 青 紫

辩证法

在学校的时候，辩证法没有学好，倒是上班以后，生活教会我许多。时近黄昏，临时应约，脱下睡衣后套上一袭长裙，稍事打扮便急匆匆而去，飘飘的感觉有点像嫦娥奔月。一袭白色的长裙在夕阳里裹着瘦弱多骨的我，长发飘飘，很有点个性。我知道路人的目光都会投向我的身上，路边也有三三两两的人群，我放慢了脚步，这才发现出来太急，竟习惯性地背着挎包，它紧紧地卡在腋下，是那种很得体的时装包，但尽管这样，我还是有些懊恼，因为一来带包不方便，二来晚间出门带包容易被人误认为是"小姐"，那可是一个危险的举动。果然，快走近公交车时，路边并排坐了四五个时髦的男孩，用很放肆的目光看着我，像在行注目礼，好在他们并不嚷嚷，我矜持地走过了他们。坐上车后，心情有些放松，才不知为什么竟莫名其妙地有些紧张，二十出头的人了，还不能在异性的目光中无动于衷，真是可笑。想想刚才紧紧抓挎包的样子一定很木讷，便反叛性地将包往座位上一搁，很轻松地换了个舒适的方式坐着，这时车上只有我一个乘客。

车停在路边半天不走，让人很着急，便转身去看售票员，她看到我着急的神色，竟在举手示意我什么，我以为她想让我少安毋躁，便没好气地问："你说什么？"这回她出声了但声音很小："你腰里的拉链开了。"我猛地一惊，顿时有些魂飞魄散，我清楚地记起自己套上长裙后，整了整头发便夺门而出，并不曾拉上拉链，我怎么会犯这样一个天大的错误呢！我羞愧地想起一路上的人群，在这样一个美丽的黄昏，那些善良的眼神会看到什么呢？但记忆里人们的眼光并不曾有什么异样，这才想起，我一直将包紧紧地按在腋下，刚好严严实实地将那个罪恶的小口堵了个严实，这时将包抛在一边才暴露无遗。我感激地看了看售票员，又感激地看了看躺在座位上似乎很委屈的包，长长地出了一口气，天哪！售票员如果不告诉我，还不知我将怎样出丑，但如果当时不背那个令我懊恼的背包……

我真的很想感激那个包，感谢那个售票员。

生活也是一样，你往往在埋怨自己的过失、抱怨生活不公时，上帝会给你一个说法——在失去的同时，你也有得到。上高中时我没好好学习最终上了个中专，毕业后为文凭费尽了心机，便懊恼不已，但假如晚回来两年，就业比登天还难。好一个辩证法啊，处处显神通，放一颗平静的心在世上，做一个超脱的人在凡间，我告诉自己。

绿绿青紫

爱的海洋

昨晚，加了一夜的班，我早把父母忘在了身后，忙碌的工作、朦胧的睡意、凉气袭人的春寒、身心困顿的疲倦令我头昏眼花、手脚麻木，我只想找一个温暖的地方美美地睡一觉。

凌晨 7 时，我回到了家，父母仍在昏睡。我很奇怪，今天父母这是怎么了？ 便略带怨气地嚷嚷："都几点了，还在睡，我都快饿死、困死、冻死了！ " 母亲睁开了眼睛，倦意十足地说："你不回来怎么也不打个电话，我和你爸一晚上都没睡踏实，总在听门是不是响了，你是不是回来了。"爸爸鼾声如雷，竟对我的存在一点知觉也没有，恐怕也是一夜未眠。其实，昨天我说过要加班，但没想到会忙一晚上，等我想起要说一下不回家时，已是深夜，怕电话铃声吵醒了他们，谁知⋯⋯

一股歉意油然升上心头，从小就让父母为我操心，小时候，家里很穷，好不容易攒够钱为我做了一件新棉袄，去打麦场上一阵疯玩，回家时我竟然把它给忘了。为此，我付出了一个冬天不许出去玩的代价，当然父母也是因为怕我被冻着。

上高中时，因为和同学在学生宿舍过生日party，爸爸顶着风在雨里找了我一夜。这一切都证明了一句话："父母的心在儿女上，儿女的心在石头上。"我怎么就总是考虑不到父母的感受，以为自己长大了，根本不用人替我担心，更不必操心，但一切都是徒劳，父母是不理会你的一篇宏论的，他们总认为孩子还没有长大，子女永远是小孩。

当爸妈与一夜未睡的我共同在充满阳光的屋里呼呼大睡时，我觉得心里比太阳还温暖。在这个世界上，所有的人都可以抛弃你，但父母不会，他们用心呵护着子女，用情温暖着子女，用爱慰藉着子女，像夏日里的一片绿荫，像冬日里的一缕暖阳。父爱似水，像大海一样深沉；母爱像风，像春天一样清凉。

梦中，我在海里，驾一叶孤帆，在水的承托下，在风的吹拂中，摇摇摆摆驶向彼岸，不知前途有多少风浪，有多少劫难……

然而，我知道，无论驶得多远，都有一个叫"家"的港湾让我停泊，那里是爱的海洋。

绿绦青紫

四季梅与红蜘蛛

屋内的窗台上，燃烧着两盆紫色的四季梅。在晴朗的日子里，绿叶、紫花沐浴着明朗的阳光，热烈而奔放，像丝绒，也有些像绸缎，很富贵的样子。在阴暗的天气里，它们优雅大方、无限温情，默默地吐露着芬芳，像下凡的仙女，用心体会着人间真情，无私地奉献着美丽和热情。

工作劳累的时候，我总喜欢小憩一下，站在窗前，看一看蓝天白云，绿树丛花，最后定格在紫色的四季梅上，用心灵的独语和它们交流，似乎它们就是我的挚友亲人，心情便舒畅欢悦起来。

然而，近些日子，我发现四季梅越来越有些苍老，再也不像以前那样墨绿，叶子呈现出黄色，连花朵也变成了淡雅的浅紫。我的心头不禁一震，走出冬天的它们，怎么会在春暖花开的季节呈现出老态？眼前忽然浮现出母亲端庄的美丽中透出的苍白与衰老，心情便有些黯然，发现母亲的衰老不也是在一瞬间鬓角有了白发。终于，我找到了四季梅真正衰败的原因，那是一些比针尖还小的红蜘蛛，它们在绿色的叶子上、紫色的花朵间搭建着白纱一样的帐篷，营建着自己的家园，不细看，还以为是四季梅泛出的白光呢。红蜘蛛在白色的丝线上忙碌着，匆匆地来，匆匆地去，像另一个星球上忙碌的人群。

我曾经试图去消灭它们，以此来拯救我心爱的四季梅，用药喷过，用温水烫过，但它们还是以惊人的速度繁殖着，不知是其根本无视我的神威，还是四季梅用它那母亲般的余温尽心哺育着它们，才使它们有如此的抵抗力！四季梅用它最后的芬芳美丽着红蜘蛛，无怨无悔。

　　虽然是害虫，毕竟是它们孕育出的生命，它们在无言中默默地奉献着，就像哺育着我们的母亲，而我们不正如这些无知的红蜘蛛吗，在母亲日渐衰老的神情中丰裕着自己，母亲终将老去，我已触目惊心地看到了她鬓边的白发，看到了她眼角的皱纹，看到了她举止迟缓。然而，四季梅似乎是慈祥的，它像在诉说着自己深深的祝愿，也像在埋怨着儿女怎么还没有坚硬的翅膀！它不忍老去，一如母亲对我越来越深的依恋。

难言的亲情

父亲从我书里拿走了14元钱，是他帮我点钱多出来时自己夹进去的，但他忘了。当他喜滋滋、神秘秘地问我"你书里少了什么"时，我却如坠迷雾，不得其解，他这才恍然大悟，我不由得一愣，心里泛起一股难言的苦涩。

父亲私拆我的信件，翻看我的日记，同学打电话留言不告诉我，我打电话说晚一点回家，让他转告妈妈给我留饭，他却不当回事都让我恼火。今天，他竟……回想起这些，眼泪扑簌簌而下，眼泪里的委屈、愤怒、伤心使我顾不得父亲的尴尬破门而出，理由是充足的，我以为父亲没有别人的父亲所具备的修养，不懂得尊重别人，甚至，甚至有些不道德。

然而，父亲是无法选择的，父亲毕竟是父亲，当我气消了回家时，父亲不在，我不由得后悔起自己的所作所为。我想起了小时候，有一次父亲骑自行车驮妈妈、妹妹和我走亲戚，一家四口坐在一辆破烂的自行车上，农村的路泥泞而坎坷，一不小心摔进了烂泥坑，那时，我们竟哈哈大笑。农村的生活贫穷而纯朴，在那样艰难的岁月中，父亲有过多少和我共患难的故事：他用粗糙的手掌为我将平被牛踩皱的作业本，就着昏黄的煤油灯为我复写被羊啃坏的考试卷，当我到市里上学时，又给我往学校背粮送面，那蹒跚的背影现在仍历历在

花开的痕迹

目。如今父亲含辛茹苦地供我念了大学，生活也好过了，我这倒是怎么了，倒学会了用道德、修养等一些高尚的字眼来评判父亲，来和别人的父亲攀比。想着想着，眼泪又流了下来，这次是羞愧的泪水，我以为自己才是真正的不道德。听着母亲小心翼翼地解释，我真想找个地缝钻进去。

我迫切地希望父亲回来，又怕父亲回来，因为我不知道如何面对。然而父亲还是回来了，他倒像从来没发生过什么一样，满脸的惊诧："你怎么了？"我无言以对，泪水汹涌而下。我知道，没有什么能比亲情的谅解更难能可贵。

五月情怀

　　不经意间，我们又迈进了5月的门槛。

　　塞北的5月，街市上除了一些散淡的桃红外，见不到那种春暖花开的景象，间或还有狂风大作、风沙弥漫的日子向我们袭来。但是，我热爱5月，热爱这种生命初始的蓬勃与稚嫩；我热爱5月，热爱这种春光明媚的感觉和花儿欲放的渴盼；我热爱5月，热爱它无风时的宁静有风时的狂傲；我热爱5月，热爱它合着劳动者的脚步声向我们走来的气势……

　　走进5月，我像再一次走进了母亲的怀抱，聆听到了生命勃发与悸动的声音，劳动的歌声像号角激荡在我生命里的每一个季节……

找我妈去

也许，这话有点稚气——"找我妈去"。但，此时，我有一个强烈的愿望，那就是快点见到家里人，饱饱吃上一顿可口的饭菜。

雨下得时急时缓，这样的天气，屋里死沉，黑得像地窖，下班后人们都急着往家赶，想快点躲进明亮的避风港里，但是，我却在雨里奔波，顾不上雨打湿了衣裳，顾不上怜惜一下冰冷的面颊，那个温暖、舒适的家已离我越来越远，在它反方向的尽头有我栖息之所，因为没有父母，它不过是个居室而已。

为了生活，家里开了个修理铺已有个把月了。几个月来，我像个没妈的孩子一样享受着自由的趣味，也饱尝单身的苦楚，每日三餐无着无落不说，每晚天黑那孤灯夜下的孤寂，使我不由得想起家的温馨，每次回家感受到的那浓浓的家的气息——人间烟火味，天伦之乐情。

爸爸是个敦厚的人，每每一坐在电视机前便乐得前仰后合，随着情节而喜怒哀乐，全然不顾剧中人物的虚实真假，陶醉在其中，令人看了忍俊不禁。这时，你若和他抢电视，他会气得回里屋睡觉生闷气。嘿！跟你来真格的呢。母亲则在厨房里准备饭菜，搭不上手的我，便打开录音机，音量赛过电视，在几个屋里来回穿梭，充分享受着"家中我乃天之骄子"的霸行，时不时地给父亲手里递个桃子、杏什么的，偶尔也使个调包计换个核桃什么的，看到沉浸在电视中的父亲愕然惊觉的样子，便大笑不止，得意非凡，抑或到母亲备菜的案板上"捞"一把，引来母亲的嗔怪，便笑嘻嘻地离去，飘飘然倒像领了奖赏。回到自己的小屋里便脱掉鞋袜，享受着音乐的美妙，随便翻翻杂志，看看报纸，实在是悠闲！直到妈妈喊一声"吃饭"，才一跃而起，去充当服务员的角色，端菜送饭，俨然一个殷勤的乖女儿孝敬着父母。然而，锅我是从来不洗的，因为妈妈怕我洗得不够干净。

如今，这一切都已过去，成为这雨中的回忆。爸爸下岗了，摇身一变成了老板。到爸妈那里去，他们总是忙得满头大汗，我上去凑热闹，不是被吹得满脸都是灰，就是被爸爸一声"快过去吧，你能干啥"推到一边去了，那个恼呀，刚开始我真想哭鼻子，可一会儿，爸爸又忙里偷闲过来往我脸上抹一把灰，逗得我伸手打他，我俩便开心地笑了。

然而，今天下雨了，冷风灌着衣袖，凉气袭人。我必须到父母身边去，似乎只有在那里才能找到温暖。所以，当飞奔的同事看到我又急匆匆地返回来时都惊讶地问我上哪去，我也以飞快的速度在雨里向他大喊："找我妈去。"

是呀，找我妈去，那才是我心灵的归依。

花开的痕迹

遐思新居

此时，我深刻怀念着女作家三毛，在对她的无限追忆中，我又一次陷入了对新居的遐思。

和她产生共鸣，是在读《撒哈拉沙漠》之后，我像找到了救命草一样将两只轮胎充足气拖进了"卧室"，那可真是名副其实的"卧室"呀！一家5口挤在不足60平方米的"三室一厅"里，外间是做生意用的"客厅"，最里面一间是我和妹妹的"卧室"，除了床以外，只有窗台前有一块空地，在那里我安置了我的"沙发"，也安置了一颗烦乱的心。上面是我的书桌——窗台，父亲为我订了宽阔的铁皮，那时，我正在上高中，我们的家就是轮胎修理铺，在那之前，面对外间的嘈杂和凌乱的空间，我常常像头暴躁的小狮子。

然而，有了那个蜗居的天地，我竟然得到了少有的安宁和清静——心静，也滋生出了根深蒂固的浪漫，跪坐在"沙发"里，看着窗外后院那个美丽的小花园，我的心常常沉浸在花草、垂柳之间，神思却像纷飞的蝴蝶和蜜蜂一样遐思无限，想象着有一个花园样美丽的卧室，这个空间从那时开始随着我长大。现在想，假如我有一套三室一厅的新居……

有着三毛一贫如洗的境地，也有着三毛"贫民"式的浪漫——追求精神富有。也许我不能将房间装修得富丽堂皇，但我一定要让我的新居充满生机，情趣盎然。

前不久流行塑料沙发，不知是不是借鉴了三毛的"轮胎"，但我至今也没喜欢上那个东西。我想，我会在我的卧室里依然安置"沙发"——轮胎做的，不过不同的是要给它装饰上美丽的外套。在地上铺上新疆纯正的印花地毯，墙角放上南国柳树一样的盆花，床头桌上有着雅致的台灯，四周放上高档的音响，那将是我最贵的家当。每当我躺在床上看书的时候，里面就会流淌出轻缓的音乐，一切都是那么美妙。

阳台是我最舒适的地方，也是我真正的花园。在我营造的绿色里，我将拴一个带花瓣的吊床，在夏天凉爽的夜晚，看着星星沉入甜甜的梦乡。

也许，我没有钱买名贵的字画，也没有名人的高雅，但是我有诗人的淡泊和浪漫，我可以在客厅里挂上我自制的挂毯。书房是我的展厅，里面有我不断创造的新作——挂毯，有精品店里的洋娃娃、带音乐的沙皮狗、东北的猴子、西北的骆驼，他们在百叶窗里眨着眼睛唱歌、嬉闹，偶尔惊奇地看一两眼现代化的高科技——电脑，那里一定有我正在领唱，奏出一曲关于明天更美好的畅想曲，抑或一支悲伤、压抑的歌，因为，我喜欢写作。

三毛走了，带走了她奇特的浪漫，却留下浪漫的思想，我的新居不一定富有，但一定要特别。

听 秋

　　坐在幽静的屋里，细听声响，那是秋的独语，落叶的呢喃！

　　阳光在屋外到处朗朗地照着，风也轻轻地刮着，正是仲秋时节。谁肯辜负这落叶翻飞的美丽呢？我听见有金属响动的声音，一阵阵传过了树梢。然而，还是这里好，我喜欢这无人的静谧。真要听秋，哪能在热闹的去处听！秋风吹起，很凉很凉，也不知是第几阵秋风，想不分明。只是身上的感觉敏锐起来，坐在屋里，也觉丝丝凉意凉彻肺腑。自知是在听秋，似阵阵秋声，如丝丝细雨，我想一定是深秋落叶的合唱！

　　回头看看外貌已惨不忍睹的老树，想想在春天里依然会我行我素地绽放出青翠来，内心便感动不已。然而，叶呢？一度飘零，便化作尘泥，去孕育来年的青翠，这份生命的高贵，已无法与人言说。风声又阵阵响起，叶声也哧哧响过，是在回应一份真诚的理解。我在看叶，叶亦在看我，举手投足之间，却仿佛在叶无言的包围中。其实，我知道树的心思都在叶里了，那是树的眼睛，树木用它们望着四季轮回，望着世间万象，望着风雨晨露、日升月落……

　　人和树，原本是相通的，那翻飞的落叶，是树的另一种生命形式也未尝不可！

　　人呢，人的一生一如树吗？可枯干的老树待到来年的春天还能长出青翠的新绿呢，人却不！

女怕嫁错郎

　　女怕嫁错郎。嫁个抽烟喝酒打麻将的是小错；嫁个吃喝嫖赌五毒俱全的是中错；嫁个杀人放火惹是生非的是大错。不怕平平淡淡，就怕昏昏暗暗。好友芳是个漂亮女孩，我很同情她的遭遇，谈了七八次恋爱都没成功，前不久突然就要结婚了，我感到很惊奇，见了她那位，才知道缘起何处，原来那是个很帅的男孩，但眉宇间总有一种萎靡的神情，而且行为很怪，就在他们即将举行婚礼的前几天，芳打来电话证实了我的预感，男孩好像在吸毒。我劝她悬崖勒马，但她已回头无岸，还不等弄清楚，就已踏上了红地毯。婚礼中间，男孩时不时地失踪，整个一个卫生间的常客。我知道，前景一定不好。果然，不出几日，男孩被传唤进了戒毒所，接下来面临着下岗。

　　失业和无休止的离婚战，一朵花枯萎了，却孕育了另一个生命——一个未出世的孩子。如今，看着她日渐丰满的身体，我痛感她又在走向另一个深渊，生活啊，真是个难解的谜！

　　人生就是这样，一步走错步步错，女孩怎样才能更好地保护自己、爱惜自己呢？在婚姻这个庄严而又圣洁的殿堂前，请三思而后行！

　　芳是不幸的，在于她爱慕虚荣。而我的另一位朋友则是幸运的，她的果断、聪慧、善良使她获得了幸福。当她和男友天各一方时，她没有被财富、地位、学历等一切足以引诱一个女人重新选择的条件所迷惑，而是毅然决然地做出了两地分居——一个令常人难以想象的决定。婚礼上，男孩自豪地说："我为力挫群雄而感到高兴。"是啊！在嘉峪关这块土地上他是胜利者，他娶走了一个好女孩。女孩看中的是他的正直、机敏和忠厚。她说："品行是天生的，知识、财富是后来的，后者我们可以创造。"

我欣赏她的魄力，更赞叹她的眼力。事实证明，她的丈夫不愧为人杰。幸福是人创造的，不幸是与生俱来的。因为有什么样的人生态度就注定了什么样的人生结局。

婚姻不能没有感情。时下，许多女孩在选择人生伴侣时都是纸上谈兵——先看资料，工作条件要好，家庭背景要深厚……唯独没有要求的是对方的素质。但爱也不能失去理智，爱昏了头的婚姻难免要打折扣。因此，我奉劝女孩们，请擦亮你们的眼睛，预祝你们在人生的路上走好！

阴影下的新居

　　新房子坐落在原来的戈壁滩上。夕阳在上面极力涂抹着金黄、赤红与五彩的琉璃色，却怎么也掩饰不住外表的灰暗与落寞。像一只离群的鸟，像一幢灰色的影子，显得几多孤单、几多寂寞，黑夜逐渐拉下了帷幕，我听到了新房子的沉默和叹息⋯⋯

　　它就像一个投错胎的孩子。要给了别人，不定是多么欣喜、多么激动。然而，此时，它像遭到了遗弃。

　　触摸着它细白如瓷的墙壁，梅的脸色也苍白起来。记不清多少天了，待在这空荡的房子里，一心想着的就只有债务。那些个五彩家居的图画，那一摞摞居室装修的杂志，那一个个关于幸福的构想，都像马蒂尔德炫耀的一夜，闪烁着幽幽的光，在某个角落里冲她哧哧地窃笑，她的心像针刺了一般，疼痛起来。

　　刚买了房子的时候，也曾兴奋过一阵。然而，不久，她和男友就下岗了，没有了工作，也没有了希望，幸福就像一个悬空的月亮，可望而不可即。忧愁就这么一天重似一天，像无着落的日子，不知要过到哪一天一样，让人心急如焚，却无计可施。男友坐南下的火车去闯荡了，至今也杳无音信。记得他走的那天，也是这样一个月朗星稀的夜晚。他走了，为了还债，也为了他俩的幸福，多么美好的字眼，是他俩无限憧憬着的未来，却像梦一样在夜色里延伸开来，渗透着悲伤与失落，离他们越来越远。

　　男孩的父母来了，也是冷冷的。他们认为是因为梅太虚荣，非要新房子不可，才使下岗的儿子背上了债务，现在又背井离乡。但是，梅自己知道，她也可以像穷人一样过日子，只要拥有一份踏踏实实的幸福，住一院小平房，吃一餐小白菜，日子也能像小河流水一样哗啦啦，流淌出无尽的清冽、无尽的希望。然而……

　　似乎真的是为了房子，为了一个豪华的窝，他们四分五裂？但一切都在不知不觉中猝然而至，幸福也似火箭飞向月球的速度离他们而去，只剩下一屋子的空荡和一个女孩的忧伤。梅不明白这是怎么回事，就像她不知该做何努力一样，徒劳而又无奈。

　　屋子里空荡荡的，原先渴望的那种洁白，发出清凉的光，让人战栗。

　　明天，明天还不知怎么开始！

　　这时，门响了，来了一位梅以前的老领导，他就住在他们隔壁，看到她尴尬的样子，他笑呵呵地打趣说："哎呀，小刘呀！年轻轻就住上了新房子，还哭个啥子呦？这可是我们老一辈人奋斗一生才能享受的一级待遇呀！那时候，我们连做梦都不敢想一下！"他说的是真的，梅想到爸妈又红又专一辈子也只拥有一院平房。

　　突然，就像明月从窗外跳到了窗前，照亮了屋子里的每一个角落一样，也照亮了梅那颗黑窟窿似的心。她想："我不是还有一套房子吗？"心中升起了一种希望，一种奋发的力量。

寡欲才清心

同事走进办公室，看到我桌上放的写作计划，略带嘲讽地说："哎呀，你们都还有些追求呀……"我回他一句："你不也有追求吗？"我知道，他的追求是讨对他有用的所有人的欢心！因为他会点头哈腰……虽然他没有什么真才实学、没有什么真本事，但这种八面玲珑的本事也是本事呀！懂得了这些道理后我不得不承认，这也是一种追求！

是啊，人活着，都得有点追求。我追求的是心情。然而追求心情的很多，又有许多的不同。比如为官的也有追求心情的但他们追求的是阿谀奉承，是欢歌笑语；有钱的追求心情，他们追求的是歌舞升平，一掷千金；年轻的追求心情，他们追求的是风流潇洒，悠闲自在；年老的也追求心情，他们追求的是闲庭信步，子孙满堂。而我追求的是充实，是自我价值的体现：我希望能更多地挖掘自己的潜力；我希望社会承认我，承认我是一个有用的人。也只有这样，我才能有一个好的心情。我追求淡泊的心境，我知道，欲望越少心情才能越来越好！人们常说"清心寡欲"，其实我觉得应该叫"寡欲才清心"。如今的人们为什么活得都非常累，就是因为欲望太多的缘故。

成熟也是一种美

　　说不清楚是从什么时候开始留恋青春年华的浪漫与单纯，同时也在憧憬着未来生活的幸福与美满，这是不是说我已经成熟了。

　　眼下，似乎不经意间自己就到了婚嫁的年龄，成天为着房子、票子、家具操劳，对于这样一种另外的生活，说实话，我是没有心理准备的，就像当初没有心理准备就谈恋爱一样，多少有些盲目。

　　妹妹歪戴着帽子，斜插着耳机在我面前晃来晃去，与自己形成鲜明的对照，我不禁问自己，生活与我是否少了些许轻松？疑问之中，记忆又回溯到了刚毕业的时候，那时的我，除了上班就是玩，感觉真是潇洒，然而渐渐地，我品味出了欢歌笑语之后的那份落寞，品味出了心像浮萍似的那份孤单，品味出了无所事事的那份无奈。面对现实的压力和一个正常人所具有的上进意识的胁迫，有时惊慌得头冒冷汗，我知道，我是怕被这个世界遗弃，怕从此再也找不回自我。

　　生活是个万花筒，但它自有它旋转的规律，那就是优胜劣汰，懂得了这个道理，要求充实和求知的愿望，就开始变得日益强烈。是啊，人的一生可以不图成名成家，可以不图升官发财，但自己必须对得起自己，对得起社会。有人说得好，只有即将老去、睡卧病榻时，你不言悔，这才是圆满的。

　　作为一个年轻人，成熟，意味着明确了自己的责任，意味着挑起了生活的重担，意味着在奔向理想的征途中，迈开了步伐。青年人，不应该拒绝成熟，不应该以光芒四射的青春去消磨宝贵的时光。几多回首，几多遗憾，走出迷茫，我才知道成熟也是一种美，这正是生活给予我们的答案。

老公不能比

　　老公不能比，不能跟男朋友比，不能跟对象比，更不能跟朋友的老公比，老公是一匹走累了的马，他也需要休息。

　　跟男朋友比，老公显得有些木讷，有些随意，有些不懂情趣，若以此相比，实属自寻烦恼。怎么说呢，谈朋友的时候，他还是一根绷紧了的弦随时都准备将丘比特之箭深深地、深深地射进你的心里，他怎么能不调动浑身的情绪去迎合你、打动你、吸引你呢？而一旦结婚，时间久了，老公便松懈了，你想想，箭都射出去了，况且又射中了，这弦能不松吗？婚后的老公越来越幻想着过衣来伸手、饭来张口的日子。是啊，那是他过去的时光，怎么能够忘怀呢？此时的老公，每天回家都似泄了气的皮球，恨不得把沙发躺"瘫"，把电视看"穿"，把床板压"弯"。当然，你不能由他去，怎么办？聪明的你应该知道。我只是奉劝你，千万别唠叨，也别闹："哼！真是原形毕露"，这是唠叨的前兆；也千万别比，越比只能越糟。谈上对象以后，老公便成功地进行了角色互换，到你家了，总抢着逞能烧几手好菜，以博得老丈人一家的欢喜。到他家了，总暗地里嘱咐老妈变着花样做好吃的，为的是让你吃得舒心，谈得上心，但你千万别以为，他就此会模范到老，等到结婚成家了，自己开火做饭了，真正面对柴米油盐酱醋茶，谁还能殷勤备至？抽空能给你打打下手，得闲了帮你换

换胃口就不错了，哪还能跟婚前比呢？婚姻世界也得"冷眼看缤纷世界，热心度灰色人生"，你说是不？

老公最不能跟朋友的老公比。你若说"XX的老公如何如何"，他非跟你急不可，"谁好，跟谁过去"。早忘了你是他千辛万苦追来的，怎能拱手相让？一旦气昏了头谁也别想冷静，谁让你伤了他的自尊呢？

所以老公不能比，请你千万别去比！

昨夜流星雨

　　老公又在借着洗脸水的哗哗声念念有词。我猛地一把拉开洗手间的门，便看到了他拿着毛巾无意识揉巴的手和冲着镜子挤眉弄眼的脸，嘴里似乎还在说着什么，像是外语，叽里咕噜的。看到我，他的手和脸同时僵在那里，随即又堆上了似乎要把眼泪都笑出来的那种笑，还夸张地加上了宋丹丹小品里的一句话："嗨嗨嗨，笑——死我了。"我被他的傻样逗得捧腹大笑。这已经是我俩习以为常的事了，他常在我对他发泄不满的时候用"好，好，行，行，行"来搪塞我，从不和我发生正面冲突，然后便用他以为只有自己才能听得见的声音说上几句什么，但往往视力不佳的人，听力便特别好，我就是这样，当我把他的话尽收耳底的时候，便快步走过去，在他对我的听力惊愕的同时一把拧住他的耳朵进行逼供，结果常常是我俩都捧腹大笑，为他的一句："嗨海嗨，笑——死我了。"

　　昨天，他又是那样。于是我便罚他看电视听我的，即我想看什么他就得看什么。我跑去找来他的呼机开始看电视节目预告，但是当我翻到第四条信息的时候，我的手僵住了"赵女士留言：赶快回家吃饭"。我的脑子随即嗡了一下——老公的传呼除我之外从来没有女士留言，这赵女士何许人？还挺亲热呢？我立即呵来一头雾水的老公进行严格审问，老公如释重负地说："哎呀，这不是你呼的吗？可能传呼小姐听错了。"我以为他在狡辩，便质问他："我是宋女士！可不是什么赵女士！你说，你到底有几个家？""一个。"老公有些讨好地说，我还是不依不饶地追问……

"老婆，我只爱你一个人。"老公看我又耍起了小孩脾气便使出吃奶的劲开始哄我，他越是这样我越觉得他满脸的虚伪，倒弄得跟真的一样，我竟莫名的有些伤心了，便抽抽搭搭地哭了起来，哭着哭着我便睡着了，但这一晚睡得很不踏实，老公总是忽睡忽醒地喃喃自语："老婆，我只爱你一个人。……老婆，我只爱你一个人。"恐怕他也一晚没睡好，我黯然无语，早晨再一次醒来，老公不见了，只见床上留了一张纸，上面写着："老婆，请相信我！"

我不禁潸然泪下，为自己的无中生有，也为他对我的纵容。正在黯然神伤时，突然，从大衣柜里钻出了个人，惊愕之余，我定睛一看，原来是老公，他指着我大笑着说："看，看，看，梅塞得斯流下了鳄鱼（揶揄）的眼泪。"我又哭又笑地追上去打他，他一个箭步便蹿到了阳台上，还做着鬼脸，学着鹦鹉的样子在嘴里喊着："羞死人了，羞死人了！"随即唱道："昨夜下了一场雨，那是一场流星雨……"

是啊！昨夜下了一场流星雨，我深深地自责着扑进老公的怀抱里。

公公、婆婆的爱情

嘘，可千万别让他俩听着，听着了，他们会不好意思的。

老两口呀，每天一前一后在街上散步，可默契着呢，从来不吵架，连脸都没红过，嗨！那有啥，老来伴嘛！可是，那天公公对婆婆吵上了。

"死老太婆，我死到医院是不是都没人管？我死了剩你一个人，看你有什么好的……"原来，公公感冒了高烧不退，那天下班便直接去打吊瓶，婆婆做好饭该找的地方都找了，唯独没想到门诊部。心想这老头子哪儿去了，下班连个面也不照就没了人影儿，且看他回来如何交代。

公公打完吊瓶摇晃着回到家，饿得头昏眼花。回家一看，老太婆正偎在沙发里看电视，气就不打一处来，对着老太婆就嚷上了，说着说着还动了感情呢！是呀，他哪能不生气呢！他一个人偷偷躺到门诊部的床上去的时候，心想，她以前都能找来，这回也错不了。谁知这一上去，下又下不来，这老太婆谁知哪根神经出了错，竟没感应到，你说他能不委屈吗！

前天是端午节，明事理的婆婆中午从来不出门，总是做好了饭菜等我们回来，那天也照旧，但菜在桌上人却不见了，只见桌上多了个纸条："我们去酒泉了，饭菜在餐桌上。"

我们？真奇怪，公公在乡下上班，这"我们"是谁呀？

下午回家，桌上躺着两张酒泉公园的门票，我就纳闷了，这小雨霏霏的，难道……"妈，您和谁去公园了？"

"和你爸呗，死老头子，非要去酒泉公园转转，说看看什么'激流勇进''魔鬼窟城'，打电话来说在酒泉见面。"

我一听就乐了，这两人还挺浪漫的。原来，那天是他俩结婚30年纪念日。

公公回来后，可千万不能提，要不他该脸红了。偷偷乐着，我不禁想起了一则幽默故事。有一对老年夫妻，结婚几十年相敬如宾，从没吵过嘴，在他们结婚纪念日那天，老头子心血来潮，对身边的老伴儿说："现在的年轻人多幸福，恋爱中频频约会，多有诗意啊！今天是咱们的银婚纪念日，让俺也补上一课，晚上在村头歪脖子树下咱俩第一次见面的老地方幽会。"

妻子表示赞成，并提出先回娘家，从那里来显得更有意思。

天一黑丈夫就到歪脖子树下等了，可等了大半夜也不见老伴的影子，只好一个人闷闷不乐地回家睡觉了。第二天中午妻子回来，丈夫没好气地说："昨晚你咋失约了，害得我白等了半宿。"老伴犹如一位少女般撒娇道："俺娘不放俺出门。"

想着想着，我就又乐了——嘻，公公、婆婆怎么跟电影里的人似的。

寇老师

  寇老师是我的高中老师，我曾骂过他"寇者，贼也"，也曾叫过他"寇老西儿"，但在这2000年的教师节来临时，我却想毕恭毕敬地叫他一声"寇老师"。

  初次见到寇老师，是哥哥上高中的时候。那时我家在乡下，我还是一个土头土脸的傻丫头。一个暑假初始的傍晚，我和妹妹正在床上嬉戏，突然，进来一帮怪模怪样的人——为首的是一个光头的青年人，胖墩墩的，戴副眼镜，个子不高，一开口就摸着脑袋哈哈笑，有时又挺深沉，我想他肯定是一个很活跃的人，要不然，他把头剃那么光干什么，又不像坏人，哥哥他们和他特别亲热，一口一个"老寇"，叫得像哥们似的。

  我怎么也没想到的是，等我也上了高中，他竟也成了我的老师。哥哥听说我在寇老师的班里，着实高兴了一回，说我有希望了——在寇老师班里保准成才。而我却是惴惴不安，因为这时，他又烫了一头大爆炸式的发型，穿着西装和紧绷绷的裤子，有时又穿着西装马甲旅游鞋！在我的感觉中，留过光头的老师怎么能再留卷发呢？穿西装居然穿旅游鞋？我想他一定很难对付，便战战兢兢地在他的班里当起了学生。第一次跟他正面接触是作文面批的时候，上晚自习时，他通常都是叫学生一个挨一个上台面批作文，到我的时候，我低着头走上讲台，只听见他夸奖我："你的字写得挺好的。"我着实惊诧了！在那之前，从来没有人说过我的字写得不好，但也没有人说过我的字写得好，当然，从那以后，便只有人说坏，没有人说好了，所以我怀疑他当时的用心，但我还是很高兴，因为他居然会夸奖我。从此，我写作文总是很认真投入。当然他也有缺点——他爱骂人。有一回，我们上操场去早操，走得慢了些，他便又当着全校同学的面指着我们骂起来了："驴吆喝几声还转几圈呢！……"

全校学生都哈哈大笑，只有我们哭笑不得。我有些气愤便随脚踢出一颗石子，以发泄心中的不满，不想没把石子踢出去，一脚竟把凉鞋给踢了出去，我羞红了脸呆立着，等待着不知他会怎样羞辱我，但他竟在同学们的哈哈大笑中也开怀大笑了起来，令人百思不得其解。

上高三时，文理分科了，为了避重就轻，我选择了理科。很快，通过专业测试训练，学生便分出了三六九等，我算中下，我感到没希望了，便肆无忌惮地玩了起来。这时他却跟我作起对来了，动不动就把我叫到办公室训一通，上课从来不让我好过，不是背诵课文就是默写诗词，我哪会呀！只好磨洋工，他便很生气，有一次居然将全班的作业本劈头盖脸向我扔来，我被吓坏了，顿时泪如雨下。接下来他就劝我转科，当我把桌子搬到文科班的时候，我恨他恨得要死，但当他看到我拿起了令人头疼的历史书，每天不到6点就到校背书时，竟给我准备早餐。也许，他令每一个他教过的学生都感动过。

当我一步步走上正轨，且走向社会之后，我发现老寇的伟大在于他不仅在乎教出了多少大学生，还很在乎给学生留下了什么样的学校记忆！如今，他作为特聘教师已去了无锡，我为他感到自豪！同时，在每一个教师节来临之际默默地为他送上祝福！

让电视做我的爱人

对丈夫说："让电视做我的爱人吧！"丈夫怜惜地捏捏我的肩膀："死样子，电视能抱你，能亲你？"泪水早已爬上了面颊，我哽咽着说："但它会随时陪着我，只要我愿意。"

丈夫是个火车司机，一年365天，有100天在火车上，100天在公寓里，100天在家"背床板"，只有65天属于我，而这65天，除去吃饭、喝酒，就只有50来天了。这50天里，我做过精确地计算，他总共陪我逛过一次雄关广场，溜过一次酒钢公园，去过一次朋友家，吃过一次百岁鸡。至于逛街、看电影之类的事，纯粹属于"天方夜谭"——想都甭想！

恋爱的时候，不在乎天长地久，只在乎曾经拥有，而长久的分离使相聚变得更加甜蜜，距离增加的超浓缩美，使我毫不犹豫就嫁给了他。然而，情绪不再浪漫的时候，生活也就变得实实在在。现在，我才意识到结婚就意味着有人陪，而我没有。形单影只多少有些落寞，我开始离群索居。每天，只有电视陪着我，而电视比起他来确实有过之而无不及，累了，可以给我唱歌解乏；困了，可以替我演奏轻音乐催眠；烦了，可以给我说相声逗笑；闷了，可以给我演小品逗乐，生活过得有滋有味。而我那可恶的老公，一回家头等大事就是"背床板"，恨死我了！

那么，我就把他和电视来个意识上的调换——把电视当老公，把老公当电视，何不美哉？这样一来，他不回来，我就和电视过。他回来了，我就把他当电视看。温柔时来段情意绵绵片；愤怒时播上部武打片；快乐时，演个"小燕子"；不快时送他一部"小雨点"。谁让他没法尽到丈夫的职责呢？这样一来，生活倒也演绎成了一部精彩的电视连续剧，欲知后事如何，连我们自己也得且听下回分解，我们又回到了恋爱时的浪漫与温馨。所以，感谢你，电视，同时，也正式聘请你当我的爱人，亲爱的电视，你同意吗？

花
开
的
痕
迹

偎 云

我想偎在云上，幻化进云的纯净与洁白中；我想偎在云上，散漫着云的清秀与飘逸；

我想偎在云上，仰视着蓝天那份底色常青的永远；

我想偎在云上，俯瞰那苍茫大地上生命不息的永恒；

偎在云上，我们活得淡泊飘逸；

偎在云上，我们活得潇洒自如；

偎在云上，我们固守善良与骄傲！

一切一切就都那么渴求着、渴求着⋯⋯

让心偎在云上吧！

作短暂的停息——

一切的美好在心中翩翩浮起。

童 趣

　　我喜欢和小孩在一起，和他们在一起时，我觉得我在不断地变年轻。

　　昨天，当夜幕降临时，电视剧《贫嘴张大民的幸福生活》才刚刚开始，电话铃便急促地响了，是姑姑住院了，我和红燕便心急如焚地赶到了医院。病房里挤满了人，都是姑姑的亲戚，我看到她静静地躺在病床上，平静地睡着了，知道危险已经过去，便和大人们安静地坐在一边分担着病房里的凝重和寂静。一会儿，护士来给姑姑打点滴，姑姑便微微地动了动，米怡知道姑奶奶醒了，便不安分起来，她不时地莺歌燕舞，不停地吵嚷，不住地照远红外线灯，来回地在走廊上奔跑，招来了护士的不满和大人们的呵斥，看来这一阵子着实是把她憋坏了，也难怪，她才6岁，还没经历过生离死别，没体会过切肤的病痛，她还不知道人生的苦难为何物，为了不让她遭受莫名的伤害，我和红燕领着她朝医院外走去。

　　春天了，夜空里刮着丝丝的凉风仍带着冬天的寒冷，我缩头缩脑地想躲回病房的温暖里去，但米怡早被清新的空气和满街的花灯所吸引，兴奋地拉着我俩的手往外跑，一刻也不松开。刚刚过完正月十五，街上还是一派繁荣景象，霓虹灯闪烁着灿烂的光芒，满街的灯笼红通通的。在这样的时候，在这样的景致里散步，享受一下夜色的美丽，还真是一件美妙的事，要不是姑姑还在病房里，我还真的要感激米怡了，是她让我有机会品赏这夜景的辉煌与美丽，让人有一种了无牵挂的感觉。正当我沉浸在光与影的交汇中无法自拔时，我听到米怡在问红燕："舅舅，舅舅，你说，天上的那颗星星怎么就那么暗呢？"我和红燕都抬起了头，这才注意到天空黑蓝黑蓝的，深不可测，只有屈指可数的几颗星星在闪烁，怪不得今夜的灯光会如此灿烂。这时我听到了米怡的窃笑，我马上明白了是怎么回事也跟着不能自已地笑了起来，只有红燕还在到处寻找那颗不亮的星星，在他看来，仅有的几颗星星都挺亮。看到他的模样，米怡终于忍不住哈哈大笑起来，并指着他舅舅捂着肚子连笑带喊："狗看星星，狗看星星。"红燕这才知道上当了，也哈哈大笑起来。

等笑够了，米怡又一本正经地对她舅舅说："舅舅，你要是用两只手把耳朵揪住，你的舌头就伸不出来了，不信你试试？"我马上明白了米怡又要耍什么鬼把戏，忍不住要笑，但红燕却没意识到，照模照样地伸出两只手揪住了耳朵，还把舌头伸得老长，炫耀地问米怡："你看，我怎么能伸出来？"这时，我已笑得前仰后合，米怡也看着他舅舅的"狗样"，笑得蹲在了地上。我不知道是红燕在故意装傻逗我俩，还是他真笨到了要连上一个6岁小孩两次当，快乐已将我们包围，红燕在满街追他那调皮的只有6岁的外甥女，笑声回荡在夜空，在这个本来凝重的夜晚，在华灯闪耀的大街上，我们像三个孩童一样地笑弯了腰。生活的烦恼，人生的苦痛都抛到了九霄云外，像小时候玩摔炮一样，我们又感受到了纯粹的快乐，我真切地感到：童真，多么难能可贵。

营造生活

有人说："生活就是一团麻，搓（搓麻将）好，玩好，乐好。"有人说："生活就是一杯酒，吃好，喝好，过好。"还有人干脆就说："生活啊，生活，呸！"

第一种人是游戏人生，第二种人是品味人生，第三种人是消极人生。我们且不说哪种活法好，哪种活法精，因为，生活嘛，各人有各人的过法，又怎能强求一致。

但我要说，生活是一杯水。

人生是寂寞的，你不要总是渴望有人与你同行；人生是困惑的，你也不要对失去的耿耿于怀。就像一杯水，可以放盐，可以调糖，可以泡茶，而盐有盐的味道，糖有糖的滋味，茶又有茶的妙处，关键在于心境！

总也忘不了著名作家三毛在沙漠里依然追求的浪漫：将别人遗弃的棺木改造成床板，将轮胎改制成沙发，那是一种怎样的洒脱。也许，她也有她的痛苦，她也有她的无奈，但她展现给大家的是美好，那不是因为她虚伪，而是她善于解脱自己，给自己营造美好的心境。

每一个人，再平庸也有自己的思想！所以高兴时不妨喝点加糖的水，享受生活的甜蜜，焦虑的时候不妨喝点加盐的水，自己给自己降温；苦涩的时候不妨喝杯淡淡的茶，从另一方面品茗生活的味道。

看看孩子吧！从他们那里你能得到很多的启发，其实生活的真谛在于随意！不要强求太多，不要计较太多，生活就会变得简单而真实！

形与影

　　我常常注意上车下车的伴侣，他们亲亲密密相依相随，丈夫下车后扶妻子一把，或在旁边守候，每遇此情此景，我便感到心里有说不上来的欣慰。伴侣、伴侣，就是与你相伴一生的人，就像形与影一样形影相随，互相扶持。而我最讨厌那些上车趾高气扬、神气活现地择座而坐，下车后自顾自扬长而去，让妻子在后面紧追慢赶的男人。也许是我太感性了，希望所有的伴侣幸福、快乐，而幸福快乐的形式，重在含情脉脉，相濡以沫，形影不离。现代人随着生活节奏的加快，人与人之间也变得越来越冷漠，若连夫妻都形同陌路，那人生还有什么意义可言？

　　也许是我太形式化了，但我常常想连形式都不注重的人，更何谈什么内容。谁不羡慕夕阳中两位白发苍苍的老人相互搀扶着散步，你能说他们太注重形式吗？人活着是要注重内容的，内容便是情趣、浪漫，更是勇敢和爱心。一个男人具备了这些才称得上是好男人，而如果你连你的妻子都置若罔闻，还谈什么爱心和责任。

　　我也很迷恋家居装饰中灯光所营造出来的各种气氛，它们是那么高雅，那么清淡而温馨，我总认为那才是家的味道，是形与影、质与感最具魅力的结合。

所以，每当回家的时候，我都会绕道去看看那城市中华灯初上、万家灯火的景观，总是很奇怪灯光也会各家与各家不同，心里就感慨万千，而走近家门，要是看到自家窗中透着温馨的灯光，心里便柔情一片，有一种立刻冲进家门的感动。是的，女人是需要感动的，她们需要爱的具体形式，需要真真切切、柔情万种、光芒四射的爱。

绿绦青紫

解惑爱情

父亲病重，哥哥从遥远的长春回到了家乡。他瘦削的脸上带着疲惫和惭愧，整天整夜地守在父亲的病床前端屎端尿，尽着一个孝子20多年来从未尽过的责任。他似乎要用短暂的停留做尽一生的孝道。医院里人尽皆知，父亲虽不幸却有三个孝顺的儿女，我替哥哥自豪。

一晃就是一个多月过去了。哥哥常摸着我的头露出一副怜惜的神情和不舍的依恋，我知道他想家了，想走却又无奈于父亲无人照料，不忍开口，但另一个疑团却在我的脑海里越来越重——为什么嫂子从未给他打过电话？

哥哥想用一些托词来应付我的关切，但他掩饰不住的无奈却将秘密泄露无疑。

哥哥是幸福的，有着一个深爱他的女友。5年前，已历经了3年柏拉图式精神之恋的哥哥再也不想受鸿雁传书的煎熬了，他戏称那是"甜蜜的痛苦"。工作优越、潇洒耿直的哥哥终于下定了决心——放弃工作。他不顾亲人的强烈反对，义无反顾地选择了远走他乡，用一个大西北小伙宽阔的胸怀，去承揽一位东北姑娘的热情。选择一种背井离乡、白手起家的艰难生活是需要毅力的，但哥哥说为了让爱情有一个圆满的结局，他别无选择。

姑娘的父母是高干，哥哥决意不依赖他们，他将爱情栖息在了一间三家共用厨房的租房里，一过就是5年。5年来，两个相濡以沫的恋人为钱而奋斗、奔波，常常是累得连说话的功夫都没有，除了草草吃饭、睡觉，他们已不知爱情的滋味，如今他们已拥有一套三室一厅，但这在大城市却付出了多于常人几倍的艰辛，他说他现如今只剩这24万了，一套房24万在大城市不算新鲜，但令人惋惜的是他们的爱情也如风干的蜜饯。

我明白哥哥的苦衷，爱情是需要沟通的，离开了信笺，他们面对油盐酱醋茶，一时竟不知怎样解读爱情。我告诉哥哥"沟通要从心灵开始"，哥哥终于拿起了电话，脸上露着自信的微笑。是的，心灵相约是需要沟通的，很难想象枯燥、乏味能碰撞出爱情的火花，夫妻间、朋友间除了默契还需要交流，但如果没有交流又怎样有默契，没有了默契又何谈理解。

俗话说：不是冤家不聚头，夫妻是一对不解的冤家，打架、争吵并不可怕，可怕的是缄默和对抗，那才真正是没有硝烟的战场，是爱情的大忌。

嫂子是一家杂志社的编辑，是一位真正的才女，我知道她需要什么，我想哥哥他比我更清楚。我想说：祝爱情之花常开。

让心不再荒芜

　　许久没有收获，心便像懒汉的庄稼地，草长莺飞，逐渐荒芜；长期没有思想，心便像醉鬼的后花园，<u>杂草丛生</u>，日渐衰败。当心情灰暗的时候，我觉得心是一块正在荒芜的土地，但夜幕降临的时候，我却清楚地听到我的灵魂在呐喊，血脉里涌动着青春的不安和躁动，我郁闷，我烦躁，我觉得自己像一个光鲜的核桃一样慢慢地失去水分，心抽得很疼。

　　泪眼中，繁星点点，父母似乎又在温馨舒适的小屋里对女儿不成气候的"小豆腐块"津津乐道，文化程度很高的小弟连报缝也不放过地找阿姊的文章，内心惶恐，亲人那不含一点点杂质的期待和赞许，就像一条无形的长鞭激励着自己，似乎又看到了我刚参加工作时无所事事、安于现状时父亲那愠怒的眼神，那颤抖的双手，那迟缓的脚步……

　　小时候，父亲在城里上班，每天要在近40公里的路上来回奔波，他星夜兼程地赶路，披星戴月地干农活，根本无暇顾及我的学习，别人的小孩考试亮了红灯都不敢回家，我却将试卷揉成一团塞进书包。日子久了，我的书包便鼓得像背负着一个小麻袋，直到有一天，父亲下班看着我说："我的二丫又变了个样。"边说边拿过我的书包：

"娃的书包咋越来越沉了？"

　　我清晰地记得我当时紧张的心都哆嗦了起来，嘴唇咬得青紫，我看到父亲倒出了那些倒霉的试卷、幸灾乐祸的小人书、沙包、皮筋之类的破烂，然后一张张打开了试卷。他的脸由青到紫到酱色，我等待着他将我暴打、吼骂和语重心长的教导，然而，这一切都没有发生。我看到父亲那粗壮的身体在颤抖，他一声不吭地将我的试卷一张张捋平，压到被子底下便出去了，我却永远也忘不了他那愠怒的眼神，那失望的神情，还有他那拿气焊的手一张张捋平我的试卷时的笨拙和颤抖，以及他走出屋子时疲惫而又迟缓的脚步。

　　从那以后，我便躲着他，却在门缝里偷看妹妹从他怀里抢糖吃，假装睡着了享受他粗糙的手掌和温情的怀抱……

　　我觉得我无法面对，直到我拿到了"三好学生"奖状，考上大学，文章在报上发表，我再也没让父亲失望过。

　　然而今天，一切都平静而安逸，我却一事无成。我是在埋怨父亲将我硬性地改派回了小城，还是在留恋那曾经亲自画就的蓝图？我不知道，但长期依赖、守望着荒芜的戈壁，总有一种失望的感觉。我像一个盲人在摸蠢笨的大象一般，总是在按照别人指定的路线生活，总是无所适从！难道，我就这样生活一辈子吗？然而，新的拥有、新的珍惜令我不得不扎根小城，不得不平凡地生活……

　　我不知道有多少人不甘平凡，又有多少人领略了平凡的内涵。我从父辈的生活中读懂了戈壁上那悠然响起的绵长而幽怨的羌笛和寂寥空旷的驼铃声，读懂了空旷是一种无言的丰富，寂寥是默默地等待。

　　新的一年已经到来，新的钟声已经敲响，我知道哭泣者将被泪水蒙住双眼，错过了月亮，难道还要错过星星吗？

　　我不想在机会来临时依然哭泣，新的世纪里，我将在奋发中觉醒，在成熟中上路，让思想做翅膀，灵魂做载体，沐浴着新世纪的曙光，高唱着新世纪的凯歌，飞翔，飞翔——让心不再荒芜。

白云寄怀

一刻的停留也许是终身的拥有

一眼的凝视也许是今世的情愁

作为云彩

只是不经意地飘入你的视野

和煦的阳光下

你深情的目光

就像一缕缕清风

轻轻柔柔地

轻轻柔柔地

潮湿了我

驿动的心怀

假如我爱慕你

那也一定是因为爱慕诗人

因为我也如你一样地善良　忧伤而又多情

假如我化作雨滴，滴落在你的窗台

静静地

静静地凝望你沉思的脸庞

那一定是

一定是你早已拨动了我善感的琴弦

但是 请不要打扰我

不要打扰我渴望休憩的宁静

因为我注定属于天空

那是我深沉博大的爱河

深爱无春

　　心静到极致的时候，爱也幻化为一缕青烟，飘向生命中的每一个角落。

　　爱的天空里其实并没有季节，风轻云淡的美丽，是因为你的存在；黄风裹挟的红丝巾如果有你的微笑，那也不过是季节里的配饰——一串叮当作响的铜扣而已。

　　深爱无语，当春风吹拂的时候，我们听到过大地苏醒的声音、小草呢喃的话语、绿树发芽的歌唱，还有什么能比这婉转动人、催人奋进的春之奏鸣曲更感人呢？当夏之骄阳酷晒的时候，我们择一片凉荫，看车水马龙的街道、熙来攘往的人群，看太阳晒化了的柏油路，和风情万种、婀娜多姿的靓丽女子的时候，我们何尝不感叹生命的繁华、造物主的神奇及超越人性之魅力；当走过了胡杨林，踏着落叶聆听生命衰老的声音的时候，那满心满眼的金黄与赤红铸就的感情，早已化作浓得挥也挥不去的云雾飘进情海里，做着最后的倾诉——那爱过的，恨过的，都已栩栩如生起来，似乎又孕育着翩翩起舞的蝴蝶，要再一次飞进春的怀抱。是的，该孕育新的生命、新的情感与新的爱恨情愁了，人生只不过一世的轮回，又何必计较那风起的迷茫、雨落的困惑、雾色的苍凉！站在这平原大地、大地平原上，脚踩着皓皑的白雪，注视着静极的天空，在天地之间静默着——生命了无痕迹。

心静到极致的时候，爱也深化为一缕青烟飘向生命中的每一个角落，那里有一座座温馨的房子，里面住着爱情、感激与报恩。

深爱于春，说爱吧，不要说爱情，仅至此就好！

绿绦青紫

珍视友情

　　插一把刀子在一个人的身体里，再拔出来，其实伤口就很难愈合了。

　　因为对朋友做得很不够，所以对所有自认为是朋友的人，我总有许多的歉疚和无奈。听说过一个故事：从前，有一个男孩脾气很坏，他的爸爸给了他一袋钉子，告诉他，每次发脾气或者跟人吵架的时候，就在院子的篱笆上钉一根钉子。第一天，男孩钉了37棵钉子。后面，他慢慢学会了控制自己的脾气，每天钉的钉子也逐渐减少。他发现，控制自己的脾气，实际上比钉钉子要容易得多。终于有一天，他一棵钉子也没有钉，他高兴地把这件事告诉了爸爸，爸爸说："从今以后，如果你一整天都没有发脾气，你就可以在这天拔掉一棵钉子。"日子一天天过去，最后，钉子全被拔光了，爸爸带他来到篱笆边上，对他说："儿子，你做得很好，可是你看看篱笆上的钉子洞，这些洞永远也不可能恢复了。就像你和一个人吵架，说了些难听的话，你就在他心里留下了伤口。插一把刀子在一个人的身体里，再拔出来，其实伤口就很难愈合了，无论你怎么道歉，伤口总是在那儿。要知道，心灵上的伤口和身体上的伤口一样，都难以恢复。你的朋友是你宝贵的财富，他们让你开怀，让你更勇敢，他们总是随时倾听你的忧伤，你需要他们的时候，他们会支持你，向你敞开心扉。"看了这个故事我很感动，所以，总是在尽心尽力地为朋友做一些事的同时，也回避着那些无意中或背地里伤害自己的人，并时刻告诉自己朋友本不该有那么重要，朋友又的确那么重要。生命里或许可以没有感动、没有胜利……没有其他的什么东西，但不能没有朋友。

朋友是有悲伤陪你一起掉眼泪、有欢乐和你一起傻笑的人……

朋友不一定常常联系，但也不会彼此忘记，每次偶尔念起，还是感觉那么温暖、那么亲切；朋友把关怀放在心里、藏在眼底，朋友如醇酒，味浓而易醉；朋友如花香，淡雅且芬芳；朋友是秋天的雨，细腻又满怀诗意；朋友是严冬的梅，纯洁而傲然挺立，朋友的美不在来日方长，朋友最真最美是瞬间永恒、相知刹那，朋友间宝贵的不是曾一同走过的岁月，朋友最难得的是分别以后依然会想起，依然能记得——你，是我的朋友！

有朋友的日子总是阳光灿烂，花朵鲜艳，有朋友的时候发现自己已经拥有了很多很多。我们可以失去很多，但不能失去朋友。朋友也许并不能成为一生永恒，朋友也许只是你生命某个时段的一个过客，但因为这份缘起缘灭更使生命变得美丽起来，情感更加生动和珍贵，即使没有将来又何妨，至少，曾经我与你一起走过一段友情的路。感觉到了吗，我所有的朋友，在新年伊始之际，我在默默地祝福你们！

绿绦青紫

爱的港湾

　　现在谈爱情似乎很奢侈了，作为4岁孩子的妈妈，时常宠着疼着自己的小孩子，早已无暇顾及爱人还是不是像以前一样深爱着自己。每当听到他矫情地说"我只爱你一个人"的时候，总是嗤之以鼻。是因为曾经看见了他手机里初恋女友的照片，还是抑或真的不在乎有没有爱？

　　但是，孤单的时候，一样需要人宠着哄着，需要人时时陪伴，更需要一种无微不至的关怀，只不过有些东西缺失得太久了，就当真以为它不存在了。还记得小时候，只要看不见妈妈，就会因为不安而大哭起来。其实，过后想想，妈妈只是不在眼前而已，只因为眼前看不见，所以就认为妈妈不见了，认为妈妈不见了的同时，也以为妈妈不爱我了。恋爱的感觉不就跟那时的感觉很像吗？曾经在被拥抱的时候，或手牵手逛街的时候，都觉得对方是百分之百地爱着自己，可是，只要他转身离去，就担心他不再想念自己；只要道过再见，就忧虑他会不忠于自己。常常怀疑自己，为什么却偏偏没有痴心相爱的另一半？而那些不那么漂亮不那么可爱不那么幽默的人，反而拥有令人羡慕的感情，为什么？时常抱怨，当我需要他的时候，他总是不在身旁。后来，慢慢地发现自己实在是太小心、太谨慎、太怕受伤害了。总将自己的感情包装得好好的，不让对方发现，生怕失去了所谓的矜持与含蓄，会被对方低看了自己，于是选择等待，选择被爱，最后伤心失望直至放弃。

是啊！被爱很幸福，可以接受，可以拒绝，可以有面子。于是总是等着别人来爱，可往往是爱自己的人最终发现自己根本没办法爱上对方，而自己爱的人也许永远不会说爱！在现今这个时代，或许太多男男女女选择了沉默，宁可在暧昧的界限中游走，不太近，也不太远，总是在若有若无的暗示中，期盼对方的回应。

然而，喜欢一个人何必在意先说出口，你总是在吃到好吃的东西时，看到美丽的景物时，都希望和他分享，不是吗？很多年过去了，慢慢明白，人在年轻的时候，都会很热衷于工作，爱人，他更属于长期需要超时工作的状态，而对心爱的人常常无法照顾到，扪心自问，自己不也常常不在他的身边？只是因为许多原因才无法见面或分隔两地。我想，他内心所感受的寂寞与不安与我是相同的，我们彼此，都有可能在最需要对方的时候而不在对方的身边，但是，你看不见他不等于他不爱你，只是他不在身边的时候，你也抱着这样的心情在爱他，所以才会伤心，才会抱怨。为何就不能相信他也和你一样？只想跟一个人牵手，一直走，一直走下去，分享自己的喜怒哀乐，也许不安的不只是自己，还有看不见我的他。有些时候，他最需要我的时候，我也不知道，不是吗？我们彼此都有着一样的不安，都期望相同的谅解。

于是，想要更温柔，对爱人或我爱的人，认真接受与付出，不再遗憾与后悔。也许，每一个人都是恋爱中的人。因此，珍惜所有吧，但愿所有人都能找到至爱。

驼铃风情

　　生长在戈壁，喜欢在诗句里品味"大漠孤烟直，长河落日圆"的意境；喜欢在落日的余晖里笑坐戈壁体味"夕阳无限好，只是近黄昏"的悲凉；喜欢在一望无际的沙滩上寻找化石，体验奔波跋涉的沧桑；喜欢攀登顶峰眺望远方；喜欢在木兰城古老的遗址、残败的城墙上，抚摸历史的沧桑；喜欢在红柳中、衰败的草丛里栖息心灵；喜欢驻足黑山河水边一览无余的宁静羞怯的澄蓝，还有那一艘停泊的渔船；喜欢在第一墩高悬的吊桥上凝神宽阔河流的断层和远方皑皑的雪山。

　　作为戈壁的儿女，我深爱着这些，甚至是迷恋。

　　然而，载入戈壁史册的画面——悠长的驼队，悠扬的驼铃声，那是古商道的遗迹。也许是受了那绵绵无际的悠长与永恒、悠扬与激荡的影响，当有一天一脚跨出关外，目睹了塞外的凄凉、关外戈壁的雄壮，骑着一峰骆驼，伴着响亮的驼铃，一步一晃地走向戈壁深处的时候，那种独特的散漫与悠闲，那种无与伦比的轻松与自在渐渐地转化为凝重，让我深深地沉醉。

　　有多少落寞，有多少失败，有多少彷徨！有多少甜蜜，有多少快乐，有多少苦闷！在戈壁，只要信步踏出关外，轻轻跨上一骑驼峰，都可以化作悠长与散漫、淡泊与宁静，一世的忧伤、沧桑与轮回，似乎都在永恒的宁静、长远的淡泊中溶化在了悠扬的驼铃声中，渐渐地变成了释放心情、体味悠远、享受平静唯一的选择。生长在戈壁，最爱这戈壁，最解驼铃的风情！

绿绦青紫

爱在行程中

　　情融于景，景融于人。当无边的思念裹挟着我在行程中备感孤独时，你已成为我的全部。手机在手心里，像放飞风筝的线轴，无奈怎的一个远字，我早已看不见你，不是你飞走了，而是我离你越来越远。

　　视线逐渐模糊，风景在同伴眼中是新奇、谈资与享受，在我眼里却是悲伤的符号。因为思念而孤独，因为孤独而寂寞，因为寂寞而不快！

　　街景都只是轮廓，行人也不过是静物，思绪都停滞在你的身影里，你的身影又全都幻化为眼中的一切，因此，景是真切的，人是鲜活的，但定格在思念的记忆中，走过的一路都留在了灰白的画面里，像江南的小镇、塞北的大漠，模糊而又深刻。

　　携一颗心上路，寂寞但不孤独；带一份爱旅行，人生倍感深沉。思念是钟，回忆是网，爱在流年中涤荡，情在翘首间永存，心在回眸中定格。

　　拾级而上，巍峨的山如爱人挺拔的身躯，喧嚣的水似恋人爽朗的笑声。山缝里砸进亮闪闪的钢币，是山里人对强悍的宣言，像是在恋人面前展示铮铮铁骨，也像在爱人心中安放一生的期待和永世的眷恋，激起的是疼痛、酸楚和爱恋，山谷里此起彼伏的敲击声，回荡的是幸福甜蜜的歌声。我不是山里人，也没有足够的力气将爱印证在大山涧，但我以旷世的爱恋向远方投入我最深情的一瞥，不知是否有风儿捎话将爱传递到恋人的眼波里，不知是否有鸟儿带路，将情投放到爱人的心湖中。

然而——

此生注定了要独行，留恋山水的变化万千和壮美绝伦；

此情认定了会珍藏，眷顾人世的沧桑百年和柔情似水。

赤金峡之行

有一种机缘需要自己把握，有一种快乐需要自己创造。2007年7月13日，当晨曦微露的时候，嘉峪关市文联组织的采风团——赤金峡之行已经准备出发了。同行的人当中，有熟悉的，也有不熟悉的，但是，文人们在一起，有着心照不宣的快乐，有着与生俱来的和谐，有着与众不同的感悟。没有客套的寒暄，没有圆滑的周旋，没有世故的排斥，有的，只是个性的张扬，真情的流露，感受的积淀。个性的差异，彰显了共同的爱好，率性地发挥升华了共同的追求，天性的本真促成了共同的目的——感受自然，享受人生。

赤金峡水利风景区（赤金峡水库库区）位于玉门市以北50公里的石油河中游赤金峡峡谷中，始建于1958年，后经多次加固和续建，是疏勒河流域重要的农业水利灌溉设施之一。2002年，由甘肃省疏勒河流域水资源管理局花海灌区管理处根据水利部关于开发利用水利风景区的精神，依托水利工程赤金峡水库工程景观、自然风景及历史文化创建的风景区。风景区水电充足，通讯畅通，基础设施齐全，不但观赏旅游价值高，而且交通便利。距国道312线仅12公里，地理位置优越，区内有玉门油城、四〇四核工业基地、火烧沟原始村、花海干海子候鸟保护区，东有酒泉航天城，中有长城第一关嘉峪关、安西榆林窟，西有敦煌莫高窟、鸣沙山、月牙泉、雅丹地貌等享有盛名的城市景观及遗迹贯通一线。

　　带着仅有的这一点点对目的地的了解，7点整采风团的小巴在湛蓝苍穹的俯瞰下，在嘉峪关关城深情的目光中，在长城第一墩凝神的期望中渐行渐远。车子在戈壁上行驶，戈壁是神奇的，戈壁是荒漠的，聊着趣闻轶事、说着所见所闻，采风团成员们看着地平线上逶迤的雪山，看着变幻着形态的云彩，目送着倔强而寂寞的骆驼草，在因早起而由兴味盎然渐入困境的最佳时候走下了小巴士。

　　走进具有神奇传说的黑石仙山、妖魔山及窟隆山三山环抱的景区，在黑石山宽大的怀抱里，在红柳深情目光的注视下，风景区映入人们眼帘后给人的第一印象是依山傍水，风景独特秀丽。采风团成员顺路而行，徜徉其中，快乐自是不必说，单是兴奋就溢于言表。虽然7月的天气骄阳似火，但步行深入，库区随处可见，形态各异的水池、贯穿景区曲折的小溪、种类繁多的树木，倒也使景区的气候反倒宜人。一路走过，欣赏了景区的标志性建筑滴水观音，顶礼膜拜了龙王阁、山神居、赵公祠，看着一路散落的风格独特的别墅、特色茅屋、民族风情的蒙古包、亭台廊道、瀑布、喷泉，处处引来采风团成员的感叹和争相拍照留念，大有流连忘返之态。看着形象逼真的大象、梅花鹿雕塑群，浏览过了公元前121年前最早的玉门关遗址（现已恢复）、断水记，看到林则徐等名人途经赤金峡留下的传说和千古绝句，这些崇尚自然和人文美学的文人们不禁为景区自然景观和人文景观的完美结合而感叹。走过红柳湾、月季坛、玫瑰园，目睹了游泳沙浴、划船垂钓后，行至景区的顶端，跃至眼前的便是雄伟壮观的水库大坝了，拾级而上攀上大坝，气势恢宏的水库和坝后水电站映入眼帘，采风团成员在欢呼声中乘上快艇冲入水中，游艇冲刺在6平方公里的水面上变换出种种惊险的举动，使得一群文人们尽情地大呼小叫，只一个刺激可言。

　　走下游艇，似乎还没尽兴，但时间已近中午，于是，在近乎眩晕

和一种含糊的快乐中，采风团成员来到了最后一个娱乐项目——河道漂流。当两人一组抬着色泽艳丽的汽筏，驶入河道的时候，采风团成员怎么也没想到有着多么大的快乐在等待着他们。河水是缓缓地，时而遇到激流也不过是一个个漩涡，两岸景物一边是穿行景区的一条柏油马路，路面上行驶着拉着游人行李、贵重物品的特制板车，板车上铺着的红地毯让人感到一种喜庆的快乐。另一面，是层次错落的庄稼地、散落着的庄户人家，河道里有浅滩、草地，河边长满了红柳，伸出遒劲有力的枝杈，像红柳伸出的诙谐、逗乐的手臂，也有长长的枝条热情地抚摸着不时冲入河道不能掌控方向的汽筏上的客人们，狭长的河道，充满了诗的情趣，水的浪漫。游人们无论认识与不认识，只要狭路相逢必然要来一阵激烈的打水仗，欢快的水声、游人快乐的笑声在河道里荡漾。也许是为了增添水的趣味，让客人尽兴，景区在河道中央和快到尽头的地方，都安排了手端脸盆的壮汉"逗乐者"，随着一艘艘汽艇驶过，游人无一不被泼成落汤鸡，更有甚者，站在河道的沙滩上，只要有汽筏驶过，便被在水中等候的人们连筏带人掀入水中，欢笑声此起彼伏。也有踌躇不敢前行者，但无奈河道地势下行只要漂流其上，只能顺河而下，绝无逆行的可能，只能在众人的欢笑声中像猎物一样被捕获。看着一对对恋人，因被掀入水中而起的娇羞与欢快，围观者无不收获一种原始的快乐——不知是谁及时地总结了几次说："凡是最大的快乐，都是建立在别人的痛苦之上的。""至理名言"使大家无不开怀大笑。笑声一点也不妨碍继续搞笑，快乐在打水仗、嬉闹、欢笑声中延续，每当一艘汽筏被掀翻的时候，人们就达到一次快乐的巅峰，一种回归天性的快乐，一种本真的快乐！

有一种快乐，是纯粹的、彻底的、满足的、发自内心的，是一种极致的快乐。就像小的时候，常常逃课，带领小伙伴们，到小学校门前的水渠里踩水，任渠底一层波光荡漾的流水发出鱼鳞样的光彩抚摸着小脚丫，心里就有说不出的惬意。那种艳阳高照、杨柳依依、笑声一片的感觉是欢快的，孩提时的快乐都凝聚在那里。虽然每次都被老师呵回，踩出一路泥泞地回到教室接受惩罚，但那种快乐却永远地留在了心底。

单纯，就是这样不计较代价，不算计多少！

成年以后，也有过单纯的快乐，但都早已抛却脑后，流水般撒落在了记忆的长河里。只记得酒足饭饱之后，恣情唱歌、疯狂蹦迪的时候，也有过歇斯底里的快乐，但那多半是种发泄心里的激情，忘却不满的记忆。

在喧闹的城市里，在复杂的人群中，每个人都有自己的梦想，每个人都会为了梦想而努力，但现实是残酷的，有竞争、淘汰、争斗、决裂，有失落、痛苦，有钩心斗角的伎俩，有落井下石卑劣的手段，在这个竞争激烈的社会里，无处不在残酷的淘汰，生活是现实的，竞争是激烈的，钢筋混凝土的呼吸是压抑的，要想获得彻底的解放、自在的快乐，也许唯一的办法便是投入到大自然的怀抱里，忘却世俗的一切！

赤金峡之行，收获了儿时的快乐，我祈祷上苍，允许我把那些湿漉漉的思绪带回，放在城市遍布尘埃的阳光里晒干，制成一朵朵美丽的牵牛花，日日夜夜牵挂在我喧嚣忙碌的心情里，让我忘记忧伤，抛却烦恼，快乐生活。

游程快要结束了，回望一眼这块给我们带来无限快乐的地方，不得不承认，作为一处戈壁上开发建设的旅游观光、餐饮住宿、避暑休闲的胜地，赤金峡水库给人的感受是雄浑壮观、令人惊叹的。景区还有另一特色，便是红柳遍地、艳如樱花。也许是玩得太尽兴了，也许是有人故意使坏，总之当我们准备坐上筏子继续下行，到达停车场上路返回时，才沮丧地发现，我们乘坐的汽筏不见了，无奈，只得悻悻地爬上岸边公路，顶着烈日徒步往回走，这时，阳光的威力显现了，一离开水，虽然打着伞，但我还是很快被晒蔫了，为了尽快走完一段硌脚的沙石路，我问景区创建者赤金峡有没有什么传说故事——

相传，很久以前赤金峡一带并没有大山，而是一个碧波荡漾周围开满五颜六色鲜花的大湖泊。有年，湖面上飞来了一群美丽洁白的天鹅，它们在湖边的水草中栖息，在湖面上嬉戏，自由自在地生活着。时不久，不知从哪里飞来一群黑色老鹰，开始向天鹅进攻，扰乱了这一仙境的安宁。

　　这群老鹰中有个山羊一般大的鹰王，它站起来有半人高，展开翅膀有丈余长，两只利爪好似铁钩子，弯而尖利的嘴巴好似一只铁夹子。尤其那两只鸡蛋大小的眼睛，放出两股凶恶的光。有一天半夜时分，鹰王对它那群老鹰说：“我们要想长得雄壮勇猛，战胜所有的飞禽走兽，听黑山神说，只有逮住白天鹅喝了它们的血，才会强壮起来。那样我们就可以飞得更高，力气更大，不但可以抓野兔吃，还可以抓到地上的羊。”

　　老鹰们听了鹰王的鼓动，都来了劲儿，就打算趁天黑，天鹅们还在草丛中静卧时袭击它们，喝天鹅血。不料老鹰打算偷袭白天鹅的阴谋，让正巧从天上飘过来的圣柳仙子听见了。她不由为白天鹅担忧起来。想什么办法可以救这些善良而又美丽的白天鹅呢？圣柳仙子居住在距这个湖泊不远的绿草滩。那里生长着一洼洼雪白的圣柳，圣柳开白色的花，和戈壁的红花绿草相映成趣，点缀着大戈壁的美丽和壮观。圣柳仙子和白天鹅是好朋友，它们世世代代共同生活在这一带，相处得很好。现在眼见自己的好朋友要遭到灾难，不能不救。于是圣柳仙子长袖轻舞，刹那间就刮起了呼呼的西北风。

　　再说鹰王正带着一大群老鹰悄悄扑向草丛，准备下嘴咬白天鹅时，忽然北风大作，惊动了天鹅们。鹰王一看，原来是圣柳仙子在空中作怪，就尖叫一声发出了信号，让大群老鹰去咬死白天鹅，它则怪叫着向圣柳仙子扑来。几乎就在同时，鹰王尖利的嘴巴狠狠啄向圣柳仙子的双眼，她的两眼顿时鲜血直流。那些黑老鹰也一下扑向刚刚被惊醒的天鹅们，一阵乱啄，咬得它们惊叫起来流着鲜血四处飞去。

圣柳仙子看到天鹅们虽然受了伤，但总算逃出了性命。为了防止黑老鹰再伤害白天鹅，她带着伤在空中挥舞起来。不一时，狂风大作，暴雨骤至，猛烈的风雨一下子把黑老鹰全部刮进了蓝蓝的湖水中丧了命。

天亮了，待一切风平浪静后，圣柳仙子才带伤回到了绿草滩，奇怪的是眼又亮了，她看到带伤的白天鹅全都飞到了这里。天鹅们的鲜血把雪白的圣柳全都染成了红色。圣柳仙子十分感动，轻轻地落进地上的绿草上不见了。后来，这一带雪白的圣柳不见了，变成了一洼洼红枝绿叶开着红花的红柳。那里的白天鹅十分感谢圣柳仙子，就四处飞来飞去寻找她。当它们又飞到原来的湖泊那儿，却不见了碧波荡漾的湖泊，代之而起的是一座座黑石山。这就是后来的赤金山。传说赤金峡的黑石山是那些黑老鹰变的。而离赤金峡不远的红柳滩就在西边，每到春天，遍地的红柳花开得十分娇艳，仿佛一团团烈火，映红了半个戈壁。

黑石山和圣柳仙子的故事已成为过去，如今的黑石山饱经沧桑，它的确像一只只黑老鹰天降到丝绸之路玉门关的前方，经历了磨难，匍匐在广袤无垠的大戈壁上。也许是开发景区者突发奇想，在黑石山最高的山峰，也就是鹰王头部的地方，加注了潺潺的流水，它们清澈欢快地流淌着，像鹰王叩拜在玉皇大帝面前无言的忏悔，也像甘愿成为唐僧西天取经路上九九八十一难中的一劫为其圣上发挥了作用而欣喜，更为成为西北戈壁崛起的一景而自豪。

游程结束了，挥手告别了热情好客、已和我们成为无话不说的好朋友的景区经理，我们踏上了回家的路。快乐是有感染力的，同行的人们依然沉浸在一种难以忘却的快乐之中，听着车厢里美妙的音乐，和着乐声，文人们快乐地歌唱，是那样发自肺腑、缠绵悱恻，那样回味悠长。

是的，快乐是可以延续的，赤金峡的快乐，也许可以延续一个夏天，也许可以延续整个生命的记忆！

斑点狗

女人没养狗。

女人的名字叫简枝。

今年三十七八岁。

年前刚刚经历了一场离婚的恶战。

2009年的春节临近了，她也开始了长达近一个月时间的休养生息。大年初二我们再见到她的时候，她已经又恢复了生动的模样，落落大方、爽朗热情地开始了新的生活，真正是个开心的人，心里不搁事。简枝不是那种穿着貂皮、住着豪宅的女人，所以她没有奢华的轿车、名贵的爱犬；她也不是那种柔情似水、风情万种的女人，所以她没有妖冶的身姿、白皙的小手。她是那种连撒娇都很张扬、很大度的女人，她就像一个太阳，走到哪里哪里就瞬间升温，很快大家就都热情洋溢，像火热的开水一样沸腾起来。记得有一年夏天，我们相约去北方一个很著名的水库玩漂流，她在大家酒足饭饱之后很神奇地换了一套鲜艳的游泳衣出现在整装待发的我们面前，引得大家阵阵欢呼，橡皮筏子在水上漂流，歌声、水声、嬉闹声此起彼伏，有时候，其实大家需要的就是一种心情和氛围，而她就是这样巧妙地起到了烘托心情和营造氛围的作用。她像酒，热烈而绵长；她像诗，多情而精致。

但是，简枝的老公爱上了别人，而且是义无反顾地，并且很坚决地动用了最无情的手段——打骂和伤害。当一个人的自尊体无完肤的时候，投降是迟早的事情。她也一样，为了挽回婚姻，女人能做的她都做了，她甚至找丈夫的相好去谈判，但对方说："你老公现在已经是我的拖累，是他非得要跟我好，我倒无所谓。"她无语。

办完离婚手续，很长一段时间没有见到她。再见到她已经是过年的时候了，在朋友家，她来晚了，进门就哈哈笑着和大家打招呼，看到沙发边上转圈的小狗，便用引逗的口吻喊"狗狗，狗狗"，她坐下来爱怜地抚摸小狗的头部，又将小狗揽到怀里摸索小狗光滑的皮毛，这时的她显得娇柔和妩媚。当她大声地、张扬地和所有人谈笑着，抽空丢一块肉在狗的嘴里，继续用热情爽朗的声音、夸张丰富的表情、流畅押韵的语言应和着朋友们的聊天或谈笑，自然而然，她又成了全场的焦点，人们高声谈笑着，浑然不知原本彬彬有礼的交谈和聚会早已经热热闹闹、如火如荼了。

这样的时候，她端坐在沙发上，两手相扣在腿部轻轻地放着，动弹的只有她那闪着光泽、修剪成妹妹头式样摇晃的头发和翕动着的鼻孔，和带着热情微笑着挡在近视眼镜片后边的智慧精明的眼睛。她的表情夸张而生动，似乎闪烁的眼神、翕动的鼻孔都是她流畅语言的源泉，她哈哈笑着，熠熠生辉地描述着，竹筒倒豆般地诉说着，间或在别人说话的空档起身用精巧的红色索尼牌相机两手横向卡着拍几张照片，又微笑而洒脱地走回座位。她是一个很有才情的爽朗的女人。

她没有过惯衣来伸手、饭来张口的日子。没结婚前，在父母家是乖乖女，帮妈妈洗衣做饭，帮爸爸种花弄草；后来参加工作了，她一个人在外地，在北方小城近郊偏僻的小学教书，在铁路荒凉的小站工作，后因文学功底扎实，不断有文章见诸报端，被调往铁路流动的列车播音。她不是那种衣食无忧、老公大把大把挣钞票、孩子不在身边、保姆打点一切、慵懒舒适的女人。她勤快、节俭、漂亮、洒脱，她用她所有的精力装扮了一个温暖舒适而格调高雅的家。她是一个工人的妻子，但她的家，显而易见是一个小资情调的处所。进门的左手，衣物架精巧而别致，下面的搁物台上，她很细致地裁出斑点狗台布压在玻璃板下，客厅的方茶几上，也做了同样的设计，同样压在玻璃板下。最为精巧的是她手工缝制的各种杯垫，那些布料的选择，做工的细致，形状的别致，都可看出一个细心、精巧而又有品位的女人的心思。时尚的沙发上，配套缝制的靠垫，让人以为是沙发原本浑然天成的搭配，但却是她给她自己和老公分别缝制的和沙发搭调的休闲物品。这样一系列的发现，立刻引起了我们同去文友的注意和惊诧，我们三三两两地参观起她的房间来。书房是一排墙壁的柜子，乳白的色调，精巧的构图，镂空的设计，让书房显得实用而不失高雅。靠窗的电脑、书桌，整齐地排列着，显示着主人的认真与严谨，而木地板上的一张长方形斑点狗睡毯和斑点狗靠枕，均松软、舒适地表现出了一个爱好写作的女人在夜深人静的时候击完电脑的疲惫与慵懒。顺阶而上，我们通过窄小而陡立的楼梯，上到了她的另一个精辟之处——阁楼，通常的阁楼或许被用作堆放杂物了，而她的阁楼在天窗下明亮而温馨。一个长沙发，一个茶几，恰到好处地将三角地带切割成了别有意味的两人世界，如果和心爱的人在这里守望星空、促膝而谈一定是绝美而浪漫的。阁楼由一个小厅、一个正方形小房间、一个长廊、一个长方形小房间组成。那个小厅就是刚刚描述的浪漫之处了，而正方形小房间，恰到好处地摆放了一张小方桌，桌上是别致的小花桌布，杯垫是配套的，就连小小的一块窗户，也被她用同样的帘布做成蝴蝶结的形状布置在窗户上。回廊上可以从上而下俯瞰客厅的大半部，扶栏上方是一个用红色小灯笼挂就的斜三角幕帘，简枝说她整整挂了两个晚上，要把灯笼里放上火柴棍，在火柴棍上拴上红线，再用图针固定在顶头的墙上。我无法想象这样一项工程的艰难与劳累，但光就往墙上摁图钉，我想她也是费了一番心思的。长厅倒是一处空闲的地方，但稍有心思的人也会想到凭窗而眺的美妙，也许，很多时候，站到窗前的阳光里，心底已经了然开阔了。

当我们依次参观完了所有的房间，一群文人竟然静默了，在客厅里默默地喝茶，心里的沉重与难受是相同的，疑惑也不约而同地流露——这样一个女人，嫁给一个工人，居然还被抛弃了？简枝看出了我们的困惑，又用她轻松而竹筒倒豆般的声音说开了："我老公是个不懂得情调的人，他说我把家里弄得这么干净，他没有落脚的地方，我上班用尽量显得温婉、抒情的声音和旅客说着话，下班用尽量可人、温柔的声音说：'老公，你想吃点什么？'但往往引来的是他烦躁而不耐烦的回答：'我吃过了！'她曾经引以为豪地对儿子说：'妈妈会写书，别人的妈妈可不会。'但儿子的回答让她大跌眼镜，儿子说：'我们不需要！'"

她丝毫也没觉察到她是这间房子的主人，但却是一家三口生活的局外人。她笔耕不辍地写着朋友、父母，写着身边的一切。在播音之余，她不停地给朋友、家人绣各种各样的荷包、餐巾纸袋、手机袋，过得充实而快乐。直到老公跟她摊牌坚决离婚，大战了一个月，她声讨丈夫、找丈夫家人说理、找丈夫的相好谈判，直到她见到我们时喋喋不休地诉说，语言的流畅多少像没心没肺一样，但又是怎样的悲壮与无奈，天啊，老天怎么将如此一个五味杂陈而精美绝妙的女人发明了出来。

我们都静默了。斑点狗和女人。简枝命该如此吧！

年后的阳光

年后的阳光很美。记得多少次过年，总是年前或年间便大雪纷飞，但一到年后就有一段阳光很美的日子。

以前是不喜欢年的，觉得过年很麻烦，又要打点人情，又要准备年货，无端地耗费许多精力。

但随着年龄的增长，突然间就无缘由地喜欢上了过年，喜欢过年那纷纷扰扰的人生、热热闹闹的场面，喜欢过年时走走亲戚、会会朋友，喜欢过年的气氛里带孩子逛逛书店、转转广场、溜溜冰道、喂喂鸽子，听着孩子欢快的笑声，心就肆意流淌成平静的小河，更喜欢的是在早晨惬意的阳光里睡到一屋碎银般亮光的时候，赖在床上伸伸懒腰，想想心事。这样的年，一直持续到假后在很美的阳光里开始新的一年。

以前，将所有的磨难和琐事看成是不幸和麻烦，但在年后的阳光里，突然就什么也不怕了，磨难面前笑对人生，琐事不断沉着应对，无端地便多出一分自信与平和。

古语说"人过30，天过午"，也许30岁的女人是正午的阳光，明亮而热烈，过了30便一年比一年柔和，直至柔和到半边天都尽是红彤彤，给人一种辉煌、宏大的感觉，无比温馨、和煦，让人无比留恋。

年后的阳光里，回味朋友说的，"人的一生倘若活得太真实，便几多磨难，几多不幸，但当磨难成为不幸又化为乌有的时候，心便在高昂中一点点下沉，沉入胸腔，成为踏实和平稳、厚重的一种东西，积淀在心门里散发出花一样芬芳的气息"。

　　年后的阳光里，回想朋友，她善良、本真的前半生输在感情上，为情耗尽了几近一生。朋友读了许多书，她简单的想法和简单的做法，常常让人啼笑皆非。情感的炽热和不计后果也总叫人吃不消，但过去的事情，说起来的时候，就像在说别人的故事。她说："人生只有一辈子，来世是精神的延续。我没有圆滑地处理好许多事情，让别人痛苦，也让自己不幸，但回想过去，无法弥补，已经过来了，纵使说千万个对不起也是于事无补。"

　　我们都会意地笑，笑意写在相互的脸上。

　　是啊，两个人走到一起是天造地设的。佛说：前世的五百次回眸换来今世的擦肩而过。假若五万次的回眸换来今生的共结连理，那么就在前世，当你回眸了四万九千九百九十九次的时候，错过了她的眼眸，所以今后她与你有缘无分。

　　但又何必呢？只要我们真心爱过，时间的长河里便有她的影子。给她一个空间，给她一种自由，人心不应该有束缚，人心不应该套上枷锁，纵使我们已伤痕累累，也要从容面对。

　　年后的阳光很美，细碎而晶莹，爱过的女人很美，忧伤而纯情。

　　年后的阳光里，让我们细细地品味，品味一种平凡、一种难忘，品味一种真谛。

谁是谁的菜

　　下班的时候，她终于还是忍不住给他去了个电话，她问他："在干吗？"他说："在给你打电话，打过去是占线，刚挂了手还没离线，电话就进来了。""我终于还是没忍住，"她想，"也许我总是就差那么一点点。"

　　她和他之间，就像一场较量，总是在争论谁给谁打电话多，谁比谁饭局多。他不止一次地说："我给你打的电话记录比例是10：1，我给你打10个电话，你才会给我一个电话。"是不是这样她没统计过，总之每次在她实在等不住、忍不住给他打过电话去时，他总是先问："今天谁请你吃饭？"她若说"没有"，他便说："我就知道没有，要有人请吃饭，你哪能想起给我打电话。"她无语。有饭局时，她不是不给他打电话，是怕他无休止地盘问和刻薄地讥讽，他总说她去吃饭是给男人当菜去了。因为在他的概念里，请人吃饭要么为人办事，要么求人办事，不求人办事吃哪门子饭；没有求人，别人请你吃饭干什么？她理解不了他的什么逻辑，只是她的朋友很多，常常是今天这些朋友聚，明天那些朋友聚，再碰到朋友求人办事，宴请宾朋，理所当然，熟悉的一帮便借机又一聚。就是这样的饭局，总是男多女少，抑或都是女的。都是女的聚会，他便说她们一群女人耐不住寂寞；男多女少，他又说，她去给男人当菜。她很难平衡这些关系，总觉得不去伤了朋友的面子，去了又给他授以把柄。

就像他们之间的关系一样，虽说总是他在打电话总是他在请她吃饭，但每当她需要他时，给他打电话，他总是在等人、在办事，别人请他吃饭，他请别人吃饭，总之，他总是很忙。于是她便在无奈中应这个朋友约吃饭，应那个朋友约喝茶，他俩之间便也总是互相忙个不停，互相怨个不停。

他像个间谍，监视着她的一切行动，她却总也找不到心可以停靠的地方。她不知道他是不是真的爱她，因为他似乎一切忙的理由抑或是借口，都是为了他们的将来，但她的心情总是忧伤和无奈。她想，她等，总有等到水落石出的一天；她想，她等，总有等到心累的那一天。但感情却在你来我往、你争我怨中升温，直到她心里再也装不下别的男人。他呢？还是在忙，似乎忙得胸有成竹、未卜先知的样子，对她的誓言依旧没变。她真怕哪天等不住了，他会说："就知道你耐不住寂寞！"

像今天的电话，也许她再等那么一点点时间，就会等到，但终究她是没等住。

她想：我们之间的差距也许就在这里，我只不过是他待吃的菜，做菜的是我自己，做了千百种口味，却一直在等，一直在等……

谁是谁的菜，不吃也好，吃了就没了！她叹息着，在黄昏里孑然一身。

漂亮老太太

　　过年了，儿子从我给他设置的学习的牢笼里解放出来，成天活蹦乱跳的像小鱼一样。他先是跟他舅妈去了趟酒泉，又去了趟敦煌，回来后便栖息在他奶奶家。每天天一亮就跟他哥哥带上爷爷给他们自制的滑冰车上了广场的冰道，一身泥水地玩下来，年便在他们的欢呼雀跃声中滑过了最惬意的那几天。接下来，天开始慢慢变热了，冰道无声无息地融化，直到再也玩不成，我们也上班了。本来准备狠狠心将他重新收编回家，每天按部就班地写作业、学习，但看到他央求的小嘴我便心软了，心想让他尽情地玩吧，反正正月十五还没过呢。

　　于是，每天下班回家去，便看到他和他哥哥两个人像两只小泥鳅沐浴在河道的阳光里一样，在他奶奶家宽敞的客厅里，尽兴地蹦跳、撒欢，一见我们回去，便兴奋地大叫起来，然后分别跳上滑板车，在客厅里扭动身子来回穿梭，时不时地喊："妈妈，妈妈，你看。"生怕我们漏看他们的每个细节。

　　哥哥是大伯哥的儿子，他们一家就在奶奶家住，所以哥哥有电脑玩，他却没有，便每天中午央求我下午将他带到单位去玩玩电脑，我便同意了。和他在一起的时光是快乐的。牵着他的小手走在街上，他便不停地用他的小嘴给我讲这讲那。遇到有坡有坎，他便赶紧走到前面小心翼翼地说："妈妈，慢点，慢点。"我便逗他："妈妈老了你还扶不扶呀？"他说："我背你。"我说："那要是有很长很长的路，你背不动呢？"他说："那我就打个出租车把你背到车里。"我说："那你要是没钱呢？"他说"那我就先借点钱，然后挣了还他们。"然后他又说："我要是有很多钱，就不像你都买了衣服！"我说："那妈妈就喜欢漂亮的衣服，你长大了给不给妈妈买衣服呀？"他说："买，我要把你打扮成漂亮老太太。"然后又煞有介事地想想说："我听说呀！漂亮老太太都是头上戴朵花，穿上小裙子，戴上手套走在大街上。"我笑死了，眼泪都快出来了。我想象着老了被儿子打扮成漂亮老太太在街上走的模样，走到半道不去扭秧歌都不行，因为整个装扮就是扭秧歌的呀！

儿子7岁了，胆子还很小，跟他舅妈去敦煌上鸣沙山时刚一骑上骆驼便大哭起来："快放我下来，快放我下来。"一放他下来便几步蹿出去，独自爬上几十米高的鸣沙山，下面的人生怕他滚下来磕着碰着，便纷纷喊他下来，他便很有节奏地滚了下来，下来后便解释："不用怕，我有绝招呢！我把衣服解开兜着风，然后用胳膊肘撑着节奏一下一下滚下来，根本不会伤着！"

他舅妈带他从酒泉回来后讲得泪眼婆娑的，说她只是念叨了一句"可不能再耽搁了，再耽搁晚了没车回不去了"，一转身儿子就不见了，等她找到马路边，看到儿子小手挥着正在风里给她打车，看到她出来，赶紧走过来扶她说："舅妈你慢点，车马上就来了。"又嘟着小嘴说："你千万别着急啊！"

听的人也是，笑着多少有些感动。我却在心里想："儿子啊！有时候，你比妈妈还懂事，像个大人似的理解问题，还把自己的时间规划得很好。如果学习不为考试而是做到真正的勤奋，加上你活泼、本真、善良的性格，妈妈又怎能不成为一个漂亮老太太呢！"

人皮面具

　　自从汤小婉傍了大款，生活过得有滋有味。情绪无常起来的蓝心洋便对沙子梅格外提防起来，每每看到她用特效化妆品保养的脸，他都用一种厌恶的神情嗔怪道："走开，走开，你怎么有这么一张脸，让我太陌生了，像带了人皮面具。"

　　蓝心洋自有蓝心洋的道理，他认为妻子沙子梅和汤小婉好得恨不能穿一条裤子，难免会近墨者黑。汤小婉的事沙子梅并没有对蓝心洋说过，但从沙子梅和汤小婉的行踪中，蓝心洋还是感觉得出来汤小婉的变化和沙子梅对汤小婉的过度迁就与包容，用他的话说："我用鼻子都嗅得出你们生活得腐朽和糜烂！"沙子梅其实也并不想掺杂在汤小婉的情感纠葛中情绪激昂。自从汤小婉被众多追求者供奉以来，穿着越来越时尚，打扮越来越年轻，神情越来越自得，就连身体也经常让沙子梅觉得汤小婉轻盈得快要飞起来了一样。是的，这就是爱情的滋味，汤小婉说她和某大款之间有着深厚的情感，虽完全相反于她对另一个有头有脸有学识的领导干部的近乎崇拜式的爱情，但她现在有一种被呵护、被宠爱的幸福感，她觉得大款待她是捧在手上怕飞了，含在嘴里怕化了，是一种绝对的宠溺和温情。尤其是有一次沙子梅又充当众多电灯泡中的一个，陪汤小婉和大款晚餐后去量贩KTV消遣的时候，大款搂着汤小婉很矫情地对沙子梅说："有人这样爱你吗？"

听到这个河南大舌头的话，沙子梅差点肺都被气炸了，但她还是用坚定的语气告诉大款："当然有！"

汤小婉和沙子梅是发小，但她俩的性格迥异。一个是飞扬跋扈，爽直霸气，一个是文静内敛，含蓄温婉，但霸气的也有温柔的一面，汤小婉是那种口无遮拦，和认识的朋友相识相交几面便贴心贴肺，时常打电话煲一煲粥、叙一叙旧的那种女孩。谦和的沙子梅却骨子里有一种散淡之风，除去应酬寒暄，只对几个要好的姐妹上心，其余均是聚散皆有缘，来去本无常，一个清清爽爽安安静静的人。

其实汤小婉傍上大款说来话短，纯属以不变应万变。大多美丽张扬的女孩都会成为部分人追逐吹捧的对象，而这部分人便是帅哥、大款之类有资本的男人，而汤小婉便被不同的人在不同的时期追逐着，有些是小打小闹，激情过后便自动退却了，像有一个做生意的小白脸，有一阵子迷恋汤小婉近乎到了痴狂的地步，经常在众人面前歪着头用胳膊肘撑着凝视汤小婉说："你怎么这么美呢？"惹得汤小婉大笑不止，接下来的将近一个月时间里，小白脸对汤小婉进行了围追堵截，最后终于笑得美人归，但也是用最快的速度，小白脸在电话里说生意上出了些事便消失得无影无踪了。后来，在一个夏日里，沙子梅和汤小婉接受朋友的邀请到乡村俱乐部消闲时便遇上了大款，那是初次相识。第二次是朋友聚会时沙子梅有事没有去，大款携香车在袅袅的音乐中来接汤小婉，这一次大款便俘虏了汤小婉的心，之后的岁月里，汤小婉的变化无常把大款经常折磨得晕头转向，而大款对汤小婉日出千金也令美人死心塌地，汤小婉心甘情愿当起了爱情的俘虏，大款时常感叹说："以前的40年白活了，长这么大头一回找到了爱一个人的感觉。"沙子梅是冷静清醒的人。汤小婉比她大上一岁，但从小沙子梅便呵护、迁就着汤小婉，高中时汤小婉被男友欺负，沙子梅冲上去便和汤小婉克林顿似的男友理论，大学时逛街、吃饭，都是沙子梅抢座替汤小婉端饭，似乎与生俱来汤小婉就在沙子梅内心最柔软的地方盘踞着，令沙子梅割舍不下。不管汤小婉有多么飞扬、狡诈，沙子梅都只会默默地去承受；不管汤小婉多么地滥情、多变，沙子梅都会迁就包容她，因为她从内心希望汤小婉开心、快乐。沙子梅觉得，如果汤小婉幸福，她会在心里静静地包容、接纳她；如果汤小婉不幸，她将用一生的情义去消融她内心的苦痛。

但这些都是沙子梅时常在心里思量的事，她知道汤小婉永远都会幸福。因为：美丽的女人受了伤害，很快会有新的爱情将她的苦痛化解，如果有那样的时间段，她只需要静静地倾听，倾听汤小婉诉说内心的感受。善于诉说的人心中不会藏着不幸，有天大的事说完了也就慢慢淡忘了。沙子梅不是汤小婉唯一的听众，汤小婉永远都口无遮拦，有什么事都一吐为快，但凡她的女朋友，大都是她的听众，沙子梅也时常提醒汤小婉别谁都相信，朋友中有几个专门打探别人隐私并津津乐道的人，难免会散布得沸沸扬扬，汤小婉也警告她的朋友们别乱说，但好在女人的天性便是好奇，但凡你不告诉她的事，她可能会暗自揣度，臭味相投地凑到一起还会添油加醋以满足嚼舌头，满是肆意想象的快感。但凡你什么都告诉她，让她一眼能望穿你，甭管你说的是真的假的，却都能让她们有被信任的好感觉，反而和你表面上铁得掉渣，但内心里却又厌恶、关注着你，恨不得你上当受骗，她们好假惺惺地安慰一番，转身和更好的姐妹一起时，再恶意地笑上一通，然后大话活该，肆无忌惮地散播。沙子梅最讨厌这样的人，她对朋友散淡但绝不说别人一句闲话，她信奉人有各自的活法，任何人都值得尊敬，谁都有出色和优秀的一面的人生哲理，所以她宽容、忍让、谦和。

但沙子梅的内心里常常要承受比别人多一些的东西，因为隐忍，因为退让，因为不善于诉说，误解、诽谤便将她更加逼退到自己的内心世界里，别人也许交了大堆的朋友，她的朋友仍然只有那几个。当她的一个发小恶意诽谤她时，她将一杯冷茶泼在了她的脸上，将所有有关她的东西统统扔进了垃圾箱里，从此便将这个朋友从心里剔除了。

"人皮面具"，多么好的东西，沙子梅有一天对着丈夫笑笑，心想倒是找找看啊，有这样的物件也不错，找一个来带上试试可以活得虚伪、多面、矫情一点，天是否会更蓝，水是否会更清，人生是否会更滋润一些？ 但瞬间一股寒流遍布沙子梅的全身，因为人其实改变起来很快，她怕自己有了这样的想法，再也回不到当初。

信仰崇拜

人类对生命最原始的信仰就是爱！你就是我的脊梁、我的信仰、我的爱！

幸福离我越来越近，但思维却离我越来越远。很久以来，在爱情的漩涡里，我像一个被无意带入水底的石子，毫无反抗能力地被爱情的泡沫洗涮着，一度迷失了自我。我不知道，从相信爱情存在到彻底被爱情所抛弃，这之间的距离到底有多远？但就在这一路的五光十色与酸甜苦辣的生迷死醉中，我痛苦、迷恋、挣扎与希冀着！

痛苦，是因为思念，痛苦，是因爱而迷失了自我！但我坚信，爱是一种信仰！

我一直认为，你就是上帝造就的另一颗坚强而完美的石子，在没有被我遇到的时候，就那样静静地待在某一个角落，在一个适当的时候，我们不期而遇。你就是注定我要遇见的那个人，在未谋面之前，各自安静地站在两个起点，最初平行，最终交汇。

就这样，我们幸福地成为了你爱和我爱的人。因为你，我相信，我是这个世界上最最幸福的所有人中的一个。因为你，我收获了最真实、最完美的爱——我的爱人，你也爱我！

据说，神在造人后，发现泥做的人总是软弱的，一经风雨就会倒下，于是神在人的背上插上了根脊梁，这根脊梁在人遇到无论多大的风雨、多深的坎坷时，终可以让人类屹立不倒，这个脊梁就是信仰，而人类对生命最原始的信仰就是爱！而我遇到了你，你就是我的脊梁、我的信仰、我的爱！

提琴永远在找寻它的弦，爱情呢？爱情来了我能信仰，因为它从不逗留。但美丽人生不一定美丽，单纯就是一种力量，相信爱情永不褪色！我就这样单纯地迷恋着！因为，我相信，有信仰的人就会永远幸福而骄傲地活着。

因为爱你，我迷惘；因为爱你，我坚信总有契机让我活回自己。

在这个世界上，不是每一个人都有悲天悯人的情怀，也不必要所有人都抱着一颗感恩的心活着，生活，就是在失去幸福和寻找幸福的中间不断地做着往返跑，在你的爱里，我获得了真实的感动和生命力！

每个人的心里都有一块儿地方，再亲近的人也走不进去，但你包容了我所有的痛苦、快乐和希望！爱，让我在温暖的琴弦上寂寞地成长；爱，让我在情感的马拉松里，一边追逐幸福，一边迎接痛苦。

爱你是最初，也是最终，紧紧抱着的，不单是一句誓言，因为爱，我们爱彼此到底。这是一种信仰！我的爱，因你而崇拜！我希望，这也是你的信仰！最真实的，爱的崇拜！

绿
绦
青
紫

为爱遮阳

　　下班了也没有他的电话。她伤感地想，也许他们真的慢慢地就淡了。看网页看到下班的最后一秒钟也还是没有他的电话，她有些伤感。思念又在膨胀。

　　以前，她总是在思念膨胀到一定的时候就忍不住给他打电话，他们就又恢复了似乎从未有过淡漠的无间的亲密。时间长了，恍惚中，她猛地意识到似乎只有她总在无边刻骨铭心地思念，他呢？没事的时候会给她打打电话，但每天的日程从不会为她而安排。而她，为了能见到他，总安排一些要办的事提一些在一起的要求，只有她自己知道，只不过想见他。他也总是会尽力地满足她的每一个要求，在一起的时候告诉她只要她快乐他就愿意做任何事情。她便执着地认为他也刻骨铭心地爱着自己。时间长了，他们的恋爱模式就变成了她不停地等他，也不停地为他的迟到、变卦而生气，每次她生气了便不接电话，他便执着地打，直到她忍不住接了，他们就又和好了。朋友们都说她太痴情了，她想不通，总觉得他也是真的爱自己。但是细想一下感情的历程，似乎她觉得真的是自己陷入了一种虚幻的感情当中，她以为可以感天动地的爱情，也许真的是自己陷入了一种莫可名状的情绪当中，他到底对自己是怎样的一份感情，感觉似乎越来越模糊了。所以，她想试试他到底对自己怎样？她不再主动给他打电话，起初，他还每天两三个电话，后来慢慢地有时一天也没有一个电话。到今天，他们已经三天都没有见面了。临下班前，她终于忍住没有再给他打电话，无奈中离开了办公室，走到走廊的时候，她突然想起来太阳镜没戴返回身去取时，她又一次惊讶地意识到，并不是戴太阳镜有多重要，毕竟是下午下班，太阳已经西斜到近黄昏了！而她，所在乎的，不过是因为太阳镜是他送的，所以，她一刻也不曾落下过，就像她一刻也不曾落下过对他的爱。她黯然神伤地想，也许，太阳镜终究不过是一段爱的纪念，只是用它来为爱遮阳！

从此，她不知道她的心是否还能在爱的阳光下敞亮！

结婚四十年

当许多东西在他俩的日子里坚持得就像过一天那么简单的时候，心里就只有敬佩了。

在婆婆家吃饭有10年了，婆婆给我们开饭几乎每一顿都是按时按点，变换着花样，绝无重复。婆婆为我们接孩子也有5年多了，几乎每一次都是不管我们去不去她都第一个候在幼儿园门口，而老公公则远远地站在马路对面等候。我们刚结婚的时候，总是羡慕公公、婆婆上了年纪感情还那么好，出门总是形影不离，互相体贴入微。时间长了，才知道其中的奥秘，原来呀，公公婆婆都是爽直利落的人，脾气也一个比一个大，但是，他俩从来都是一个发火一个便不吭声，还笑眯眯的。遇上大事，表面上看起来都是公公做主，初始的意见却都是婆婆提的，但遇上大事需要选择和定夺的时候，那绝对是公公一锤定音，婆婆绝无二话。

最有趣的是他们每年的结婚纪念日，他们要么去公园，要么去商场，要么去郊游。每年总有那么一天，我们回家发现饭是做好的，桌上有一张字条，大意是他们去哪儿了，饭在桌上，让我们自己吃。起初，暗暗觉得好笑，心想这老两口还挺浪漫的，但年复一年，当许多东西在他俩的日子里坚持得就像过一天那么简单的时候，心里就只有敬佩了。

今年，是公公婆婆结婚40周年了。公公早在几天前就给我们打招呼，说周末全家人要一起去乡村吃饭。婆婆姓任，他们选的地方也很特别，叫任家庄，许是婆婆的本家人开的度假村吧。不明就里的家里人浩浩荡荡地开了4辆车到达目的地，全家老少加起来近20口人还真叫热闹。任家庄可真是个好地方呀——杨柳依依、池塘片片，加上一望无垠的麦田在耀眼的阳光下闪烁着光彩，使人心情开朗，眼前一亮。孩子们打水漂、捞鱼，玩得不亦乐乎；大人们打麻将、玩扑克的玩扑克，聊天的聊天，再加阵阵烤鹅的香味扑鼻而来，真是惬意。开席了，我们小辈们一顿猛吃，等到杯盘狼藉的时候，公公的外甥女婿才小声问我们："你们知道今天是什么日子吗？"我们个个瞠目结舌："怎么还有什么特别？"他神秘地告诉我们："今天是舅舅、舅妈的结婚40周年纪念日。"我们这才恍然大悟，纷纷议论着结婚40年该是什么婚，有说银婚的，有说红宝石婚的，有人还专门打电话考证了一下婚纱摄影店，答复说是钻石婚。我们不禁唏嘘不已，结婚40年了，真是不容易呀，纷纷打趣说，谁和谁是纸婚，谁和谁是木棉婚。到底是家里人，嘻嘻哈哈地全没礼节规矩，临到结束时，小辈们才纷纷给两位老人祝贺。英子打趣说："舅妈，你们都过了40年了还这么好，我们才六七年，怎么就稀稀地过不下去了？"众人大笑。

其实，日子就这么简单，就像插秧锄草一样，别管面前的路还有多长，只管用心过好每一天，尽情做好每件事就是了。与人与事多一些宽容与忍让，时间就是财富，爱心就是力量。

爱情比例

忽略如同忘却，爱就无法忽略。

两年来，总是在刻骨的思念和铭心的被忽略的痛苦中挣扎，简心如感觉经历了一场梦魇！

当窗户发白的时候，她心里的那团火又开始跳跃，不知道他安全回来了没有？她对他的思念，常常是定格在他升华地无比高大的身影上，满眼都是。

她知道自己爱他，是那种揪心的爱！

一开始，他们也很好，见不着面时，他们如同热恋中的人一样狂热地煲电话粥，絮叨着每天发生的点点滴滴的事情。但是，慢慢地，不知是谁先开始计较谁给谁打电话多了，谁更想谁一些，他还计算出来他给她打电话的比例是16∶4，因为，通过规律比较，通常是他打4个电话，她打1个电话，他不打电话，她一个电话也没有。她不打电话是有原因的，因为他太忙，电话打过去，要么在开会，要么在谈事情，要么在吃饭，这样的时候让她很尴尬，觉得如同一盆热水还没浇出去就变成了冰，因为他在忙的时候接电话的口气也是冰冷而不耐烦的，时间长了，她就不打了，只是在他打过来的时候没完没了地聊，但越是不打电话，她越控制不住地想他，有时候太想了就什么也干不下去，百无聊赖地，和谁也不想在一起，任凭寂寞把自己包围，最后如果等来他的电话了能够见面，她总是像瞬间被注入了精神，一时间全世界都花红柳绿起来。但是，多半是她期待膨胀得越高，失望就会越大，他电话是打来了，要么在外办事，要么为朋友在奔忙，要么已出外度假，她就像他的一块最好吃的面包，却总是放馊了。她心里发酵的寂寞，时间长了就变成了怨恨，常常是在他放下电话之后，失望便将她袭倒。

就这样，他对她的爱情在电话里占100%的比例，她对他的爱情在心里占100%的比例，慢慢地，他主宰了她的全部，她失去了自己的全部。就爱情本身来说，他们互相却离得越来越远。她终究受不了爱情的折磨，一步步退缩，他逐渐从爱恋被迫转为被动应付。

爱情是场没有硝烟的战争，需要思想做军事家，情感做指挥家，时间做评判家。在这场爱情里，很显然她输了，在爱情里，谁爱昏了头，谁就不得不举手投降。简心如知道自己该退场了，他的世界里已不再需要她。

原来，爱情是有比例的，两个人的爱加起来是100%，一方多了，另一方就得减少，这是规律，也是法则，当你最爱的人出现时，当你真爱了一场时，爱情就会最大限度地发挥比例效应，成功的爱叫黄金分割，不成功的爱叫失去自我。爱也是要付出代价的，失掉自我，注定了要输掉爱情！

夜未央

　　有些东西，深刻地留在你的记忆里，却不是你想要的。有些记忆，鲜活地存在你的脑海里，却不是你所想的。就像那夜迷离的酒吧，醉人的灯光，跑穴的歌手，蹦迪的吧友，也许这辈子你只见了一面，却让你记忆犹新。

　　慧儿请我们吃饭，然后又去蹦迪。小陈的女友，一个像赵薇一样有着大眼睛还有标准鸭蛋脸型的女孩儿，穿着开衩的小花旗袍，盘着发髻孤傲而寂寞地坐在红色柔软而热烈的环形长椅前端，留给我们一个过早成熟而稳重的背影，旗袍开衩处露出大腿部分白嫩的皮肤，妖媚、野性。有着颀长腰身而又单纯的云儿指给我窃笑，我却笑不起来，我怜惜那样一个美丽的女孩儿，怎会浓妆艳抹、郁郁寡欢，又有着怎样的无奈！慧儿前卫、时尚、潇洒、大方，沉浸在灯光和音乐里，时不时地拉起真丝外罩，扇着没有丝毫凉意的空气，我跟她说，因蹦迪而起的热浪其实是在每个人的心上，并不是在空气里，她嘿嘿地坏笑着。台上的灯光很美，背景是蓝色的星星，在淡黄的光晕里，走穴的歌手吹着萨克斯让人心动而略微有些痛楚！我想起那首歌，歌名叫《夜未央》，歌词大概是："轻轻踏在月光里好像走在你的心事里，那年黯然离别后再也没有人与我同饮，飞花轻似无奈何风吹起终究如烟纷飞东西，细雨细如愁忘了看个清楚你眼中脉脉深情，雨中路遥遥梦醒得太早想起我轻狂的年少，无声又无息花落了满地只留下芬芳依稀，蓦然再回首梦还是一样为你等在夜未央！"我是落寞的，在光的暗影里，在嘈杂的环境中，我却异常的孤单。想你此时在何方？不过是几日不见，却应了那话："你在时你是一切，你不在时一切是你！"我是怕飞花轻似雾奈何风吹起终究如烟纷飞东西，还是忍不住蓦然再回首梦还是一样为你等在夜未央。我知道今夜又是一个无眠的夜晚，又会怎样痛楚地想你！

光影以外的迪厅形形色色的人来来往往，人声嘈杂。高高的吧椅上有头发秃顶发短信的，前厅迪台上有大腹便便蹦迪的，软卧沙发上有年少轻狂喝酒的，珠帘环座里有浪声恶语骂人的，我们呢，人在心不在，落寞着，怀念着，超然度外着！

是该走的时候了，不属于自己的地方，即使去了也不会留恋；不属于自己的人，即使爱了也不再想念！但你呢？你属于我吗？我落寞着、孤单着、痛楚着，坐上慧儿红色的跑车，告别她的朋友，如影随形离去在习习的凉风里，我还是我吗？这样的夜晚，本该是如风的记忆，因了你，却格外地清楚！

绿绦青紫

烛光骤灭

每天相依相伴的两个人，总是看到他们清晨在公园散步，如今阴阳相隔了……

听到曹师傅被电马子撞的消息，是中秋节的前两天。沉浸在过节的忙碌中，例行公事向领导作了汇报，派人去探望，想是轻伤，也没太在意。节后第一天，领导进来询问丧事随礼事宜，懵懂中惊愕，曹师傅有了意外？心猛地沉下去。

前去家中慰问丧属的过程中，才听说，曹师傅是老两口晨练完从公园出来后，在门口被途经卖菜的电马子所撞，才三天，便阴阳两界了。眼前浮现出老两口散步时碰到熟人那爽朗健康的笑脸，而此时，两个人中却去了一个。

遗孀痛哭失声："我怎么放得下他呀！"是啊，怎么放得下，每天相依相伴的两个人，总是看到他们清晨在公园散步，饭后在街道漫步，如今阴阳相隔了，一个人，该是怎样的凄清、孤独与落寞。

回来坐在电脑前，翻开曹师傅档案撰写生平简历，思绪竟久久不能回落，耳边依然回旋着曹师傅老伴凄楚的哭声："我怎么放得下他！"生者的无奈和哀叹呀，至多是感叹生命的无常和脆弱，伸出手去，我们又能挽留些什么呢？

烛光骤灭，一个人走了。

殡仪馆的追思厅里，低回哀婉的音乐响起时我似乎看到曹师傅一个人凄清、孤独与落寞地一步三回头走在黄泉路上，不忍回头，不住回头。

遗孀在亲属的搀扶下哀号连连，子女们也是哭天喊地。是啊，一个好丈夫、好父亲就这样去了。家里的一座山倒了，家人的依靠减半了；家里的一座塔斜了，家人的牵挂没有了；家里的一盏灯灭了，家人的敞亮变暗了；家里的一枝烛熄了，家人的温暖惨淡了。

烛光骤灭，一个人走了。

告别厅里，被花朵簇拥的庄严、肃穆、宁静的曹师傅像睡着了一样，身形似乎瑟缩了许多，竟与平日里常碰到的慈祥、豁达、开朗的曹师傅判若两人。怎么也无法相信眼前的事实，但毕竟是阴阳两界了。

走出告别厅，摘下胸前的小白花，多少次了重复着这样的动作，仅是单位职工因车祸而亡前来告别已是第三次了，加之亲属的、病逝的，这里的一切，已经熟悉得似乎在重复一个个机械的动作，想来不会再伤心了，但手起花落间，背后传来的一声接一声的哀号又不由得叫人潸然泪下。转身看去，先是曹师傅的大儿子被人搀扶着出来了，接着是女儿、媳妇，声声哭号断人肠。遗孀早已哭得无法行走。

一个人走了，另一个人还得慢慢地走。走好，珍重！

女人三十

　　蓦然回首，岁月不经意间悄悄地从指间滑落。凝视华发渐多的父母，感叹岁月无情的刻画，时间迅捷地流逝，生命从容地衰老，叹息最无法挽留的就是时间！身边靓丽的女孩越来越多，时尚的动感犹如多彩的梦，属于流光溢彩的岁月，属于如梦如幻的天真。30岁，喜欢用静静的心态品味，喜欢用含情脉脉的眼光欣赏，品味善良的韵味，欣赏美好的事物。喜欢在咖啡厅，慢慢地看方糖在卡布奇诺的泡沫里静静地溶化，溶化在涩涩的苦味中，氤氲出芳香的甜美。是啊！豆蔻年华的女孩子无疑是美的，美在她的纯净、无邪、明眸皓齿、顾盼生姿。年近30了，突然间就常常被这样一种满溢青春、充满希望的美所震撼，时常感到另一轮青春真的就这样在猝不及防中招摇地到来了，让人不得不感叹又一代人在走向成熟，是的，就是我们这一代人——即将走向人生巅峰的一代。

　　不得不对30岁敏感，因为身边的女伴们总是在一种说不清楚是什么心情的状态下庄严而又隆重地度过属于30岁的那个无法忘记的生日。言语中流露出对年龄的恐慌，但举止间却又透出大度的豪情，说着感伤的话语，推杯换盏间却又流溢出灿烂的情怀；想来应该对着天空发呆，看着流星感叹，却又在蛋糕与红酒中营造出一种热烈的气氛，是庆祝，是纪念，抑或是另一种形式的疯狂。对我而言，真的只是受到感染后一种本能的敏感而已，在心间却总是默默收获着30年以来岁月所给予我所有的馈赠，说馈赠是因为我是感谢生活的，30年来我已收获了我应该拥有的所有东西，我很知足了。看到青春的女孩们，我对她们有一种由衷的喜欢，喜欢看她们青春靓丽，喜欢看她们洋洋得意，喜欢看她们俏皮撒娇，喜欢看她们任性恣意，似乎她们的一颦一笑里也有我曾经的美丽！真的就年近30了，也不知过了多少个不属于自己的30岁的生日，真的就临近自己的30岁了。文字从手指间缓缓弹出，眼前是悠悠30载的岁月，不过是弹指一挥间。30年的青春，也不过是留在记忆里那双带着小白兔的红色凉鞋，那第一次穿的白色纱质的公主裙，那烂漫如诗的青春岁月，那爱情盟誓的只言片语，那温馨如水的浪漫情怀。临近30了，听一首悠扬的曲子，读一本悲情的小说，看一场感人的电影，依然会泪流满面，但却再也没有理由矫情地称自己为女孩。夜深人静的时候，读懂自己的只是更需要爱——在疲累的时候有人怜，孤单的时候有人陪，无助的时候有人扶。30岁的女人，更渴望有自己的精神空间，有一片真正属于自己的天空。独自一个人的时候，仍然会胡思乱想，仍旧怀恋那些难忘的琐事，想念生命里曾经出现的几个重要的人，包括年少时的恋人和生命中的至爱。

然而，30岁的女伴——她们，一群美丽的女人，却在另外一种美中总让人感到震撼，她们或端庄，或典雅，或直率，或妩媚，在震撼间不由得感叹：30岁的女人犹如清晨盛开的鲜花——明媚、从容、自信、灿烂，虽说没有了少女娇艳的容貌，但也褪去了少女的青涩，自信而不张扬，雍容而不媚俗，多了成熟添了几分妩媚，宛如一幅淡淡的水墨画，可远观，可近赏，远观其风度、韵味，近赏其内心之丰富、知性的美。与她们相处时时感受到一种气质之美，一种内涵之美，一种成熟之美，一种宽容之美。女人30，不过是另一种青春的释放，享受着爱情的滋润，感受着家庭的温馨，体会着朋友的信赖，洋溢着对

生活的热爱！突然间，就很喜欢自己的独立与执着，谁说不是呢？没有什么能比明白了自己、明确了自己努力的方向更令人高兴的事情！

三十而立。

30岁的小女人不过是在人生的路程上慢慢长大！

花开的痕迹